ANUNNAKI

ANUNNAKI

Tome 1

LE NOUVEL ET DERNIER ESPOIR
DES DIEUX DE SUMER

Roman

JEAN PIERRE SEGONNES

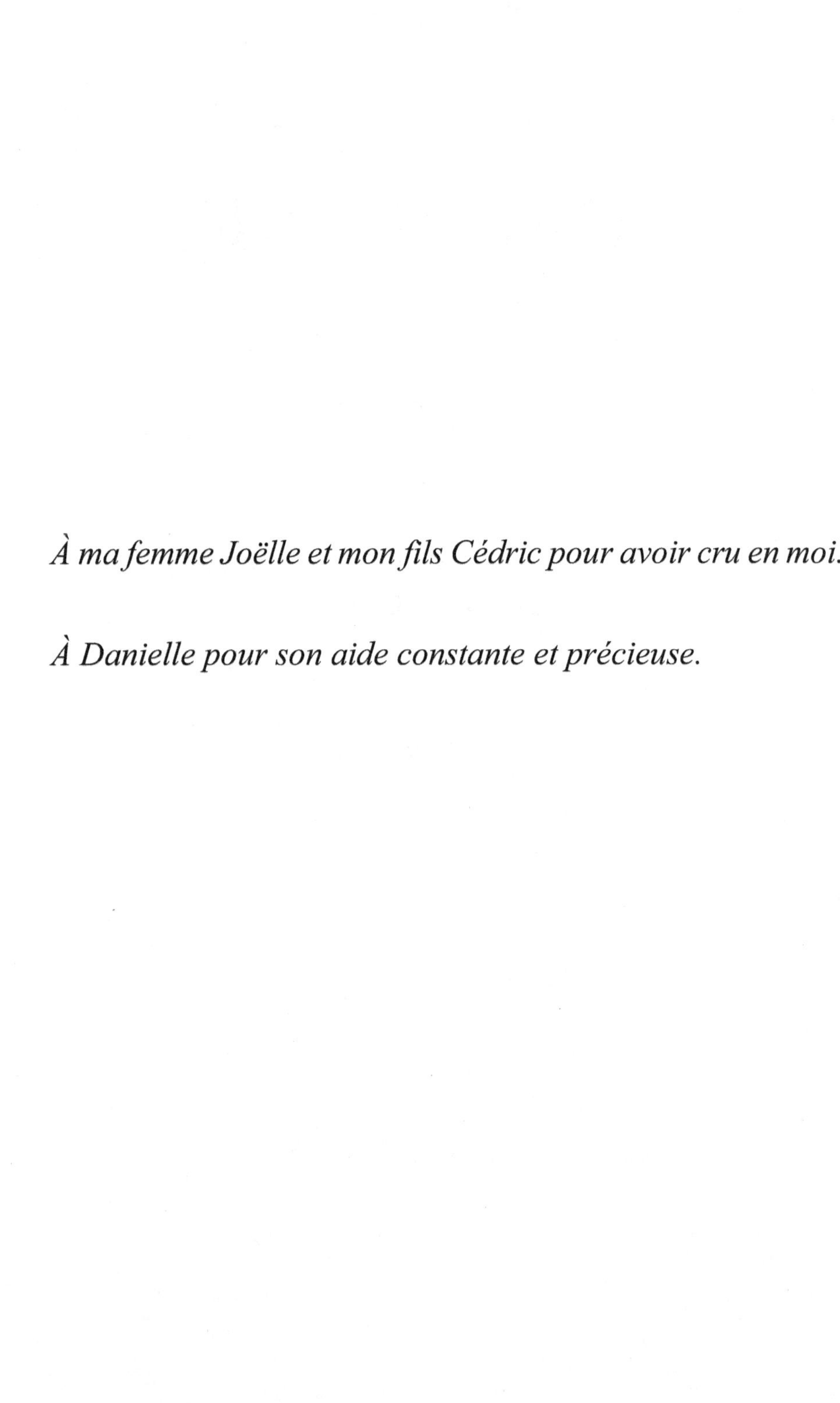

À ma femme Joëlle et mon fils Cédric pour avoir cru en moi.

À Danielle pour son aide constante et précieuse.

Table des matières

PROLOGUE

Je regardais le ciel d'un bleu éclatant. Il n'y avait plus rien. En regardant mieux, je devinais une légère brume laiteuse en train de disparaitre à l'endroit où, un instant plus tôt, mes nouveaux amis existaient encore. Et maintenant, où étaient-ils ? Vers quel monde, vers quel avenir filaient-ils à toute vitesse ? Barzil aussi regardait le ciel avec étonnement. A sa droite, sa sœur lui serrait la main. Je crois qu'elle pleurait en silence. Mon ami se tourna vers moi.

— Ça va Mardouk ?

J'hésitais à répondre tout de suite. Tout s'était enchainé si vite. Le cours de ma vie aurait dû être un long fleuve tranquille chez moi, à Tergal. Mais rien ne s'était passé comme prévu. Ma vie s'était changée en un torrent aux eaux imprévisibles. Je pris une longue inspiration.

— Je ne suis pas sûr, je crois oui.

Mes dieux avaient changé de visage. Non, à vrai dire, ils m'avaient changé moi ! Si la vie de chaque être est prévue à l'avance, qui avait bien pu écrire la mienne ? Qui avait imaginé m'entrainer depuis les méandres de la guerre jusque dans les secrets des mondes souterrains ?

J'y avais trouvé une vérité, peut-être « La Vérité », mais qui le croira ? Qui croira que j'ai pu sauver mes dieux ? Et pourtant, pour eux j'avais traversé le monde, j'avais vécu mille aventures incroyables jusque sous les sables du désert, en quête de l'espoir des derniers survivants d'un peuple oublié.

– Énenlil, mon frère, où es-tu parti ? Te reverrais-je un jour ?

Le bleu du ciel me semblait maintenant moins grand que le vide laissé en moi par le départ de mon aîné. Barzil enroula son bras gauche sur mes épaules.

– Mardouk ? Te rappelles-tu comment tout a commencé ?

Je tournais la tête vers lui pour lui adresser un large sourire. Oh que oui, je m'en souvenais ! C'était le jour de mes douze ans...

1

Basse Mésopotamie, environ 2 341 av. Jésus-Christ.

— Mardouk ! Remue-toi un peu !

La voix familière me semblait étrangement modulée, comme enrobée d'un duvet de brumes. Un instant plus tard, une injonction plus radicale me projetait brutalement hors de mes rêveries. Le coup de pied bien ajusté sur la fesse gauche ne m'avait heureusement pas vraiment fait mal. J'entrouvris un œil, il faisait encore nuit.

— Allez ! Réveille-toi Petit Frère ! Père va nous étriper vivant si tu nous mets encore en retard ce matin.

Un deuxième coup de pied cette fois un peu plus appuyé semblait vouloir rapidement clôturer l'avertissement.

— Dépêche-toi d'émerger, tu dormiras plus tard ! Rejoins-moi en bas tout de suite.

Comme un fantôme, la forme sombre s'était retournée. Elle n'avait pas encore fait trois pas qu'elle s'arrêta brusquement, la tête pivota légèrement sur la gauche vers le sol comme pour y chercher une ombre improbable.

— Ne m'oblige pas à revenir comme hier avec une cruche d'eau !

— C'est bon, c'est bon ! j'arrive ! dis-je avec une pointe de mauvaise humeur.

J'entendais encore la menace résonner en boucle dans ma tête toujours vasouillarde : "Ne m'oblige pas à revenir…ne m'oblige pas..." Je savais que la menace n'était pas à prendre à la légère. Énenlil, mon frère aîné, venait d'avoir dix-huit ans deux mois plus tôt. Il avait toujours eu pour moi les attitudes protectrices d'un deuxième père, parfois même un peu trop. Quelques souvenirs douloureux de corrections bien pesées l'attestaient. Quant à la cruche d'eau froide en question, tirée du puits de la maison, Énenlil n'en était pas à son coup d'essai.

Il faut dire que dès mon plus jeune âge, j'avais montré des capacités exagérées à dormir... ou au contraire à faire les bêtises les plus inattendues, lesquelles de mon point de vue ne méritaient sûrement pas un arrosage à l'eau glacée. Énenlil par contre s'amusait énormément, semble-t-il, à profiter de mes errances pour me rappeler à l'ordre à grands seaux d'eau. La punition, toute sévère qu'elle soit, ne m'empêchait nullement de recommencer un peu plus tard mes espiègleries.

– Tu as la tête plus dure qu'un rocher de la montagne Petit Frère, il n'y a pas moyen d'y faire entrer le moindre raisonnement, me répétait-il souvent. Ce n'était malheureusement pas le seul, la plupart de mes professeurs du temple le disaient tout autant.

Sans vraiment réaliser, d'un mouvement rapide je me retrouvais debout, me surprenant moi-même de l'aisance soudaine avec laquelle je venais de sortir de ma torpeur. J'aimais beaucoup dormir sur le deuxième toit plat de la demeure paternelle. Ici, les nuits étaient plus fraîches que dans les pièces plus basses. Certes, le sol y était moins confortable que les coussins de la chambre que je partageais normalement avec Énenlil, mais au moins ici, il faisait frais la nuit. Cette partie, la plus élevée de la maison, offrait également une vue imprenable sur l'Idigna[1]. Le fleuve serpentait à un peu plus de trois cordes[2] à l'Est.

La grande rivière descendait des hautes terres du pays d'Akkad au Nord, loin au-delà des terres cultivées appartenant à mon père et au clergé local. Elle faisait une grande boucle vers l'Est. Ses eaux tranquilles coulaient ensuite vers le Sud pour rejoindre la mer Inférieure[3] bien plus bas. J'avoue que toutes ces notions de distances n'étaient pas vraiment importantes pour moi. La seule chose qui

---

[1] *Le fleuve actuellement appelé Tigre à l'est de l'Irak actuel.*
[2] *Une corde valant 120 coudées soit environ 60 mètres.*
[3] *Le golfe Persique.*

m'importait en géographie était qu'elle me tenait parfois éloigné de mes professeurs du temple.

J'avais eu plusieurs fois l'occasion de descendre le fleuve en bateau pour accompagner mon père. Son commerce avec les marchands du Sud lui apportait une réelle richesse et une vie confortable.

Ce que j'aimais surtout, c'était m'allonger à l'avant du bateau pour observer les animaux du marais à travers les roseaux, les grands ibis en train de pêcher ou simplement rêvasser en regardant fixement la trace étincelante que l'étrave laissait à la surface de l'eau.

L'En[4] Nikereb, mon père, entretenait également de bonnes relations commerciales avec les grandes cités de l'Ouest. Seul Énenlil l'avait déjà accompagné deux fois dans ses voyages à travers la grande vallée et les marécages pour rejoindre Nippour[5] à l'Ouest et Ourouk[6] plus loin dans le Sud.   Mon père était un cousin très proche du Lugal[7] Urukagina[8], le puissant monarque de Lagash[9], la cité-État située à environ cent vingt mille coudées[10] de notre domaine vers le Sud-Ouest.

Jusqu'à lors, j'avais été jugé trop jeune pour participer aux différentes expéditions. Mon père préférait que je reste au fief pour parfaire mon éducation avec les moines. Mais maintenant que j'allais fêter mon douzième anniversaire, j'allais enfin, comme mon frère aîné, devenir un homme important de la famille.

– MARDOUKKK !

– Oui, oui, me voilà, j'arrive !

Cette fois, pas question de lézarder une seconde de plus, la sanction serait arrivée très vite. Je resserrai autour de moi la jupe de laine fine et légère qui me servait de vêtement. Rapidement, je chaussais mes

---

[4] *Le Seigneur ou le Maître.*

[5] *Ville sumérienne des bords d'un des anciens bras de l'Euphrate.*

[6] *Importante ville sumérienne dans le sud de l'actuel Irak, lieu de la naissance et de la mise au point de l'écriture cunéiforme.*

[7] Lugal était souvent l'attribut du roi, traduit en général par Grand Homme.

[8] *Roi sumérien important entre 2 380 et 2 360 av. J.-C. selon une estimation parfois controversée.*

[9] *Ville sumérienne du sud de l'Irak.*

[10] *Environ 60 kilomètres*

sandales et j'entrepris d'utiliser à mon tour l'échelle en bois de palmier dattier pour descendre du toit au palier du second étage de la maison. À vrai dire, c'était presque plus un petit palais qu'une maison tellement il y avait de pièces du rez-de-chaussée jusqu'au second étage.

Le niveau d'habitation du deuxième étage était constitué d'une grande plateforme au milieu de laquelle un grand espace vide rectangulaire donnait sur les niveaux inférieurs.

Le premier étage était lui réservé aux domestiques, aux locaux de travail de mon père et de l'intendant ainsi qu'au stockage des tablettes[11] d'argile une fois qu'elles avaient séché au soleil sur le toit ou dans le jardin. Au rez-de-chaussée se trouvaient les logements des esclaves, le casernement des gardes et d'autres pièces qui pouvaient servir d'étable. On pouvait y isoler pendant la nuit les jeunes animaux pour les protéger des prédateurs. Il y avait aussi les silos à grains et à farine ainsi que d'autres petites salles dans lesquelles étaient stockés, au frais fruits, légumes et même de la bière.

– Enfin te voilà ! Souhaiterais-tu avoir un an de moins pour continuer à te lever si tard ?

Le reproche était empreint d'un amusement à peine déguisé. Je me retournais. Kishnana, ma mère, venait de sortir de la réserve familiale, largement éclairée avec des lampes à huile.

– Mère ?

Je m'étais prestement incliné pour la saluer.

– Je dormais si bien sur la terrasse, que mon réveil a été difficile.

– Mais ne serait-il pas difficile en fait tous les matins ? répondit-elle avec un rire amusé.

– Je le reconnais, mes réveils sont délicats si le jour n'est pas encore levé.

– Regarde-moi, tu en fais une tête. N'aurais-tu point dormi de la nuit ? Me demanda-t-elle avec un sourire.

Elle me souleva doucement le menton de l'index pour me redresser.

---

[11]*Plaque d'argile fraîche qui servait de support à l'écriture cunéiforme de l'époque.*

– Tu as raison, je n'avais pas sommeil hier soir. J'ai écouté longtemps les cris des oiseaux de nuit au-dessus des champs, les bruits des insectes et des rongeurs dans les roseaux. Et puis il y a eu aussi les échos des sabots des derniers bœufs dans les ruelles tirant les charrettes de nourritures pour le banquet de mon anniversaire.

– Je m'en doutais un peu. Cela n'est pas pour m'étonner.

J'avais pour elle une admiration sans limites et une immense reconnaissance pour tout ce qu'elle nous avait accordé depuis notre plus tendre enfance.

– La journée va être longue pour tout le monde, Mardouk. Ton père n'est pas encore rentré des fermes. Va rejoindre ton frère, mange ta part de galette et ensuite prépare-toi. Je veux que tu sois vite revenu près de moi, frais et correctement vêtu pour accueillir nos invités. Quelques-uns commencent juste à ouvrir l'œil, le temps nous presse. Les autres auront pris la route tôt cette nuit, ils seront là très vite, je compte sur toi et Énenlil pour les accueillir au mieux et leur faire oublier la fatigue du voyage.

– Je ferai de mon mieux comme tu le désires.

– C'est bien, allez, va et reviens me voir dès que tu seras prêt.

Obéissant, je me prosternais rapidement une nouvelle fois et rejoignis aussitôt mon aîné de l'autre côté de la terrasse. Énenlil s'était déjà installé dans une petite pièce légèrement éclairée par trois lampes à huile, le jour n'était pas encore suffisamment levé pour que l'on puisse y voir correctement. Il était assis sur un large coussin, torse nu comme moi, les jambes croisées, tout près d'une petite table basse circulaire sans décoration qui occupait le centre de la pièce. Énenlil avait les yeux noirs d'un faucon et des cheveux bouclés, longs et d'un noir profond. Il portait juste une courte jupe de laine. Un serviteur venait d'apporter une galette d'orge et de blé mélangés encore toute chaude du four.

– Ça y est, tu te décides enfin à venir manger ?

– Tu aurais pu éviter les coups de pied.

– Tu les méritais bien, c'est ton anniversaire aujourd'hui, pourquoi faut-il que je sois obligé de te réveiller tous les matins ?

– Parce que je n'y arrive pas tout seul. Les dieux m'ont fait ainsi, je n'y peux rien.

– Bon, admettons. Allez, mange et bois, le temps passe vite.

Une vasque en bois d'ébène très aplatie était posée au centre de la table basse, remplie de dattes et d'oranges. Deux bols également en bois d'ébène attendaient qu'on y verse l'eau fraîche du puits. Un serviteur en avait apporté une belle cruche. Un pot de miel d'acacia des hautes terres du pays d'Élam[12] avait déjà subi les assauts des doigts d'Énenlil, il s'en léchait encore quelques-uns. Je m'assis en face de lui sur un grand coussin, au plus près de la table basse. Il coupa la galette en deux parts égales et m'en lança une moitié avec un petit sourire.

– Si j'étais toi, Petit Frère, je m'exciterais un peu plus, Père n'appréciera pas beaucoup que tu ne sois pas prêt pour aller faire les offrandes au temple lorsqu'il rentre…trera.

Énenlil fit une grimace. Il avait eu beaucoup de mal à finir sa phrase tellement le morceau de galette qu'il venait de porter à la bouche était volumineux. Il eut tout autant de mal à l'avaler sans s'étouffer.

– Je sais, je sais, c'est bon, je me dépêche.

Je lui jetais un coup d'œil approbateur et je m'empressais effectivement de finir ma galette, j'avalais 3 ou 4 dattes, vidais un plein bol d'eau fraîche et me précipitais dare-dare dans notre chambre. Une bassine en cuivre et un savon très parfumé m'attendaient pour la toilette. Une des esclaves qui assurait le ménage avait précautionneusement déposé un vêtement sur un coussin tellement grand qu'il aurait pu servir de lit. C'était une tunique d'apparat en laine fine brodée de fils d'or et spécialement confectionnée pour moi par le Tisserand du village. Ma toilette terminée, j'enfilais la tunique beige clair, sans manches, et je la ceinturais à ma taille d'une corde tressée.

Une fois habillé, j'allais me présenter à ma mère.

– Mère, je suis prêt.

Je devinais la douceur de son regard à travers la pénombre qui s'accrochait encore à tout ce qui nous entourait.

---

[12] L'actuel Iran.

Contrairement à beaucoup de femmes du pays, qui avaient de mon point de vue quelques rondeurs superflues, Kishnana, ma mère, avait une silhouette fine et bien droite qui relevait merveilleusement la beauté de son regard. Elle s'était certainement levée de bonne heure afin de parfaire sa coiffure avec l'aide d'une ou deux servantes.

Ses longs cheveux noirs lui descendaient jusqu'à la taille. Mais ce matin-là, ils avaient des reflets d'or et d'argent et elle les portait d'une façon que je ne lui connaissais pas. Deux tresses épaisses se croisaient au-dessus de son front et venaient ensuite se mêler pour n'en faire plus qu'une à l'arrière de la tête juste au-dessus de la nuque. On aurait dit une véritable couronne. De chaque côté du visage, à partir des tresses, ses cheveux tout ondulés glissaient sur ses épaules pour venir courir le long de sa poitrine. Le reste des cheveux à l'arrière de la tête lui couvrait le dos de fines boucles ondulées du plus bel effet.

Elle se tourna vers moi et me dévisagea sans rien dire. Elle se recula un peu, prit quelques secondes de réflexion et réajusta un peu ma tunique pour lui donner plus de souplesse.

– Voilà qui est mieux, maintenant tu es prêt mon fils. File rejoindre la porte principale pour attendre le retour de ton père.

– J'y cours tout de suite, Mère.

Dix minutes à peine s'étaient écoulées qu'un bruit de sabots résonna entre les murs de terre crue du pâté de maisons qui entouraient la haute bâtisse de mes parents. Plutôt que de maisons il s'agissait en fait de constructions rectangulaires à toit plat qui semblaient avoir été posées là par le plus pur des hasards et sans aucune règle d'art.

Les murs assez épais étaient faits d'un torchis de boue séchée mêlée à de la paille. Chaque habitation était constituée de deux ou trois rangées de petites pièces carrées sans réelles séparations. L'ensemble était partagé entre les différents membres d'une même famille. Très peu avaient de fenêtres, c'était le meilleur moyen de se protéger des rudes conditions climatiques en été comme en hiver.

L'ensemble manquait cruellement d'homogénéité, mais personne, semble-t-il, ne s'en inquiétait, pas même mon auguste père. Les rues étaient étroites et l'essentiel des constructions s'adossait les unes aux autres. La quasi-totalité n'avait pas d'étages. Seules les demeures de quelques riches propriétaires en avaient un, jamais plus. En tout cas, à Tergal, cette règle était bien respectée.

Un instant plus tard, mon père apparut enfin. Il était accompagné de quatre hommes en armes, équipés chacun d'une lance, d'une courte épée et d'un arc. La chose me surprit, mais je n'eus pas le temps de me poser trop de questions, mon père qui montait un grand tarpan[13] s'était déjà jeté souplement à terre devant moi. Je me prosternais pour le saluer.

– Les démons de la nuit t'auraient-ils piqué au vif mon fils pour que tu sois déjà si bien éveillé ?

Je me redressais, plongeant mon regard dans le sien. Il affichait un large sourire qui témoignait de son amusement à taquiner son dernier-né. Très vite, ses traits se raidirent, un nuage sombre traversa soudain son visage, je pouvais y deviner maintenant un malaise qu'il avait du mal à contenir.

– Père ? m'inquiétais-je malgré mon jeune âge.

Nikereb détourna le regard en se pinçant les lèvres, furieux sans doute contre lui-même de n'avoir pas su maîtriser ses pensées.

– Plus tard mon fils, plus tard, il est déjà plus que temps d'accomplir nos dévotions au temple.

Il me regardait à nouveau, ayant manifestement repris le contrôle total de lui-même.

– Quand nous aurons fini, je te demande de rejoindre ton frère. Occupe-toi avec lui et l'intendant de nos invités et des nouveaux arrivants, j'en ai vu au loin dans la vallée qui devraient être là dans peu de temps.

Il épousseta sa jupe de coton pour avoir encore plus de dignité. Sur la hanche droite, sa large ceinture de cuir portait dans son fourreau une courte lame au manche d'ivoire.

– Il faut au retour du temple que je m'entretienne avec ta mère. Nous vous retrouverons ensuite dans les jardins. Lorsque tout sera plus calme ce soir, avant que nous nous accordions un sommeil bien mérité,

---

[13] Une espèce de petit cheval disparu de la région aujourd'hui.

je vous attendrai toi et ton frère dans la grande salle. J'ai des choses importantes à vous dire.

Cette réponse n'était pas pour me tranquilliser. J'allais oser le questionner pour en savoir plus, mais trop tard, il s'était déjà retourné vers les trois esclaves qui suivaient les gardes. Il leur fit signe d'avancer. Les gardes s'écartèrent pour les laisser passer.

Deux d'une vingtaine d'années, portaient sanglée sur leurs épaules une espèce de hotte tressée d'une contenance d'environ 30 litres. Le troisième n'avait pas plus de quinze ou seize ans. Il n'avait pas le teint pâle des gens de la vallée, mais la peau fortement brunie par le soleil. Ses cheveux frisés noirs d'ébène en broussaille recouvraient son front, ses joues et une bonne partie du cou comme pour cacher quelque chose. Je croisais son regard lorsqu'il arriva à ma hauteur. Ses yeux sombres semblaient perçants comme le sont ceux d'un aigle.

Il me dépassait de deux bonnes têtes. Il portait seulement une espèce de pagne usagé autour des hanches et de vieilles sandales de cuir à moitié déglinguées. Malgré sa condition misérable, il se dégageait de lui comme une aura de fierté qui transparaissait à travers sa servilité forcée. Le jeune esclave me passa devant sans me regarder. Il se saisit des rênes du grand tarpan, lui caressant affectueusement la joue au passage. L'animal frissonna. Puis le jeune s'empressa de le guider vers les écuries.

Je le suivis du regard, me questionnant à propos des traces de blessures sur son dos, certainement dues à des coups de fouet assez anciens. Mon père n'usait jamais de ce châtiment. Une chose me frappa tout de suite, sa peau mate semblait presque luire d'une couleur bleutée, comme si la peau elle-même avait eu naturellement cette couleur étrange. Mon père semblait avoir deviné mes pensées.

– C'est un enfant du désert, mon fils, un nomade du pays au-delà des grandes dunes du Nord-ouest.

Je me retournais vers lui, mon père regardait comme moi le jeune esclave s'éloigner avec la monture.

– Je l'ai acheté au marché des esclaves de Nippour il y a dix lunes, il me sert bien.

Père abaissa son regard vers moi.

– Peut-être arriveras-tu à le faire parler, il n'a rien voulu répondre à mes questions, même sous la menace de la verge. Pour l'instant, j'ai décidé de l'appeler Barzil-Ur[14], mais Barzil sera suffisant. Ce jeune endure les coups comme un prince. J'aimerais en savoir plus sur lui.

– Peut-être que c'est vraiment un prince, répliquais-je avec ce que j'avais de plus logique.

– Ça ne serait pas pour me surprendre, mais nous n'avons pas le temps d'en disserter maintenant, viens avec moi.

Je regardais une dernière fois de loin le dos de l'esclave comme pour y chercher des réponses. Puis je m'empressais de rejoindre mon père en courant, car il avait déjà pris une bonne avance avec son pas rapide. Une chose certaine était que le Seigneur Nikereb n'aimait pas redire les choses plusieurs fois. Et aujourd'hui, ce n'était sûrement pas le jour pour provoquer son courroux.

Le village de Tergal, fief de notre famille, était construit sur une résurgence rocailleuse qui s'élevait d'une bonne quinzaine de mètres au-dessus de la vallée environnante. Il accueillait quelque 400 hommes, femmes et enfants. Il avait certainement été rasé puis reconstruit plusieurs fois au même endroit par le passé et par-dessus ses propres décombres. Ceci expliquait sans doute que l'ensemble du village s'élevait assez haut au-dessus des champs. Tout autour s'étalait une grande plaine emprisonnée entre les deux grands fleuves Idigna et Buranun.

La plaine s'étirait très loin vers le Sud, jusqu'à la mer. C'était une plaine alluviale très riche grâce à tout un réseau d'irrigation qui y permettait diverses cultures tout au long de l'année de fruits, de légumes et de céréales. L'orge et le blé en particulier constituaient l'essentiel de l'alimentation. La position avantageuse du village en faisait également une position militairement stratégique. Plus loin à l'Ouest, la guerre n'avait jamais vraiment cessé entre les cités de la Grande Vallée.

---

[14]*Cœur de fer (traduction approximative du vieux sumérien).*

Il n'y avait pas à proprement parler de garnison au village. Mon père entretenait douze gardes à la maison. Avec les six du temple dont il gardait le plein commandement, cela ne faisait pas grand-chose. Le village n'était pas fortifié par un mur d'enceinte comme les grandes cités de Sumer, mais un mur épais d'épineux assez haut nous protégeait efficacement la nuit des fauves qui rôdaient parfois près des habitations.

2

Nikereb tourna à droite dans une rue plus large qui remontait en pente douce vers le Nord. Au bout de la rue, à une centaine de pas, se trouvait l'entrée du temple. Le culte principal était dévoué au dieu Enki, le dieu des eaux fraîches, de la fertilité et de la connaissance, protecteur du village et créateur de l'humanité. Au fond de la pièce centrale se trouvait un autel au-devant de sa statue haute d'environ six coudées[15]. Elle était posée sur un piédestal un peu plus haut que l'autel. D'autres statues de dieux ou déesses secondaires ornaient les murs du temple.

Plusieurs offices journaliers permettaient de nourrir les dieux par des offrandes de victuailles et de bière. Toute la population y participait, quel que soit son statut. Même les plus pauvres des miséreux arrivaient à faire un don, quitte à se passer eux-mêmes d'un repas. Pour nous, nos dieux étaient des êtres vivants, d'où l'importance de leur fournir boissons et nourritures à travers nos offrandes. L'embonpoint de nos moines attestait d'ailleurs de la générosité du village.

Père s'arrêta devant les trois marches qui donnaient accès à l'intérieur du temple. Deux grandes vasques en roseaux tressés avaient été déposées à l'entrée devant nous. Nikereb fit un geste aux deux jeunes esclaves qui se précipitèrent de chaque côté des vasques, posèrent leur hotte à terre et en vidèrent adroitement le contenu dans les vasques. Il y avait en belle quantité des fruits, des pains, des légumes et du poisson séché.

Les deux esclaves reprirent rapidement leur place derrière les gardes. Le Grand Prêtre leva alors le bras droit et les chants qui

---

[15] Environ trois mètres.

provenaient du fond du temple s'interrompirent. Quatre novices au crâne rasé sortirent du bâtiment. Par deux, ils soulevèrent les vasques et les déposèrent à l'intérieur sur l'autel principal. Le Grand Prêtre se prosterna face à la statue d'Enki et marmonna quelque chose d'inintelligible. On aurait dit une langue ancienne, peut-être une langue étrangère, tout au moins c'était l'impression que j'en avais, puis il se retourna vers nous, salua mon père pour son offrande et quitta la nef.

Nos obligations remplies, il ne nous fallut pas bien longtemps pour redescendre la rue et prendre la direction de la demeure familiale. C'était une grande bâtisse entièrement construite, tout comme le temple, en briques de terre crue. Cette technique de construction était de loin la plus économique. Elle s'adaptait parfaitement au climat difficile de la région, les briques absorbant une partie de l'humidité pendant les périodes pluvieuses et la diffusant lors des fortes températures, ce qui rafraichissait l'atmosphère intérieure.

Mon père nous fit stopper assez loin de l'entrée principale, il ne tenait pas à être vu tout de suite. De notre position, nous pouvions voir en contrebas une partie du jardin familial. À ma grande surprise, il y avait déjà du monde. Les domestiques et les esclaves se démenaient manifestement pour satisfaire tout le monde. Je sentis la main gauche de mon père se poser sur mon épaule droite. Il y imprima une légère pression. Je pense qu'il avait autant que moi le cœur serré de voir tous ces gens piétiner l'herbe rase et s'approcher des arbustes fruitiers ou des fleurs.

Un vague sentiment de désespoir m'envahit à l'idée de ne plus reconnaitre notre magnifique jardin quand tout ce monde serait parti. Heureusement, l'intendant veillait au grain, mais il semblait avoir un mal de chien à se déplacer d'un endroit à un autre pour éviter le pire. Je sentis mon père se pencher doucement au-dessus de mon épaule.

— Manifestement mon fils, on a besoin de toi de toute urgence pour recentrer l'attention de tous ces gens sur autre chose que nos beaux arbustes et nos belles plantes. Je compte sur toi pour en sauver le plus possible.

Il relâcha la pression sur mon épaule pour y poser deux petites tapes d'encouragement.

– Père, regarde, comment vais-je faire pour m'occuper de tous ces gens ?

– Tu es un homme maintenant. À toi de trouver. N'oublie pas que tu n'es pas seul. Énenlil est là lui aussi. Il t'aidera.

Sans plus en dire, il tourna prestement les talons comme un félin. Je restais planté là au milieu du chemin aussi immobile qu'un vieil arbre mort. D'un seul coup, je me sentais aussi abandonné qu'un agneau entouré de hyènes prêtes à lui sauter dessus pour n'en faire qu'une bouchée. Ce fut un des moments les plus longs de ma courte vie d'alors.

Je ne me rappelle plus combien de temps je suis resté là immobile comme un nigaud, mais ce fut très long, c'est sûr. Je me rappelle juste l'horreur de cette panique qui montait en moi avec la force d'un torrent boueux dévalant de la montagne après la pluie, arrachant les berges et les arbres. J'étais à deux doigts d'être emporté par cette vague destructrice. J'allais tourner les talons pour fuir vers la sécurité d'un endroit plus calme, quand soudain...

– Hé hooo ! Mardouk ! Hé ho !

Trop tard, c'en était fait de ma solution de repli. Je ne saurais dire qui avait pu me voir le premier et anéantir ainsi en une fraction de seconde tous mes espoirs de retraite. Toujours est-il que tous les regards étaient maintenant braqués sur moi. Plus question de prendre mes jambes à mon cou pour déguerpir. Père ne me l'aurait jamais pardonné, ni Mère.... Mère ? Je sentis tous mes muscles se tendre à se rompre. J'aurais pu sans doute affronter la colère de Nikereb, ça oui, mais au grand jamais je n'aurais pu infliger à ma mère la honte de sa vie en me voyant reculer devant cette haute assemblée. Non, ça, jamais !

– Hé hooo ! Mardouk ! Tu viens oui ?

– J'arrive, me voilà, me voilà !

Depuis qu'il m'avait quitté, Père n'avait mis que quelques minutes à peine pour arriver devant les appartements de Kishnana. Mère était une femme étonnamment grande, belle et renommée dans toute la région. Issue d'une famille de la haute noblesse de la cité de Lagash, elle avait décidé de suivre le seigneur Nikereb dans ses terres du nord plutôt que d'être mariée à un des courtisans de la royauté.

De la main gauche, il repoussa légèrement le voile pourpre de tissu épais qui faisait office de porte, puis il s'introduisit doucement à l'intérieur. Il régnait dans la pièce une atmosphère douce et parfumée aux senteurs de jasmins et de roses mélangés. Quelques bouquets ornaient de-ci, de-là le vaste intérieur de leurs magnifiques fleurs blanches et rouges. Pour le plus grand plaisir de sa bien-aimée, Nikereb aimait ramener des pieds d'arbustes à fleurs de ses voyages à travers tout le pays. Sitôt rentrés, tous les deux cherchaient les meilleurs emplacements pour planter les dernières trouvailles colorées et odorantes qu'il venait de lui offrir.

— Mon tendre époux aurait-il si peur des tous nos invités qu'il vienne dès cette heure matinale chercher le réconfort de sa femme, l'empêchant ainsi de finir sa préparation ?

Mon père ne répondit pas. Il s'était arrêté devant un bouquet de jasmins. Machinalement, il tiraillait doucement sur les pétales d'un blanc immaculé en mesurant adroitement sa force pour ne pas les arracher. Kishnana, intriguée par cette attitude inhabituelle, le rejoignit en glissant d'un pas léger sur le sol. Une souris n'aurait pas fait plus de bruit. Tendrement, elle se colla derrière lui, enserrant de ses deux bras sa large poitrine légèrement velue. Alors qu'elle lui prodiguait quelques baisers entre ses omoplates, il lui recouvrit les mains des siennes. Il avait l'air extrêmement tendu. Elle se décala et pencha la tête pour essayer de lire sur son visage.

— Se serait-il passé quelque chose de grave ?

Nikereb se retourna doucement. Il posa les deux mains sur le galbe agréable de ses hanches et la plaqua avec attention contre lui.

— On m'a rapporté des choses inquiétantes... tu as raison...

Il hésita à aller plus loin, se demandant comment il allait bien pouvoir faire pour tout lui dire sans jeter en elle un trouble trop grand.

— Des choses inquiétantes ? De quelles choses parles-tu ?

Kishnana était une femme à l'esprit vif, d'une grande intelligence. Mais peut-être qu'aujourd'hui il aurait dû se passer de venir chercher un conseil. Peut-être que tout s'arrangerait finalement. Peut-être que tout ça, tout ce qu'on lui avait raconté, ne serait bientôt plus qu'un mauvais souvenir. Avec un peu de chance, les rumeurs ne resteraient que des rumeurs, comme souvent par le passé.

– Je ne sais pas trop. Il y a des bruits qui courent sur des bandes armées dans le nord du pays.

– Ça ne serait pas la première fois non ?

– Oui tu as raison, mais cette fois c'est peut-être différent.

Englué dans ses doutes, son regard se perdait sur les imperfections du plafond. Il aurait voulu penser à autre chose. La prendre là maintenant dans ses bras comme si rien ne s'était passé. L'embrasser avec passion comme au premier jour. Respirer ses parfums, caresser sa peau. La combler de mille baisers.

Peut-être qu'il aurait mieux valu tout ignorer, la soulever, la poser doucement sur les coussins et lui faire l'amour jusqu'à se vider la tête et ne plus entendre que des soupirs de plaisir. Se coucher enfin sur le dos à côté d'elle, vaincu. Être juste là, arrêter la fuite du temps, la laisser poser sa tête sur son ventre, les doigts dans ses doux cheveux et vibrer encore en pensée de ce merveilleux moment. Oui, tout oublier, tout oublier......mais comment ?

– Je sens bien que ça ne va pas, en quoi cela serait-il différent des autres fois, dis-moi ?

Il avait réalisé qu'il y avait trop de coïncidences avec d'autres mauvaises nouvelles qui lui avaient été confiées par des marchands de passage. Si tout ce qu'on lui avait dit était vrai, et il n'en doutait pas, le spectre des jours sombres ferait très vite son apparition. Les démons s'étaient à nouveau réveillés dans l'esprit des hommes. Trop tard, il en avait déjà trop dit.

– Excuse-moi, j'ai sans doute trop d'idées noires, je ne m'inquiète sans doute pour rien.

Kishnana posa ses mains sur ses joues par-dessus la grande barbe qu'elle aimait tant caresser en s'endormant. Elle se souleva légèrement sur la pointe des pieds pour venir déposer ses lèvres sur les siennes. Il y répondit tendrement en la serrant plus fort contre lui et l'embrassa longuement. Sans sortir les mains de ses joues, elle recula doucement, se cambrant le dos pour bien le regarder dans les yeux.

– Tu sais que tu peux tout me dire, je te connais trop bien. Cela fait plusieurs jours maintenant que je vois parfois le vide dans ton regard. Qu'est-ce qui pèse si lourd sur ton cœur pour ne pas vouloir le partager avec moi ?

Elle avait dit ces quelques mots avec tout l'amour qu'elle pouvait transmettre, le ton en était presque suppliant.

– Dis-moi...

Elle pressa un peu plus fort sur les joues de Nikereb.

– Je suis avec toi mon aimé, depuis toujours, tu le sais, tu peux tout me dire. Dis-moi ce qui se passe. Dis-moi maintenant ce qui te fait si mal.

Mon père plongea son regard dans celui de Kishnana.

– Nous avons des ennemis partout, tu le sais, notre prospérité et notre façon de vivre plus libres qu'avant, font des envieux. Mais plus que tout, cela fait des mécontents qui ne voudraient pas voir leurs privilèges amoindris comme nous l'avons fait avec les nôtres depuis que le Lugal[16] Urukagina est roi de Lagash."

– Bien sûr, je sais ça, mais ce n'est pas ça qui t'inquiète autant, il y a autre chose, mais quoi donc ?

Cette fois encore, mon père se félicitait intérieurement de la chance qu'il avait d'avoir un jour croisé la route de cette femme belle, intelligente et attendrissante à souhait.

– Tu as raison, comme toujours, il y a bien autre chose...oui.

Il la regarda encore une fois comme pour la supplier de le pardonner de ce qu'il allait enfin dire.

– La guerre est à notre porte ma bien-aimée. Les brigands du Nord sont de retour, ils volent, pillent et tuent tout ce qui est sur leur chemin. De l'autre côté de la plaine, les marchands fuient les rives du fleuve.

---

[16] Littéralement : le Grand Homme.

Des bandes de pillards y arrivent en grand nombre du grand Ouest, des nomades sans foi ni loi qui ne reculent devant aucun barbarisme.

Kishnana sentit un frisson lui parcourir tout le corps. Elle ouvrit plus grand ses yeux couleur noisette. Elle comprenait maintenant ce qui tracassait autant son mari. Elle devinait avec effroi que ce qu'il avait en tête allait sans aucun doute bientôt les toucher sans merci. L'ombre de la guerre allait certainement s'étendre sur leurs terres, dans ce coin de paradis où ils aimaient tellement vivre en paix en famille.

Pourquoi fallait-il donc que ce malheur arrive maintenant ? se dit-elle. Pourquoi les dieux avaient-ils à nouveau besoin de la haine des hommes, de se nourrir de leurs souffrances et de leur mort ? Nikereb ne lui laissa pas le temps de réfléchir plus longtemps à d'autres questionnements.

– Je soupçonne le roi d'Oumma[17] de fomenter tous ces troubles pour nous faire peur et nous affaiblir. Il y a longtemps qu'il rêve d'étendre son territoire plus au sud vers les vergers de Lagash. Son armée s'est multipliée, elle est puissante maintenant et bien entrainée. S'il a réussi à rallier à sa cause les bandes de mercenaires dont on m'a parlé, j'ai peur que le conflit ne soit aussi inévitable que terrible.

– Que peut-on faire mon amour ?

– Je ne sais pas. Nous n'avons pas assez d'hommes ici. Nous ne pourrions pas résister si nous étions attaqués. Les barbares sont trop nombreux et trop aguerris dans leurs exactions. Il nous faudrait plus de soldats, plus d'armes.

– Et si nous demandions de l'aide ? Unis et plus nombreux nous serions plus forts !

– Oui, nous serions plus forts, mais serions-nous assez forts ?

– Ton cousin Urukagina, le roi de Lagash pourrait nous aider, non ?

– J'y ai pensé, mais tout aimable qu'il soit, il ne voudra sans doute pas se départir d'une partie de son armée alors même que son principal ennemi le menace à sa frontière du Nord-Ouest.

---

[17]*Cité-État en conflit larvé avec celle de Lagash à l'époque du récit.*

– Je comprends. D'un autre côté, nous ne pouvons pas abandonner à son triste sort la population de Tergal.

Kishnana frissonna à nouveau de tout son corps.

– Non, nous ne pouvons pas, répondit Nikereb aussitôt. Il va falloir les prévenir, mettre tout le monde au courant pour que ceux qui peuvent avoir ailleurs un abri plus sûr puissent partir au plus tôt. Demain sans doute serait-il sage de le faire.

– Ne veux-tu pas consulter l'Oracle du temple ? Ses visions nous ont parfois bien aidés par le passé.

– C'est vrai, mais si je vais le voir maintenant, tout le village va être aussitôt au courant qu'il se passe quelque chose d'anormal.

– Je ne veux pas de mouvement de panique aujourd'hui, nous avons assez de soucis à régler comme ça pour la journée. Demain, il sera bien assez tôt.

Nikereb redevenait soudain lui-même, le commandant, le maître du jeu. Il venait de se délivrer enfin de ses angoisses. Il se sentait maintenant à nouveau prêt à affronter sans faillir tous les dangers du monde. Il resserra Kishnana contre lui, laissant ses mains glisser tendrement sur la douce cambrure des reins de sa femme. À nouveau, il l'embrassa, mais cette fois avec fougue, ce n'était plus le premier jour, c'était un nouveau jour.

– Il faut penser maintenant à nos invités ma tendre et douce colombe.

Il la gratifia d'un nouveau doux et affectueux baiser, les yeux fermés pour mieux goûter à la chaleur enivrante de ses lèvres.

– Je vais me préparer aussi vite que je peux, personne ne verra Nikereb vêtu comme un palefrenier le jour des 12 ans de son plus jeune fils. Fais-toi belle comme jamais ma douce, je reviens te chercher dès que je suis prêt.

3

Au jardin, j'étais entouré des convives qui voulaient tous échanger quelques mots aimables avec moi.

– Mardouk, ça va mon petit ? Hé ! Ne poussez pas vous autres là derrière !

– Heuuu, ça va oui....

– Mardouk ! Oh hé ! Bon anniversaire mon grand ! Arrgghhh ! Ne poussez pas on a dit !!

– Merci, ça va oui, merci....répondis-je par réflexe, alors que la tête commençait à me tourner par l'effet de cette soudaine affluence autour de moi.

– Mardouk ? Tu te souviens de moi ?

– Oui, heuuu, non !

– Mais ce n'est pas vrai, vous allez arrêter de pousser oui !

– Alors qu'est-ce que ça fait d'avoir douze ans ?

– En fait, ça me fait une année de plus, répondis-je sans réfléchir à la dernière question.

– Ah, ah, ah, génial, il a de l'humour le petit.

– Mardouk, bon anniversaire mon grand.

– Merci, merci....

Je n'avais jamais vécu une telle bousculade autour de moi. Des mots affables et des jurons de protestations fusaient d'un peu partout à la fois. Chacun voulait m'adresser avant les autres quelques mots gentils de bienvenue ou me poser des questions tellement nombreuses sur ma santé, mon état d'esprit, mes envies, comment je comptais faire ceci ou cela, j'en avais la tête toute retournée.

– Mardouk ? Hou hou !

– Je suis là…. Merci. Hein ? Si je vais bien ?

– En forme jeune homme ?

– Oui, oui, enfin je crois oui....

J'essayais bien sûr de satisfaire tout le monde, mais évidemment, personne ne me laissait le temps de répondre complètement. J'aurais voulu être à dix mille lieues de là, seul entre les roseaux au bord d'un étang. J'aurais aimé être tranquillement assis à observer la faune sauvage, regarder passer les oiseaux dans le ciel, deviner les poissons effleurer la surface de l'eau en espérant attraper une mouche imprudente, voir une nichée de canetons suivre en file indienne le sillage de leur mère. J'avais un mal fou à contenir cette bousculade festive, les gens les plus loin sautant parfois à pieds joints ou jouant des coudes pour voir ce qui pouvait bien se passer au centre de l'attroupement dont j'étais la vedette bien involontaire.

– Hé regardez là-bas ! cria quelqu'un.

– Ah ! Enfin ! répondirent presque simultanément plusieurs invités.

D'un seul coup, l'étau s'était desserré, me laissant médusé, pantois, tournicotant sur moi-même en trébuchant, presque ivre. Tout ce petit monde, qui un instant plus tôt n'avait d'yeux que pour moi, se précipitait de l'autre côté du jardin, ne me prêtant plus aucune attention. La foule se concentrait maintenant près de l'entrée des cuisines aménagées spécialement pour mon anniversaire. On entendait des cris de joie, des sifflets, des plaisanteries. Par moment, certaines personnes entonnaient des chansons paillardes en tapant des mains et des pieds.

Beaucoup de jeunes enfants profitaient du moment d'inattention de leurs parents pour s'amuser en criant dans de folles farandoles ou en se poursuivant à la course entre les rangs serrés des adultes, bousculant les convives qui protestaient en maudissant tous ces garnements des feux de l'enfer et d'autres châtiments qu'il vaut mieux taire ici.

Je compris assez vite l'objet de cette liesse soudaine. Les serviteurs venaient d'apporter les premières grandes jarres de bière. Plusieurs tables venaient également d'être remplies une deuxième fois de victuailles toutes aussi délicieuses à voir qu'à manger. Il y avait quantité de volailles farcies, du bœuf rôti, du mouton frit, des galettes de blé fourrées au miel ou aux figues et beaucoup d'autres attractions gourmandes comme des cuisses de pigeons confites, des fruits frais des vergers de la propriété ainsi que des fromages de lait de brebis, de chèvres ou de vaches. Les charcuteries fumées avaient été englouties en moins de temps qu'il n'en faut pour le dire. Certains se servaient directement avec de petites louches dans de gigantesques marmites contenant de la soupe de poireaux agrémentée au lard de porc, à l'ail et à l'oignon et à quelques épices dont j'ignore toujours le nom.

Il y avait assurément beaucoup de monde. Les nouveaux arrivants venaient se joindre avec empressement à la foule déjà présente, échangeant quelques salutations d'usage avant de se rendre assez vite sur le buffet dont les composants diminuaient maintenant à vue d'œil. Les plus assoiffés, ils avaient l'air d'être nombreux, entouraient les jarres de bière.

De grandes pailles en fines tiges de roseau plongeaient dans le breuvage et chacun y allait de sa gorgée en aspirant de toutes ses forces. Notre bière était particulièrement puissante et il ne fallut pas beaucoup de temps pour voir quelques convives très exubérants zigzaguer dans les allées pour finir endormis à l'ombre d'un arbuste bienvenu.

Un son aigu de clochettes retentit soudain. Tout le monde se retourna vers la porte est, du moins tous ceux qui en étaient encore capables. Quelques adultes attrapèrent au vol les gamins qui couraient encore.

Le silence soudain avait quelque chose de surréaliste par rapport à la cacophonie joyeuse qui venait de s'interrompre. Nikereb et Kishnana apparurent côte à côte, arborant tous deux un large sourire et saluant la foule des invités de la main.

Mère était magnifiquement belle. Elle portait une superbe robe sans manche, fine, blanche et bleu azur. Sur sa tête était posée une couronne d'or finement ciselée cintrée au-dessus de ses tresses d'où partaient 3 tiges verticales dont chaque bout était terminé par une fleur d'or au pistil en lapis-lazuli[18]. A ses oreilles pendaient trois disques d'or placés en enfilade.

Père arborait fièrement, comme il se doit, sa longue barbe noire et ses cheveux bouclés aussi sombres que la nuit. Il était coiffé d'une tiare

---

[18] Pierre précieuse de couleur bleue.

cylindrique blanche. Une bande d'or large de deux doigts ornait en croissant de lune la partie frontale de la coiffe. Un ceinturon en cuir soutenait sur sa cuisse gauche le fourreau d'une courte épée au manche d'ivoire. À chaque doigt de sa main droite, il portait une chevalière en or.

Une ovation éclata soudain aussi puissante que le grondement du tonnerre. Père et Mère s'étaient ensuite mêlés à la foule sautant d'un groupe d'invités à un autre, recevant félicitations et remerciements pour l'organisation de cette formidable journée. Les domestiques et les esclaves continuaient à approvisionner les tables, les marmites et les cruches en un ballet incessant. La plupart des gens m'ayant déjà salué, plus personne ne semblait prêter une importance quelconque à ma personne.

– Tout va comme tu veux, Petit Frère ?

Énenlil venait de s'assoir à côté de moi à l'ombre d'un grand pommier.

– Je remercie les dieux d'avoir donné autant de courage à Père et Mère pour affronter toute la journée une telle troupe braillante, moi je n'en aurais pas eu la force, répondis-je en jetant un regard circulaire craintif autour de nous.

– N'est pas Seigneur qui veut, dit mon frère. Il faut avoir plus que du courage pour tenir ce rang la tête haute et le dos droit.

– Eh bien je ne suis pas pressé de le devenir.

– Moi non plus à vrai dire, répondit Énenlil.

– Mais toi tu as dix-huit ans maintenant.

– Justement, je préfèrerais parfois en avoir encore douze comme toi.

Énenlil, les jambes rabattues devant sa poitrine, les bras croisés sur ses genoux, songeait certainement aux soucis qu'il aurait un jour à affronter lui aussi lorsqu'il aurait la charge du domaine.

Père lui donnait déjà de plus en plus de responsabilités dans la gestion des fermes. Après la journée de travail dans les champs, il devait continuer à suivre des cours de comptabilité et à réciter par cœur les principes de la jurisprudence consignée par les moines scribes sur d'innombrables tablettes d'argile.

Notre écriture cunéiforme, à elle seule, nécessitait plusieurs années d'apprentissage. Nous devions apprendre par la répétition des gestes comment lire et écrire plus de 600 signes différents à imprimer adroitement dans l'argile encore souple. Nous devions savoir parfaitement tailler nos calames [19]dans une tige de roseau séchée à l'avance. Ils pouvaient être de différentes tailles et diamètres. Un côté était affuté en pointe jusqu'à obtenir le bon angle et l'autre était parfois abrasé en forme d'hémisphère.

Sur certaines tablettes, on imprimait un sceau de propriété à partir d'un rouleau calligraphié appelé sceau-cylindre. Taillé en négatif dans une pierre cylindrique de la longueur d'un pouce et d'un diamètre moitié moindre. On le faisait rouler sous la pression de la paume de la main sur une bande d'argile fraîche. Une image s'imprimait alors dans l'argile qui valait pour signature. Elle pouvait servir aussi à d'autres fonctions comme la fabrication d'amulettes par exemple, une solution très pratique pour la reproduction en série.

La sonnerie puissante d'un cor nous sortit de nos tristes pensées. Elle annonçait les courses de tarpans[20]. D'un bond, nous nous retrouvâmes à courir pour rejoindre la piste balisée à l'extérieur de la zone protégée par l'immense mur d'épineux.

— Je pensais que Père t'aurait demandé de faire la course, me dit Énenlil.

— Ben moi je suis bien content qu'il ne l'ait pas fait. De toute façon, je n'arrive pas à rester sur le dos des tarpans plus de quelques minutes. Ils ont certainement tous pactisé contre moi pour m'éjecter dès qu'ils le peuvent.

— Du coup, qui va conduire notre tarpan alors ?

— Bonne question, je ne sais pas du tout, répondis-je.

Plusieurs jeunes cavaliers étaient déjà prêts pour la première course.

Chaque famille présentait une bête de quatre à cinq ans maximum et un cavalier de moins de seize ans. Le cavalier n'était d'ailleurs pas forcément un membre de la famille. Il la représentait grâce à une

---

[19]*Tiges de roseau taillées pour écrire sur les tablettes d'argiles.*
[20] *Espèce de cheval d'une taille moyenne, aujourd'hui disparue.*

écharpe colorée enroulée autour de la taille. Les bêtes étaient montées sans selle. La piste était une étendue de terre plate non cultivée d'environ quarante coudées[21] de large et d'environ un stade[22] de long.

Chaque animal était tenu en laisse par un esclave devant la ligne de départ. Les cavaliers attendaient derrière une deuxième ligne à quarante coudées de là. Au signal ils devaient courir jusqu'aux tarpans, monter sur le dos des animaux le plus vite possible et se lancer dans la course. De chaque côté de la piste, deux grosses bottes de foin marquaient les virages. Le gagnant était celui qui arrivait le premier après avoir parcouru dix allers-retours.

Chaque cavalier était muni d'une corde de cuir. Il pouvait user de cette corde ou d'autres stratagèmes pour tenter de déséquilibrer ses adversaires pendant la course. L'objectif n'était pas tant de gagner la course que de faire jouer les spectateurs qui prenaient de nombreux paris du style : qui passerait trois fois en premier la ligne d'arrivée ou encore quelle monture garderait son cavalier jusqu'au bout etc....

Père avait jalousement gardé le secret du héraut qui devait nous représenter. Les derniers tarpans sortaient maintenant des écuries, mais nous n'avions pas encore vu notre représentant. Quelle ne fut pas ma surprise de voir finalement Barzil ceinturé de notre écharpe jaune et verte à points blancs. Tout se mettait maintenant en place, les neuf tarpans participants, leurs cavaliers et aussi les nombreux spectateurs. On sentait la tension monter chez les parieurs. Seule ombre au tableau, de gros nuages noirs arrivaient à hauteur du village.

– Tu as vu le ciel Énenlil ?

– J'ai vu oui, je pense qu'on va se prendre un bon grain, répondit-il en grimaçant à la vue des nuages beaucoup trop sombres à son goût.

– Un bon grain et de l'orage aussi, je pense, ajoutais-je.

– Tu as raison, Petit Frère. S'il vient à faire orage comme tu dis, ça va être la catastrophe.

– Alors ça va être la catastrophe, c'est certain, je viens de voir un éclair au loin.

---

[21] *Une coudée valant approximativement 50 centimètres.*
[22] *Un peu moins de 200 mètres.*

Beaucoup de gens avaient observé comme moi le ciel avec inquiétude, mais la course allait commencer et les paris étaient déjà pris. Beaucoup de monde se pressait maintenant à peu de distance de la ligne d'arrivée.

La sonnerie du cor retentit à nouveau. Les cavaliers se précipitèrent vers leurs montures sous les cris stridents de la foule. Nos tarpans étaient des animaux particulièrement rebelles, même domestiqués. Les monter du premier coup, en leur sautant sur le dos, n'était pas une chose gagnée d'avance. C'était peu de le dire en effet, car on assistait à une vraie scène d'anthologie. C'était à croire que les bêtes s'étaient toutes passé le mot pour semer la panique la plus totale dès le départ.

Certains se cabraient faisant tomber à terre leurs malchanceux cavaliers, d'autres s'entêtaient à tourner en rond autour des malheureux esclaves qui avaient un mal fou à les garder au pied. Deux tarpans avaient d'ailleurs décidé de faire la course sans cavalier et courraient déjà sur la piste en ruant, poursuivis évidemment par les esclaves qui tentaient sans succès de les rattraper. Des hurlements de colères et d'énormes rires se mêlaient dans l'assistance qui s'agitait en grands mouvements de bras et de cris, renforçant sans le savoir l'excitation des tarpans.

— Hi hi, ça, c'est un départ comme on en voit rarement, quelle pagaille, dis-je en riant de bon cœur.

— Ça tu peux le dire Petit Frère, quelle pagaille !

— Regarde Énenlil, il fait quoi Barzil ?

— Ben alors ça, je ne sais pas du tout.

Barzil avait pris les rênes de la main gauche. Il s'était placé face à sa monture, la main droite levée vers le front de sa bête il semblait lui parler. Père et Mère avaient comme moi et Énenlil cessé de regarder la folie de ce départ complètement loupé pour observer attentivement Barzil. Trois cavaliers venaient de franchir la ligne. Aussi surprenant que cela puisse paraitre, notre bête venait de se calmer. Barzil glissa sur son flanc gauche en lui caressant la joue comme je l'avais déjà vu faire avec le grand Tarpan de mon père. Il glissa la main droite le long de l'encolure puis d'un bond agile se retrouva sur le dos du tarpan qui partit aussitôt au gallot. Les trois derniers cavaliers lui emboitaient le pas.

– Tu crois qu'il va pleuvoir Énenlil ? demandais-je inquiet.

– J'en suis sûr, regarde comme les nuages sont agités, ce n'est pas bon signe, pas bon signe du tout. Ils arrivent à toute vitesse.

Au troisième tour, les positions relatives n'avaient pas encore changé. Au quatrième, notre cavalier semblait avoir repris du terrain et une ovation fantastique l'avait accueilli au passage de la ligne blanche devant les spectateurs impressionnés.

L'orage était maintenant sur nous, le tonnerre grondait et les premières gouttes se mirent à tomber pour se transformer très vite au cinquième tour en véritable déluge. Une grande partie de l'assemblée partit en courant se mettre à l'abri sous les tentes de Bédouins que mon père avait fait installer. Quelques parieurs bravaient malgré tous les éléments pour suivre la suite des événements.

Les éclairs devenaient de plus en plus proches. La pluie malheureusement ne faiblissait pas. J'étais trempé jusqu'aux os, mais je n'aurais raté pour rien au monde la fin de la course. La piste se transformait de plus en plus en champ de boue. Au huitième passage, le tarpan de tête glissa dans le virage entrainant avec lui la chute de son poursuivant.

Barzil en profita pour les dépasser, il se rapprochait de plus en plus du jeune en tête, toujours poursuivi par les trois autres concurrents. Mère s'était dès les premières gouttes mise à l'abri dans la maison. Nikereb restait lui planté comme un roc se protégeant les yeux avec la main droite pour voir la course aussi bien qu'il le pouvait. Une bonne partie des parieurs avait renoncé pour échapper au déluge.

Barzil revenait sur le cavalier seul en tête, les autres concurrents revenaient aussi. Au dernier tour, Barzil passa devant et c'est en groupe serré que les concurrents se présentèrent devant la ligne d'arrivée. Au moment où notre monture passait la ligne, la fondre tomba entre les cinq concurrents. Les tarpans s'effondrèrent éjectant leurs cavaliers dans leur chute.

Sous les yeux horrifiés de l'assistance, plus rien ne bougeait sur la piste devenue une vraie pataugeoire. Je m'y précipitais avec Énenlil. Père avait été plus rapide que nous. Plusieurs esclaves arrivaient aussi en renfort pour secourir bêtes et hommes. Deux des tarpans, dont le nôtre, étaient morts, les trois autres n'étaient pas en meilleure forme. Ils donnaient de grands coups de sabots dans le vide avec leurs pattes arrière en hennissant de douleur.

Nikereb s'était accroupi à côté de Barzil. Il enleva rapidement la boue du visage de l'adolescent pour dégager les yeux, le nez et la bouche, aidé par la pluie qui tombait toujours en torrent.

– Père, est-il vivant ? dis-je très inquiet.

– Oui, ça va aller, ne t'inquiète pas mon fils. Énenlil, dit-il à mon frère en se tournant vers lui, regarde si tu peux faire quelque chose pour les autres jeunes.

– Ils sont déjà pris en charge, Père, répondit mon frère après avoir fait un tour sur lui-même.

– Bien, alors mettons-nous vite à l'abri au village. Énenlil, dit aux autres de porter les blessés à l'écurie.

Mon père prit Barzil dans ses bras, se relevant en faisant attention à ne pas glisser. C'est à ce moment précis que le cor d'alerte de la garde sonna.

– Quoi encore ? s'écria-t-il. Il s'adressa à nous avec inquiétude.

– Venez ! vite !

La foudre tombait toujours, mais un peu plus loin cette fois. Nous arrivâmes assez rapidement dans la première cour de la maison. Nikereb posa Barzil sur un lit de paille. Il inclina la tête du blessé en arrière et approcha son oreille de la bouche. Il se releva sans le quitter des yeux. Un gros filet de sang coulait sur le front de notre héraut.

– Ça va, il respire toujours. Énenlil, cours au temple chercher les moines médecins, dépêche-toi..

Les quatre autres jeunes cavaliers venaient d'être mis à l'abri. Trois étaient conscients, fortement choqués et blancs comme une toge toute neuve. Le quatrième semblait en bien plus mauvais état, du sang s'écoulait abondamment de la fracture ouverte de sa jambe droite.

Le cor d'alerte de la garde sonna à nouveau.

– Ce n'est pas vrai ! Qu'est-ce qu'il y a encore, cria mon père.

Il fit pivoter Barzil sur le côté la tête posée sur le bras gauche écarté du corps à 90° puis il se leva d'un bond. Il me regarda.

– Mardouk, reste ici, surveille-le. Il ne doit pas vomir, sinon aide-le à respirer en lui maintenant la tête bien en arrière dans cette position, je reviens.

– Oui Père, la tête en arrière, d'accord.

Nikereb partit en courant vers la salle des gardes. Énenlil revenait déjà accompagné de trois moines médecins. Aussitôt arrivés, ils se répartirent chacun sur un blessé. Malheureusement, le jeune à la jambe fracturée avait perdu beaucoup trop de sang, il lâcha son dernier soupir au moment où un moine s'agenouillait à côté de lui.

Nous restâmes plantés là à regarder les moines pratiquer sur les autres blessés diverses palpations et autres vérifications. L'un d'eux attrapa une petite fiole d'un liquide rouge. Il en donna à boire à chacun des trois cavaliers survivants. À voir leurs grimaces, la potion n'avait pas l'air particulièrement goûteuse.

Puis deux moines s'en allèrent. Celui qui était resté chercha quelque chose dans sa sacoche. Il en sortit lui aussi une petite fiole qu'il ouvrit au raz du nez de Barzil. Celui-ci fronça des sourcils. Le prêtre remit la fiole sous son nez. Cette fois la réaction fut plus marquée, Barzil ouvrit les yeux, bascula sur le dos avec un râle de douleur puis il se prit la tête entre les deux mains. Le moine rangeât la fiole, se releva et se tourna vers Énenlil.

– Jeune Seigneur, votre homme s'en sortira. Il a pris un mauvais coup à la tête, mais il n'a rien de cassé. Il aura mal au crâne certainement pendant quelques jours, mais il devrait vite se remettre.

Le moine fouilla à nouveau dans sa sacoche et en sortit un sachet de cuir et s'adressa à nouveau à moi.

– Quand il se relèvera, faites-lui prendre cette poudre en deux fois, mélangée à une portion d'eau, la première au plus tôt et la deuxième demain matin, ça devrait calmer la douleur.

Il se remit à genoux près du blessé, avec un peu d'eau il nettoya la plaie puis attrapa une lotion odorante qu'il appliqua directement sur la plaie. Elle saignait encore en haut du front. Ensuite, il prit un bandage et en ceintura le tour de tête, repoussant les boucles de cheveux encrassées de boue. Il se redressa enfin. S'inclina légèrement pour nous saluer, puis sortit sans rien ajouter de plus.

Dehors le front d'orage s'était éloigné vers le Nord, mais la pluie tombait toujours en abondance et manifestement elle allait durer. On entendait l'intendant crier ses ordres à une poignée d'esclaves et de serviteurs qui couraient en tous sens pour sauver autant de nourriture que possible.

Barzil reprit ses esprits, Énenlil l'aida à se relever. Nous l'aidâmes ensuite à s'assoir sur un tabouret contre un des murs.

Il se tenait toujours la tête d'une main. J'attrapais un gobelet en bois poli, y versais de l'eau et la demi-dose du sachet de poudre du moine. Je remuais le tout avec l'index et fit boire le contenu comme il avait été prescrit.

— Oh ma tête ! qu'est-ce qui s'est passé ?

— Du calme Barzil, reste tranquille, on va s'occuper de toi, lui dit Énenlil.

— Mardouk, reste avec lui, je vais voir ce qui se passe, Père aurait dû revenir. Ne bougez pas de là tous les deux, je reviens dès que je peux.

Dehors, la pluie avait subitement faibli. Beaucoup des invités trouvèrent que c'était le moment d'en profiter pour rentrer chez eux. Kishnana essayait tant bien que mal de les réconforter et de les aider à préparer leur départ. Pour beaucoup, venant de loin, il valait mieux reprendre la route avant que la nuit ne tombe. Ils savaient que ce mauvais temps une fois installé pouvait durer plusieurs jours, il n'aurait servi à rien de rester. Quelques-uns décidèrent tout de même d'attendre le lendemain, les tentes étaient assez grandes et il y avait encore quantité de nourriture pour passer la soirée.

Barzil reprenait maintenant des forces assez vite, à priori la médication du moine était très efficace.

– Qu'est-ce qui est arrivé ? Oh, ma tête ! Disait-il encore l'air passablement absent.

– C'est la foudre, elle est tombée entre vous cinq juste au moment où tu passais la ligne. Tu as eu beaucoup de chance, notre tarpan est mort sur le coup. Tu as chuté et une vilaine blessure à la tête, mais rien de grave. Tu peux rester ici à te sécher et te reposer en attendant qu'on sache quoi faire d'autre. Je vais voir ce que ça donne dehors, ne bouge pas de là.

Je m'éloignais un peu pour voir dehors ce qui se passait maintenant. L'intendant arriva à la course, trempé, essoufflé et boueux à souhait. Quand il vit Barzil, il se précipita vers le garçon.

– Par les dieux de l'enfer, que fais-tu là tranquillement assis pendant que tous les autres travaillent comme des fous sous la pluie ! Debout et au trot, bouge tes fesses de là. Je vais t'y aider moi, tu vas voir !

J'eus heureusement le temps de m'interposer avant que le bâton de l'intendant ne fasse une autre plaie sur la tête du pauvre Barzil.

– Maître Intendant ! Stop ! Je m'en occupe !

Il s'arrêta brusquement, me regarda d'un air déboussolé, abaissa son bâton en jetant un regard glacial à Barzil puis fit demi-tour en ruminant pour lui-même : "Si les Maîtres se mettent à défendre les esclaves maintenant, il n'est pas étonnant que les choses aillent de mal en pis."

– Merci Maître Mardouk, dit Barzil grimaçant encore en se tenant toujours la tête d'une main.

Je le regardais sans rien dire, puis tournais la tête cherchant vainement à voir où Énenlil avait bien pu passer.

– Reste ici, allonge-toi si tu veux pour te reposer, et essaie de rester le plus discret possible, l'intendant risque de mettre encore longtemps pour se calmer.

Sur ce je sortis en courant vers la salle des gardes. Lorsque j'arrivais, la salle était vide. Les râteliers à épées aussi. Plus d'arcs, plus de flèches. En sortant, je tombais sur un serviteur passablement affolé qui courait au sprint.

– Qu'est-ce qui se passe ? Où est le Seigneur Nikereb ? criais-je.

Sans s'arrêter, le domestique me montra du doigt le deuxième étage et continua sa course effrénée vers les tentes. Je grimpais les escaliers à toute vitesse. Deux gardes en armes étaient postés à l'entrée de la grande salle. J'allais entrer lorsque j'aperçus mon père. Il n'était plus habillé en tenue d'apparat, mais avait revêtu son armure. Sur une table à côté de lui, un arc, des flèches et son casque de guerre étaient posés. Lorsqu'il me vit, il sembla satisfait.

– Entre Mardouk, tu tombes bien !

4

Au Nord, loin de Tergal, un garçon trempé et boueux se précipitait à l'intérieur d'une maison en briques de terre crue.

– Grand-Père ! Il y a des hommes qui arrivent, ils ont l'air méchants.

– Attends petit, j'arrive voir.

Le jeune Namur, en allant chercher de l'eau au puits, avait aperçu une troupe d'hommes en armes à travers le bosquet d'arbres qui bordait le chemin de la ferme. Ils devaient être à environ deux cordes[23] et demie de là. Le chemin longeait par le Sud le bosquet d'arbre pour rejoindre à un peu plus d'une corde et demie une voie plus importante longeant le fleuve. Namur avait laissé tomber son seau d'eau sous l'effet de la surprise. Pour revenir à la ferme, il avait couru aussi vite qu'il avait pu, prenant garde à ne pas glisser.

Le vieil homme sortit de sa cuisine. La ferme, bien que modeste, permettait d'assurer de façon honorable la subsistance du jeune, du vieillard en pratiquant un troc abondant avec leurs voisins. Les parents de Namur étaient morts il y avait déjà deux ans, tous les deux emportés par la maladie après deux jours de fièvre intense. S'il y avait en Sumer quelques vieillards, la grande majorité des gens des campagnes n'avait pas une espérance de vie supérieure à vingt-cinq trente ans au maximum.

Depuis lors, Namur était resté seul avec son grand-père. Du haut de ses dix ans, il tentait de l'aider aussi bien qu'il pouvait. En s'appuyant sur son bâton, le vieil homme s'avança d'un pas hésitant vers l'entrée uniquement fermée par un lourd rideau de cuir souple et épais. Il l'écarta légèrement et observa avec appréhension le bout du chemin. La pluie tombait depuis plusieurs heures maintenant. Il s'était

---

[23] Une corde valant 120 coudées soit environ 60 mètres.

rapidement transformé en pataugeoire. Il n'y avait personne en vue pour l'instant. Il se retourna vers le gamin.

– Est-ce qu'ils t'ont vu ?

– Je ne sais pas, Grand-Père. Je ne crois pas, non.

– Bon, espérons-le. Passe par-derrière, va vite à l'étable, mets-toi dans un coin à l'écart et recouvre-toi entièrement de paille. Cache-toi aussi bien que tu peux, personne ne doit deviner que tu es là.

– Pourquoi ça ?

– Ne discute pas petit, il y a de drôles de gens ces temps-ci qui parcourent la campagne. Il vaut mieux être prudents. Cache-toi bien et surtout ne bouge pas de ton abri tant que je ne viens pas te chercher. Allez dépêche-toi.

Le grand-père avait repoussé Namur sans violence avec son bâton.

– Allez, file je te dis !!

Namur n'hésita pas longtemps. Il partit en courant, rempli soudain d'angoisse pour lui, mais surtout pour son grand-père. Celui-ci repoussa à nouveau de la main gauche la lourde toile en peau de génisse. Cette fois quatre hommes étaient là, au bout du chemin. L'un d'eux sembla faire de grands signes à d'autres personnes plus au Nord. Au grand désespoir du vieillard, les quatre brigands s'engagèrent sur le chemin. Le vieil homme regarda une dernière fois en arrière pour s'assurer que Namur n'était plus là. Il se couvrit les épaules d'une cape accrochée près de l'entrée puis il s'avança sous la pluie, se protégeant tant bien que mal le visage avec sa main libre.

– Bonjour mes Seigneurs, salle temps n'est-ce pas ?

Les quatre hommes ne répondirent pas, ils continuèrent à s'approcher, pataugeant pieds nus dans la boue. Ils étaient simplement vêtus d'une espèce de large jupe à plusieurs niveaux de franges en forme de feuilles de laurier-rose. Le vêtement traditionnel était maintenu par une ceinture de cuir à laquelle suspendait sur la cuisse gauche le fourreau d'une épée. Sur leurs épaules ils avaient jeté une peau de hyène dont la tête leur servait de couvre-chef, les pattes de devant retombant sur la poitrine. Au dos ils portaient en bandoulière par-dessus l'épaule droite un grand bouclier rectangulaire solidement accroché grâce à une lanière tressée.

Tous les quatre portaient des cheveux longs en bataille et une grande barbe mal entretenue. Différents débris s'y accrochaient certainement poussés par le vent et collés par la pluie. Leurs fronts étaient soulignés par d'épais sourcils noirs comme la nuit. Il y avait dans leur regard quelque chose de terrifiant, quelque chose qui transpirait la cruauté.

Le vieil homme ne se fit pas d'illusions, ce n'était pas des voyageurs, mais probablement des rodeurs et peut-être même des tueurs. Ils n'étaient plus qu'à quelques pas du vieillard lorsque celui qui marchait en tête glissa et se retrouva allongé de tout son long sur le dos. Ses jurons de colère étaient à peine couverts par les rires à pleins poumons de ses trois compagnons.

– Hi hi ! Bodur a tellement pris de poids qu'il ne tient même plus sur ses pattes ! lui lança un de ses compagnons.

Bodur se releva en grognant plein de haine et envoya un grand coup de pied à celui qui se trouvait le plus près de lui. En voulant éviter le coup direct, l'autre glissa à son tour et s'étala lui aussi dans la boue. Le temps qu'il se relève tout aussi coléreux que son prédécesseur, ses trois compagnons étaient arrivés à hauteur du vieil homme.

– Vous êtes combien ici ? demanda Bodur sur un ton agressif. Manifestement c'était lui le meneur du groupe.

– La vie n'a pas eu beaucoup de pitié, mon fils et sa femme sont morts il y a deux ans déjà. Je suis seul maintenant.

– Quoi ? Tu te moques de nous ? Elles sont où les femmes ?

– Il n'y a pas de femme ici, elle réchaufferait ma vie s'il y en avait une, mais non, je suis seul.   Les quatre hommes se faisaient maintenant menaçants. Bodur bouscula le vieillard.

– Ne te moque pas de nous, un vieux débris comme toi ne peut pas entretenir tout seul le jardin que je vois là. Ils sont où les autres ? Hein ? Réponds ou je te fracasse la tête !

– Pitié mes Seigneurs, je ne suis qu'un pauvre paysan, je n'essaie pas de vous mentir, pourquoi le ferais-je au risque de subir votre courroux ?

– Parce qu'il y a ici une ou plusieurs femmes que tu veux protéger. Voilà pourquoi. Alors, ne te paie pas de notre tête, réponds, elles sont où ?

Bodur termina sa phrase en donnant un coup de pied dans le bâton sur lequel le vieillard prenait appui. Le bâton tomba dans la boue. D'un mouvement brusque, il poussa ensuite le vieil homme des deux mains, en criant d'une voix terrifiante tout en appuyant sur chaque mot.

– Elles.. sont... où ? Tu es sourd ou quoi ?

Le coup fut si violent que le grand-père tomba à la renverse. Avec un râle rauque, il porta sa main droite sur son cœur, les doigts crispés sur la poitrine, la respiration saccadée. Les quatre brigands le regardaient sans aucune pitié, immobiles. Le vieil homme grimaça de douleurs, cambra les reins comme s'il était soulevé par la ceinture par une main invisible. Puis tout son corps retomba comme une pierre dans la boue. Bodur s'avança et lui décocha un coup de pied sur un mollet, mais la vie venait de quitter sa pauvre victime, elle ne souffrirait jamais plus.

– Hé ben voilà ! Quel idiot !

Bodur se retourna vers les trois autres.

– Ne restez pas plantés là comme des roseaux, fouillez-moi cette ferme. Et s'il n'y a pas de femme, trouvez au moins de quoi manger. Allez ! Bougez-vous un peu.

Le reste de la troupe arrivait enfin. À sa tête se trouvait un homme de forte stature, pas très grand, mais assurément très costaud. Il montait sans selle un grand mulet brun très foncé. L'animal presque noir avait deux superbes grandes taches blanches sur les cuisses. Une bête vraiment très originale. Sur sa tête l'homme portait un casque de guerre assez étroit fait d'un assemblage de cuivre et de cuir. Un renflement au niveau du front formait comme une ceinture autour de la tête, on aurait presque pu croire qu'il s'agissait d'une couronne. De chaque côté une pièce de cuir recouvrait les oreilles du guerrier. À l'arrière suivaient des fantassins dont certains conduisaient en laisse une dizaine de mulets chargés de différents bagages et matériels. Il y avait une bonne quarantaine d'hommes au total, tous fortement armés de lances, d'arcs, de haches et de courtes épées.

Le cavalier arrivait à hauteur du cadavre ruisselant de pluie au moment où Bodur revenait vers la troupe. Il stoppa son mulet et inspectant la pauvre dépouille.

– C'est quoi ce vieux dans la boue ? Qu'est-ce qu'il fait là ? lança-t-il à Bodur.

– Un vieux fou qui n'a pas supporté de nous voir de trop près Seigneur Nemnakar. C'était le fermier. On a regardé à l'intérieur, il n'y a personne.

Le chef des brigands releva la tête pour mieux se faire une idée de l'importance de la ferme, fronçant les sourcils pour mieux voir, car la pluie semblait vouloir redoubler de force.

Il jeta un coup d'œil rapide sur les jardins autour d'eux tout en remettant en place sur ses épaules la peau de bête qui le protégeait des averses.

– Très bien, installons-nous au sec. Allumez des feux qu'on se réchauffe un peu. Il faut aussi nourrir les bêtes.

Il se retourna en s'appuyant sur ces deux mains, l'une devant, sur l'encolure, l'autre derrière lui, sur la croupe du Mulet. Il s'assura qu'à l'arrière tout le monde suivait. Une grimace crispa son visage. La douleur qui venait de le tirailler lui rappelait qu'il était temps de s'occuper de la vilaine blessure à la cuisse droite qu'une lame d'épée lui avait infligé lors du dernier accrochage. Heureusement, elle n'avait fait que l'entailler, mais la coupure en restait néanmoins assez longue et profonde. Un linge bien serré autour de la blessure la protégeait tant bien que mal.

Nemnakar posa sa main droite juste au-dessus du genou et se frotta la jambe comme si cela pouvait suffire à faire baisser l'intensité de la douleur. Depuis quelques heures déjà il vivait un état migraineux fortement désagréable. Sa poussée de fièvre n'était pas un signe de bon augure et la plaie de sa cuisse droite n'y était certainement pas étrangère. Il s'adressa à nouveau à son compagnon.

– Bodur, nous allons nous arrêter ici. Cette maudite pluie ne veut pas s'arrêter. Organisons le camp dans la ferme et que tout le monde se repose. Je veux quatre vigiles pour surveiller les alentours, organise les tours de garde jusqu'à demain.

Nemnakar regarda une nouvelle fois les champs.

– S'il n'y a pas assez de nourriture dans la ferme, il n'y a qu'à se servir dans les champs, il y a des légumes et des fruits que je vois là-bas, ce sera plus que suffisant.

Nemnakar était trempé. L'orage soudain qui s'était abattu sur le groupe de pillards les avait pris par surprise, ils n'avaient pas eu le temps d'aller chercher un abri. Nemnakar avait une réputation qui dépassait de loin les frontières du pays sumérien. C'était le Chef de clan d'une tribu des hauts plateaux et des montagnes de Mitanni loin dans le Nord. Sa troupe mobile était la hantise des caravanes de marchands nomades qui revenaient chargées de trésors pour se rendre dans les terres lointaines arrosées par le Nil.

*

À Tergal la pluie continuait à détremper la campagne et le village. La maison paternelle ruisselait abondamment. Quelques torches avaient été allumées et envoyaient sur la terrasse du deuxième étage des reflets dorés mouvants qui la rendaient presque vivante. Je ne me rappelais pas avoir déjà vu mon père porter son armure de combat. Bien sûr, je la connaissais. Je l'avais même essayée avec l'aide d'Énenlil. Elle était composée de deux éléments distincts. Le premier était une sorte de toge courte en gros tissu de laine. Un empilement de différentes plaques de cuivre solidement arrimées à la toge devait permettre de parer les coups d'épées ou de lances. Par-dessus cette première partie venait s'accrocher une cape elle-même renforcée d'autres plaques de cuivre pour protéger le dos de son porteur.

L'ensemble avait un poids hallucinant pour l'enfant que j'étais. L'armure allait d'ailleurs bien mieux à Énenlil qu'à moi. Vu ma taille à l'époque, je ne devais pas être très impressionnant habillé de la sorte. Aujourd'hui je porterai bien mieux le vêtement de campagne. Je ne crois pas que mon père se soit aperçu plus tard de notre intrusion dans ses affaires personnelles. En tous cas, s'il s'en était rendu compte, il ne nous en avait pas dit mots. Le temps que je pénètre dans la pièce, il avait ôté l'armure et s'apprêtait à la poser délicatement sur une table à côté de son épée et de son casque.

– Père ! Tu pars à la guerre ?

– Ne t'inquiète pas, je vais rester encore un peu.

Il se mit à rire doucement.

– Kishnana ta mère me l'a répété plusieurs fois ces derniers temps, j'ai tendance à prendre un peu de ventre. Avant de me servir de mon armure, si je venais à en avoir besoin, j'ai préféré l'essayer, tu comprends ?

Il me regarda avec attention puis il éclata franchement de rire. C'était sans doute à cause de la tête que je devais faire.

– Je dois dire qu'elle avait parfaitement raison, comme toujours d'ailleurs, je suis un tantinet étriqué là-dedans. Mais bon, j'y rentre encore et si je devais courir la campagne aux trousses d'un ennemi, j'aurais vite fait de perdre un peu de poids, tout rentrerait dans l'ordre.

Il avait à peine fini sa phrase que son visage se ferma dans un léger rictus que traduisait son pincement de lèvres. Il devait sans doute se reprocher mentalement de s'abandonner à des plaisanteries alors que l'instant était grave au plus haut point. Il me regarda d'un air spartiate et me fit signe de m'approcher de lui.

– Viens me voir Mardouk, approche-toi.

Lorsque je fus devant lui, il respira un grand coup. Il avait planté son regard dans le mien. Il posa ses deux larges mains sur mes épaules.

– Écoute bien mon fils, tu es grand maintenant, mais tu ne seras vraiment un homme que lorsque tu auras vécu les pires difficultés, les pires ennuis et peut-être même les pires trahisons.

– Les pires ennuis et les pires difficultés ? Dis-je un peu effrayé. Je ne suis pas sûr de vouloir ça, répliquais-je.

– Si seulement on avait la possibilité de choisir, me dit-il.

Père se racla la gorge pour éclaircir sa voix et il continua :

– Cela fait plusieurs jours que j'entends parler de rodeurs dans l'Ouest et le Nord. Jusque-là les choses ne semblaient pas bouger beaucoup. Mais maintenant, ce n'est plus le cas. Un messager des fermes du Nord est venu aussi vite qu'il pouvait pour nous prévenir. Des rodeurs en armes descendent l'Idigna, ils seront sans doute très vite sur Tergal. C'est à croire que les dieux se sont détournés de nous. D'abord cet orage impressionnant qui vient gâcher ta fête et puis ce messager porteur de tristes et bien mauvaises nouvelles.

– Ça va être la guerre ? N'est-ce pas ?

– Non, j'espère que non. En tous cas, probablement pas avant quelque temps mon fils. Nos ennemis sont encore loin et n'ont pas encore pu nous espionner. S'ils viennent à Tergal, ils prendront certainement le temps d'évaluer nos forces. Je ne pense pas qu'ils prennent le risque de nous attaquer sans savoir à qui ils ont affaire. Tu vois, cet orage était comme un présage, sans doute le signe annonciateur que rien ne va plus et que nous devons être sur nos gardes. Les Cieux se sont mis en colère, je ne sais pas pourquoi, mais c'est ainsi, c'est arrivé, voilà tout. Je pense que nous devons tous nous préparer à l'imprévu, peut-être au pire. Je pressens au fond de moi que les temps de malheurs sont sans doute revenus.

– Mais on va gagner, dis ?

– Peut-être, peut-être pas, tout ne dépend pas que de nous Mardouk. Certaines choses qui nous dépassent sont déjà écrites, personne n'y peut rien changer. Les dieux ont sûrement des plans pour nous qu'il nous est impossible de connaitre. Il faudra juste faire de notre mieux pour mériter de continuer à vivre comme avant. Pour l'instant il faut nous organiser au mieux. Énenlil s'occupe déjà avec Nam-Kib de mettre en place la surveillance du domaine. Tergal n'est qu'un village, c'est une proie facile. L'ennemi sait probablement que nous n'avons pas beaucoup de soldats pour le défendre. Tous seuls nous n'avons sans doute pas beaucoup de chance de pouvoir résister.

– Nous sommes seuls, Père ?

– Non, pas vraiment. Mais nos alliés sont bien loin d'ici. Il se pourrait même qu'ils ne soient pas encore informés de tout ce qui arrive dans la région. Il faut aller les prévenir. Je vais y aller, mon cousin le roi de Lagash pourra nous aider.

– Je peux venir avec toi ?

– Non mon fils, j'ai besoin de toi ici avec Énenlil pour protéger votre mère et le village pendant mon absence. Après moi et Énenlil, ce sera à toi de t'occuper du domaine, il faut que tu apprennes vite tout ce que la vie peut t'offrir, le bon et aussi le mauvais. Donc, pour l'instant fais aussi vite que tu peux tout ce que je vais te demander.

– Oui Père. Je ferai comme tu voudras.

– Très bien, tu vas descendre et retrouver Barzil. Vous allez vous rendre dans les écuries. Allez dans le deuxième emplacement en entrant, vous enlèverez la paille du sol, il y aura un large carré de bois. Vous l'ouvrirez. Une fois ouvert, il y a une cavité. Une échelle descend sous les écuries jusqu'à deux salles secrètes, en tous cas elles l'étaient jusqu'à aujourd'hui. Dans l'une des deux, vous trouverez des épées, des lances, des haches et des boucliers. Il faudra tout remonter et tout porter à la salle des gardes. Prenez deux ou trois esclaves avec vous. Dès que ce sera fait, retournez tous les deux auprès de votre mère et aidez là à préparer le départ de nos invités. J'ai déjà envoyé un messager pour les prévenir qu'ils doivent quitter Tergal au plus vite, immédiatement serait même le mieux.

– J'y vais tout de suite Père, il sera fait selon ton désir.

Je m'inclinais légèrement pour le saluer puis je me retournais en pressant le pas vers les terrasses.

– Mardouk ! Attends, j'ai encore une chose à te dire.

Je me retournais. Nikereb avançait vers moi en tenant quelque chose à la main.

– Il y a une chose que tu dois savoir. J'ai essayé de parler avec Barzil depuis que je l'ai acheté à Nippour. Je ne sais toujours pas qui il est réellement, mais j'avais remarqué son réel talent à calmer et guider les animaux. J'ai passé un contrat avec lui.

– Un contrat ? Qu'est-ce qu'un contrat, Père ?

– C'est justement ce dont je veux te parler. Alors voilà, je lui ai promis la liberté s'il gagnait la course.

– Personne n'a gagné, il y a eu la foudre et la course s'est arrêtée.

– Pas vraiment. En réalité la foudre est tombée au moment où il passait la ligne d'arrivée. Selon les termes de ma proposition, il a gagné la course.

J'avoue que toutes ces péripéties avaient eu raison de ma compréhension des choses. Père négociait avec les esclaves pour les libérer. Je n'aurais jamais cru que cela fut possible. Pour moi ça dépassait l'entendement, mais il ajouta :

– Alors voilà, tu vas lui remettre ceci de ma part, c'est son acte de libération, et cette autre tablette c'est pour le Maître intendant.

Père venait de me donner deux petites tablettes en argile encore toute fraîche. Sur chacune il y avait d'imprimé un court texte cunéiforme et le sceau de notre maison. Je les regardais, médusé.

– Allez, file, je compte sur toi. J'ai encore beaucoup à faire ici.

5

Depuis plusieurs heures, sans discontinuer, la pluie tombait heureusement avec moins de violence. L'orage était finalement parti loin dans le Nord. Pourtant, on entendait encore par moments les grondements puissants de nombreux impacts de foudre. Tout au Sud une nouvelle vague orageuse semblait vouloir prendre la même route. Elle avançait étrangement à faible vitesse. Quels sortilèges funestes avaient pu provoquer la colère des démons des airs pour les pousser à s'acharner sur notre domaine avec tant de hargne ? Au-dessus de la grande vallée, le ciel restait chargé de lourds et sombres nuages. Ils annonçaient l'arrivée prochaine et inquiétante des ombres de la nuit.

Énenlil était monté sur la terrasse du toit le plus haut de la maison aux côtés de Nam-Kib, le capitaine des gardes. Ils portaient tous les deux une longue cape gris sombre à large capuche nouée au cou. Elle les recouvrait presque jusqu'aux mollets.

Le tissu était imprégné d'une sorte de résine souple et transparente dont les moines du village gardaient jalousement le secret ancestral. Cette protection leur permettait de s'abritait sous le vêtement rendu quasi imperméable. Quelques bourrasques de vent rabattaient par moment la pluie sur leur visage. De grosses gouttes couraient alors sur leurs joues et le nez. Des rideaux d'averses parcouraient la plaine, poussés par le vent. La pluie les empêchait de voir correctement à bonne distance malgré toute l'attention qu'ils pouvaient porter au paysage.

— Avec cette pluie, nous n'arriverons pas à voir assez loin pour observer d'ici ce qui se passe aux frontières du domaine. Le jour baisse et il fera bientôt nuit jeune Seigneur. Ne restons pas là. Je vais poster ici deux guetteurs qui se relaieront toute la soirée et toute la nuit.

Nam-Kib était un soldat expérimenté. Il avait suivi mon père dans sa jeunesse dans toutes ses campagnes pour lutter contre les bandes de rôdeurs. Ces gens sans scrupule venaient à cette époque reculée dans le pays d'entre les deux fleuves pour piller quelques fermes lors de raids éclairs. Ils pillaient les greniers et enlevaient souvent les femmes et les enfants pour aller les revendre comme esclaves dans les lointaines contrées au nord du pays d'Akkad et sur les franges des grands déserts de l'Ouest bien au-delà du fleuve.

— Tu as raison Nam-Kib, nous sommes déjà trempés jusqu'aux os et dans la nuit qui vient nous serons plus utiles à organiser notre défense. Que disait le messager déjà ?

— Des bandes bien armées de pillards ont franchi le Baranun il y a deux jours sans trouver d'opposition efficace. Ils sont arrivés par surprise et se répandent très vite dans tout le pays à l'ouest des plaines. D'autres descendraient du Nord en longeant les rives de l'Idigna. Même si Énenlil n'avait pas l'expérience militaire de Nam-Kib, il ne lui était pas bien difficile d'imaginer que les rôdeurs du Nord suivraient certainement le grand fleuve jusqu'à Tergal.

— Sait-on combien ils sont ?

— Non, le messager nous a juste parlé de groupes importants, mais il ne pouvait pas dire dans quelle proportion.

— Tout ça n'est pas du tout rassurant. D'après toi Maître Capitaine, combien de temps pourraient-ils mettre pour arriver jusqu'ici ?

— Difficile à dire, s'ils se contentent d'un peu de rapines, ils pourraient repartir très vite vers le Nord et nous ne les verrions même pas. Nam-Kib s'était arrêté, l'air songeur.

— Mais ? insista Énenlil.

— Il se pourrait aussi qu'ils en veuillent à l'or du Seigneur Nikereb et dans ce cas, je pense qu'ils pourraient être dans nos murs d'ici deux jours, peut-être moins s'ils forcent l'allure.

Énenlil tourna son regard vers le Nord. Il ne voyait plus que d'énormes flashs de lumière dans les nuages très loin derrière les bords de l'Idigna.

— Alors il faut espérer que cette tempête orageuse les ralentisse, dit-il en grimaçant.

Énenlil se retourna vers le Capitaine des gardes qui semblait vouloir montrer une pointe d'optimisme.

– Il pleut tellement que la plaine entière va bientôt ressembler à un champ de boue. Les fossés d'irrigation se remplissent vite. Les brigands devront bientôt trouver des passages au sec pour ne pas perdre une partie de leur butin dans les eaux boueuses.

– Tu as raison jeune Maître, c'est sans doute la seule chose qui pourrait les ralentir s'ils en veulent à Tergal.

Énenlil parcourut d'un regard rapide et inquiet les terres détrempées tout autour du village. Par endroit de grandes retenues d'eau commençaient à se former. Nam-Kib voyait peut-être juste, Tergal pouvait sans doute compter sur les orages pour le protéger un moment. Mais jusqu'à quand ? Sans rien dire de plus, les deux hommes quittèrent la plateforme du toit pour rejoindre Nikereb à sa salle de travail.

À peine entrés dans la pièce, ils accrochèrent leur cape à deux crochets de bois fixés au mur. Une grande vasque plate récupérait les filets d'eau de pluie qui ruisselaient sur le tissu. Beaucoup de lampes à huile avaient été allumées pour éclairer l'intérieur. Les courtes flammes entretenaient un vague sentiment d'une chaleur bien réconfortante. Nikereb fouillait du regard un large carré de cuir très fin de génisse posé à plat sur la table devant lui. Sur la partie la plus claire était dessinée une grande carte de la Vallée. Il fit un signe de la main pour inviter son fils et son capitaine à s'approcher de la table. Sans lever les yeux, Nikereb entreprit de leur expliquer son plan.

– Si je recoupe toutes mes informations, il y a environ 40 hommes bien armés à deux jours de marche ici. Il désignait de la pointe de sa dague à la lame étincelante un endroit le long de l'Idigna.

– Ici, le long de la rive est du Baranun il semble qu'il y ait 100 à 150 hommes. Des éclaireurs très mobiles. De l'autre côté du fleuve, il y aurait plusieurs centaines d'hommes en armes, mais à ce que j'en sais, ils ne chercheraient pas à passer de notre côté. C'est notre chance.

Nam-Kib et Énenlil se jetèrent un regard étonné. Quelle drôle d'idée que de dire que c'était une chance. Nikereb les regardait. Il s'aperçut que le terme n'était pas forcément approprié.

– Bon, je veux dire que ça pourrait être une chance. Il baissa les yeux à nouveau sur la carte. "Du moins, je l'espère." Ajouta-t-il beaucoup plus bas en fronçant légèrement les sourcils, comme s'il se parlait à lui-même. Je pars dans moins d'une heure pour le palais de Lagash. J'espère que j'arriverai à y convaincre mon cousin le roi Urukagina de mettre à ma disposition une compagnie de soldats bien entrainés. La plaine va vite devenir impraticable. S'il continue à pleuvoir comme ça toute la nuit, il me faudra bien deux ou trois jours pour en revenir.

– Père ! Tu ne peux pas partir maintenant ! Qu'arrivera-t-il si les brigands nous attaquent avant ton retour ? Comment ferons-nous pour nous défendre ? Tu ne peux pas nous laisser tous seuls !

Énenlil sentait la panique l'envahir. Il ne s'était jamais senti l'âme d'un soldat. Certes, Nikereb avait été un excellent formateur en techniques de combat rapproché. Mon frère connaissait beaucoup de parades et de stratégies d'attaque pour se défendre. Nam-Kib lui aussi l'avait bien préparé, mais prendre la responsabilité de défendre le village tout entier, cela lui semblait être une tâche qui le dépassait de beaucoup. Nikereb avait vite deviné le trouble qui déstabilisait mon frère aîné.

– Nam-Kib mon vieil ami, Énenlil est trop jeune pour conduire une guerre. Je veux que ce soit toi qui prennes en charge la défense du village. J'ai complètement confiance en toi. Tu devras tenir jusqu'à mon retour.

– Seigneur, je pourrais peut-être aller à Lagash à votre place.

– Non, tu aurais trop de mal à convaincre mon cousin. Même moi je ne suis pas certain d'y parvenir, nous n'avons vraiment pas le choix, je dois y aller. C'est notre seule chance d'obtenir son aide.

– Très bien, alors je tiendrai jusqu'à votre retour, quoi qu'il en coûte.

Nikereb esquissa un léger sourire. Énenlil reprenait des couleurs. Son capitaine des gardes, il le savait, serait tout à fait à la hauteur pour se débrouiller dans ces circonstances difficiles. Il prendrait sans aucun doute les bonnes décisions.

– Je veux que vous renforciez les défenses du village en installant des barricades. Toi Énenlil, avec Mardouk, vous vous arrangerez pour distribuer le maximum d'armes aux hommes les plus forts et les plus agiles. Il n'y en aura pas pour tout le monde alors choisissez bien. J'ai déjà expliqué tout ça à Mardouk pendant que vous étiez sur le toit. Mais avant, il faut que je vous montre quelque chose. Venez.

Nikereb posa la dague sur la carte puis se retourna et se dirigea vers le mur situé sur la gauche de la porte d'entrée. Une grande tenture décorée de motifs animaliers très colorés y était accrochée. Nikereb souleva de la main gauche l'épaisse pièce de tissus. Derrière la tenture le mur était décoré d'une belle mosaïque représentant le dieu Enki en train de déverser de l'eau pure dans une rivière dans laquelle de gros poissons nageaient en grand nombre.

– Regardez bien ! S'il devait m'arriver quelque chose et que je ne puisse pas revenir à temps, réfugiez-vous dans cette pièce puis rappelez-vous de ceci.

Nikereb appuya sur la cruche de la mosaïque. À la surprise d'Énenlil et de Nam-Kib, la cruche s'enfonça de l'épaisseur d'un doigt environ. Un étrange bruit de cliquetis se fit entendre. Nikereb s'arcbouta sur la mosaïque et comme par magie une étroite partie du mur s'enfonça. L'entrebâillement laissait suffisamment de place pour le passage d'un homme de belle corpulence.

– Père ? Qu'est-ce que cette chose étrange ?

Nam-Kib restait muet, comme pétrifié sur place, les yeux écarquillés, incapable de croire ce qu'il venait de voir.

– Énenlil, mon fils, tu verras que tout n'a pas forcément d'explication immédiate dans la vie. Nos ancêtres possédaient un savoir que nous avons oublié ou perdu. Quelques-uns de nos plus grands prêtres se transmettent oralement certains secrets que même moi je suis bien incapable de comprendre. Quand cette maison fut construite pour ton arrière-arrière-grand-père, les Maîtres maçons y ont installé ce mécanisme secret surprenant. Je ne crois pas que quelqu'un l'ait déjà utilisé avant moi, mais il fonctionne parfaitement. Pour refermer la porte de pierre derrière soi, il y a à l'intérieur du couloir, juste à portée de main, un levier en bois. Il suffit de le pousser vers le haut pour que la porte de pierre se remette en place. Pour refermer depuis la salle, il suffit d'appuyer avec le pied sur cette petite marche en bas du mur.

— Qu'est-ce qu'il y a derrière cette porte ? demanda Énenlil.

— Un grand escalier qui descend en colimaçon profond sous la maison. Puis on suit un tunnel qui passe, je pense, sous les jardins en direction du fleuve. Tout au bout, un autre escalier remonte vers la surface et on se retrouve à moins de 40 coudées des cales à bateaux du port. J'espère que nous n'aurons jamais à nous en servir, mais en cas d'absolue nécessité, ce pourrait bien être là notre seule chance de survie en cas d'attaque de grande ampleur.

*

Un peu plus tôt à environ deux jours de marche vers le Nord, la compagnie des brigands avait fini d'investir la ferme du jeune Namur. Nemnakar s'était péniblement installé sur un banc sommaire, le dos collé au mur de terre de la pièce principale. La migraine et la douleur de l'infection commençaient sérieusement à avoir un impact sur ses capacités à piloter le groupe. La ferme n'était pas bien grande, mais il y avait assez de place pour tout le monde.

Ce n'était plus la pluie qui coulait sur son front, mais la sueur provoquée par la fièvre. Il avait envoyé quelques hommes fouiller le jardin et les bosquets alentour pour trouver de l'herbe aux soldats et éventuellement de l'hul, "l'herbe aux plaisirs" dont les vertus antalgiques se mêlaient aux effets stupéfiants.

Ces plantes assez communes dans la région étaient utilisées pour différentes médications. Pas besoin des bons soins des moines médecins, tout le monde connaissait plus ou moins l'usage des plantes locales dans la vallée. On ramassait en été la partie fleurie du millefeuille, "la plante aux soldats" faite de grappes aplaties de petites fleurs blanches.

L'usage le plus pratiqué était de les faire infuser puis d'appliquer le liquide obtenu en cataplasme antiseptique sur les plaies à traiter. On pouvait aussi le consommer pour soigner certains problèmes des voies digestives par exemple. De nombreux autres usages thérapeutiques avaient cours dans les campagnes du Pays de Sumer. L'hul, le pavot sumérien, était déjà utilisé depuis plus de mille ans pour soigner les douleurs, quelles qu'elles soient. Il faut dire que les effets euphorisants supplantaient, parfois de loin, les usages médicaux, que ce soit en potions ou en fumages à la pipe mélangé à du tabac.

Les hommes qui étaient partis à la recherche des herbes venaient de revenir. Leurs mines dépitées en disaient long sur la crainte qu'ils éprouvaient de la très probable colère de Nemnakar lorsqu'ils lui diraient qu'ils n'avaient rien trouvé pour le soulager.

– Alors ? Vous les avez ?

Les quatre hommes qui venaient d'entrer se regardèrent avec angoisse pour savoir qui parlerait le premier.

– Tarik ! Tu les as trouvées oui ou non ? L'homme s'inclina très bas.

– Seigneur, nous avons cherché partout, sur les bords des chemins, dans les champs, il n'y a rien ici.

– Arggghh !!

Le râle guttural de Nemnakar eut un effet dévastateur chez les soldats, aussi vifs qu'un martin-pêcheur ils avaient tous fait au moins trois pas en arrière par prudence. Le chef redouté avait tenté de se lever de colère, mais il renonça sous la douleur et se laissa retomber sur le banc. Les yeux fermés, il se cogna plusieurs fois l'arrière du crâne sur le mur pour se calmer.

– Sortez ! Retournez chercher encore tant qu'il fait jour et trouvez-moi ces foutues herbes à sorciers.

Les quatre hommes ne demandèrent pas leur reste, ils décampèrent aussi vite qu'ils pouvaient. Quand Nemnakar était en colère, mieux valait ne pas se trouver à proximité. Les autres venaient à peine de sortir que deux hommes entrèrent. L'un d'eux tenait un enfant par les cheveux. Il le projeta sans ménagement vers Nemnakar. Le jeune garçon s'écroula presque sur les pieds du blessé en poussant un cri de douleur.

Le chef des brigands ouvrit les yeux et se pencha légèrement vers le gamin, manifestement tétanisé de terreur.

— On l'a trouvé caché sous du foin. C'est un malin, s'il n'avait pas éternué il y serait encore.

Nemnakar dévisageait Namur, l'air menaçant.

— T'es qui, toi ?

— Pitié Seigneur, ne me faites pas de mal.

— Si tu ne réponds pas, c'est bien du mal oui qui va t'arriver, quel âge as-tu ?

— J'ai dix ans Seigneur.

— Dix ans ? Je t'en donnais huit.

— Et il a un nom le garçon ? Hein ?

Le gamin osait enfin se redresser, mais pas encore suffisamment pour se remettre debout.

— Je suis Namur Seigneur. Je vis ici avec mon grand-père.

— Ton grand-père ? Ah oui, je vois. Tu vas devoir t'y habituer, il a rejoint les terres bienheureuses de ses Ancêtres.

Namur écarquilla les yeux. Tout son monde s'écroulait subitement autour de lui. D'abord ses parents, et maintenant son grand-père. Une vague insoutenable de détresse lui transperça tout le corps et il s'écroula en pleurs sur le sol. Nemnakar fit un geste à l'homme le plus prêt.

— Relève-le.

Le brigand attrapa Namur par le bras gauche et le souleva brutalement pour le remettre debout, c'est tout juste s'il ne l'avait pas fait décoller à un pied du sol. Les yeux du jeune garçon étaient inondés de larmes qui lui coulaient abondamment sur les joues. Il était juste vêtu d'une pièce de laine qui lui servait de pagne. Sa frimousse rondelette balafrée de chagrin faisait pitié à voir. Dans ses cheveux bruns bouclés étaient encore accrochées de nombreuses tiges de paille et de foin. Namur n'était pas très grand et tout contribuait à lui donner un aspect misérable.

– Mon garçon si tu ne veux pas qu'il t'arrive malheur tu as intérêt à devenir un homme dès maintenant. Arrête de pleurer et rends-toi utile, tu entends ?

Nemnakar avait parlé avec une voix autoritaire qui ne supportait aucune contradiction. Il fit un signe de la tête. Le soldat relâcha le jeune fermier.

– Est-ce que tu as entendu ce que j'ai dit ?

– Oui, oui Seigneur, j'ai entendu.

– Bien, alors arrête de pleurnicher comme une fille, maintenant t'es un homme qui doit se défendre seul, alors redresse-toi et regarde-moi bien.

Nemnakar avait voulu s'avancer un peu plus, mais une pointe de douleur l'avait immobilisé, il porta sa main à la blessure entrouverte qui s'était remise à saigner.

– Va me chercher de l'eau et un linge que je puisse nettoyer cette plaie. Ensuite tu iras chercher de la nourriture et tu m'apporteras ce que tu auras trouvé, c'est compris ?

Namur acquiesça de la tête. Il avait maintenant réussi à maîtriser ses pleurs. Ses yeux étaient rouges et embués, mais il ne pleurait plus.

– Bien, allez, va et ne traine pas.

Nemnakar s'adressa au soldat qui venait de redresser le garçon.

– Suis-le, que les autres le laissent tranquille.

L'homme acquiesça de la tête et allait se retourner pour sortir quand Nemnakar ajouta :

– Regarde s'il y a de la bière dans cette foutue ferme.

Un moment plus tard, Namur était de retour. Il portait une grande coupe pleine de pommes et de figues. Il y avait aussi un morceau de jambon salé et une galette de pain à moitié entamée. Il portait en bandoulière un sac en cuir souple. Derrière lui le soldat revenait avec un pichet de bière, une carafe de terre remplie d'eau et un linge propre. Le gamin posa la coupe à côté de Nemnakar puis recula de trois ou quatre pas. Nemnakar regardait la sacoche de cuir.

– Qu'est-ce que cela ?

– Des herbes Seigneur et un onguent.

– Des herbes et un onguent ? Tiens donc ! Montre-moi !

Namur attrapa la sacoche, l'ouvrit et en sortit un gros sachet rempli de fleurs et des feuilles séchées de pavot.

Nemnakar n'en croyait pas ses yeux.

– Où as-tu trouvé ça ?

– Mon père en avait besoin pour se soigner quand il a eu sa grande maladie. Ma mère aussi en prenait.

– Mon garçon, tu remontes dans mon estime. Continue.

Namur sortit un pot fermé d'un gros bouchon de bois. Il le tendit au blessé.

– Mon père mettait ça quand il se faisait mal en travaillant aux champs. Je crois que ça guérit les coupures.

Nemnakar ouvrir le pot et le porta sous le nez. Il ouvrit grand les yeux comme si le plus beau des sortilèges venait d'avoir lieu. De la pommade de millefeuilles ! Incroyable, pensa-t-il intérieurement. Il regarda Namur droit dans les yeux. Le garçon aurait pris ses jambes à son cou s'il avait su où aller.

– Approche.

Namur hésita une fraction de seconde, mais décida d'avancer malgré toute la peur qui le broyait encore de l'intérieur. Nemnakar posa sa main droite sur la tête du jeune garçon et secoua ses doigts dans les cheveux bouclés.

– Toi alors ! Tu m'étonnes. Oui tu m'étonnes mon garçon ! Pourquoi as-tu apporté ces médicaments ?

– Mon grand-père m'a dit qu'il faut toujours aider les pauvres et les gens malades. Cela rend Enki heureux et il accorde alors sa protection aux gens généreux.

– C'était un homme bien ton grand-père. Tu vois, je regrette qu'il ne soit plus là. Tu as eu de la chance d'avoir un grand-père comme ça. Moi je n'ai pas connu le mien, mais j'aurais aimé qu'il soit comme le tien si je l'avais connu.

Le regard de Nemnakar avait subitement changé. De la douceur presque enfantine avait remplacé les éclats coléreux qui lui étaient habituels. Le soldat qui regardait la scène n'en croyait pas ses yeux. C'était la première fois qu'il entendait son chef parler avec un tel accent d'humanité dans la voix. Il en aurait presque pleuré tellement l'instant semblait miraculeux.

— Dis-moi mon petit gars, est-ce qu'il y a assez de nourriture ici pour nourrir mes hommes ?

— Il y a beaucoup de fruits et du poisson séché. Mais je ne sais pas si tout le monde en aura. Il faudrait traire les vaches et les chèvres sinon elles vont être malades.

— Combien de vaches y a-t-il ?

— Nous en avons cinq et un taureau, Seigneur.

— Très bien. Laisse-moi deux pommes le jambon et le quart du pain. Reprends la coupe et va donner à manger à mes hommes.

Namur allait s'exécuter, il allait s'en aller lorsque Nemnakar l'interpella.

— Attends un peu, viens devant moi.

Namur s'approcha au plus près du brigand. Celui-ci attrapa un des nombreux colliers qu'il portait au cou. Il écarta le collier et le glissa au cou du garçon.

— Ce collier est le signe de mon clan. Tant que tu le porteras, tu n'auras rien à craindre ici.

Namur ne sut pas quoi dire. Il ne comprenait pas bien ce que tout ça voulait dire.

— C'est bon, maintenant tu peux y aller.

Le gamin sortit. Le soldat qui l'accompagnait allait le suivre.

— Non Inandul, reste un moment. Donne-moi un peu de cette bière.

Nemnakar en prit plusieurs gorgées. Chacune lui procurait comme une décharge d'énergie.

— Avant d'aller voir ce qui se passe avec les autres, prépare-moi un godet d'infusion d'hul pendant que je nettoie ma plaie avec l'onguent de millefeuilles. Ensuite tu diras à Bodur de venir me voir.

Lorsque tout fut fait, Inandul quitta la pièce, non sans avoir allumé une grosse lampe à huile. Un moment plus tard, Bodur entrait.

– Bodur, écoute bien. Le gamin m'a dégoté tout ce qu'il me faut pour soigner ma plaie. Mais il faudra une bonne journée pour que les potions fassent effet, peut-être deux. En attendant, je veux que tout le monde se repose cette nuit, mis à part les gardes qui surveilleront les alentours. Désigne trois hommes pour traire les vaches et les chèvres et que chacun ait une part du lait. Demain matin, envoie cinq hommes ramasser beaucoup de bois dans les bosquets. Qu'on cherche du bois sec s'il y en a. Une fois fait, tuez une vache et faites un grand feu pour la faire rôtir. Demain soir sera un soir de détente où tout le monde mangera à sa faim. Nous repartirons le lendemain si tout va bien. La pluie ne durera pas une éternité.

– Il en sera ainsi fait mon Seigneur, répondit Bodur avant de sortir.

6

L'orage grondait à nouveau sur Tergal. Ses lourds nuages noirs obscurcissaient le ciel, précipitant la tombée de la nuit. Le village s'était vidé d'une bonne partie de ses habitants, en tout cas ceux qui pouvaient partir. Nikereb leur avait ordonné, tout comme aux invités, d'aller chercher refuge quelques jours dans le Sud ou bien de partir à l'Est et traverser l'Idigna pour rejoindre l'abri des montagnes de Zagros. Les invités à mon anniversaire avaient maintenant tous quitté le domaine. Il régnait dans les rues de Tergal une atmosphère lourde d'incertitudes. La pluie ruisselait sur les murs et les rues dégoulinaient de minuscules torrents qui dévalaient les pentes à toute vitesse.

Bousculé par le vent qui soufflait en rafale, Nikereb regardait en silence ce spectacle lugubre depuis la terrasse du toit. Protégé de la pluie par une grande cape sombre qui battait au vent, il ressemblait à un monolithe de pierre, immobile et majestueux. En bas, les torches des habitants qui continuaient malgré tout à consolider les barricades donnaient des reflets d'or comme autant de fragiles lumières d'espoir combattant les ténèbres qui envahissaient le village.

Nikereb regarda un long moment le ciel dans lequel les éclats de foudre zébraient l'intérieur des nuages. Partir à Lagash dans de telles conditions atmosphériques ne l'enchantait guère, mais il n'avait pas le choix. Il baissa le regard, prit une longue inspiration et vida ses poumons d'un coup sec, comme si en faisant cela, il pouvait extirper en même temps de sa tête les doutes qui l'assaillaient encore. Énenlil avait raison, si les brigands attaquaient pendant qu'il serait à Lagash, il ne pourrait pas les sauver.

Mais s'il ne partait pas maintenant, personne ne pourrait les sauver. Il ajusta sa capuche, se retourna et descendit se préparer.

Il venait de finir d'enfiler son armure quand j'arrivais avec Barzil.

– Comment va ta tête, mon garçon ?

– Bien Seigneur, j'ai toujours mal, mais je n'ai plus de vertige.

Le jeune homme semblait effectivement récupérer rapidement. Il tenait à la main le sceau de liberté que je lui avais remis un peu plus tôt. Nikereb l'aperçut. Il hocha la tête en désignant le morceau d'argile encore mal séchée.

– Surtout ne perd pas cette tablette. Nous n'avons pas le temps de discuter de ta course, alors sache que je suis heureux pour toi, tu as mérité ta liberté. Maintenant que tu es libre, daignerais-tu nous en dire plus sur toi ? Avant que je ne parte, j'aimerais juste que tu me dises enfin de quel pays tu viens.

– Je viens du pays de Canaan, loin dans le Nord-ouest, Mon Seigneur. Mon père, Assad El Kérif, était le chef de ma tribu. Nous avons été attaqués par des mercenaires qui remontaient par la côte du pays de Kémet[24] à la recherche d'esclaves pour travailler dans les temples ou les champs le long du grand fleuve Nil. Nous avons essayé de nous défendre, mais ils étaient bien mieux armés que nous. Mon père et ma mère ont été tués dans l'attaque, comme beaucoup des membres de ma tribu. J'ai eu la chance de réussir à m'enfuir avec ma sœur jumelle. Nous sommes partis vers le Nord. Mais nous avons été capturés par une troupe de brigands qui cherchaient eux aussi des esclaves pour Sumer.

– Et ta sœur, où est-elle ?

– Je ne sais pas, nous avons été séparés, hommes et femmes, à Nippour. J'irai la chercher dès que je pourrai.

– La vie est courte, nous ne sommes pas des dieux pour vivre comme eux des milliers d'années. Se défendre est une chose, mais savoir se battre est plus important, surtout si tu vas courir l'aventure près de Nippour. Sais-tu manier l'épée ?

– Oui Maître, je pense.

– Tu penses ? Oui, bien sûr, tu penses. Humm, humm ! Voyons cela.

Nikereb s'était retourné vers une table basse derrière lui. Il attrapa une lame rangée solidement dans son fourreau. Il fit quelques pas et le lança à Barzil. Celui-ci faillit le laisser tomber sous l'effet de la

---

[24] Nom antique de l'Égypte.

surprise. Mon père dégaina son arme. La lame brillait de mille reflets des lampes à huile. Il la leva au ciel puis lui fit fendre l'air de mouvements circulaires rapides. L'air siffla sous l'effet de la trajectoire.

– Montre-moi.

Barzil restait pétrifié, ne sachant s'il devait vraiment croiser le fer avec ce vieux,[25] mais vaillant soldat.

– Allez, n'aie pas peur, montre-moi.

Le jeune homme dégaina d'un air peu rassuré. Il prit une pose assez pittoresque, jambes pliées, la lame en avant, bras tendu loin devant lui. Nikereb s'avança doucement puis d'un coup aussi rapide que l'éclair il frappa l'épée. Le choc fit lâcher la prise au jeune affranchi.

– Ramasse-là, on recommence.

Attirés par le bruit, les deux gardes venaient d'entrer en courant. Je leur fis signe de laisser faire. Ils stoppèrent aussitôt. Finalement, le spectacle allait sans doute être amusant.

– Bien, attaque-moi, dit mon père en faisant signe d'avancer de la main gauche.

Barzil fit mine de se rapprocher l'air dépité. D'un seul coup il se précipita sur mon père. Celui-ci fit un bond de côté, évita la lame, tournoya sur lui-même et décocha un bon coup de pied dans les fesses du jeune homme qui partit s'étaler par terre un peu plus loin.

– Bon, c'est bien ce que je pensais, voilà qui n'est pas gagné. Mon garçon, tu as une heure devant toi pour apprendre, pas plus, alors oublie ton mal de tête, ouvre bien grandes tes oreilles et écoute mes conseils, nous n'avons pas dix lunes devant nous.

Les gardes n'eurent pas besoin qu'on leur demande de reprendre leur poste. Je restais un moment à regarder les coups et les parades se succéder à grande vitesse. Barzil semblait finalement s'en sortir plutôt bien, guidé de main de maître par mon père. J'en profitais au passage pour enregistrer mentalement quelques conseils et quelques botes secrètes. Certes j'étais trop jeune pour aller à la guerre, mais tout ça pouvait sans doute m'être utile plus tard.

---

[25] 37 ans étaient déjà un âge avancé à cette époque.

Au bout d'une demi-heure je commençais à trouver le temps long. le pauvre Barzil était en nage, il se souviendrait sans doute longtemps de cette leçon de combat rapproché, ne serait-ce que par les bosses et les bleus qu'il en garderait. J'allais sortir voir si la pluie avait cessé lorsqu'Énenlil entra tout dégoulinant. Manifestement, il pleuvait toujours. Il était très amusé de la situation dans la pièce. Nous nous assîmes sur deux gros coussins à même le sol pour être plus à l'aise afin d'étudier en silence la leçon de notre père. Vingt minutes de plus et Barzil montrait finalement d'évidents signes de fatigue. Père rengaina son épée.

– Ce n'est pas mal, pas mal du tout, mon garçon, tu apprends vite et bien.

– Merci, Seigneur.

– Va te laver, on va te trouver des vêtements plus appropriés que ce pagne. Ensuite, prépare mon grand tarpan. Brosse-le et nourris-le bien, je dois être parti dans très peu de temps.

Barzil allait poser l'épée sur la table basse.

– Non ! Garde-la, tu l'as bien maniée, elle est à toi maintenant. Rends-moi honneur en l'utilisant au mieux.

Le jeune homme resta muet de surprise et de joie mêlées. Il s'inclina très bas et marmonna quelque chose dans sa langue natale, semble-t-il. Je ne suis pas certain que Nikereb ait compris la signification. Il ne dit rien, mais adressa un large sourire au garçon. Énenlil s'était mis debout et j'avais suivi le mouvement.

– Père, vous partez tout de suite ? demanda-t-il.

– Oui, il n'est plus temps d'attendre. La pluie durera encore longtemps. La terre et les chemins vont être difficilement praticables maintenant. Je vais être obligé de progresser lentement et malheureusement le temps nous manquera peut-être. La seule chose qui me rassure, c'est que si la pluie nous gêne, elle gêne tout autant nos ennemis. Ils devront trouver un abri et attendre que les choses se calment avant de continuer leur route. Il faut mettre à profit cette opportunité. Énenlil, toutes les armes ont-elles été distribuées ?

– Oui, Père.

– Les arcs et les flèches ?

– Oui, oui, Nam-Kib finalise nos défenses et les tours de garde.

– Bien, laissez-moi maintenant. Revenez pour mon départ.

Nous allions sortir, mais Père m'appela.

– Mardouk, mon fils, ton bras n'est pas assez fort pour la guerre à l'épée. Par contre tu es de loin le meilleur archer du village. Prends cet arc et ce carquois, va le remplir de flèches et sois prêt à tuer. Ta vie et celle de ta mère en dépendent peut-être, je compte sur toi.

Père se tourna ensuite vers mon frère.

– Énenlil, prend cette épée, elle est dans la famille depuis plus de 100 ans. Elle nous a bien servi, fassent les dieux qu'elle t'aide à ton tour. Maintenant, partez, il faut vous préparer mes fils.

Un instant plus tard, Kishnana releva la tenture qui séparait sa suite de la salle que nous venions de quitter. Elle entra doucement, comme elle savait si bien le faire. Elle s'était changée pour un vêtement propre et plus chaud. Elle portait maintenant une robe de laine fine colorée de touches rosées. Nikereb lui sourit tendrement.

– Nos fils sont encore bien jeunes pour affronter les jours sombres qui arrivent sur nous mon époux.

– Tu as certainement raison ma bien-aimée, mais la vie est ainsi. Les dieux jouent avec les ME[26], ils ne se préoccupent pas de nos misérables vies. Peut-être même ont-ils de l'amusement à nous voir souffrir.

– Heureusement que notre scribe n'entend pas ce que tu dis.

– Qu'il entende ou pas, quand les lames fendront les corps, le sien n'y opposera pas plus de résistance que les nôtres. Il sera bien temps alors quand nous aurons rejoint nos ancêtres de savoir qui avait raison ou bien tort.

– Et si nous quittions tous le village pour partir cette nuit à Lagash, nous y serions bien plus à l'abri qu'ici, ne penses-tu pas ?

---

[26] Les ME étaient pour les Sumériens des éléments supranaturels que les dieux manipulaient pour agencer la vie des hommes. Ainsi ils pensaient qu'il y avait par exemple Le ME du savoir, le ME de la bonté, le ME de la justice, de la prostitution et bien d'autres encore.

– Autant choisir entre mourir libres ici et mourir enfermés dans cette ville où je n'ai pas que des amis. Dans l'entourage du roi, il y a bien plus de morts que la nature n'est capable d'en produire. La suspicion est partout depuis que le roi d'Oumma réclame la possession des basses terres maraichères et des palmeraies au nord-ouest de Girsu. Il y a aussi beaucoup de ceux qui ont perdu leurs privilèges. Ceux-là ne songent certainement qu'à les récupérer. Tu le sais, il n'est pas dit que le roi mon cousin puisse voir d'un bon œil notre implantation en sa demeure.

– Je sais oui, mais je redoute tellement ce qui viendra ici apporter la mort et la destruction. Mon seul soutien, c'est toi mon bien-aimé, et j'ai tellement peur de te perdre.

Nikereb s'était approché d'elle. Il la serra tendrement contre lui. Elle avait posé sa joue sur son épaule gauche. Il sentit alors quelque chose de chaud lui couler dans le cou. Il devina les larmes de sa femme. Elle, si forte et pourtant si fragile.

– Ne t'inquiète pas, je vais galoper toute la nuit aussi vite que Nador mon grand tarpan pourra me mener, mais avec la pluie je ne vais pas pouvoir le pousser trop fort. Tout serait bien pire si je venais à le blesser dans la course. Si tout va bien j'arriverai à Lagash dans moins d'un jour. Cinq lieues[27] à galoper dans la boue, la traversée de la grande vallée ne va pas être facile. Mais si Enki est avec moi, je reviendrai avec une bonne escorte. J'espère être rentré avant l'aube du quatrième jour, regardez au Sud-Ouest dès qu'il fera jour si je suis en retard.

– Quatre jours c'est si court et pourtant ceux-là vont me paraitre une éternité, s'inquiéta ma mère.

– Nous devons garder confiance ma tendre colombe. Tant que nous sommes en vie, tous les espoirs sont encore possibles. Notre plus grande défaite serait de croire que tout est perdu et qu'il est inutile de se battre. Tu m'as déjà vu affronter mille dangers. J'ai survécu pour toi et nos deux fils. C'est à travers vous que j'ai trouvé la force de résister quand les choses tournaient mal. Cette fois encore nous résisterons, je te le promets.

– Mais nous, comment ferons-nous pour résister sans toi ?

---

[27] Une lieue équivalait à 10 kilomètres environ.

— Vous tiendrez parce que j'ai promis de revenir avec de l'aide. Tergal n'est certes pas une place forte, mais il ne sera pas si facile que ça d'y pénétrer. Le grand mur d'épineux nous protège bien, même les fauves affamés ne s'y frottent pas. Si l'ennemi veut investir le village, il devra forcer l'entrée et nos archers les en empêcheront. Même un siège ne nous ferait pas peur, nous avons assez de vivres et d'eau pour tenir des mois sans sortir. Pour autant, nous avons besoin de soldats expérimentés et nous n'en avons pas. Nos gardes n'ont pas l'expérience du combat de masse. Pourtant ils se battront avec honneur et courage. Je sais qu'ils ne laisseront jamais l'ennemi salir notre bannière.

Kishnana s'était reculée légèrement, ses yeux ne pleuraient plus. Elle avait retrouvé la force intérieure de se battre elle aussi. Elle plongea son regard dans celui de Nikereb.

— Tu es vraiment resté le même depuis toutes ces années. Lorsque j'ai croisé ton regard pour la première fois, j'ai tout de suite vu en toi l'audace et le courage. J'ai deviné l'honneur et la bravoure. Maintenant, je peux te le dire, tu hantais mes jours et surtout mes nuits. Je rêvais de te voir m'enlever, je n'aurais pas résisté. Je rêvais de tes bras, de tes mains sur mon corps, il aurait été tout à toi. Je rêvais de ta bouche contre la mienne, je te l'offrais dans le plus pur abandon. Combien de nuits n'ai-je pas dormi à cause de toi ? Alors quand tu es enfin venu, rien au monde ne m'aurait empêché de te suivre. Les dieux me sont témoins, il n'est pas un seul jour depuis où j'ai eu à regretter ce choix.

Les yeux de Nikereb brillaient d'une lueur nouvelle. Ils se gonflaient de fines larmes, mais ce n'était pas de tristesse. Non, c'était du pur bonheur.

— Jamais je n'aurais pu rêver d'une meilleure épouse. Tu es ma joie de vivre, ma plus belle conquête et le soleil de mes vieux jours.

— Mais non, tu n'es pas vieux mon amour. Ce n'est pas un tour de taille en progression qui enlève à ton charme. Mes nuits dans tes bras sont toujours aussi belles. Je ne voudrais pas que tu changes la moindre petite chose en toi.

— Tu es plus belle et adorable qu'aucune des déesses de nos légendes. J'irai jusqu'au bout du monde pour te chercher si je venais à te perdre. Mais tu es là, contre moi et rien d'autre n'a d'importance si je te tiens dans mes bras. Lorsque sera arrivé l'instant de nos derniers soupirs, je sais que c'est ensemble que nous irons parcourir les champs de blé de notre vie future. N'aie pas peur, ma douce épouse, rien ne pourra nous séparer, pas même les ombres du trépas.

Ils s'enlacèrent sans doute comme jamais, s'accordant baisers et tendresse à n'en plus finir. Combien de temps cette extase sentimentale avait duré, aucun des deux n'aurait su le dire. Mais Kishnana finit par s'écarter de son seigneur.

— Je ne devrais pas être là, tu as tellement de choses à penser et à régler avant ton départ, je ne fais que te retarder égoïstement.

— Si j'avais eu le moindre doute sur l'urgence, je te l'aurais dit. Ce n'est pas du temps que tu me fais perdre, c'est le plus beau des cadeaux que tu m'offres avant mon départ. Crois-moi, le reste attendra bien un peu.

— Rien ne me rendrait plus heureuse que de te garder près de moi. Mais nous sommes aussi responsables des autres. Eux aussi ont besoin de confiance et de réconfort. Ne les décevons pas, finis de te préparer et n'aie aucune crainte, je ne te laisserais pas t'envoler vers Lagash sans t'avoir volé un baiser.

Kishnana partit en envoyant nombre de baisers du bout des doigts puis elle disparut derrière la tenture de sa suite.

Nikereb resta immobile à regarder la tenture qui s'empressait de reprendre sa place. Il avait un sourire rêveur. Peut-être pensait-il déjà à la liesse de leurs retrouvailles d'ici à quelques jours. Peut-être imaginait-il déjà l'explosion de chaleur que leurs deux corps produiraient toute une nuit. Il secoua soudainement la tête, comme pour se réveiller d'un rêve fou. La réalité le ramenait brutalement à ses préoccupations : veiller à ce que tout soit en ordre avant de partir.

Quelques instants plus tard, Nam-Kib s'annonçait à l'entrée de la pièce.

— Entre mon vieil ami.

Le chef de la garde enleva sa cape détrempée et l'accrocha comme d'habitude au crochet de bois prévu à cet effet juste en rentrant sur la droite.

– Où en est-on ?

– Les barricades sont terminées, mon Seigneur il y a trois archers sur chaque, ils se relaieront toutes les 4 heures. Nous avons armé d'épées et de lances quarante hommes parmi les villageois. Mais je crains qu'on ne puisse guère compter sur leur efficacité, ils font de bien piètres guerriers. Sur le toit il y aura un guetteur en permanence lui aussi relevé toutes les quatre heures. J'ai disposé l'essentiel de nos défenses à l'entrée du village.

Dix villageois y construiront dès l'aube une petite tour pour avoir une vue plongeante derrière le mur d'épineux. Nos archers pourront y être plus facilement à l'abri des flèches ennemies.

– Bien, bien, pourquoi pas, mais j'ai peur que cela prenne trop de temps en monopolisant trop de monde.

Nikereb se rapprocha de la table où trônait encore son casque de guerre, il le repoussa et déroula un plan du village écrit au charbon de bois sur la peau de génisse. Il invita Nam-Kib à venir plus près.

– Ce qui m'inquiète c'est le bord du fleuve. Les roseaux y poussent en abondance. J'ai été négligent, j'aurais dû les faire couper il y a bien longtemps. Le plaisir qu'ils nous procurent chaque jour risque d'être le meilleur allié de nos ennemis. Regarde, il suffirait que des hommes descendent le cours d'eau au plus près des roseaux. De nuit et en silence, ils pourraient arriver tout près sans avoir été aperçus. Avec un effet de surprise bien calculé, ils pourraient très bien profiter d'une baisse de vigilance de nos guetteurs pour s'avancer très vite et mettre nos défenseurs à portée de leurs flèches. Ils ont certainement d'excellents archers, car à ce qu'on m'a rapporté il y a quelques jours déjà, leur nombre ne baisse que très peu. Ça veut dire que leur tactique est très évoluée. Ils agissent dans l'ombre, par surprise et avec très peu de pertes. C'est une chose certaine, notre ennemi est puissant.

– Nous ferons brûler les roseaux.

– Nous pourrions essayer, mais ils sont détrempés, rien ne brûlerait et la fumée serait un vrai phare pour guider les éclaireurs jusqu'à nous.

– Que faire alors, mon Seigneur ?

Nikereb se redressa, il regardait la carte avec scepticisme tout en se frottant la joue gauche de la main droite par-dessus sa barbe épaisse. Tout allait très vite dans sa tête, il imaginait mille solutions les jugeant et les repoussant les unes après les autres. Soudain sa main s'immobilisa. Nam-Kib le regardait avec admiration, il savait que mon père venait de trouver une parade que lui seul pouvait imaginer. Nikereb désigna du doigt les champs de roseaux au nord du chemin d'accès au port.

– Regarde Nam-Kib, si comme je le crois l'ennemi arrive par le fleuve, il va certainement accoster au Nord et se faufiler entre les roseaux jusqu'au plus près du mur d'épines.

De là il va remonter à l'abri des regards jusque près de l'entrée. De là, il lancera un rideau de jets de flèches pendant que d'autres guerriers tenteront d'ouvrir une brèche dans la porte. Ils attaqueront de nuit, la seule façon pour eux de passer inaperçus du guetteur de la terrasse. La prochaine nuit noire est dans 4 jours. C'est cette nuit-là qu'ils attaqueront.

– Ça nous laisse du temps pour nous préparer si la pluie s'arrête.

– Oui tu as raison mon ami, si la pluie s'arrête. Fassent les dieux qu'il en soit ainsi. Écoutes bien, il faudra mettre un maximum de personnes ici, là, là et là. Fais même participer les enfants et les vieillards, nous aurons besoin de toutes les mains. Nous allons creuser un maximum de trous profonds dans lesquels nous poserons des pieux aiguisés. Chaque trou sera ensuite recouvert d'un voile de feuilles de roseaux. Dans la nuit noire, les brigands ne verront pas les pièges.

– Oui Seigneur, mais dès la première victime ils passeront par ailleurs.

– C'est bien ce que je souhaite. Les premiers à tomber dans les pièges vont hurler de douleur, l'effet de surprise sera perdu, ils voudront rejoindre la rive au plus vite. Nous allons donc leur faciliter la vie, tu vas faire tracer des passages étroits dans les roseaux qui longent le chemin qui descend au port. L'ennemi en repli ne prendra pas le chemin à découvert, il utilisera les chemins étroits que tu vas faire tracer par piétinement, mais qui ne déboucheront pas sur les berges, chaque trace devra avoir son trou avec des pieux. Nous allons poser autant de pièges que le temps nous permettra d'en faire en travers des traces. Dans la précipitation, ils voudront sans doute passer par là pour rejoindre leur embarcation plus au Nord. Dans cette première attaque, il se pourrait qu'ils perdent assez d'hommes pour renoncer à une attaque de nuit plus violente. Si je suis en retard pour revenir, ce temps de repli de l'ennemi me permettra d'être tout proche pour venir à votre secours dès l'aube.

– Je m'en occupe dès l'aurore mon Seigneur.

– Nam-Kib, mon ami, fais monter en quantité du bois sur le toit de la terrasse, qu'il soit mis au sec. Si vous veniez à être attaqués durant la nuit, fais allumer un grand feu avec ce bois. Si nous sommes proches, nous le verrons de très loin et nous pourrons forcer l'allure. En attendant, repose-toi bien cette nuit, tu auras besoin de toutes tes forces ces quatre prochains jours.

– Oui, mon Seigneur, je viendrai vous saluer à la porte et il sera fait selon vos désirs pour le reste.

Nam-Kib salua en baissant la tête puis laissa son maître à ses affaires.

Il ne fallut pas bien longtemps à Nikereb pour emballer le minimum vital qu'il comptait prendre. Un grand tarpan était plus imposant et plus costaud qu'un onagre, mais Nikereb était vraiment grand par rapport à la taille moyenne d'à peine plus de trois coudées pour les gens du pays, son poids poserait un problème dans cette course contre le temps qui s'écoule. Il était même probable qu'il soit obligé de courir à côté de l'animal pour ne pas l'épuiser.

Nador semblait plein d'énergie, il ne tenait pas en place. On aurait pu croire qu'il devinait l'urgence de la situation. On m'avait raconté une légende selon laquelle les grands tarpans des plateaux, très loin au-delà des montagnes du Nord-Est, pouvaient lire dans l'esprit des hommes. À voir Nador prêt à bondir, j'étais vraiment prêt à le croire. Père venait de poser sur son encolure une double sacoche de cuir pleine de présents pour le roi Urukagina. Une simple couverture avait été jetée sur le dos de Nador, l'équidé était en effet monté sans selle.

Père était impressionnant dans sa tenue de guerre. Il portait le casque et son armure à laquelle pendait au côté gauche sa grande épée. Par-dessus il s'était couvert de sa grande cape sombre pour se protéger de la pluie. Il portait dans le dos par-dessus la cape un grand bouclier aux couleurs dorées, un arc et un carquois en cuir couleur de terre.

– Reviens-nous vite, mon doux Seigneur.

Kishnana lui fit un baiser sur le front. Il ferma les yeux, les rouvrit et sans rien dire échangea avec elle un dernier regard en la saluant avec une légère inclinaison de la tête. Il se tourna vers Énenlil et moi.

– Mes fils, je vous laisse la garde de votre mère et du village. Combattez avec courage s'il le faut, car il n'y a d'autre mort dans ce monde que celle de notre corps. Quelle que soit l'issue, nous nous retrouverons dans les champs célestes de nos ancêtres et nous festoierons à nouveau ensemble en mémoire de nos vies passées. Mais nous n'en sommes pas encore à cette date, fils de Tergal, quand l'ennemi sera devant notre porte, faites sonner fort les cors. Qu'il sache qu'il n'y a pas de lâches dans cette cité, même en l'absence de son seigneur.

Il sauta avec souplesse sur le dos de Nador et avança vers l'entrée barricadée sans se retourner vers nous. L'intendant et Nam-Kib le saluèrent à son passage. Il répondit sans rien dire d'un hochement de tête puis il tourna sur la droite vers le Sud sitôt passé la grande barrière des épineux. Nador poussa un grand hennissement comme pour nous dire adieu et ils disparurent tous deux sous la pluie dans la nuit.

7

Nemnakar s'était assoupi, couché sur le côté gauche sur une couverture de laine miteuse étendue directement sur le sol. Depuis combien de temps avait-il rompu le contact avec la réalité ? Plusieurs lampes à huile s'étaient éteintes et il régnait dans la pièce une étrange lumière diffuse et rougeoyante. Une curieuse statue indistincte semblait reposer tout près devant lui. Il n'avait plus mal à la tête, le sommeil avait au moins réussi à le débarrasser de ça. Les effets hallucinogènes des feuilles et des fleurs séchées pouvaient sans doute expliquer cette vision surréelle. Il referma les yeux, inspira profondément et les rouvrit en soufflant l'air de ses poumons. Ce n'était pas une statue posée devant lui, mais juste Namur le dos bien droit assis en tailleur.

– Que fais-tu là mon garçon ?

– J'ai peur de rester avec les autres hommes, ils sont méchants.

– Et moi je ne suis pas méchant ?

– Si, mais pas méchant avec moi.

Nemnakar regardait avec de plus en plus de surprise le jeune gringalet. Il ne savait pas pourquoi, mais ce jeune le fascinait.

– Il y a longtemps que je me suis endormi ?

– Bientôt trois bérus,[28] Seigneur, on doit être au milieu de la nuit maintenant.

– Le milieu de la nuit ? Déjà ? Et mes hommes où sont-ils ?

– Il y en a un peu partout, ils dorment.

– Et toi tu ne dors pas ?

– Non, je ne sais pas où aller et j'ai peur d'aller dormir tout seul.

– Je vois. Donne-moi un peu d'eau, j'ai très soif.

---

[28] Un béru est l'équivalent d'une période de 2 heures.

Le brigand voulut se relever, mais si sa douleur à la tête avait disparu, il n'en était pas encore de même pour celle de sa jambe blessée. Il attendit donc le retour de Namur, but avec satisfaction son godet d'eau fraîche et le rendit au jeune garçon.

– Vu l'heure, il n'est pas temps de faire autre chose que dormir. Tu peux rester ici avec moi. Trouve-toi une natte et installe-toi où tu voudras près de moi. Si je ne suis pas réveillé quand le jour sera levé, réveille-moi, c'est compris ?

– Oui Seigneur, j'ai compris.

Namur ressortit de la pièce une petite lampe à huile à la main. Quelques minutes plus tard, il était de retour avec une grande et épaisse pièce de coton. Sans rien dire, il l'étala sur le sol à moins d'une canne[29] de Nemnakar. Il souffla la petite lampe et s'endormit comme une pierre. Jusqu'au matin, il n'y eut plus d'autres bruits dans la ferme que les ronflements des brigands bien ancrés dans leur sommeil.

– Seigneur, il fait jour.

Namur n'avait pas osé parler fort, mais il voyait bien qu'il faudrait autre chose qu'un simple chuchotement pour réveiller Nemnakar. Il s'approcha à quatre pattes et de la main gauche il poussa légèrement le bras gauche étendu tout droit sur lequel reposait la tête encore endormie du brigand. Était-ce complètement par instinct ? Nemnakar avait lancé son bras droit à la vitesse d'une flèche et sa main venait d'attraper brutalement le poignet du pauvre Namur. Le gamin crut que sa dernière heure était arrivée. Avec une voix terrorisée, il cria :

– Il fait jour Seigneur, pitié ! vous m'avez dit de vous réveiller.

Nemnakar poussa un grognement inquiétant tout en desserrant la pression sur le frêle poignet.

– N'aie pas peur, tu as obéi, c'est bien. J'ai souvent le réveil difficile. Tu sais, si je suis resté en vie aussi longtemps c'est parce que j'ai appris à être prudent, même à la sortie du sommeil.

Nemnakar lâcha le bras du petit qui en profita pour prendre un peu de recul. Une légère lumière commençait à pénétrer la pièce, laissant

---

[29] Une canne valait environ 3 mètres.

apparaitre un total dénuement. Le brigand se redressa en grimaçant puis il tendit l'oreille, non il ne rêvait pas, il n'entendait plus la pluie.

— As-tu toujours tes herbes et ton onguent Namur ?

Le garçon tomba des nues, Nemnakar ne l'avait encore jamais appelé par son nom.

— Oui, ils sont toujours dans la sacoche, elle est là à côté de l'entrée.

— Très bien, attrape la, il faut que je soigne ma plaie.

Namur alluma une lampe à huile et s'approcha du blessé pour l'éclairer pendant ses soins. Nemnakar n'avait rien dit, il était concentré à bien nettoyer ses chairs meurtries toujours entrouvertes. La blessure était finalement assez profonde et il serait difficile de ressouder les chairs sans autre aide qu'un onguent.

— Mon père s'est coupé comme ça une fois en travaillant dans les champs, c'est après qu'il a eu sa grande maladie. Ma mère avait envoyé quelqu'un chercher un moine à Tergal, ils savent guérir les blessures là-bas.

— Un moine ? À Tergal ? Un moine qui sait guérir ? Voilà une très bonne nouvelle. Mais c'est où Tergal ? C'est loin ?

— Je ne sais pas Seigneur Nemnakar, le messager était parti en suivant le fleuve vers le Sud et il est revenu trois jours plus tard. Le moine avait soigné mon Père avec une pointe et de la ficelle.

— Hein ? Une pointe et de la ficelle ? C'est quoi cette histoire ? Sois plus précis mon garçon.

— La pointe était comme une aiguille d'acacia, mais tordue et il la plantait dans la peau pour faire des nœuds avec.

— Des moines chirurgiens ! Il y a des moines chirurgiens à Tergal ! Les dieux ne m'ont pas abandonné finalement, tu me sauves la vie mon petit Namur.

Le jeune ne comprenait pas bien la soudaine expression de joie de Nemnakar, mais tout compte fait, si l'information pouvait le mettre de bonne humeur, la journée ne commencerait pas si mal. Le brigand s'appliqua à bien nettoyer la blessure et la recouvrit avec un linge propre qu'il immobilisa avec une cordelette. En boitant avec prudence, il se leva et se dirigea vers la porte extérieure.

Le ciel était encore lourd de nuages menaçants, mais il ne pleuvait plus. L'homme de garde le salua sans rien dire, il avait l'air frigorifié. Nemnakar s'avança vers le chemin boueux, il inspecta les alentours du regard et ce qu'il craignait était bien arrivé.

Partout l'eau s'était accumulée en grandes mares dans lesquelles de nombreux ibis blancs étaient déjà en train de chasser les grenouilles et autres insectes que l'inondation repoussait vers les lopins de terre encore hors d'eau. Les canaux d'irrigation débordaient à de nombreux endroits, il ne serait pas facile de trouver des chemins praticables, d'éviter les bords de fossés instables et les trous remplis d'eau boueuse. Le brigand inspecta à nouveau le ciel, il observait en grimaçant la direction du vent et celle des nuages. Il lui sembla évident qu'il ne pleuvrait plus au moins pendant une partie de la journée. Rien ne servirait d'aller plus loin. Si le temps demeurait incertain, autant rester à la ferme et bénéficier d'une bonne journée de repos. Les derniers jours de marche et de batailles avaient éreinté la compagnie. Nemnakar n'était d'ailleurs pas le seul de la compagnie à avoir besoin de soigner des blessures et de prendre du repos.

Il revint s'assoir sur un banc dans la grande pièce, le dos bien calé contre le mur de terre. Bodur entra en le saluant.

— Maître, quels sont vos ordres pour aujourd'hui ? Restons-nous comme vous le souhaitiez hier ?

— Oui Bodur, nous passerions notre journée en tours et détours à chercher notre chemin parmi les zones inondées, laissons le temps à l'eau de s'infiltrer dans le sol. Faites comme prévu, ce soir nous mangerons de la bonne viande bien fraîche et bien rôtie. Maintiens tout de même une bonne garde autour de la ferme, mais je ne pense pas que nous verrons grand-chose bouger à part les rats dans les champs. Il vaut mieux rester prudents. Que les archers s'entrainent à tuer quelques rongeurs s'il y en a. Nous en tirerons quelques réserves de nourriture pour les prochains jours. Que tout le monde s'occupe à nettoyer le matériel, à affuter les lames et à fabriquer de bonnes flèches. Les champs regorgent de légumes, fais-en ramasser une bonne quantité pour faire le repas de midi et l'accompagnement du bœuf ce soir.

Bien loin de la ferme, Nikereb n'avait pas fermé l'œil de toute la nuit. Il sentait le poids de la fatigue sur tout son corps. Même Nador protestait avec de grands renâclements. Pas le choix, il fallait faire une pause réparatrice. Il observa les champs détrempés. Pas un seul endroit où se reposer à part un bosquet d'arbres à 1000 coudées[30] environ vers le Sud-Ouest. Il pourrait y faire une halte, dormir un peu et laisser le temps à Nador de brouter tranquillement. Il ne fallut pas bien longtemps pour atteindre l'endroit. Le coin n'était pas idéal, mais pour l'instant il fallait bien se contenter de peu.

Nikereb retira les sacoches de l'encolure du tarpan et décida de s'en servir d'oreiller. Il aurait souhaité quelque chose de plus confortable. Avec une longue corde, il attacha le tarpan à un des troncs d'arbre. D'un petit sac, il retira un morceau de galette d'orge et un morceau de viande salée. Son maigre repas matinal terminé il posa son arc et ses flèches près de lui sous un gros arbre, s'adossa contre le tronc, mit le fourreau de son épée sur ses cuisses et ferma les yeux.

Il avait l'impression de n'être assoupi que depuis quelques minutes à peine quand de forts hennissements le tirèrent de son sommeil. L'instinct de survie lui avait fait attraper la garde de son épée. Nador tirait comme un fou sur la corde qui l'attachait à l'arbre. Nikereb bondit sur ses pieds en dégainant son arme. Le rire aigu ne laissa la place à aucun doute, c'était bien une hyène qui en voulait au tarpan.

Une énorme poussée d'adrénaline fit vibrer tout le corps du combattant. Combien étaient-elles ? N'était-il arrivé jusqu'ici que pour mourir sous les dents puissantes des fauves ? Il fit un tour rapide sur lui-même. Enki ne l'avait, semble-t-il, pas encore abandonné, il ne voyait là qu'une seule bête, sans doute une femelle en chasse pour ses petits.

L'animal avait senti la présence de l'homme, c'est ce qui avait retenu son attaque. En meute, elle aurait déjà sauté sur les pattes arrières du

---

[30] Une coudée représente environ 50 centimètres.

tarpan pour l'immobiliser. Mais l'homme était grand et déterminé, l'attaquer seule était une prise de risque à ne pas prendre à la légère.

Nikereb de son côté savait qu'il n'y avait pas de temps à perdre, les ricanements de l'animal attireraient très vite d'autres hyènes s'il y en avait dans les parages. L'espoir de se sortir de ce guêpier deviendrait très mince et même sans doute carrément nul.

Avec la fougue du guerrier d'expérience, il courut se mettre entre le tarpan et le fauve en criant de toute ses forces. La bête recula de deux coudées en montrant ses redoutables crocs. Nikereb réalisa soudain que son empressement venait de le mettre dans l'embarras. S'il avait réfléchi un peu il aurait saisi son arc plutôt que son épée. Trop tard, pas moyen de reculer maintenant jusqu'au tronc, le fauve aurait traduit cela comme un signe de faiblesse et il n'aurait plus douté de l'issue de l'attaque.

Nikereb tentait de se faire le plus impressionnant possible en gesticulant avec de grands mouvements des bras. La hyène était manifestement impressionnée par cette hardiesse et elle hésitait encore. Elle dut se rappeler sans doute que ses petits avaient faim, car elle décida de se lancer malgré tout à l'attaque. Nikereb sauta de côté pour éviter le bond du fauve et lui assena un violent coup d'épée à la mâchoire au passage. Le fauve poussa un énorme cri de douleur. La parade venait malheureusement de faire trébucher l'homme.

Nikereb se trouvait maintenant en très mauvaise posture, il était allongé par terre face à un fauve blessé et très en colère. Il tenta de se remettre debout, mais glissa. La hyène saisit l'opportunité aussitôt et bondit sur sa victime. Nikereb tenta de ramener rapidement son épée face au fauve, il la pointa en avant et ferma les yeux, persuadé que cette fois c'en était fini de lui, il irait rejoindre ses ancêtres après une mort honorable, comme on lui avait souvent dit.

Il se passa quelques instants ou puis plus rien ne bougea. Était-il mort ? Le poids du fauve sur sa poitrine l'empêchait de respirer. Il ouvrit les yeux, les crocs de la bête n'étaient qu'à quelques doigts de son visage, il pouvait sentir la puanteur qui se dégageait de la gueule entrouverte et maintenant immobile. Mais non, il n'était pas mort. Tous ses muscles se raidirent brusquement pour bousculer l'animal. Nikereb roula sur le côté et se remit d'un bond sur ses pieds, il recula maladroitement en regardant le fauve. Il ne rêvait pas, une grande flèche lui avait transpercé la poitrine. Mais par quel miracle cela avait-il pu se produire ?

– Salut à toi étranger.

Nikereb se retourna vers l'homme qui venait de parler juste derrière lui. Il se redressa. Quel fameux archer venait de le sauver d'un trépas inévitable ?

– C'est un bon jour qui vous a conduit ici. Merci beaucoup pour le coup de main et félicitation pour le tir, j'aurais bien été incapable de l'ajuster avec autant de précision si j'avais eu à le faire. Nikereb s'inclina pour saluer le nouveau venu. À qui dois-je ma survie ?

– Je suis Andagan, Maître d'Armes d'Urukagina, roi de Lagash. Je chasse les hyènes sur les terres de mon seigneur. Il y a deux jours que je traque celle-ci. Je ne pouvais espérer meilleur appât.

L'homme était trapu, mais bien bâti, certainement une force de la nature. Il était simplement vêtu d'une robe de coton maculée de boue lui descendant jusqu'aux genoux. À sa ceinture de cuir couleur pourpre était accrochés du côté droit une dague et de l'autre une épée. Une grande cape d'un gris vert sombre était jetée sur ses épaules, liée sur sa poitrine par un superbe médaillon doré. La capuche rejetée en arrière laissait voir un visage jeune, imberbe, chauve et jovial sur lequel se dessinait un large sourire. Il portait sur le dos un carquois rempli de flèches à l'empennage jaune citron et il tenait encore à la main droite l'arc qui venait d'officier.

– Je suis Nikereb, Seigneur de Tergal, cousin du roi de Lagash.

– Vous êtes bien loin de vos terres mon Seigneur et sans grande escorte. Quel malheur vous pousse à vous tenir si éloigné des vôtres dans cette plaine détrempée ?

– J'ai des informations importantes pour le roi. À l'ouest et au nord de la vallée des troupes de mercenaires et de brigands envahissent nos terres, tuant et pillant. Il se peut que tout ceci ne soit qu'un prélude à une plus grande offensive, car l'armée d'Oumma est redevenue redoutable. Alliée avec les troupes dont je viens de parler elle pourrait représenter une vraie menace pour Lagash et ses habitants. Lugal Zagési, le roi d'Oumma n'a jamais renoncé à récupérer les terres fertiles au nord-ouest de Lagash. Il faut renforcer les frontières et en particulier à Tergal.

– Très bien, ne perdons pas de temps alors, partons immédiatement pour la cité. J'aurais aimé dépecer cette belle bête, mais ce travail me prendrait trop de temps. Allons, chargeons votre tarpan de nos affaires, faisons-nous légers, nous allons courir. Lagash est à deux lieues et demie d'ici. Nous devrions y arriver en milieu d'après-midi."

Nikereb avait chargé son armure, ses armes et ses maigres affaires sur le dos de son tarpan. Andagan y avait ajouté ses propres armes et couvertures ainsi que deux peaux de hyènes qu'il avait abattues plus tôt. Ils coururent à travers champs et prairies l'un à côté de l'autre, suivi du tarpan, aussi rapides que leur permettait l'état des chemins. Ils ne prirent même pas le temps de manger à midi, se contentant d'une courte pause pour étancher leur soif. Le soleil était déjà aux deux tiers de sa course dans le ciel quand les murs de la cité apparurent.

La cité-État de Lagash était entourée d'un grand mur. Elle avait fait sa prospérité de la richesse céréalière, l'orge surtout, mais aussi avec diverses autres activités comme l'élevage des moutons, l'exploitation de certaines essences de bois ou bien la culture fruitière, en particulier les dattes. Lagash était depuis des dizaines d'années le centre administratif de la basse Mésopotamie. Le centre religieux entièrement voué au culte du dieu Ningirsu, patron de la région, était lui installé à Girsu une ville juste au Nord-Ouest de Lagash.

La grande cité était organisée autour d'un bras de fleuve la traversant vers le Sud-Est. De nombreux bateaux y faisaient escale pour le commerce. Une grande avenue en pente douce entourée de hautes murailles montait jusqu'au cœur de la cité. À l'est étaient installées les brasseries qui produisaient de grandes quantités de bière. Au Sud-Ouest un gigantesque temple était dédié à la déesse Inanna. Un long mur d'enceinte de forme ovale le ceinturait. La construction au toit plat s'ouvrait à l'est. Elle était appuyée sur le mur ouest.

Sa grande cour était très fréquentée, car un commerce local très actif y permettait d'effectuer les offrandes nécessaires aux pèlerins et aux exploitants agricoles. Ces derniers venaient chercher l'assurance des bonnes faveurs de la déesse pour obtenir de bonnes récoltes. Sur la partie la plus élevée du centre ouest de la ville s'élevait le grand temple de Ningirsu, lui aussi entouré d'un mur d'enceinte. Les nombreuses cours intérieures accueillaient les cuisines du temple, dont de nombreux fours à pain.

Le palais du roi jouxtait le temple. On y grimpait par une longue avenue toujours encombrée de marchands et de soldats. Nikereb et Andagan s'arrêtèrent à l'entrée de la ville.

De grandes réserves d'eau potable y étaient stockées et ils trouvèrent de quoi se rafraichir, mais aussi de quoi se laver des souillures du trajet. Après avoir laissé Nador à l'étable, Nikereb avait retrouvé son allure de prince. Il avait jeté sur son épaule gauche la double sacoche chargée de présents. Andagan le fit annoncer au poste de garde à l'entrée du palais. Un moment plus tard, le capitaine des gardes venait les accueillir. Il s'inclina pour les saluer.

– Mes Seigneurs, le roi est disposé à vous recevoir sur le champ. Veuillez me suivre.

Le soldat les guida à travers quelques ruelles étroites et mal ventilées, qui faisaient regretter à Nikereb d'avoir un bon odorat. Ils arrivèrent dans une grande cour au sol pavé de briques. Une grande porte sans fermeture donnait accès à une salle spacieuse dans laquelle les vapeurs d'encens contrastaient avec la puanteur de la basse ville. Au fond de la salle aux multiples colonnades trônait Urukagina. Il était vêtu d'une grande toge blanche à manches courtes ourlée de broderies d'or et de gemmes bleues. Au cou il portait plusieurs colliers de perles blanches et de petits cylindres de lapis. Il se leva, descendit trois marches de l'estrade et s'avança de quelques pas vers les deux hommes. Une dizaine de gardes armés assuraient la sécurité du souverain.

– Que me vaut la si rare visite de mon cousin des terres du Nord ?

Nikereb s'inclina pour saluer le roi. Andagan était resté légèrement en arrière.

– Seigneur de la Terre bénie de Sumer, je porte de graves nouvelles. Des hordes de brigands arrivent par le Nord et l'Ouest. Leur nombre dépasse plusieurs centaines. Certains seront bientôt aux portes de Tergal ma cité. Ils viendront ensuite jusqu'aux frontières de votre royaume si personne ne leur barre la route. J'ai aussi de bonnes raisons de croire que Lugal Zagési[31] entretient une forte armée prête à combattre. La guerre pour les terres des palmeraies du Nord-Ouest va ressurgir.

– Crois-tu mon cousin que mes oreilles soient sourdes et que mes yeux soient aveugles ? Je savais que tout cela arriverait. Mais il est vrai, cela arrive plus tôt que je ne le pensais. Mais toi, que viens-tu faire ici en personne ?

– Mon Roi je viens solliciter votre aide. Tergal n'est pas suffisamment armé pour combattre et défendre votre frontière nord. Si Tergal tombe, les brigands pourront descendre l'Idigna et amener une armée sur votre flanc à l'Est quand de l'autre côté du fleuve qui traverse la cité de Lagash les armées d'Oumma et de ses mercenaires vous attaqueront. Combattre sur les deux fronts fera courir un grand risque au royaume.

– Ce n'est pas faux, mais je ne pense pas que Lugal Zagési soit assez fou pour lancer une offensive après les catastrophiques pluies que nous venons de vivre. Le niveau de l'eau monte déjà et beaucoup de terres le long du baranun vont être noyées, une armée n'y résisterait pas.

– Sans doute mon Seigneur, mais je pense que l'ennemi voudra certainement profiter que nous ayons nos pensées centrées sur les dégâts dans les pâturages et les cultures pour nous attaquer par surprise.

– Mon cousin Nikereb a toujours eu peur de tout. Cette fois-ci n'est pas différente des autres.

– Mon Seigneur ne peut pas oublier que mes jugements lui ont aussi rendu souvent service.

– Il est vrai, il est vrai. Mais alors, viens-en à ta demande. Car tu as bien une demande n'est-ce pas ?

---

[31] Souverain de la ville d'Oumma.

– Mon Roi sait lire dans le cœur d'un soldat, si je suis là c'est pour lui demander son aide. Tergal a besoin d'un contingent de soldats pour tenir la frontière du Nord. Il me faut quarante hommes.

– Quarante hommes ? Mon cousin vieillirait-il si vite qu'il en perd les notions de mesures ?

– Quarante hommes bien armés mon Seigneur et je tiendrai la ville et le fleuve.

– Hors de question, je n'enverrai pas une garnison au Nord-Est alors que l'ennemi se masse à l'Ouest.

– Nous sommes trop peu à Tergal, il faut nous aider.

– Les temps sont durs, Nikereb ignorerait-il combien il est difficile de tenir une armée en ayant baissé de beaucoup les impôts des citoyens ?

– Pas du tout mon Seigneur, c'est pour cela que je porte dans ces sacoches le paiement de la dette que vous nous accorderez.

Urukagina fut pris d'une soudaine curiosité pour les sacoches de cuir.

– Que proposes-tu là Nikereb ?

– Je viens offrir des gemmes bleues des montagnes, de l'or, des épices rares et une magnifique dague au manche d'ivoire ornée d'une extraordinaire émeraude.

À la vue du trésor, Urukagina eut les yeux qui brillaient de convoitise.

– Tout cela est bien intéressant, mais insuffisant pour une compagnie.

Le Roi s'était retourné et regagnait son trône. Il fit quelques pas et s'arrêta. Il se tourna à nouveau vers Nikereb.

– Je ne peux ignorer les besoins de mon peuple et pas moins ceux de mon cousin. J'accepte pour une demi-compagnie si la demande tient toujours.

Nikereb connaissait bien le roi. Rien ne l'obligeait à fournir cette assistance militaire, il n'irait pas au-delà de sa proposition, c'était à prendre ou à laisser.

– Ningirsu et l'ensemble des dieux verront ici la sagesse du Roi.

Un des gardes sur la commande du monarque s'avança pour prendre en charge le tribut.

– Qu'il en soit donc fait ainsi. Ce soir mon cousin sera mon invité et il pourra partir demain matin à l'aube avec sa troupe. Seigneur Andagan, désignez les hommes et organisez la troupe pour l'aurore, prenez 4 charrettes et 16 onagres pour les tirer.

– Seigneur, ne peut-on pas aller plus vite ? Je crains pour ma famille.

– Non Nikereb ! Demain sera bien assez tôt. Ce soir je te veux à ma table, j'ai des choses à te dire.

*

Plus tôt dans la matinée, Bodur avait supervisé le ramassage du bois et sa combustion dans une dépression qu'il avait ordonné de creuser sur une portion de terre peu humide. Au fond de la dépression avait été installé un lit de gros cailloux destinés à accumuler la chaleur et maintenir ensuite assez longtemps une forte température. Plusieurs hommes s'étaient occupés d'attraper une vache et de l'abattre en la saignant correctement. La bête étant trop volumineuse pour quarante hommes, elle avait été coupée en deux. Une partie allait être cuite et consommée dans la journée, l'autre serait mise à l'abri pour être cuite le lendemain si la compagnie ne pouvait repartir plus vite.

Nemnakar avait anticipé que sa blessure avait besoin de tranquillité pour éviter une surinfection. Deux jours de repos ne feraient aucun mal ni à lui, ni à ses hommes. Quatre autres brigands avaient été chargés de construire une gigantesque broche équipée d'un bras de manœuvre pour pouvoir faire tourner la viande au-dessus des braises. La cuisson promettait d'être longue, au moins quatre bérus[32]. Toute la compagnie bavait déjà d'impatience.

Du feu avait aussi été allumé pour faire chauffer non loin de là de grandes pierres plates sur lesquelles plusieurs grandes galettes d'orge furent mises à cuire pour le repas du soir. Un grand bouillon de

---

[32] Soit environ huit heures.

légumes fut mis également à cuire pour agrémenter le repas du midi et le festin en soirée. Il y avait si longtemps que les hommes de Nemnakar n'avaient pas passé une aussi agréable journée, que tous auraient voulu qu'elle dure plus longtemps.

Le soir venu et la viande cuite, tout le monde s'était retrouvé autour d'un grand feu. Il n'y avait pas une grande quantité de bière, mais assez pour que tout le monde ait sa part. Il y avait de grands rires, des chansons et quelques pas de danse. Pour accompagner l'ambiance, trois des brigands avaient sorti de petits tambours à frapper à la main. Ces instruments de musique étaient de peu d'encombrement et donc facile à transporter. Pas de Harpe ou de lyre, elles n'auraient pas supporté les voyages et de toute façon, ici, personne ne savait en jouer. L'art musical était un usage réservé aux moines ou aux nones. Les joueurs de tambours étaient accompagnés d'un joueur de flûte.

Tous ces hommes avaient beau être sans foi ni loi, ils n'en aimaient pas moins la musique et les chants, surtout s'ils étaient accompagnés de grandes gorgées de bière.

Namur s'était assis à l'écart, le menton posé sur ses genoux repliés contre sa poitrine. Tout le monde semblait l'avoir complètement oublié. Il observait la troupe avec curiosité et tristesse, son grand-père lui manquait terriblement. Que pouvait-il faire ? Fuir ? Mais aller où et comment ? Finalement, le milieu de la nuit était arrivé rapidement dans cette ambiance festive.

Les braises furent recouvertes d'un fin film de sable pour être conservées pendant la nuit et rallumées très vite le lendemain en utilisant une feuille de palmier dattier comme activateur en brassant de l'air.

Les écuelles de bois furent rapidement nettoyées avec de la cendre et du sable. Un grand trou avait été creusé pour y déposer et recouvrir les déchets du repas, une façon pratique d'éviter d'attirer les insectes et surtout les prédateurs de tous poils, les hyènes en particulier qui traversaient la région seule ou en petites meutes. Heureusement, il y avait bien longtemps qu'on n'avait plus entendu parler de lions dans la région. Très vite, tout le monde fut bientôt endormi, enfin presque tout le monde...

8

Nikereb tournait en rond comme un fauve dans une cage devant le convoi des charrettes qui commençaient à s'aligner. Il avait passé la veille une soirée particulièrement éprouvante et désagréable. Le roi l'avait entretenu trop longtemps des nouvelles de la cité. Nikereb s'était obligé par politesse protocolaire à faire bonne figure, mais à vrai dire il n'avait eu aucun intérêt à la discussion. Rien en effet n'aurait pu effacer de ses pensées le sort probable de son domaine et surtout celui de sa famille. Tard dans la nuit il s'était couché sur un lit agréable fait de plusieurs grands coussins en espérant prendre un peu de repos. Pourtant il n'avait pas trouvé le sommeil, tournant et virant sur lui-même, obsédé à l'idée d'arriver trop tard si Tergal venait à être attaqué. Un peu avant l'aurore il était déjà prêt à rentrer chez lui.

L'aube venait enfin de se lever. Les nuages d'altitude encore accrochés au-dessus des monts de Zagros s'étaient enflammés de diverses variations d'or et de pourpres. Andagan était arrivé lui aussi de bonne heure. Il s'évertuait à tout vérifier avant le départ. Il sautait d'une charrette à une autre, contrôlant le harnachement des onagres, l'état des roues, l'armement des soldats, les vivres pour le trajet. Chaque onagre, pris individuellement, était capable de courir en pointe à une vitesse douze lieues par béru[33], mais en tirant une charrette, même en duo, sa puissance était fortement diminuée et il ne fallait pas espérer avancer dans la boue à plus de deux lieues par béru[34], et encore. Avec les arrêts pour faire reposer les bêtes et les faire paître, la troupe ne serait probablement pas à Tergal avant le lendemain ou à peine plus tôt si l'expédition roulait une partie de la nuit.

---

[33] Soit environ 60 km/heure
[34] Soit environ 10 km/heure

Nikereb avait revêtu son armure et portait fièrement son casque. La main gauche posée sur le pommeau de son épée, sa main droite sur la hanche, il fixait avec appréhension l'horizon en direction du Nord-Est.

Il aurait voulu pouvoir voler à vive allure comme un pigeon, fendre l'air à tire d'ailes et revoir enfin sa femme et ses deux fils.

— Tout est prêt Seigneur Nikereb.

Andagan venait de le rejoindre. Il s'arrêta à hauteur de Nikereb et observa lui aussi l'horizon. Il ne participerait pas à l'expédition, mais il y avait dans sa voix beaucoup de compassion et sans aucun doute une pointe de regret de n'avoir pas pu faire plus vite. Nikereb se tourna pour lui faire face.

— Très bien, Noble Andagan. Lorsque les dangers se seront éloignés de mes terres, j'espère avoir l'occasion de racheter ma dette d'hier. Je n'oublierai jamais l'adresse qui m'a sauvé la vie.

— Je mettrais volontiers mon arc à votre service Seigneur Nikereb si je n'étais déjà engagé à celui de mon Roi. J'ai choisi pour vous de vaillants et fiers soldats, ils vous défendront vous et votre lignée comme s'ils étaient sous votre commandement depuis toujours.

— J'espère qu'ils n'auront pas à le faire et que je pourrai vous les renvoyer vivants tous autant qu'ils sont lorsque leur mission sera accomplie.

Andagan s'inclina et tourna les talons. Nikereb le regarda s'éloigner. "J'aurai plaisir à revoir cet homme si Enki m'en donne le temps". Pensa-t-il intérieurement. Puis il s'approcha des charrettes, les soldats étaient installés cinq dans chaque. Il prit les rênes de Nador à un esclave qui attendait immobile. Puis sauta avec souplesse sur le dos du grand tarpan. Du bras droit il donna le signe du départ.

— En avant ! En avant !

La troupe s'engagea le long du mur extérieur en remontant vers le Nord. Les murs de la ville disparurent bientôt dans la légère brume matinale que le soleil allait bientôt chasser. Nikereb avançait lentement, il savait que les onagres étaient lourdement chargés, rien n'aurait servi de les épuiser trop vite. De temps en temps il jetait un coup d'œil inquiet en arrière pour s'assurer que tout le monde avançait à la même vitesse.

Jusque-là tout semblait bien se passer, même si à son plus grand désespoir l'allure restait beaucoup trop lente.

Presque au même moment, dans la ferme de Namur, le jour éclairait à nouveau la pièce sombre où Nemnakar avait pris ses quartiers.

– Namur !

– Oui Seigneur Nemnakar.

– J'ai une faim de loup. Est-ce qu'il reste des fruits ?

– Je pense que oui, les hommes ont mangé comme des affamés hier soir, mais il y en avait une grande réserve.

– Très bien, vas en chercher quelques-uns.

Namur sortit de la pièce maintenant assez bien éclairée. Quelques rayons de soleil faisaient apparaitre des rideaux de poussières qui dansaient dans les courants d'air. Il traversa une petite alcôve puis pénétra dans une autre pièce assez grande dans laquelle s'étaient entassés sept ou huit brigands pendant la nuit. Certains étaient encore allongés par terre et d'autres assis sur quelques rares bancs. Trois hommes étaient en train de découper des morceaux de pommes avec de grands couteaux pour leur petit déjeuner. Namur avança prudemment en essayant de rester le plus loin possible des brigands. Il traversa la pièce et pénétra dans une autre alcôve dans laquelle de grandes caisses de roseaux contenaient encore quantité de fruits. Il en prit plusieurs qu'il roula dans un morceau de tissu rectangulaire assez grossier. Puis il fit demi-tour pour revenir vers Nemnakar.

Deux des hommes encore allongés sur le sol un moment plus tôt avaient changé de position ce qui obligea Namur à passer au plus près des brigands assis sur un banc. Il venait juste de dépasser un gros barbu crasseux quand celui-ci l'attrapa assez violemment par le bras gauche et le fit reculer.

– Dis donc toi, tu as la peau aussi lisse que celle d'une fille.

Soulevant le jeune par le bras il le fit tourner sur lui-même avec malice.

– Oui, humm, tout ça me parait parfaitement à mon goût.

L'homme avait lâché le couteau sur la table basse. Tout en maintenant le jeune garçon accroché par le bras, il colla sa grosse main droite sur les fesses de Namur. En tirant d'un coup sec il lui arracha son fragile vêtement.

– Nonnnn, laissez-moi, pitié !!!

Le jeune Namur avait poussé un cri de désespoir qui n'avait en rien affaibli la détermination du brigand. Celui-ci s'apprêtait à caresser la nudité du jeune garçon quand il reçut un quartier de pomme en pleine tête. Un des hommes qui était encore couché venait de se redresser.

– Fous-lui la paix au môme !

Nindul s'essuya le front, il tenait toujours le garçon par le bras.

– Occupe-toi de tes fesses Tarik, ça fait trop longtemps que je n'ai pas vu un si joli garçonnet.

– Et moi je te dis de lui foutre la paix !

– C'est nouveau ça, tu te prends pour Nemnakar maintenant ? Qui es-tu pour me dire ce que je dois faire, hein ?

– Ce gamin ressemble trop au fils que j'ai laissé il y a beaucoup trop de lunes chez nous dans le Nord. Je te dis de ne pas y toucher un point c'est tout, ce n'est pas une femme.

– Justement, parlons-en des femmes, si tu n'avais pas éventré la dernière on n'en serait pas réduit à courir les petiots.

– Elle n'avait qu'à ne pas me mordre la garce.

– C'est ça oui, « elle n'avait qu'à ne pas me mordre », non, mais je rêve !

Nindul s'apprêtait à tripoter le jeune garçon quand Tarik se jeta sur lui. Les deux hommes roulèrent à terre, bousculant la table basse, s'échangeant morsures, coups de poings et de pieds. Namur en profita pour récupérer son vêtement et se mit en boule dans un coin de la pièce en sanglotant. Le vacarme de la bataille avait très vite attiré d'autres brigands qui criaient maintenant de joie à la vue de l'animation inattendue. Aucun des deux hommes ne semblait prendre l'avantage.

– ÇA SUFFIT !

Le cri autoritaire avait imposé le silence. La troupe s'était brusquement écartée devant Nemnakar. Les deux combattants avaient encore du mal à se séparer.

– Je vous étriperai vivant s'il le faut vermines. Cessez tout de suite ou je vous tue tous les deux de mes propres mains ! Namur, ramasse les fruits et passe derrière moi.

Nemnakar se tenait bien droit, l'air redoutable et déterminé, le regard foudroyant.

– Je fais écarteler vivant le premier qui touche au petit, c'est bien compris ? Foutez-moi le camp de là. Tous dehors, allez chercher du bois pour la grillade de ce soir, et plus vite que ça, ça vous rendra utiles !

*

Plus au Sud le long de l'Idigna, l'activité battait son plein à Tergal. Le front de Nam-Kib perlait à grosses gouttes, depuis les premiers rayons de soleil il supervisait les travaux commandés par Nikereb. Toute la journée précédente avait été laborieuse, mais par bonheur les choses se présentaient bien. Si l'ennemi ne s'avançait pas les prochains jours, la défense du village serait bien plus efficace. Pour l'instant il fallait encore travailler dur. Il passait d'un trou à un autre pour en mesurer la largeur et la profondeur, donnait des conseils pour la pose des pieux, ordonnait des améliorations. L'extérieur du mur d'épineux n'avait jamais vécu une telle agitation. Partout des gens creusaient ou transvasaient de gros et lourds seaux de terre et d'argile. Creuser dans la terre toujours trop humide était harassant. Nam-Kib avait dû organiser des équipes qui se relayaient toutes les deux heures. Les enfants trop jeunes pour ce dur travail étaient confinés dans le village.

Des feux de bois sec avaient été allumés pour faire durcir la pointe d'une grande quantité de flèches en cours de fabrication. Les gamins accomplissaient cette tâche avec beaucoup d'attention pendant que quelques rares vieillards expérimentés s'occupaient de peaufiner les empennages en plumes d'oie. Tout autour du village quelques hommes ramassaient de gros cailloux qui étaient ensuite amenés sur les barricades dans la ville. Au besoin, ils serviraient de redoutables projectiles. D'autres personnes piétinaient comme l'avait ordonné Nikereb de faux chemins entre les roseaux conduisant au Nord-Est vers la rive de l'Idigna, mais sans jamais l'atteindre. Des trous y étaient creusés pour piéger les brigands qui voudraient passer par là.

– Nam-Kib, les gens sont fatigués, il commence à faire trop chaud pour ce travail de fous. Ne peut-on pas arrêter un moment ? dis-je à mon Capitaine.

– Non jeune Seigneur, plus vite nous aurons fini, plus vite nous pourrons regagner le village et profiter de son abri. Pour l'instant nous sommes vulnérables. Nous avons été chanceux depuis que la pluie s'est arrêtée, il fait beau, et pas l'ombre d'un éclaireur à l'horizon. Mais croyez-moi, ça ne durera pas. L'ennemi est comme nous, il aime les beaux jours pour courir la campagne. Fassent les dieux qu'il ait trouvé meilleure idée que d'attaquer le village.

– Tu as sans doute raison, mais travailler sous ce soleil est vraiment exténuant.

– C'est vrai, je suis d'accord, mais sans ces protections beaucoup risquent de mourir sous les lames et les flèches. C'est une bien petite peine pour gagner le droit de survivre.

Je respectais énormément les décisions du Capitaine des gardes, mais je voyais aussi clairement les corps fatigués des villageois. Je ne pensais pas un seul instant que leur accablement était juste le fait de la fatigue. Ils avaient peur tout simplement, peur d'un avenir incertain, peur pour tout et pour rien, tout simplement peur de mourir bientôt. Je sortais à peine de mes pensées quand je constatais que Nam-Kib s'était déjà occupé ailleurs. Je fis un tour sur moi-même pour avoir une vision globale. Il n'y avait rien à redire, le Maître d'armes de mon père connaissait son affaire, le chantier avançait à grands pas.

Pour me rendre utile, j'avais passé une bonne partie de la journée à porter de l'eau et de la nourriture aux gens qui en demandaient. En revenant à la demeure familiale, je trouvais Énenlil et Barzil en train de batailler avec deux épées de bois. Énenlil avait pris sur lui de former

Barzil aux règles et astuces du combat au corps à corps. Même s'il n'était pas un expert dans ce domaine, Père et notre Capitaine des gardes lui avaient donné de nombreux enseignements. Énenlil avait je dois le reconnaitre un certain sens pédagogique qui forçait mon admiration.

Je cherchais un coin ombragé d'où je pourrais suivre les joutes d'entrainement. Même si je n'étais pas moi-même très pressé d'apprendre à me battre d'une façon militairement correcte, j'aimais bien dès que j'en avais le temps provoquer Énenlil en combat singulier pour m'amuser un peu. Cela me changeait énormément des leçons de mes professeurs du temple et lui adorait me battre. Quand on est jeune, on n'a pas souvent envie de faire ce que veulent les adultes. Autant le dire tout de suite, faire de longs calculs sur tablettes d'argile pour la comptabilité, les mathématiques, la géométrie et même les calendriers astronomiques, tout ça ne m'attirait pas du tout.

Nos professeurs étaient extrêmement sévères. Nous passions nos journées de cours à copier mille fois les mêmes choses, des textes religieux bien sûr, mais aussi des poèmes, des contes légendaires, des calculs, et ce, jusqu'à ce que notre écriture soit absolument parfaite. En cas de retard en début de classe le matin, nous étions accueillis par des coups de bâton dans le dos.

De la même façon, une leçon qui n'était pas sue se punissait également de plusieurs coups de bâtons, fils de simple villageois comme fils de seigneur.

Père voulait qu'Énenlil le remplace de plus en plus pour la gestion du domaine. Une fois mon frère bien formé et à l'aise dans ses fonctions, il souhaitait entreprendre quelques grands voyages aux frontières du pays et pourquoi pas bien plus loin. Il nous avait parlé de son rêve d'aller loin dans l'Est, bien au-delà du pays d'Elam[35] pour visiter un pays immense et mystérieux dont on lui avait conté la légendaire beauté. Un pays où les légendes racontaient que les dieux volaient comme par magie dans le ciel dans d'immenses villes flottantes. Il y avait là-bas des montagnes si hautes que jamais la neige

---

[35] Frontière Iranienne.

n'y fondait. Père avait aussi parlé de partir un jour en bateau pour un grand voyage sur la mer inférieure jusque très loin dans le Sud pour visiter un des pays de nos contes où on disait que les hommes ont la peau noire comme la nuit.

Je me prenais alors à rêver qu'il m'emmènerait avec lui et qu'on rapporterait une multitude d'histoires à raconter bien assis à l'ombre les jours de grosses chaleurs. Mais pour l'instant tout cela semblait bien loin. Aurions-nous seulement la chance de vivre en paix quelques années de plus. Je me sentais finalement si éloigné des préoccupations du moment que je finis par fermer les yeux. Doucement je basculais dans un monde de rêves incroyables où je jouais avec des animaux étranges qui me parlaient. Je voyageais dans des pays où les arbres sont si grands qu'il aurait fallu 10 hommes pour faire le tour des troncs....

– Ho ! Mardouk !

– Hein ? Quoi ?

Je sortais brutalement de ma rêverie. Énenlil et Barzil me regardaient d'un air très amusé.

– Feras-tu un jour autre chose que dormir ? demanda mon frère.

– Pourquoi pas…. Je venais de répondre sans grande conviction.

– Barzil aimerait que tu lui montres comment tirer à l'arc.

– Tirer à l'arc ? Voilà une bonne idée.

Je venais enfin d'entendre la seule chose intéressante de toute la journée. Je me retrouvais debout d'un seul bond.

Nous prîmes arcs et flèches pour aller dans le jardin familial. Père m'y avait installé des bottes de paille en forme grossière de soldat. Dès que j'en avais le temps, ce qui était rare, je venais m'y entrainer. J'aimais essayer différentes formes d'arcs, différentes longueurs de flèches, viser des cibles de plus en plus petites ou de plus en plus éloignées.

J'avoue que je prenais enfin un réel plaisir à enseigner à mon tour une de mes rares compétences, peut-être même la seule d'ailleurs. Barzil était un apprenti idéal, à la fois docile et consciencieux. Il apprit assez vite à se tenir le dos bien droit, les jambes tout à la fois droites et détendues. Coups après coup je corrigeais ses mauvaises postures de bras ou de coudes, l'abaissement de ses épaules, l'écartement de ses pieds, la position de sa tête.

Il avait tendance à vouloir prendre un arc puissant. Bien qu'il soit déjà bien bâti, forcer beaucoup pour garder le bras d'arc dans l'alignement des épaules le faisait trembler légèrement, peu sans doute, mais en tous cas assez pour ne pas être capable de bien ajuster son tir. Ce fut le point le plus difficile à lui faire comprendre. À un moment j'en fus réduit à faire ma propre analyse, il avait finalement la tête aussi dure que la mienne.

Il avait un gros défaut de débutant : il cherchait obstinément à viser parfaitement dès le début. Il voulait tout réussir du premier coup. Il insistait tellement que la pose durait trop longtemps. Du coup, en dehors de la fatigue musculaire qui en découlait, cela l'obligeait à faire de l'apnée. Tout ce qu'il fallait éviter. Ceci dit, il finit par acquérir tout de même un minimum de techniques et ses tirs devinrent de plus en plus précis au fur et à mesure de mes corrections et de mes consignes.

La lumière du jour commençait à décliner lorsque Nam-Kib vint nous rejoindre.

– Je ne voudrais pas être à la place de l'ennemi mes Seigneurs, à vous voir, un bon nombre de ses soldats finira emplumé par vos flèches.

Il était rare de voir le Capitaine des gardes partir d'un grand rire, mais il devait sans doute avoir envie de se détendre un peu lui aussi. Il en vint donc à faire quelques tirs avec nous. Un bon moment plus tard l'appel du ventre nous rappelait qu'il était temps de ranger soigneusement le matériel et d'aller manger.

*

Nikereb de son côté ne voyait plus le bout de la journée. La compagnie avait effectué à peine la moitié du trajet qui l'amenait vers Tergal. Il avait fallu faire parfois de longs détours pour trouver des passages suffisamment praticables pour les charrettes. Plus tôt dans l'après-midi, il avait voulu tenter un raccourci à travers un champ herbeux dont le sol semblait suffisamment dur. Tout avait bien commencé jusqu'à ce que les roues avant de la première charrette viennent à s'enfoncer d'un coup dans une ornière boueuse. Il avait fallu détacher les onagres, vider la charrette, et la tirer hors du piège en pataugeant dans la gadoue. La chose faite, il avait été obligé de faire demi-tour. Nikereb était très en colère contre lui-même, car son empressement irréfléchi venait de lui faire perdre un temps précieux.

Un autre point d'inquiétude venait de surgir. Un canal d'irrigation assez profond leur barrait la route. Nikereb ne connaissait pas bien cette région de la grande vallée. Il ne se rappelait plus trop si le pont qui allait leur permettre de traverser se trouvait sur la droite ou sur la gauche. Choisir au hasard pouvait lui faire perdre beaucoup trop de temps. Il demanda à un des soldats de tenir les rênes de son tarpan.

Après avoir parlé calmement à l'animal en lui caressant l'encolure, Père se mit à genoux sur son dos et entreprit de se mettre debout pour voir plus loin. Il faillit pousser un cri de plaisir en voyant le pont sur la droite. Mais son excitation avait suffi pour faire bouger le tarpan. Nikereb alourdi par son armure perdit l'équilibre, rebondit sur la croupe de l'animal et se retrouva allongé au sol. Heureusement l'herbe épaisse à cet endroit avait largement amorti la chute et il s'était relevé aussitôt sans aide et sans aucune blessure.

Pas un homme dans la compagnie n'avait osé rire de la situation. Andagan avait fait un excellent choix, tous ces soldats étaient d'une rigueur militaire exemplaire. Seul le pauvre désigné d'office pour tenir les rênes sentait que pour lui les choses allaient se gâter, car il serait sans doute tenu pour responsable de la chute du seigneur. Heureusement pour lui Nikereb était un homme juste et honorable, il n'avait jamais puni un homme qui n'était pas entièrement responsable de ce qu'on avait à lui reprocher. Pour le coup il savait que vouloir se tenir debout sur le dos de Nador n'avait pas été le choix le plus judicieux de la journée.

Toute la troupe reprit enfin la route vers le pont. Mais quand les choses ne vont pas du tout, il est rare qu'elles s'arrangent. En arrivant au pont, il était manifeste que ses quinze pas de longueur et surtout sa faible largeur poseraient problème. Elle était à peine plus grande que l'entraxe des roues en bois de chaque train des charrettes. Le pont avait de plus mal vieilli et quelques endroits étaient devenus glissants. Nikereb dut faire à nouveau un choix délicat, soit passer quand même avec tous les risques que cela supposait, soit chercher un autre pont ailleurs. La deuxième solution aurait pris un temps trop important. Il n'avait pas le choix en fait.

Mon père fit descendre tout le monde, puis il fit passer les charrettes une par une. La troisième charrette venait de traverser avec quelques instants de frayeur au moment où une des roues avait glissé pour se retrouver presque au bord du vide. Malgré tout, les hommes qui tenaient les onagres avaient réussi à redresser la situation. Ne restait plus que la dernière charrette. Elle avait franchi la moitié du pont quand une des planches céda sous le poids dans un craquement sec. La charrette fit une légère embardée sur la droite. La roue arrière droite se retrouva au-dessus du vide. En un instant le charriot bascula doucement puis tomba à l'eau en entrainant les onagres qui le tiraient. Le canal bien rempli par la montée des eaux était assez profond à cet endroit pour noyer les pauvres bêtes avant que les hommes n'aient eu le temps de réagir et de les sortir de ce mauvais pas. Les soldats contemplaient en silence le désastre, mais il n'y avait rien à faire.

Nikereb maudissait intérieurement l'acharnement du sort contre son entreprise. Non seulement il venait de perdre une charrette, mais aussi des armes et des vivres qui étaient restés à l'intérieur. Dans l'eau boueuse du canal, il était impossible d'aller les récupérer. C'en était trop pour la journée, la lumière du jour faiblissant il ordonna de monter le camp pour la nuit.

9

Faire deux banquets coup sur coup n'était pas dans les habitudes de campagne des brigands. La deuxième moitié de la vache était aussi succulente que celle rôtie la veille et tout le monde s'en régalait dans la bonne humeur.

Chaque homme en avait eu plus qu'une belle portion et pourtant il en restait encore pour les plus gourmands. L'ambiance était juste un peu moins festive que la soirée précédente, car il n'y avait plus de bière pour réchauffer les cœurs. Du coup les chansons et les danses s'étaient faites plus rares.

Nemnakar avait cette fois installé Namur à ses côtés. Si cette position confortable mettait le jeune garçon clairement à l'abri de tout souci avec les hommes de la troupe, il n'en avait pas eu pour autant beaucoup d'appétit. Le grand feu autour duquel les brigands tenaient ripaille le fascinait. Il en oubliait l'essentiel de ses inquiétudes, mais pas la plus importante : qu'allait-il advenir de lui une fois la bande des brigands partie. Nemnakar l'avait annoncé pendant le repas, la troupe reprendrait la route vers le Sud le lendemain.

Namur était comme hypnotisé par les flammèches qui s'élevaient vers le ciel. Il les regardait monter, se croiser, tourbillonner, accélérer puis disparaitre soudainement. Est-ce que le feu était vivant ? Est-ce que les flammèches mourraient en s'éteignant ? Et ensuite, que devenaient-elles dans les ombres de la nuit ? Est-ce que les hommes étaient finalement comme elles, des bouts de lumières qui disparaissent sans laisser de traces, sans que personne ne sache où ils partent lorsqu'ils se sont éteints ?

Jusque-là il n'avait jamais vraiment eu peur de mourir, mais ce soir c'était différent, c'était probablement sa dernière nuit avec la compagnie. Demain il serait seul, totalement et définitivement seul.

Plus personne ne serait là pour le protéger, pour le soigner, pour l'aimer tout simplement.

Nemnakar était loin d'être rétabli, mais il n'avait plus de fièvre, plus mal de tête et l'onguent désinfectant avait été efficace. Il discutait à bâton rompu avec Bodur qui était assis à sa droite, échangeant souvenirs et éclats de rire. Jusque-là il n'avait pas prêté attention au garçon. En laissant courir son regard sur l'assemblée des convives il s'aperçut du malaise qui écrasait Namur. Il fronça les sourcils. S'inquiéter de quelqu'un, fut-ce un enfant, ne faisait plus partie de ses priorités depuis bien longtemps.

Mais ce gamin-là l'avait ému sans qu'il puisse expliquer la chose avec logique. Il resta un moment sans rien dire, juste à regarder les reflets des flammes dans les yeux grands ouverts du garçon. Demain ils seraient partis, mais lui ?

Une bouffée d'humanité émergea de son cœur endurci par des années de combats et de malheurs. Nemnakar ne comprenait pas ce qui lui arrivait, quelle magie avait bien pu opérer en lui pour que d'un seul coup il s'inquiète de l'avenir d'un petiot ?

– Ça va Namur ?

Le garçon semblait absent, il ne répondit pas. Nemnakar étendit son bras gauche pour le passer par-dessus les épaules du jeune puis sans brusquerie il le ramena plus près de lui. Namur le regarda presque sans réagir.

– À quoi penses-tu mon gars ?

– À rien Seigneur, à rien.

– À rien ? Vraiment ? Je n'y crois pas.

– Est-ce que je vais venir avec vous demain ?

– Non, où nous allons il n'y a pas de place pour les enfants, tu resteras ici.

– Il n'y a plus rien ici. Ils sont tous morts, toute ma famille est morte.

–Tu as encore ta ferme et tes animaux, ce n'est pas rien. Tu te débrouilleras.

Nemnakar se rendait bien compte de la détresse immense du garçon. Il avait envie de faire quelque chose pour lui, mais quoi, les mots ne sont que de piètres réconforts face au désespoir. Il détourna la tête et se concentra sur les braises et les flammes. Soudain une idée surgit dans son esprit, une idée tellement incroyable qu'il faillit l'effacer, la rejeter au néant d'où elle venait d'apparaitre. Non, c'était trop idiot, tellement improbable que ses hommes se moqueraient certainement de lui. Mais après tout pourquoi pas, dans sa vie il en avait vu bien d'autres des choses improbables, et pourtant elles s'étaient bien produites.

Il regarda à nouveau Namur, jeta un rapide coup d'œil sur chacun de ses hommes. Parmi eux, qui oserait ? Aucun assurément, car cela dépasserait l'entendement. Mais s'il y en avait un ? Aurait-il lui le courage de poser la question ? Rien ne lui faisait peur depuis trop longtemps alors ce n'était pas une question ridicule qui allait lui faire obstacle. Il regarda encore une fois l'assemblée. N'est pas fou qui veut, mais qui l'accepte. Il se leva finalement, déterminé à braver le ridicule. Il ne fallut que peu de temps pour que tout le monde se rende compte qu'il allait se passer quelque chose.

Le silence se fit et on n'entendait plus que les poches de gaz qui crépitaient dans le feu de bois.

– Demain matin nous partons pour Tergal. Le village sera sans doute bien gardé alors il faut s'attendre à être mal reçus. Nous n'irons pas là-bas en courtoisie, vous le savez. Pour certains d'entre nous, ce sera peut-être le dernier jour, mais ce n'est pas ça qui nous fera reculer. Nous irons jusqu'à Lagash si nous le pouvons pour honorer notre soutien à Oumma.

Nemnakar s'arrêta, il jugea chaque regard, chaque visage. Allait-il le faire ?

– La ferme où nous sommes n'a plus de fermier, et le petit plus de famille. Alors voilà, si l'un d'entre vous a envie de changer de vie, si l'un d'entre vous en a assez des raids et du sang sur les mains, si l'un d'entre vous n'a plus de chez lui et de famille, voilà ce que je propose, celui-là peut être libéré de l'allégeance à mon commandement et rester ici aussi longtemps qu'il lui plaira.

Le silence devint encore plus profond. Même le crépitement des flammes avait diminué comme si elles aussi étaient sous le choc. Les hommes se regardaient, incrédules.

– Que dites-vous ? cria Nemnakar.

Un sourd murmure envahit la place, les mots s'échangeaient à voix basse. Personne ne souhaitait prendre la parole.

– Alors ? Que dites-vous ? Quelqu'un ?

Personne n'osait bouger. Nemnakar allait s'assoir, mais soudain...

– Moi ! Moi Seigneur, moi je resterai !

Le chef se redressa et tous les regards se tournèrent vers Inandul. Les hommes se regardaient, encore plus incrédules, donnant leur avis à voix basse. Le brigand venait de se lever. Depuis l'autre côté du foyer rougeoyant, il faisait face à l'assemblée.

– Inandul ?

Nemnakar n'en revenait pas, pas plus que l'ensemble des brigands.

– Oui, moi, je resterai !

– Inandul ? Toi ? Un de mes plus vaillants guerriers ?

– Oui Seigneur, ma vie n'a été que combats, blessures et tourments. Ma famille c'est vous tous, je n'en ai pas d'autres. Mais si je dois changer quelque chose dans mon existence, c'est maintenant. Fassent les dieux que je ne me trompe pas.

Jamais Nemnakar n'aurait pensé la chose possible. Inandul le suivait depuis toujours. Il avait grande estime pour ce solide gaillard armé d'un courage à toute épreuve. Bodur se leva, toute sa personne montrait une profonde désapprobation.

– Seigneur, pas Inandul, nous avons besoin de lui.

Nemnakar se tourna vers lui.

– Souhaiterais-tu que je renie ma parole Bodur ?

– Je ne dis pas ça, bien sûr, non, mais enfin, Inandul est un des meilleurs d'entre nous.

– Crois-tu que je l'ignore ? Nous sommes nés libres, nous mourrons tous un jour libres, c'est comme ça que nous avons toujours vécu. Il a choisi.

Bodur marqua un temps d'arrêt, ne sachant que répondre. Nemnakar ne lui laissa pas le temps de se ressaisir.

– Qu'il en soit ainsi, j'ai dit.

Pour ne pas que les choses s'éternisent, Nemnakar reprit la parole aussitôt.

– Que les feux soient éteints et que tout le monde dorme d'un bon sommeil, demain matin nous partirons de bonne heure vers le Sud en suivant le fleuve.

Bodur s'était rassis, résigné, mais toujours avec autant de désapprobation. Il savait que son chef ne changerait pas d'avis même face aux arguments les plus logiques. Nemnakar était resté debout, immobile, il fixait Inandul du regard sans aucune pointe de reproche. Les deux hommes ne se quittaient pas des yeux. Inandul fut le premier à rompre cet instant presque intime. Il se retourna et se dirigea seul vers la ferme. Certains qui étaient encore en train de manger le regardèrent passer sans rien dire. Beaucoup avaient perdu des amis ou un parent dans les combats précédents. Cette fois ils perdaient un compagnon de route bien vivant. Aucun n'avait envie d'en parler, mais tous avaient certainement le cœur lourd.

La nuit avait été calme et silencieuse. Dès les premiers rayons de soleil, la compagnie commença à s'affairer pour préparer le départ. Les bêtes furent équipées de leur harnachement, les couchages repliés, les armes vérifiées et les dernières braises éteintes. Chacun savait ce qu'il avait à faire. Quelque chose était différent cette fois, tout se passait trop en silence.

Des réserves de nourriture furent chargées sur le dos des onagres et des mulets. Bodur jetait un dernier coup d'œil un peu partout pour vérifier si tout était en ordre. En très peu de temps, les hommes furent prêts pour le départ. Inandul s'était avancé au-devant de ses anciens compagnons. Il les saluait tous dans de grandes accolades. Très peu de mots furent échangés, il n'y en avait pas besoin.

Nemnakar venait de sortir. Il marchait encore difficilement, mais les deux jours de repos à la ferme lui avaient fait un bien fou. Cette fois encore il avait résisté et survécu. Il était suivi à peu de distance par

Namur. Le chef des brigands s'arrêta devant son grand mulet. Inandul l'attendait pour le saluer une dernière fois. Chacun posa sa main droite sur l'épaule gauche de son vis-à-vis.

–Tu vas nous manquer Inandul.

– Vous tous aussi allez me manquer.

– Je ne pensais pas te voir un jour devenir fermier.

Inandul regarda autour de lui avant de répondre.

– Cette terre semble si paisible. Je crois que je vais être heureux de m'y arrêter.

Namur venait de se serrer tout contre la droite d'Inandul. Celui-ci posa sa main sur l'épaule droite du garçon. L'homme et le petit se regardèrent, chacun portait un sourire presque complice.

– Je crois que j'ai encore des choses à apprendre, dit Inandul.

– Sans doute, répondit Nemnakar, jetant un regard amusé sur le garçon.

Le brigand s'approcha de Namur, de sa main droite il secoua les cheveux frisés du petiot.

– Plus tard tu pourras te vanter de m'avoir enlevé sans combattre un de mes meilleurs hommes. Écoute-le bien et sois obéissant. Respecte-le comme s'il était ton père. C'est compris ?

Namur hocha la tête pour acquiescer, son visage s'éclairait à nouveau de l'insouciance de l'enfance. Il sourit.

De grosses larmes coulaient maintenant sur ses joues. Nemnakar en essuya une du bout d'un doigt. Il se retourna et grimpa sur son mulet. Une fois installé, il regarda à nouveau l'homme et l'enfant.

– Que les dieux vous accompagnent.

Sans attendre de réponse, il talonna sa monture en faisant signe à la compagnie d'avancer.

Inandul et Namur accompagnèrent la troupe jusqu'au bout du chemin de la ferme.

Ils restèrent là jusqu'à ce que la colonne ait presque disparu au loin, puis ils s'en retournèrent vers la ferme et leur nouvelle vie.

*

Loin de là dans la grande plaine une nouvelle journée de route attendait la troupe de Nikereb. Après la dure journée de la veille, rien n'avait troublé le repos des hommes. Il y avait bien eu une fois de temps en temps le cri d'une hyène dans le lointain, mais rien d'inquiétant. Deux soldats avaient monté la garde en permanence pendant la nuit pour protéger les biens et les animaux. Ils avaient été relevés toutes les trois heures pour que chacun puisse se reposer assez et être en bonne forme s'il y avait un combat à livrer à Tergal. À part les moustiques qui les avaient harcelés toute la nuit, il n'y avait rien eu à signaler.

Les moustiques étaient une vraie plaie dans cette région. Heureusement, pour s'en protéger les soldats utilisaient une mixture à base d'eucalyptus et d'une plante odorante ressemblant à de la citronnelle. Le produit avait un effet répulsif très recherché lors des séjours en extérieur. En intérieur il était plus facile de lutter contre les moustiques. Des pièges étaient fabriqués à partir de la fermentation d'un mélange fait de levures, de bière et de sucre, le tout placé dans un récipient fermé par une sorte d'entonnoir renversé.

La compagnie s'était mise en route tôt dans la matinée. Comme la veille, il avait fallu chercher des zones de passage adaptées à la circulation des charrettes. Heureusement, des passages à guet avaient permis d'éviter des ponts et tous les risques qui y auraient été associés. Nikereb se disait en pestant mentalement que s'il n'y avait pas eu ces maudites charrettes à gérer il serait probablement plus près de chez lui. Avec la perte de celle qui était tombée du pont, il avait été obligé de mettre en place une permutation toutes les heures entre les soldats montés dans les rustiques véhicules et les soldats qui devaient marcher à pieds juste à côté.

Les onagres n'étaient pas des bêtes très puissantes pour trainer les charrettes dans les conditions boueuses qui perduraient encore. Des bœufs auraient tiré bien plus fort, mais sur terrain plat et carrossable les onagres étaient plus rapides. Il avait malgré tout fallu s'arrêter plusieurs fois pour laisser les animaux se reposer un peu et se nourrir d'herbe bien grasse.

Pour la deuxième fois, la lumière du jour commençait à diminuer et on ne voyait toujours pas les toits de Tergal dans le lointain. Nikereb désespérait d'arriver dans la soirée. Au mieux ils n'arriveraient que le lendemain matin, car avec les charrettes il n'aurait pas été prudent de rouler de nuit. Il aurait suffi qu'une verse dans un fossé pour ne pas pouvoir la redresser. Les onagres et les hommes auraient pu être blessés dans l'accident. La troupe allait arriver bientôt à proximité d'une petite colline. Nikereb estima qu'il y trouverait sûrement un bon endroit pour monter le camp pour la nuit. Un avantage de la hauteur serait aussi de permettre de voir plus loin et peut-être d'apercevoir les signes diffus du village.

Il donna donc l'ordre de grimper sur le monticule. Le sommet était effectivement relativement plat. Des traces d'anciens bivouacs attestaient que d'autres avant lui avaient fait le choix de cette halte. Nikereb regrettait de n'avoir jamais pris le temps de venir dans cette partie assez loin au sud de Tergal. Il aurait pu en avoir des souvenirs rassurants sur la distance qui le séparait encore de son domaine. La recherche de zones carrossables avait obligé la compagnie à dévier d'une bonne distance vers l'Est en direction du fleuve. Elle avait perdu un temps précieux.

Les hommes s'affairaient à montait le camp. Des pierres et du bois de broussaille était ramassé pour former quelques foyers où il serait possible de préparer un repas réparateur. Les vivres avaient bien diminué, mais il y en avait encore bien assez pour la journée du lendemain malgré la perte d'une partie lorsque la quatrième charrette avait chuté dans le canal. La chaleur de la journée avait produit une brume de masses d'air humides et tourbillonnantes au-dessus de la plaine. Ces brumes de chaleur floutaient la vision au loin. Nikereb n'était pas inquiet de cela, non, ce qui le troublait plus que tout, c'était de gros nuages très sombres qui semblaient être en train de se former loin dans le Sud au-dessus de la mer inférieure.

Les volutes des nuages commençaient à grimper très haut dans le ciel. Si le vent de Sud se levait dans la soirée, ce serait le signe de l'arrivée d'un nouvel orage nocturne. Un pressentiment se faisait de plus en plus inquiétant dans son esprit. Quelques soldats avaient aussi observé les reflets rougeoyants du soleil couchant sur ces gigantesques masses nuageuses. Peut-être que l'idée d'implanter le camp sur cette hauteur n'était pas une si bonne idée que cela, les sommets de colline attiraient souvent la foudre. Nikereb se faisait la même réflexion, mais il hésitait encore, les hommes et les bêtes avaient besoin de repos. Pour l'instant il valait mieux s'occuper de l'installation et de la préparation du repas du soir.

*

À Tergal, Nam-Kib se tenait aussi droit qu'un faucon prêt pour la chasse. Il inspectait du regard les alentours du village avec une attention toute particulière. Posté sur la terrasse du dernier étage il dominait facilement le paysage. Les travaux de construction des pièges commandés par mon père avaient été terminés en fin d'après-midi. Les villageois avaient fait un travail remarquable. Il était quasiment impossible de deviner les trous garnis de pieux une fois recouverts de feuilles de roseaux et de terre.

Toute la plaine au Nord, à l'Ouest et au Sud semblait calme, trop calme à son goût. Pas de trace non plus au Sud, rien qui montre le retour du seigneur Nikereb. Seule la rive du fleuve au Nord-Est n'offrait aucune visibilité sur ce qui pouvait s'y déplacer. Nikereb avait vu juste, les grands roseaux et les arbustes qui consolidaient les berges offraient là un bon abri au regards inquisiteurs des guetteurs de Nam-Kib. Des bandits pourraient très bien arriver par ce côté sans être vus. Le jour baissait maintenant assez vite, il ne serait bientôt plus possible d'observer quoi que ce soit.

Le capitaine des gardes descendit de la terrasse. Le calme régnait dans la demeure, tout autant que dans le village. De la terrasse il n'avait perçu que les chants indistincts des moines du temple qui entonnaient les liturgies de la fin de journée. Une musique douce se faisait maintenant entendre, elle provenait des appartements de Kishnana.

Mère avait depuis longtemps une belle harpe dont le cadre en bois d'acacia était orné d'une tête d'ibis.

Elle en avait appris le maniement grâce aux cours que lui avaient donnés quelques moines musiciens lors de leurs visites régulières au temple. Nam-Kib s'assit sur le sol, le dos bien calé contre un mur et il laissa son regard se perdre dans la pénombre. Les notes harmonieuses le berçaient, il se laissait porter comme une feuille par le vent au gré des accords qui lui parvenaient. Une voix douce entonna une mélodie mélancolique sur les notes de musique.

> Tu t'échappes encore si loin de moi
> Comme une ombre qui court dans la nuit
> Ignores-tu comme j'ai besoin de toi
> Sans toi Seigneur je plonge dans l'ennui
> Le froid me pique lorsque tu n'es plus là
> Sans toi rien ne saurait me réchauffer
> J'ai mal au cœur quand tu n'es pas là
> Toi seul Seigneur pourrait me soulager
> Ignores-tu comme j'ai besoin de toi
> Tu disparais dans les brumes de Sumer
> Je retiens mon souffle, je retiens ma vie
> Reviens vers moi en rêve dans l'éther
> Je peux encore attendre ton retour
> Presse tes pas et reviens-moi vite
> J'attendrai jusqu'à la pointe du jour
> J'attendrai jusqu'à ta prochaine visite
> Ignores-tu comme j'ai besoin de toi
> Ignores-tu que je te veux contre moi
> Reviens-moi vite mon doux Seigneur."

Nam-Kib se sentit mal à l'aise, il avait l'impression d'avoir pénétré par effraction l'intimité de cette complainte. Il avait écouté la chanson avec plaisir, mais ces mots n'étaient pas pour lui. Il ferma les yeux, la tête repoussée en arrière contre le mur. Le visage de son épouse lui revint aussi net que s'il l'avait devant ses yeux. Elle était là, elle lui souriait, son visage rayonnait d'un sublime bonheur.

La musique se tut soudainement, et le visage disparut en même temps. Il ne lui resta plus qu'un pincement au cœur et un nœud dans la gorge. Il y avait déjà une saison que son épouse avait succombé à une piqûre de vipère. Depuis lors, quelque chose était cassé en lui. Il avait à Tergal comme une famille, mais rien ne pouvait combler la solitude de ses nuits.

Si la guerre venait jusqu'à sa porte, il se battrait comme il l'avait toujours fait. Mais si les dieux pouvaient lire en lui, ils lui donneraient enfin le répit. Sa femme était là quelque part à l'attendre, il le savait, mais seuls les dieux pouvaient ordonner la fin de sa vie. Eux seul pouvait l'autoriser à la rejoindre. Le soldat reprit soudainement le contrôle de ses pensées, il ne servait à rien de se lamenter. La vie c'était maintenant, alors il se leva et partit faire le tour des postes de guet.

*

La nuit venait d'étendre ses ailes. On n'entendait plus que le bruit des insectes et des grenouilles. Une pagaie plongeait avec délicatesse dans l'eau du fleuve. La barque légère et étroite en tiges de roseaux glissait sur l'eau calme à très peu de distance de la rive. Deux hommes se trouvaient à bord. Ils accostèrent en silence sur une partie caillouteuse de la berge. Ils s'étaient recouvert la peau d'une épaisse couche de boue qui les protégeait aussi bien des moustiques que des reflets de la lune sur la blancheur de leur épiderme. Toujours en silence ils descendirent le long de la berge. Celui qui était devant avait un arc court à la main et une flèche prête à être tirée, le deuxième homme suivait à quelques pas en arrière.

Ils arrivèrent à une trouée entre les roseaux. Après quelques pas ils s'arrêtèrent pour observer, accroupis dans l'herbe. Tergal semblait comme endormi. Les seules lumières qui éclairaient la nuit étaient quelques éclairs d'orage dans le Sud. Après avoir noté dans leur mémoire toutes les informations utiles, les deux hommes rebroussèrent chemin toujours avec la même discrétion. La barque légère fut remise à l'eau et doucement elle remonta le courant vers le Nord.

La toile de la petite tente sommaire venait de se soulever.

– Seigneur, les hommes viennent de revenir.

Nemnakar se hissa à l'extérieur. Ses deux éclaireurs tiraient leur barque sur la berge. Il s'avança vers eux.

– Alors ?

– Il y a bien un village à environ une demi-lieue Seigneur. Il ne sera pas facile d'y entrer. Une ceinture faite d'un épais cordon de broussailles épineuses impénétrables l'entoure de toutes parts sauf sur le côté est vers le fleuve. À cet endroit il y a une grande barricade qui fait office de porte. Elle est défendue par plusieurs hommes en armes, quatre ou cinq, dont au moins deux archers. Sur la partie haute, il y a des guetteurs qui surveillent la plaine.

– Quelle distance au plus court et à découvert pour atteindre la porte depuis le fleuve ?

– Environ un demi-stade[36]. Mais si on arrive par le Nord il y a moyen de progresser à l'abri des broussailles, en longeant le mur d'épineux, on doit pouvoir arriver au plus près de la barricade sans être vus.

– Les broussailles sont-elles sèches ?

– De là où nous étions, nous n'avons pas pu le voir. Par où nous sommes passés le sol était encore humide, mais l'herbe semblait bien seiche.

– Très bien, il nous faudra une diversion alors. Si nous réussissons à mettre le feu aux épineux sur le flanc nord-ouest, les défenseurs du village viendront s'y rassembler. Nous pourrons alors attaquer en nombre la barricade avant qu'ils n'aient eu le temps de se rendre compte du piège.

Au loin vers le sud les flashs lumineux se faisaient plus puissants. Nemnakar ramassa quelques brindilles légères et les lança en l'air. Il les observa attentivement tomber à terre. Le vent venait du Sud. Il regarda une nouvelle fois les traces lumineuses à l'horizon. Si le vent

---

[36] Environ 100 mètres.

venait à forcir, l'orage serait sur eux en milieu de nuit. S'il venait à pleuvoir, la stratégie qu'il venait d'imaginer deviendrait impossible. Il faudrait environ un béru, à la troupe pour arriver en discrétion à la porte du village. Cela ne lui laissait que peu de temps pour prendre sa décision. Bodur restait silencieux, il attendait que Nemnakar lui demande son avis, comme il le faisait à chaque fois. Il n'eut pas à patienter longtemps, le chef des brigands se retournait déjà vers lui.

– Qu'en dit mon premier officier ?

– Si l'orage qui s'annonce est aussi violent que celui d'il y a quatre jours, nous n'aurons pas la possibilité d'attaquer à notre avantage. Et si nous n'attaquons pas ce soir nous allons subir la pluie sans abri. A n'en pas douter elle se dirige déjà sur nous. Il nous reste deux possibilités, soit nous attaquons cette nuit avant les intempéries, soit nous renonçons à Tergal et nous continuons notre route vers le Sud-Ouest pour rejoindre les hordes d'Oumma. Mais alors Tergal conservera la maîtrise du fleuve.

– Oui, tu as raison, nous ne pouvons pas laisser une place forte contrôler le fleuve dans notre dos, quelle qu'elle soit. Il n'y a pas d'autre choix que de faire tomber le village cette nuit avant que l'orage nous empêche de mettre le feu aux broussailles. Que tout le monde se repose pendant une heure, ensuite nous partirons en chasse. Il doit y avoir du beau gibier dans ce village pour qu'il soit aussi bien protégé.

– Nous n'avons pas beaucoup d'informations, personne parmi nous ne connait Tergal. Il se pourrait qu'il soit beaucoup mieux armé que ce que nous l'estimons et si c'est le cas, il se pourrait aussi que nous ayons de lourdes pertes.

– Tu souhaiterais que nous n'attaquions pas ?

– Ce n'est pas ce que je veux dire, mais avant d'attaquer nous devrions passer un peu plus de temps à étudier les défenses que les villageois ont certainement mises en place.

– Très bien, nous resterons cachés jusqu'à ce que tu sois rassuré, mais si l'orage monte plus vite que prévu nous n'attendrons pas, nous attaquerons aussitôt.

10

Nikereb regardait lui aussi le ciel avec de plus en plus d'inquiétude. Le vent commençait à pousser vers le Nord les lourds nuages qui s'étaient chargés d'énergie pendant la journée au-dessus des eaux chaudes de la mer inférieure. Les hommes venaient de finir le repas du soir et certains n'avaient pas attendu qu'on les y invite pour se coucher sur une couverture posée à même le sol. L'herbe de la colline était épaisse, elle assurait une couche confortable. Nikereb convoqua le chef de la troupe et lui demanda de passer le mot aux soldats : tout le monde devait être prêt à décamper le plus vite possible si les choses tournaient mal avec les intempéries.

Il avait vu quelques jours plus tôt les ravages de la foudre, il ne tenait pas à perdre un seul soldat, tous auraient bientôt un rôle important à jouer à Tergal, pas question de prendre le moindre risque. Si l'orage venait à éclater au-dessus d'eux tout le monde quitterait la colline au plus vite. Nikereb lui aussi avait besoin de repos, il devait dormir un peu. Il donna donc l'ordre au soldat de garde de le réveiller un demi-béru[37] plus tard.

Il s'abrita sous sa petite tente de campagne. Elle était faite d'un pan de tissu huilé et tendu incliné entre deux grands piquets et deux plus petits. Il avait installé la pente plein sud et se trouvait donc à l'abri du vent. Il lui sembla n'avoir dormi que quelques minutes lorsque le soldat de garde vint le réveiller. La toile de la tente commençait à être chahutée par le vent qui avait forci. Nikereb roula à l'extérieur de la toile et se releva aussitôt. C'était maintenant une chose certaine, il allait faire un bel orage.

Il donna l'ordre de réveiller tout le monde, il fallait tout remballer au plus vite et reprendre la route vers le Nord. Tergal ne pouvait pas

---

[37] Environ une heure.

être à plus d'une lieue. Il n'aimait pas beaucoup faire mouvement la nuit, mais ce soir-là, il n'avait pas le choix. Lorsque tout fut plié, Nikereb fit allumer des torches et la troupe se remit en marche. Les soldats de sa compagnie n'avaient pas protesté une seule fois, Andagan avait vraiment une excellente connaissance de ses militaires. La colonne s'étira au maximum. En cas d'impact de foudre, mon père voulait limiter au maximum la promiscuité des hommes.

Nam-Kib venait de se réveiller, un bruit aigu de courant d'air venait de lui siffler dans les oreilles, sans doute un coup de vent. Il s'étira les bras, les jambes et fit quelques exercices de souplesse des membres et du dos. Il sortit de sa pièce pour regarder le ciel. Au Sud, l'orage était en train de s'approcher. Qu'est-ce qui pouvait bien mettre en colère Enlil, le dieu du ciel, pour que le sort s'acharne sur le pays de cette façon aussi violente ? Une vague inquiétude le tenaillait, il n'y avait pas que le temps, il y avait autre chose, une vague intuition, un pressentiment inexplicable. Certains auraient pu dire qu'il s'agissait sans doute de l'instinct du soldat. Nam-Kib s'enroula dans un drap de coton, il avait des frissons. Le village était silencieux, seuls quelques impacts de foudre commençaient à se faire entendre. Il grimpa sur la terrasse la plus haute. Le garde de guet était bien à son poste.
— Rien à signaler soldat ?
— Non, Capitaine.
— Bien, bien.
Nam-Kib s'approcha du tas de bois sec qui avait été installé prêt à brûler. Il alluma la lampe à huile qui se trouvait juste à côté à l'abri du vent.
— Cette nuit et spéciale, je le ressens. Je n'aime pas ce signe que les dieux nous envoient avec cet orage qui sera bientôt sur nous. S'il arrivait que nous soyons attaqués, il faudra allumer ce bûcher, c'est compris ?
— Oui Capitaine, c'est compris.
Nam-Kib refit un tour rapide de la terrasse, ses yeux essayaient de forcer l'obscurité, mais rien ne venait confirmer ses craintes. Pourtant,

malgré le drap de coton il frissonnait toujours. Pour se rassurer, il haussa les épaules puis redescendit à sa chambre. Il n'avait cependant plus sommeil. Il s'assit sur un gros coussin. À la lueur de sa lampe à huile, il se mit à façonner au couteau un petit morceau de palmier dattier. La pièce de bois qu'il avait commencé il y a trois jours déjà commençait à bien prendre forme. Nam-Kib était assez content de son travail, la tête de lion qu'il essayait de graver avait une certaine allure.

*

– Chut, silence tout le monde !

Furtifs comme des chats, les brigands avançaient le long de la berge en file serrée. Le ciel s'était obscurci et il faisait presque une nuit d'encre. Les éclats de lumière dans les nuages faisaient ressortir les formes menaçantes des hommes en train de gagner du terrain vers le port. Nemnakar fit un signe de la main aux quatre hommes qui le suivaient. Il pointa son index droit sur la bouche pour insister sur la nécessité de ne faire aucun bruit. Puis il désigna un petit chemin qui menait vers la partie Nord de la ceinture d'épineux.

L'un des hommes tenait à la main une petite lampe à huile qui avait été recouverte d'une cloche de cuir pour en masquer la lueur. Au signal de leur chef, les sbires s'enfoncèrent dans l'ombre. Chacun avait en bandoulière un arc et des flèches dont le bout avait été enduit avec un mélange de résine inflammable. La mission était simple, arrivés de l'autre côté du village ils devaient avec leurs flèches enflammées grâce à la lampe à huile mettre le feu en plusieurs endroits des épineux. Puis décrocher aussitôt pour rejoindre la porte est du village.

Nemnakar sépara ensuite le reste de ses hommes en deux groupes, un qui le suivrait le long du rivage en direction du petit embarcadère en face de la porte barricadée. Le deuxième groupe devait glisser comme un serpent vers le cordon d'épineux. Ils l'atteignirent sans encombre. Tout le monde attendait maintenant sans bouger que les quatre archers lancent leur attaque de l'autre côté du village. Nemnakar fit une grimace de mécontentement en étudiant le ciel au-dessus de lui, des gouttes de pluie commençaient à s'écraser sur sa tête. Ce qu'il craignait le plus venait d'arriver. Le temps semblait s'être arrêté tellement chaque instant lui paraissait long. Soudain, le silence nocturne fut déchiré par le son grave et puissant d'un cor d'alarme.

Quelques instants plus tard, on entendit le village se réveiller et les premiers hommes en armes courir au mur nord-ouest. Bodur attendit le signal de Nemnakar. Sur son hochement de tête, il imita le cri d'une chouette. Les hommes qui étaient en attente le long des épineux se mirent à courir vers la porte, ils avaient à peine franchi une centaine de pas qu'un cri de douleur résonna comme un coup de tonnerre.

Un des brigands venait de tomber dans un des pièges. Le cor d'alerte des gardes de la porte raisonna aussitôt. Un autre cri vint lui répondre, un deuxième homme venait de tomber à son tour. Le groupe s'arrêta net ne sachant que faire. Nemnakar lança son cri de guerre, son groupe monta en courant à l'assaut de la barricade. Au même moment une grande flamme s'éleva dans le ciel sur le plus haut des toits de la demeure de Nikereb.

– Seigneur Nikereb, regardez ! Là-bas, ce grand feu !
– Par tous les dieux des enfers réunis, s'exclama-t-il.
Nikereb dégaina et se retourna vers ses hommes, l'épée levée au ciel.
– Soldats ! Tergal est attaqué ! Soldats de Lagash ! Rendez Honneur à votre roi, accourez après moi aussi vite que vous pourrez. Que les épées soient rouges, que les têtes de l'ennemi roulent à terre. Cette nuit sera celle de la gloire de Lagash ou nous périrons jusqu'au dernier. Pour Enki et pour la liberté. Soldats, à la guerre !
Les soldats dégainèrent, ensemble ils levèrent les épées et les lances au ciel.
– Pour Enki ! Pour Lagash, à la guerre, à la guerre ! crièrent-ils en cœur.
Nikereb sauta avec souplesse sur son grand tarpan, celui-ci se cabra et partit au galop en direction du feu qui éclairait l'horizon d'une petite

lueur rouge. Les charrettes s'ébrouèrent aussi vite que les onagres étaient capables de les tirer.

Malheureusement, la pluie qui avait commencé à tomber en fines gouttes depuis le départ de la colline commençait à prendre une vigueur décourageante.

Le son du cor d'alarme m'avait fait sursauter. On y était donc maintenant, nous allions pouvoir mesurer si tout notre travail allait porter ses fruits. Je fus debout en moins de temps qu'il ne faut pour le dire. Je courus aussitôt au-dehors armé de mon arc et de mon carquois remplis de flèches. Énenlil arrivait lui aussi son épée à la main. Nous partîmes en courant vers la limite nord-ouest du village. Nous étions presque arrivés quand le cor de la barricade de l'entrée sonna à son tour. La poisse était avec nous, nous étions partis du mauvais côté. On ne sut pas d'où, mais soudain on entendit le grand cri de Nam-Kib :

– À la porte ! À la porte ! Les archers, à la porte ! Les autres, tenez vos positions ! tenez vos positions !

Sans réfléchir, nous étions déjà en train de piquer un sprint jusqu'à la porte d'entrée du village. Le cor résonna à nouveau pour appeler une nouvelle fois aux renforts.

Nemnakar maudissait les villageois, en quelques instants et avant même d'avoir commencé le combat il venait déjà de perdre quatre hommes tombés dans les différents pièges le long du cordon d'épineux. Les hommes qu'il avait envoyés sur ce terrain ne savaient plus quoi faire, avancer c'était prendre le risque de tomber dans d'autres pièges, mais reculer était tout aussi dangereux. L'un d'eux eut quand même une idée de génie, avec son arc, il tâtait le terrain devant lui détectant ainsi les zones trouées. Ses camarades se mirent en file indienne derrière lui. Lorsqu'ils arrivèrent près de la porte, une volée de flèches les accueillit.

Dans le noir, les tirs étaient imprécis, mais trois hommes de plus furent blessés. Entre-temps, le groupe de Nemnakar remontait à toute vitesse du bord du fleuve, ses archers lâchaient aussi souvent que possible des salves de traits mortels, quatre défenseurs venaient d'y laisser la vie. Devant eux les bandits avaient dressé de grands boucliers rectangulaires, les premiers placés verticalement, les autres horizontalement au-dessus des têtes des brigands. Le tout formait une sorte de carapace blindée.

Le groupe avançait très vite à l'abri des flèches des défenseurs. Malgré les tirs de défense, ils arrivèrent rapidement contre la barricade. Les guerriers qui tenaient la première rangée de boucliers basculèrent sur les côtés pour laisser la place à ceux munis de lourdes haches. Ils eurent vite fait de casser les blocages pour libérer un passage assez grand pour un homme et son bouclier.

Les brigands se ruèrent alors à l'intérieur, ils étaient nombreux et très aguerris. Les défenseurs qui arrivaient en courant n'offraient que peu de résistance. Énenlil me devançait lorsque nous arrivâmes à la barricade. Nam-Kib déboula accompagné de 6 gardes et de villageois équipés d'épées et de fourches. Énenlil stoppa net et m'attrapa par mes vêtements. Un combat inégal s'engageait sous la pluie devant nous. Les brigands entraient de plus en plus nombreux, ils étaient maintenant une bonne trentaine à avoir franchi la barricade. Je m'écartais un peu pour pouvoir utiliser mes flèches. Les deux premières firent mouche sur deux nouveaux entrants.

Un des attaquants qui semblait commander me désigna du doigt en criant des ordres. Aussitôt deux des archers nous visèrent pendant que deux soldats se précipitaient sur nous à toutes jambes. Énenlil avait été rapide à réagir. Il m'avait tiré en arrière, les flèches sifflèrent en nous manquant de peu. J'eus juste le temps de voir Nam-Kib entouré de quatre solides guerriers. Je suppose qu'il tomba sous les coups à ce moment-là, je ne l'ai jamais revu vivant depuis ce triste épisode.

– À la maison Mardouk, protégeons notre mère, vite !

Nous arrivions à l'entrée de la demeure paternelle. Finalement c'est quatre gaillards qui nous poursuivaient. Je me retournais, visais et tirais, le premier s'écroula en poussant un cri de douleur.

– Mardouk ! Vite ! Tu tireras plus tard !

Énenlil me tirait encore une fois en arrière et ma deuxième flèche rata sa cible.

– Cache toi là-bas, vite !

Il me désignait le porche qui conduisait aux écuries. Je courus aussi rapidement que je pouvais, en trébuchant je renversais maladroitement mon carquois. Toutes les flèches s'étalèrent sur le sol. J'en ramassais une aussitôt, mais avec horreur, je vis que mon grand frère ne m'avait pas suivi. Les trois poursuivants arrivaient sur lui. J'eus à peine le temps d'ajuster. Ma dernière flèche atteignit un des hommes en plein bras droit, il s'écroula de douleurs.

Un des deux autres se jeta dans ma direction comme un forcené. Je n'étais pas de taille à me mesurer contre un tel combattant. Je m'enfuis en courant jusqu'aux écuries, poursuivi par le brigand. Le problème était que je venais de me mettre tout seul dans une impasse. L'homme arriva sur moi si vite que je n'eus aucune chance de m'enfuir. Prenant mon arc par un bout, je tentais d'en faire un obstacle entre lui et moi en le faisant tournoyer aussi vite que je pouvais.

— Tu tires sacrément bien à l'arc, mon gaillard.

— Et vous avez de la chance que je n'ai plus de flèches.

— Voilà bien ta plus grande bêtise, on ne fait pas la guerre quand on ne tient pas debout sur ses jambes. Tout jeune que tu sois, je ne te laisserai pas l'occasion de blesser ou tuer d'autres de mes camarades.

Malgré l'obscurité il réussit à attraper mon arc de sa main gauche, je tirais aussi fort que je pouvais pour le récupérer, mais d'un coup d'épée il le coupa net en deux. Je tombais à la renverse. L'homme s'approcha en riant de mon malheur. Son rire sournois ne faisait qu'enlaidir un peu plus son aspect terrifiant qu'accentuait l'obscurité de la pièce. Je reculais en me trainant sur les fesses jusqu'à ce que je bute sur le mur.

— Cette fois, c'est fini pour toi, me dit-il avec haine.

Je le vis dans la pénombre se jeter sur moi. Je me recroquevillais les yeux fermés en attendant le coup fatal, j'eus l'impression de revivre toute ma vie passée en une fraction de seconde. J'aurais aimé avoir le temps de devenir adulte, de parcourir le monde dans de grands voyages. Je trouvais si injuste que les dieux permettent autant de souffrances. J'entendis le bruit de la lame traverser la chair et le râle qui s'en suivit. Pourtant, je n'avais rien senti et mon corps n'avait aucune douleur. J'ouvris les yeux juste à temps pour voir une masse énorme me tomber dessus. Une forme humaine se baissa pour repousser le corps immobile et me dégager.

— Il s'en est fallu d'un cheveux jeune Seigneur.

Barzil ! Barzil, c'était lui, je me relevais comme un fou pour venir me serrer contre lui.

— Venez, il ne faut pas rester là !

Je le suivais jusqu'au porche. Énenlil avait engagé un duel avec notre dernier poursuivant.

— Tu te bats bien jeune homme, qui t'a instruit dans l'art du combat ?

— Mon père, le Seigneur Nikereb. Et s'il était là, vous ne seriez pas si fier.

— Ah, ah, ah, et il est où ton fameux père, hein ? Il se cache avec les femmes ?

La colère étrangla mon frère. Il poussa un cri strident et fonça sur le guerrier. Mais celui-ci avait manifestement une grande expérience, il évita l'attaque très facilement.

— Crois-tu que c'est comme cela que tu m'auras, morveux ? Hein ? Il faudrait être plus rusé que ça, prépare-toi à goûter de ma lame.

L'homme lança son attaque. Énenlil y réagit en esquivant le coup comme notre père lui avait appris. L'homme se ressaisit, manifestement étonné de la parade digne d'un vrai soldat.

— Assez jouer, tu me fais perdre mon temps, finissons-en, cria l'agresseur en colère.

Énenlil résistait plutôt bien, mais les attaques ne cessaient plus. Déséquilibré sous un coup violent, il trébucha, laissant filer son épée. Désarmé, il n'avait plus aucune chance. J'eus juste le temps de ramasser un gros caillou. Mon lancé fut approximatif, mais il frappa le brigand dans le cou. Fou de colère l'homme se retourna vers moi.

— Attends un peu toi là bas, tu ne perds rien pour attendre, ça va être ton tour à toi aussi.

La diversion avait permis à Énenlil de se ruer sur son épée. Il se releva prêt à reprendre le duel, mais sans grande illusion sur l'issue, il s'en était rendu compte, l'homme était trop fort pour lui.

– Cette fois c'en est fini de toi ridicule gringalet.

– Pas tant que je serai vivant ! Dit une voix inattendue.

Un grand gaillard venait de franchir l'entrée, aussi imposant par sa taille que par sa tenue militaire. Je n'en croyais pas mes yeux, pas plus qu'Énenlil.

– Père ! M'écriais-je à pleins poumons.

– Énenlil, toi et ton frère, montez tout de suite rejoindre votre mère, je m'occupe de lui, dépêchez-vous.

Nous obéîmes aussitôt accompagnés de Barzil. En arrivant à l'étage, nous nous arrêtâmes pour regarder le combat qui faisait rage dans la cour principale. Les deux hommes enchainaient coups et parades à une vitesse infernale. Il ne semblait pas que l'issue soit plus favorable à l'un plutôt qu'à l'autre.

Le brigand tenta une approche tout en puissance. Sur le coup nous ne comprîmes pas la technique de mon père. De l'épée il repoussa vers le haut celle de son adversaire. En pliant ses genoux, il entreprit un demi-tour sur lui-même la jambe droite tendue comme un bâton. Son pied vint taper violemment sous le mollet du truand qui fut projeté en l'air et tomba lourdement dos à plat sur le sol. Père ne lui laissa pas le temps de reprendre son équilibre, il lui planta son épée en plein cœur. Sans se soucier plus du mort, il nous rejoignit en sautant les marches de l'escalier trois par trois. Arrivé à notre hauteur il nous poussa dans la grande salle. Il se précipita ensuite vers les appartements de ma mère et revint presque aussitôt en la tirant par la main.

– Vite, venez par ici.

Il souleva la tenture qui masquait la mosaïque mystérieuse du dieu Enki. Comme il nous l'avait déjà montré, il ouvrit la porte secrète et nous fit entrer rapidement dans le sombre couloir qu'elle masquait. Il attrapa une lampe à huile allumée et la fit passer à Énenlil.

– Allez jusqu'au bout du couloir tout droit, vous pourrez ressortir de l'autre côté en bordure du port. S'il n'y a personne, cachez-vous dans les roseaux ou mieux, prenez une barque et filez au sud aussi vite que vous pourrez. Allez chercher l'hospitalité à Lagash, ou plus loin en bord de la grande mer.

— Comment ça, tu ne viens pas avec nous ? s'écria ma mère affolée.

— Non, j'ai encore des choses à faire ici, partez, vite !

Des cors se mirent à sonner, nombreux, on aurait dit une armée qui arrivait. Nikereb se retourna, son visage s'éclaira soudain, rempli d'espoir.

— Les soldats ! les soldats de Lagash sont arrivés.

Père se tourna vers nous, il nous sourit puis appuya sur la marche qui fermait la porte secrète.

— Fuyez ! vite !

Sans attendre, il partit en courant. La porte était déjà fermée à moitié quand ma mère s'y introduisit avant qu'elle ne se ferme totalement.

— Mère !

Nous avions poussé simultanément Énenlil et moi ce cri d'horreur. Impossible de sortir, la porte était déjà quasiment fermée.

— Le levier, où est le levier ?

Énenlil avança la lampe pour trouver le fameux levier. En fait il était juste sur sa droite. Il voulut le manœuvrer, mais rien à faire, le levier semblait figé dans le mur de pierre.

— Barzil, aide-moi, appuie en même temps que moi, il doit falloir plus de force.

Rien à faire, le levier ne voulait rien savoir, ni dans un sens, ni dans l'autre. Ils voulurent essayer une nouvelle fois. Un craquement sec nous ôta nos derniers espoirs, le morceau de bois venait de rompre au raz du mur.

— Mince ! Bon de ce côté c'est fini, allons de l'autre, dit mon frère.

Il ne nous fallut pas longtemps pour atteindre à la course l'autre bout du tunnel. Dans la lueur de la lampe, il semblait être très ancien. Le même levier de bois s'offrait à nous.

— J'espère que celui-là ne va pas casser comme le premier sinon nous ne reverrons pas le soleil de sitôt, Énenlil.

Avec prudence il s'arcbouta sur le levier. Celui-ci résista un moment puis doucement il se mit à glisser vers le bas. Un grincement rocailleux se fit entendre. Sous une brume de poussière, un pan de mur commença à pivoter. Nous étions sauvés. Mais il n'avait bougé que d'une main à peine quand il s'immobilisa.

– Non, non, non !

Énenlil s'était jeté sur le pan de rocher et tirait dessus comme un fou. Je posais la lampe au sol et avec Barzil nous tirâmes tous les trois ensemble de toutes nos forces. Il fallait se rendre à l'évidence, jamais nous ne pourrions faire bouger la pierre. Énenlil semblait abattu.

– Nous voilà piégés comme des rats, comment va-t-on faire pour se sortir de ce piège infernal ?

– Il y a peut-être une autre porte ? Dis-je sans y croire vraiment.

– Peut-être, pourquoi pas après tout, revenons en arrière et cherchons une autre sortie si on peut en trouver une, dit Barzil.

Il semblait plus optimiste que nous. Il ramassa la lampe et se dirigea lentement dans le tunnel. Pas après pas nous étudiâmes chaque recoin de la roche, le temps nous semblait être une éternité. Nous étions presque revenus à notre point de départ lorsqu'Énenlil remarqua quelque chose.

– Barzil, reviens juste un pas en arrière et ne bouge plus.

La flamme de la bougie s'inclinait vers notre gauche, comme aspirée par un courant d'air. Dans cette direction le tunnel faisait comme une hernie dans un boyau de mouton. Énenlil prit la lampe et avança doucement en suivant l'inclinaison de la flamme. Il arriva finalement contre le mur. Celui-ci n'était pas homogène, on aurait dit qu'il était fendu sur toute la hauteur par un coup d'épée. Pas de levier à cet endroit, pas de marche, rien. La roche avait été gravée de symboles très étranges. Juste à côté, il y avait l'empreinte d'une main géante noircie au charbon de bois, elle devait faire au moins trois fois la dimension d'une des miennes.

Nous allions faire demi-tour lorsqu'Énenlil étendit le bras. Il plaça sa main sur l'empreinte, il appuya, mais rien ne se passa. Il s'était retourné pour nous ouvrir le chemin lorsqu'un léger bruissement se fit entendre derrière nous. Énenlil retourna la lampe vers le mur. Nous aurions pu en perdre tous nos yeux. Il n'y avait plus de mur, mais une porte bien dessinée et ornée de symboles luminescents sur sa tranche. Nous échangeâmes un regard médusé sans rien dire. Énenlil passa devant. Il traversa le passage, nous n'avions pas bougé.

– Venez voir, c'est très curieux, dit-il.

Barzil passa le premier, je le suivais à deux pas. L'air semblait plus frais et moins humide. Le tunnel avait fait place à un couloir ouvragé de motifs colorés d'ocres et de pourpres. Nous avions fait à peine une dizaine de pas que le même bruit étouffé se fit entendre derrière nous. Nous nous retournâmes, l'ouverture de la porte avait disparu, il ne restait plus qu'une surface plane et lisse à la place.

11

Les soldats de Lagash pénétraient bouclier au bras par la barricade endommagée. Ils ne rencontrèrent aucune opposition à cet endroit, les hommes de Nemnakar s'étaient en effet dispersés dans la cité. Ankbar, le capitaine des soldats sépara alors ses hommes en deux sections.

– Quatre hommes et deux archers pour monter à la demeure du seigneur Nikereb. Secourez les gens qui y sont encore en vie et protégez-les d'une attaque si besoin.

Ankbar chercha le meilleur choix tactique à adopter.

– Les autres suivez-moi, en avant.

Beaucoup des villageois de Tergal avaient péri sous les coups des brigands et il y avait quantité de cadavres dans les ruelles. Pourtant ils avaient chèrement défendu leurs biens et les assaillants eux-mêmes avaient subi de lourdes pertes inattendues, principalement du fait des tirs de flèches précis des gardes de Nikereb. Les six hommes de la première section arrivèrent en courant dans la cour de la demeure. Nikereb y était aux prises avec deux solides gaillards. En voyant les soldats arriver, ils furent pris de panique et tentèrent de s'échapper en courant aussi vite qu'ils pouvaient.

– Ne les laissez pas s'échapper ! cria Nikereb.

Les archers avaient rapidement décoché deux salves de flèches qui n'avaient laissé aucune chance aux fuyards.

– Seigneur, regardez !

Un des soldats désignait du doigt la terrasse supérieure. Nikereb se retourna. Il releva la tête en essuyant la transpiration qui lui coulait dans les yeux. Kishnana était là, presque aussi immobile qu'une des statues des déesses du temple.

Aussi étrange que cela paraisse, il ne fut pas étonné de la voir. Mais il n'était pas temps de se fondre ni en admiration ni en questionnements.

– Kishnana, ne reste pas exposée aux flèches de l'ennemi, retourne dans la grande salle.

– Vous deux les archers, montez à la terrasse protéger ma Dame. Sécurisez l'accès de l'escalier jusqu'à mon retour. Ordonna Nikereb.

– Les autres avec moi, fouillons chaque pièce.

Satisfait de ne trouver aucun brigand, il emmena son escouade à la rescousse d'Ankbar dont la corne de rassemblement venait de sonner. Le petit groupe arriva assez vite sur une petite place où Akbar et ses soldats étaient en sous-nombre aux prises avec le reste des brigands. Nikereb et ses soldats arrivaient juste à temps.

– Soldats ! Pour Lagash ! Mort à l'ennemi ! Pas de quartier ! ordonna Nikereb.

Ce renfort soudain terrifia bon nombre des attaquants qui commençaient à douter de l'issue de la bataille. Des villageois arrivaient aussi du bas du village fourches baissées prêts à percer de part en part les brigands dont le nombre s'amenuisait. Une partie de leur troupe décida de sauver sa peau en rejoignant au plus vite la sortie. Seule une dizaine d'entre eux parvint à trouver une solution pour s'enfuir. Sitôt hors de la petite citée, ils coururent en désordre jusqu'au fleuve avec l'espoir de trouver une place dans une embarcation pour atteindre la sécurité de la rive opposée.

La dernière dizaine d'attaquants refusa de cesser le combat, mais ils n'étaient plus assez nombreux maintenant pour résister longtemps aux défenseurs du village. Lorsque le dernier tomba, il y eut soudain un silence terrible qui n'était interrompu que par les respirations haletantes et les gémissements des agonisants. Sous la pluie qui tombait de plus en plus fort le sang s'étalait en grandes flaques sur le sol ruisselant. Le ciel était zébré des flashs des éclairs au sein des nuages. La scène avait quelque chose d'effrayant, surtout au moment où la foudre frappa dans un bruit de fin du monde une maison à moins de cent pas de la place.

– Capitaine Ankbar, que les hommes recherchent nos blessés.

Nikereb et ses hommes enjambaient maintenant les corps à la recherche de survivants. Il arriva à hauteur d'un des brigands couchés sur le dos. Ce dernier respirait difficilement.

Un filet de sang coulait doucement de sa bouche. Nikereb le regarda de la tête aux pieds. Une belle blessure à la cuisse saignait elle aussi, mais c'était une blessure à la poitrine qui emporterait certainement le dernier souffle du blessé. Ses lèvres bougeaient en tremblant, comme s'il voulait dire quelque chose. Nikereb s'assura qu'aucune arme ne le mettrait en danger puis il s'agenouilla et se pencha vers l'homme. Celui-ci lâcha avec difficulté quelques mots.

– Lagash....Lagash...a de bien beaux guerriers…vous...vous avez...gagné ... ...bataille. Oumma ……Oumma nous vengera.

Le visage se crispa et puis plus rien, la vie l'avait quitté, Nemnakar ne commanderait plus jamais ses brigands. Nikereb resta un moment immobile à regarder le visage de l'inconnu. Un instant il médita sur ses dernières paroles. Il avait eu raison, tout cela était bien le fait de Lugal Zagési, le roi d'Oumma. Ses ambitions pour réduire Lagash et reconquérir les terres fertiles qui envenimaient les relations entre les deux cités-États depuis presque deux cents ans conduisaient maintenant à une nouvelle guerre. Le sang allait à nouveau couler à flots, les temples seraient vidés et incendiés. Le règne d'Urukagina était en grand danger et avec lui tous les espoirs d'une vie meilleure. Si Oumma venait à gagner la partie, c'en serait fini des progressions sociales et de la justice dans tout le sud de Sumer.

– Capitaine, j'ai peur que vous ne rentriez bientôt à Lagash que pour y trouver une autre guerre.

– C'est le destin des soldats que de se battre mon Seigneur. Nous irons accomplir notre devoir.

Ankbar s'éloigna pour donner des ordres à ses hommes et pour inspecter les maisons à la recherche de fuyards cachés. Nikereb ressentit un violent pincement au cœur, un immense chagrin montait en lui comme le ferait le feu d'un volcan dans lequel tous ses espoirs semblaient se consumer.

– Seigneur, que fait-on pour les blessés ? demanda un soldat.

Ce dernier venait de le sortir salutairement de ses idées sombres. Nikereb jeta un rapide coup d'œil autour de lui en se relevant.

– Que tous les blessés soient conduits dans mes écuries, ils auront là-bas un toit et de la paille pour les coucher. Envoyez quérir au temple les moines médecins s'il en reste encore et qu'ils s'occupent de soigner tous ceux qui peuvent l'être. Ensuite, trouvez-moi un brigand encore en vie, j'aurais des questions à lui poser. Qu'Ankbar me rejoigne au plus vite.

Le soldat s'inclina puis partit en courant rejoindre Ankbar pour lui transmettre les ordres. Le capitaine ne fut pas long à arriver.

– Capitaine, voici sans doute le chef de nos attaquants, je ne connais pas son nom. Avant de mourir, il m'a affirmé que la guerre va reprendre entre Oumma et Lagash. Il faut immédiatement envoyer un messager au roi Urukagina. Qu'il sache que Tergal est sauvé, pour l'instant du moins, mais que sa ville va devoir affronter à son tour une nouvelle et imminente attaque. Pour l'instant, il nous faut en savoir plus en interrogeant les survivants. Nous enverrons demain un autre messager avec plus de détails. Dès le lever du jour, nous aurons besoin de patrouilles pour reconnaitre nos frontières et vérifier si tout danger est vraiment écarté. Avez-vous vu mon capitaine des gardes ?

– Non Seigneur, et personne ne m'en a parlé. Il y avait beaucoup de corps au sol·à la barricade principale. Peut-être est-il là-bas, les défenses y ont été mises à mal.

– Vous avez raison. Choisissez le messager, qu'il emporte vivres et eau. Vous trouverez une bête fraîche dans mes étables si votre homme sait la monter. Je vais à la porte et ensuite vous me trouverez en ma demeure.

–Bien mon Seigneur, je me charge d'organiser tout cela.

Le soldat s'inclina pour saluer. Nikereb y répondit en abaissant la tête avec une légère inclinaison les yeux fermés, ne les ouvrant qu'en remontant la tête. Un observateur attentif aurait pu y percevoir un signe silencieux, mais sincère de reconnaissance à la troupe pour le travail accompli lors du sauvetage de Tergal. Ankbar avait certainement perçu le message subliminal, il se retourna avec une certaine fierté et une haute estime du seigneur des lieux.

Nikereb donna quelques ordres supplémentaires à ses gens puis partit au pas de course accompagné de deux soldats vers la barricade du mur est. En arrivant, il prit conscience de la violence des combats qui avaient eu lieu ici. Lui-même n'y avait pas prêté attention lorsqu'il avait franchi la trouée avec pour seule idée de retrouver sa famille au plus vite.

– Soldats, aidez-moi à dégager les corps.

Corps après corps il tenta de retrouver Nam-Kib. Il avait encore espoir que son vieil ami ne soit pas là. Malheureusement tous s'envolèrent lorsqu'en retournant un corps assez volumineux il découvrit en dessous son capitaine les yeux grands ouverts saisit pendant le combat par une lame en pleine poitrine. Nikereb tomba sur ses deux genoux. Il attrapa le corps de son ami et le serra un moment contre lui sans rien dire étouffant un sanglot qui lui étranglait la gorge. Les yeux humectés de larmes, il le reposa au sol, de sa main droite il referma les paupières. Le regard fixe sur le visage désormais éteint, il fit une prière pour le salut de l'âme de son ami.

– Que la paix t'accompagne dans les champs célestes, mon fidèle compagnon.

De nouveau il se pencha, tira à lui le corps inerte qu'il souleva dans ses deux bras. Les deux soldats voulurent l'aider, mais il leur fit signe de ne pas s'en occuper. Il se releva puis emporta le corps chez lui. Les esclaves et les serviteurs de la maison s'étaient bien cachés, ils sortaient maintenant de leurs cachettes le regard encore peu rassuré.

Deux d'entre eux s'avancèrent vers mon père pour le devancer et installer une couche sur laquelle poser le corps de Nam-Kib. Nikereb déposa le cadavre, se recula de trois pas puis resta silencieusement immobile quelques minutes pour se recueillir. Il s'inclina pour saluer la dépouille, puis reprit en charge l'organisation des événements.

L'orage était passé maintenant. On n'entendait plus que quelques détonations de la foudre loin dans le nord de Tergal. La pluie aussi venait de s'arrêter, comme si les dieux s'étaient suffisamment amusés de la souffrance des hommes et qu'ils étaient enfin partis à d'autres occupations.

Nikereb se dirigea vers les écuries. Les blessés continuaient d'y être acheminés sur des brancards de fortune ou simplement aidés par quelques hommes valides. Des moines et des acolytes se démenaient déjà un peu partout à la fois pour prodiguer les soins d'urgence. Les cris de douleurs et les râles des gens les plus atteints installaient dans la pénombre une atmosphère cataclysmique. Nikereb passait d'un blessé à un autre pour les rassurer autant qu'il le pouvait. Malheureusement, il devinait que pour certains l'avenir ne serait plus qu'un vain espoir sans lendemain. Dans la foule qui l'entourait maintenant, il poussa une question qui le tourmentait au plus haut point.

– Quelqu'un aurait-il vu mes deux fils ?

Beaucoup de têtes se secouaient en réponse négative avant de se concentrer à nouveau sur les urgences des blessés. Nikereb sentit un grand vide l'envahir. Avant de retourner auprès des villageois et des soldats, il devait faire une ultime vérification. Il monta en courant les marches qui menaient à la grande salle. Il prit Kishnana dans ses bras et la serra fort contre lui.

– Comme c'est bon de te retrouver vivante ma douce Dame.

– Comme c'est bon de retrouver mon Seigneur sous son toit.

– Attends deux secondes, comment se fait-il que tu ne sois pas avec nos deux fils, je t'avais laissée avec eux dans le couloir secret.

– J'en suis ressortie juste avant que la porte ne se ferme. Je ne voulais pas être loin de toi.

Nikereb la prit par la main et l'entraina à la porte secrète. Il actionna le mécanisme et prit une lampe à huile.

– Ne bouge pas d'ici, je reviens. Puis il s'enfonça dans le tunnel.

Lorsque Nikereb arriva au bout il constata seulement que l'ouverture était toujours entrouverte. De la boue avait coulé par l'entrebâillement et commençait à recouvrir le sol. En approchant la lampe, il vit que les traces de pas revenaient en arrière.

– Ils ont fait demi-tour. Seraient-ils ressortis par la grande salle ?

En suivant les traces des empreintes sur le sol, il remonta jusqu'à l'endroit où ses enfants avaient tourné pour avancer vers le mur gravé de symboles mystérieux. À cet endroit, le sol était piétiné et les traces devenaient indistinctes.

– Je ne comprends pas ce qui s'est passé ici. Quelle étrangeté.

Désabusé, il revint vers l'entrée. Là aussi, les traces se mélangeaient beaucoup trop pour en permettre la lecture. Il ramassa le levier de commande avec étonnement. Les enfants avaient-ils réussi à sortir ? C'était d'évidence la seule solution, ils n'étaient pas dans le tunnel. Mais alors pourquoi personne ne les avait vus ? Avaient-ils été faits prisonniers pour être l'objet d'une rançon ? Cette question était certainement la plus probable, bien qu'on n'ait vu aucune trace de combat dans la grande salle. Il sortit du tunnel.

– Les enfants ? Les enfants sont partis ? Kishnana l'interrogeait avec anxiété.

– Oui, oui, ils sont sortis, ils ne sont plus dans le couloir. Nous allons les chercher, ils ne doivent pas être bien loin.

Sa réponse n'était pas vraiment un mensonge. Nikereb s'en voulait tout de même de ne pas parler de la porte coincée au bout du tunnel. En parler n'aurait servi à rien, et il avait beaucoup trop d'urgences à traiter tout de suite. Une chose le rassurait quelque peu. Il connaissait bien Mardouk et Énenlil. Avec Barzil ces trois-là avaient de la ressource, on les reverrait sans doute bientôt.

*

Sous terre, j'étais tétanisé par la surprise. Mon frère et Barzil s'étaient précipités vers l'ancien emplacement de la porte. Mais l'ouverture qui nous avait donné accès à l'immense souterrain avait été remplacée par une sorte de mur monobloc. Il était fait d'une matière brillante qui nous était totalement inconnue. Énenlil et Barzil faisaient glisser leurs mains sur la surface polie couleur de sable. Aucune poignée, aucun système de fermeture. Énenlil promena sa lampe sur toute l'étendue de la surface. Il n'y avait rien, pas un seul défaut, rien qu'une très fine saignée verticale des deux côtés et une horizontale à 2 pieds au-dessus de la tête de Barzil. C'était comme si un grand panneau avait été coulé et séché sur place avec tellement de précision que la chose dépassait de loin notre entendement.

— Par quelle magie tout cela a-t-il bien pu se produire ? Sommes-nous tous devenus fous ? Dit Énenlil.

— En tous cas une chose est certaine, nous ne sommes plus coincés dans le tunnel boueux, si nous succombons, ce ne sera pas dans l'obscurité d'un trou minable, ajouta Barzil.

— Père nous avait bien dit qu'il y a des choses cachées, que même lui ne connait pas. Celle-là doit certainement en faire partie, car sinon il nous aurait prévenus, répondis-je.

Énenlil s'arcbouta une nouvelle fois sur la surface plane pour essayer de la faire bouger.

— Barzil, viens m'aider.

— J'arrive jeune Seigneur.

— Laisse tomber les Seigneurs, ça m'énerve à force, viens m'aider, ça suffira.

Barzil ajouta ses propres forces bien inutilement, rien ne bougeait. Énenlil dégaina son épée. Avec la lame il essaya de pénétrer la fine saignée à sa gauche sans succès. Il essaya de l'autre côté sans plus de réussite. Avec la poignée, de rage, il frappa plusieurs coups sur la surface plane. À notre grande surprise, le bruit n'était pas du tout celui qu'aurait dû faire du bois ou de la pierre, mais il y eut une espèce de résonnance comme quand on tape deux cymbales de cuivre entre elles.

Cependant, une autre chose commençait à nous inquiéter beaucoup plus, il n'y avait quasiment plus d'huile dans la lampe, sa flamme commençait d'ailleurs à décliner doucement. Nous étions à deux doigts de manquer de lumière, pas la moindre lampe en attente dans le coin, aucune torche, rien.

Le couloir dans lequel nous étions faisait bien six pas de large et peut-être autant de hauts, sinon plus. Il semblait fait de la même matière lisse que le pan de mur que nous venions d'inspecter. Le plafond était légèrement voûté. Il n'y avait aucune séparation entre le plafond et les parties verticales des parois. On aurait dit que l'ensemble était fait dans le même et unique matériau. Le sol par contre était différent. Il avait une couleur grise totalement étrangère. Il n'était pas du tout lisse. Il brillait comme si on y avait mis des milliers de morceaux de diamants préalablement écrasés à l'avance et dispersés sur toute la surface lors de sa fabrication.

Juste en dessous du plafond, il y avait de chaque côté du couloir des rectangles blancs positionnés à égales distances les uns des autres. Ces rectangles faisaient environ trois ou quatre doigts de hauteur et environ deux coudées de long. Ils ne dépassaient pas du mur, d'ailleurs on ne voyait absolument rien dépasser nulle part. Nous commencions à nous retrouver presque dans le noir, ne sachant que faire.

— Les choses se gâtent, nous allons manquer de lumière, comment se diriger dans le noir dans un endroit aussi bizarre ? dit Énenlil.

Au moment même où la lampe s'éteignait, on entendit comme une sonnerie. Progressivement, les rectangles blancs que nous avions observés près du plafond commencèrent à émettre une douce lumière blanche. En très peu de temps, on y voyait comme en plein jour. Nous étions tellement surpris, que pas un seul d'entre nous ne put dire quoi que ce soit. Nous étions tous les trois totalement fascinés par les mystères qui s'étalaient sous nos yeux. Nous pouvions voir sur les murs des inscriptions qui nous étaient totalement inconnues.

— On dirait un langage, sans doute beaucoup plus évolué que celui que nous inscrivons sur nos tablettes d'argile, dit mon frère.

— Au pays de Canaan j'ai vu beaucoup de choses étranges, mais rien qui ressemble à ça, répondit Barzil.

— Si c'est un langage, qui a bien pu le faire. Et tout ce que nous voyons, qui l'a fait, même nos maîtres maçons sont incapables de faire tout ça, répondis-je.

Le couloir, on le voyait maintenant, s'enfonçait en ligne droite en pente douce légèrement descendante, au bout il était fermé par un mur aussi plat que celui contre lequel nous étions bloqués.

— Rien à faire pour sortir de ce côté, alors voir si de l'autre il y a moyen de sortir de ce couloir étrange, dit mon frère.

Énenlil s'avançait déjà sans nous attendre. Il avait gardé son épée à la main. Barzil lui emboita le pas aussitôt. J'en fis de même, mais je trainaillais un peu par endroits pour satisfaire ma curiosité devant telle ou telle inscription. Non seulement je devinais qu'elles signifiaient quelque chose, mais je les trouvais vraiment très belles. Je refis mon retard en rattrapant les autres à la course. Énenlil s'était arrêté à moins d'un pas de l'obstacle qu'il inspectait du regard.

Comme sur la partie précédente il n'y avait absolument rien d'apparent. Mon frère tendit la main pour toucher la surface. Un chuintement se fit entendre au moment où sa main allait la toucher. Sous nos yeux ébahis, le pan de mur se déplaça sur le côté comme absorbé par la matière du couloir. Devant nous s'ouvrait une grande pièce dans laquelle la même lumière blanche était en train de monter en puissance. Mais contrairement au long couloir que nous venions de traverser ici, il y avait quantité d'objets de toutes sortes.

12

À la surface le calme était revenu dans le village. Ankbar venait d'entrer dans la grande salle de Nikereb.

– Toujours pas de nouvelles de mes deux fils, Capitaine ?

– Non, mon Seigneur, j'en suis désolé. Nous avons cherché parmi tous les blessés et les morts, aucune trace d'eux.

– Je ne comprends pas, ils ont disparu comme par magie. Comment peut-il se faire que personne ne les ait vus ? Je n'arrive pas à comprendre, répondit mon père complètement abattu.

Nikereb tournait en rond dans la salle, se passant et se repassant la main droite dans ses cheveux. Le geste traduisait l'intense douleur qui le tenaillait. Ankbar se voulut rassurant.

– Il manque, semble-t-il, quelques barques au port, peut-être ont-ils descendu le fleuve pour chercher un abri plus au Sud.

– Ou alors les barques auront été prises par les fuyards. Je connais mes fils, ils n'auraient pas été bien loin sans leur mère, et sans doute sans moi.

– Demain nous aurons plus de chances de trouver des indices lorsqu'il fera jour, Seigneur Nikereb.

– C'est juste Capitaine, vous avez raison. Aller vous reposer, vous l'avez bien mérité et vos hommes aussi. Quel est le dernier statut de vos pertes ?

– Trois tués, dix blessés dont un qui ne passera sans doute pas la nuit.

– Tout cela est bien triste. J'espère que vos hommes pourront vite se rétablir. Tous sont de vrais braves qui méritent notre respect.

– Vos propres gardes ont payé un tribut plus chèrement que le nôtre. Nous avons relevé dix morts parmi eux et au moins le triple chez vos villageois, sans compter les blessés.

– Des braves eux aussi. Avez-vous trouvé un brigand encore suffisamment valide pour qu'on puisse l'interroger ?

– Oui Seigneur, un seul, il est plutôt mal en point, mais sous bonne garde, vos villageois l'auraient empalé encore vivant si mes hommes n'avaient pas fait barrière.

– Bien, qu'il soit placé sous bonne garde. Ce sera tout Capitaine, allez dormir maintenant, l'aube ne sera pas longue à arriver et demain nous aurons encore besoin de vous.

Le Capitaine s'inclina et sortit de la pièce.

– Que crois-tu qu'il soit arrivé ? questionna une voix féminine.

Kishnana avait soulevé la tenture qui la séparait de son époux. Il la regarda. Elle avait les yeux fortement rougis par les pleurs.

Sa robe était encore tachée du sang qui imbibait l'armure de Nikereb lorsqu'il l'avait serrée dans ses bras un peu plus tôt pendant l'attaque.

– Je ne sais pas quoi penser, tout cela est si étrange.

– Ils sont vivants, je le sens dans mon corps, oui j'en suis sûre, mais où peuvent-ils être en ce moment ? Quel malheur.

– C'est sans doute ma faute, je n'aurais pas dû vous obliger à vous cacher dans le tunnel. S'ils étaient restés près de moi, j'aurais sans doute pu les sauver.

Kishnana s'était approchée de lui. À nouveau il la prit dans ses bras.

– Tu as fait comme tu pensais qu'il serait le mieux pour nous tous. Même moi j'aurais dû rester avec eux. Ton capitaine a raison, demain avec le jour, nous aurons plus de chance d'y voir plus clair. Pour l'instant, viens te coucher à mon côté, toi aussi tu as besoin de repos.

Nikereb savait qu'elle avait raison. Depuis son départ pour Lagash il n'avait eu que quelques heures de sommeil à peine et même s'il était une force de la nature, il sentait maintenant le poids intense de la fatigue qui l'écrasait.

– Je vais venir, j'ai juste quelques petites choses à finir et je te promets de te rejoindre très vite ma douce.

*

La pièce nous paraissait immense, c'était vraiment hallucinant, il n'y avait absolument rien pour tenir le plafond uniforme qui se trouvait très haut à environ dix ou douze coudées[38]. La pièce avait une forme rectangulaire. Elle-même devait faire vingt coudées par trente. Tout ici nous paraissait démesuré, mais surtout totalement impossible. Comment tout cela pouvait-il exister sous notre monde sans que personne n'en sache rien ? Et pire, comment tout cela pouvait-il exister sous notre propre maison ?

Rangées contre un des murs il y avait ce qui ressemblait à des tables lisses et brillantes faites d'une matière unique de couleur bleue verte. Mais là n'était pas le plus surprenant, ces tables avaient un plan de travail à plus de trois coudées du sol.

Il y avait aussi des sièges qui ressemblaient à des tabourets, mais avec un seul pied central. Eux aussi étaient très grands, ils auraient pu accueillir deux hommes à la fois. Pourtant leur forme semblait n'être faite que pour une seule personne.

– Énenlil, tu as vu la taille des tables et des tabourets ? dit Barzil.

– Oui, tout cela n'est pas à notre échelle, je crains le pire si l'on voit les gens pour qui tout cela a été fait.

Sur les tables nous devinions avec difficulté divers instruments totalement incompréhensibles. Les plus surprenants avaient une forme rectangulaire lisse. Ils étaient posés parallèles au mur, la petite longueur verticale. Presque tous avaient une surface lisse et brillante épaisse d'un doigt environ et de couleur noire. Trois de ces objets qui étaient posés sur une des tables alignées face au mur émettez parfois de la lumière. Des choses lumineuses clignotaient ou défilaient du haut vers le bas. Aucun de nous ne comprenait quel était ce lieu magique et qui pouvait bien utiliser ce que nous découvrions sous nos yeux.

– Ne touchez à rien, peut-être que certaines de ces choses sont dangereuses.

– Oui, soyons prudents, tout est si étrange ici, répondit Barzil.

Malgré son conseil, Énenlil ne pouvait s'empêcher de tapoter du bout de son épée quelques éléments à sa portée.

---

[38] Une coudée = environ 50 cm.

Barzil n'y tenait plus, depuis un petit moment déjà il tournait autour d'un des grands tabourets. Celui qui l'intéressait avait un dossier matelassé fait dans une matière noire inconnue. Sans crier gare il sauta aussi haut qu'il pouvait pour se retrouver assis. Sous le choc le tabouret s'était mis à tourner sur lui-même. Barzil exultait de joie, en se penchant un peu il utilisait le bord de la grande table pour se propulser en rotation encore plus vite en poussant un grand cri de satisfaction.

– YOUHOUUUU !

– Ça suffit Barzil ! Chuuttt, silence tout le monde !

Conscient d'un seul coup qu'il avait été imprudent, Barzil bloqua la rotation du siège en attrapant au vol le bord de la table. Le silence se fit dans la pièce et on n'entendait plus qu'un léger ronronnement qui semblait venir des rectangles lumineux sur lesquels des images continuaient à défiler. Rassuré, Énenlil commençait à se détendre. Il s'apprêtait à poursuivre son inspection de la salle quand une sorte de "bipbip" se fit entendre au même instant où une lumière rouge circulaire et clignotante s'alluma sur le petit mur en face de celui par lequel nous étions arrivés. Nous nous précipitâmes sous un meuble qui pouvait sans doute nous cacher.

– Chuuttt, silence. Ordonna Énenlil.

Nous entendions toujours le "Bipbip", mais il ne se passait rien d'autre. Énenlil fut le premier à sortir de notre abri de fortune. Il regardait avec angoisse la lampe rouge toujours clignotante. Comme il ne se passait toujours rien, nous fîmes de même. C'est à ce moment-là que la lampe rouge cessa de clignoter pour rester allumée fixement.

Encore une fois le chuintement se fit entendre et nous eûmes juste le temps de voir le mur s'ouvrir comme par magie avant de nous précipiter à nouveau sous le meuble. Nous étions là comme trois bêtes apeurées à nous regarder sans rien dire, attendant l'inévitable catastrophe d'être découverts par les habitants des lieux. Leur puissance devait forcément être démesurée au vu de ce que nous avions pu découvrir de la salle. Encore une fois c'est Énenlil qui osa sortir doucement la tête en se penchant délicatement pour voir ce qui pouvait bien se passer du côté de l'ouverture. Il revint vers nous l'air terrorisé, nous faisant signe de rester silencieux.

– Pas de bruit ! Il y a deux géants qui gardent la porte.

– Deux géants ? répliqua Barzil.

– Oui deux géants ils doivent faire entre quatre à cinq coudées chacun, peut-être plus. Ils portent une espèce d'armure brillante comme je n'en ai encore jamais vu et une sorte de bâton, peut-être une arme.

Nous restions là, blottis les uns contre les autres à ne pas savoir quoi faire. Énenlil semblait réfléchir à toute vitesse à toutes les options possibles. Je le regardais avec admiration. J'aurais cru voir notre père. Ses yeux parcouraient à toute vitesse tous les recoins de la pièce. Sous le stress de ses pensées, il se tortillait les lèvres comme prêt à les mordre. Brusquement il releva la tête et nous regarda avec détermination.

– Nous ne pouvons pas nous échapper de cette salle. Il n'y a rien ici qui pourra nous protéger longtemps des géants s'ils nous cherchent. Pour l'instant ils ne se sont pas montrés menaçants, peut-être qu'il n'y a rien à craindre d'eux. Restez cachés, je vais ramper jusqu'au prochain meuble. Ensuite je me lèverai doucement les mains apparentes. Ne bougez pas tant que ne vous aurai pas fait signe, c'est bien compris ?

Nous répondîmes silencieusement d'un signe de la tête. Énenlil se fit le plus discret possible pour rejoindre le meuble dont il avait parlé. Il franchit sans encombre à quatre pattes les huit coudées de distance. Nous le regardions avec appréhension. Ce qu'il voulait faire était soit totalement fou, soit incroyablement courageux. Une fois en place il nous regarda fixement. Son front luisait d'une légère transpiration. Il nous fit un léger signe de la main comme pour nous laisser un message d'espoir puis il se leva, les mains levées bien apparentes. A notre grande surprise, pas un bruit, rien de rien.

Que se passait-il ? Énenlil ne bougeait pas. Il n'avait pas l'air franchement détendu, mais en tout cas il ne se passait rien. De sa main gauche, il nous fit signe de le rejoindre, ne bougeant juste que le bout des doigts. Après avoir échangé un regard interrogateur, Barzil et moi traversâmes également les huit coudées à quatre pattes aussi vite que nous pouvions. Arrivés à côté de mon frère nous marquâmes un temps d'hésitation puis avec ce qu'il nous restait de courage, nous nous mîmes debout nous aussi.

Les deux géants encadraient toujours la porte ouverte dans le mur. La lampe rouge ne clignotait plus. Chaque géant tenait pointé dans notre direction ce qui ressemblait à un gros bâton long de deux coudées environ avec un diamètre d'environ deux doigts. Le bout des bâtons qui nous visaient semblait fait d'une étrange lumière verte oscillante. Les géants avaient la peau très blanche, presque trop.

Maintenant que nous pouvions les observer tranquillement nous pouvions voir qu'ils ne portaient pas une armure, mais une sorte de tunique à manches courtes serrée au corps, faite d'une multitude de petites pièces brillante un peu comme les écailles grises d'un poisson. Aucun n'avait d'arme ressemblant à un couteau, une épée ou une hache. Ils portaient juste une ceinture à la taille sur laquelle était montée une espèce de boite noire d'où une lumière verte clignotait par moment. Leurs yeux surtout nous étonnaient, ils étaient légèrement trop grands par rapport à ce que la dimension de la tête aurait dû accueillir normalement. À vrai dire ils n'avaient pas une tête d'aspect très humain, mais quelque chose qui tirait plutôt vers un aspect presque reptilien. J'en eus des frissons tout le long de la colonne vertébrale rien qu'à les voir.

Nous étions là immobiles comme des statues depuis un temps qui nous sembla interminable quand deux autres silhouettes géantes elles aussi apparurent dans la porte. La première était un géant mâle, la deuxième une géante. Le géant était vêtu d'une tunique courte faite d'un magnifique tissu souple et brillant, mais en rien comparable à celle des deux gardes. Le grand homme avait d'épais cheveux bruns et bouclés qui lui descendaient jusqu'aux épaules. Il avait également une longue barbe tressée. À chaque poignet il portait un large bracelet avec un élément plus grand de forme circulaire dont la partie supérieure ressemblait à du quartz fondu.

La femelle ressemblait étonnamment à une de nos femmes. Elle était très belle. Dans ses grands yeux noirs légèrement en forme d'amande on ne voyait aucune agressivité, mais plutôt un certain émerveillement plein de curiosité. Elle portait une fine robe de couleur bleu nuit qui lui descendait de son épaule gauche en passant sous son bras droit jusqu'à ses pieds. Une large ceinture ouvragée formant comme une croix en losange arrondi mettait en valeur sa taille fine. La robe brodée de fins liserés d'or brillait comme un ciel étoilé dans l'obscurité.

Les deux arrivants s'arrêtèrent juste à l'entrée. Les géants nous dévisagèrent chacun notre tour. L'homme se tourna vers la femme et on les entendit discuter à voix basse dans un langage inconnu. Mais non ! Pas si inconnu que ça. Je me rappelais soudain avoir déjà entendu des sons identiques de la bouche même de notre grand-prêtre au temple. C'était quand avec mon père nous étions venus faire nos offrandes du matin. Comment se faisait-il que le Grand-Prêtre puisse connaitre ce langage ? Et maintenant que j'y pensais, je me rappelais avoir déjà vu sur les bas-reliefs du temple des représentations de nos dieux avec les mêmes bracelets aux poignets. J'allais le dire à Énenlil lorsque le géant prit la parole. Sa forte voix raisonnait dans la pièce et contre toute attente il parlait notre langue.

– Comment êtes-vous entrés dans notre royaume ? Qui êtes-vous ?

– Je suis Énenlil, fils de Nikereb, prince de Sumer et seigneur de Tergal. Et voici Mardouk, mon frère.

– Je me nomme ......

Barzil hésita comme s'il devait faire un choix qui lui posait soudainement problème.

– Je me nomme Barzil, fils d'Assad El Kérif. Prince dans le désert.

Énenlil reprit la parole.

– Nous venons de la surface. Nous étions en train de fuir la guerre dans notre village quand nous nous sommes retrouvés prisonniers de votre grand couloir. Laissez-nous repartir sains et saufs, nous ne dirons rien de notre rencontre. Nous sommes ici par accident, il n'était pas dans notre volonté de violer votre royaume. Nous ignorions jusqu'à son existence.

L'homme et la femme discutèrent à nouveau dans leur langue faite de successions de différentes syllabes aux sonorités gutturales. De temps en temps leurs regards se posaient avec insistance sur moi. Je ne me sentais pas du tout à l'aise et mon cœur battait beaucoup trop vite à mon goût.

Accompagnés des deux gardes, l'homme et la femme s'approchèrent pour nous voir de plus près. Presque instinctivement nous avions tous les trois reculé de plusieurs pas. Énenlil et Barzil avaient porté machinalement la main à la paume de leur épée. Le géant leva brusquement la main droite pour ordonner aux gardes de ne pas se servir de leurs armes qu'ils pointaient à nouveau vers nous.

— Vos armes ici ne vous serviront à rien. Il n'est pas dans notre intention de vous faire du mal. Nous avons juste besoin d'en savoir plus sur vous et vos capacités.

— Nos capacités ?

— Oui, il est surprenant que vous ayez trouvé le moyen d'ouvrir notre porte secrète. Le destin nous envoie certainement un signe.

Énenlil fronça les sourcils, il n'aimait pas du tout la tournure des événements. Une seule chose comptait à ses yeux : sortir d'ici le plus vite possible. Le géant semblait avoir lu dans ses pensées et poursuivit :

— Vous ne pouvez pas partir d'ici tout de suite. Il y a des choses qui vous dépassent et c'est normal, des choses qui demandent à être vérifiées.

Énenlil ne comprenait rien à rien à ce discours opaque, pas plus que nous d'ailleurs. Il n'avait pas lâché son épée et ne voulait manifestement pas le faire.

— Assurément vous êtes de jeunes gens bien courageux. Lâchez vos épées elles n'auraient que peu d'efficacité contre nos propres armes. Laissez-moi vous montrer.

Le géant décrocha de sa ceinture un tube de la dimension d'un gros roseau et d'environ une demi-coudée de long. Il le pointa sur Barzil. Soudain, un fin rayon de lumière verte partit du tube avec une détonation. Barzil tomba, foudroyé sur place. Énenlil regarda le corps inerte au sol. Ses yeux s'emplirent de colère à voir notre malheureux compagnon certainement mort à nos pieds. Il allait dégainer lorsque le trait de lumière verte le frappa lui aussi. Il tomba comme une pierre. Sans oser faire le moindre geste, je regardais les deux corps étendus sur le sol. Un grand soulagement emplit mon cœur lorsque je vis les deux poitrines respirer. Je me retrouvais tout seul face aux géants. Je m'attendais à subir moi aussi le trait de lumière, mais à ma grande surprise le géant baissa son arme qu'il garda néanmoins dans la main. Il se retourna vers la femme.

– Se pourrait-il que ce soit lui ?

– Il est bien jeune.

– Oui, mais d'une noble famille.

– Certes.

– Nous ne pouvons pas l'ignorer, si c'est lui nous devons le former, regarde-le, il pourrait passer, les autres non, mais lui pourrait passer.

– Tu as raison, nous pourrions le former, mais cette décision ne nous appartient pas, soumettons-la, nous verrons bien.

Le géant se tourna vers moi. Son regard perçant semblait fouiller à travers mes yeux jusqu'au fond de mon âme. D'un seul coup, je me sentis aussi nu qu'un ver. Avec horreur, je le vis relever son arme vers moi. L'instant d'après, je n'existais plus...

*

Quelque temps plus tard, le soleil commençait à darder ses chauds rayons sur la campagne environnante. Une partie des villageois s'occupaient depuis l'aube à creuser une grande fosse assez éloignée du village. L'endroit avait été choisi pour se trouver le plus loin possible des puits d'eau potable. La bataille de la veille avait été terrible et on avait dénombré au lever du jour pas moins de quatre-vingt-cinq morts. À cause de la chaleur attendue dans la journée, qu'annonçait un grand ciel totalement dégagé, il fallait au plus vite enterrer tous les cadavres pour éviter l'afflux des insectes et l'apparition probable de diverses maladies.

En fait, c'était plus exactement deux fosses qui étaient creusées. L'une accueillerait les gens de Tergal et les soldats de Lagash, l'autre était réservée aux assaillants. Les charrettes du roi Urukagina allaient être bien utiles pour transporter tous les corps. Pendant que les hommes valides creusaient les fosses, la plupart des femmes s'occupaient de laver à grands seaux d'eau les traces de sang qui avaient séché un peu partout dans les rues. Celles qui n'officiaient pas à cette tâche avaient été requises sous l'autorité des moines médecins pour soigner les nombreux blessés.

Mon père s'était réveillé dès le lever du jour. Avec le capitaine Ankbar, il avait organisé les activités militaires les plus urgentes. Deux groupes de soldats étaient partis en patrouille. L'un le long du fleuve pour remonter la rive vers le Nord et l'autre plus à l'ouest à la recherche d'éventuels fuyards. Les soldats les plus légèrement blessés assuraient le guet sur la terrasse la plus haute. Ankbar, aidé de l'intendant, s'occupait de gérer le ramassage des corps et leur transfert vers les fosses.

Nikereb et Kishnana parcouraient le village pour réconforter femmes et enfants, mais aussi les blessés qui n'avaient pas besoin de rester dans les écuries. À chaque fois, ils ne manquaient pas de questionner les habitants sur leurs deux fils. À chaque fois malheureusement les réponses restaient les mêmes, personne ne nous avait vus. Kishnana n'avait pas dormi de la nuit, elle n'avait pas cessé de penser à nous. La fatigue aidant, elle craquait par moment en gros sanglots que les mots doux de mon père n'arrivaient plus à consoler. Il faudrait sans doute beaucoup de temps pour que Tergal retrouve un semblant de vie normale.

*

De notre côté, je ne saurais dire depuis combien de temps nous étions installés dans la grande pièce où nous avions été amenés inconscients. Comme Énenlil et Barzil, j'étais allongé sur le dos sur une table longue et étroite recouverte d'un grand drap blanc. Un coussin avait été placé sous notre tête. Nous étions absolument nus. À ma grande surprise, nous étions aussi propres que si nous avions pris un bain dans le fleuve. Heureusement il régnait dans la pièce une température agréable.

Lorsque j'avais ouvert les yeux, j'avais ressenti un terrible mal de crâne qui avait heureusement disparu assez vite. Mais ce qui m'avait aussitôt pris d'angoisse comme jamais dans ma courte vie, c'est que j'étais totalement paralysé, pas moyen de bouger le moindre doigt ni le moindre orteil.

Seule ma tête semblait encore vouloir obéir à ma volonté. Je constatais avec inquiétude qu'il en était de même pour mon frère et Barzil. Si ma tête acceptait de bouger, il m'était impossible de parler. Les sons refusaient obstinément de sortir de ma bouche. J'avais voulu crier, mais sans aucun résultat. Quelle chose étrange nous était arrivée ?

Nous étions seuls dans la pièce où régnait une douce lumière. Sur le côté gauche de la table sur laquelle je me trouvais, il y avait tout un tas d'instruments particulièrement impressionnants. Je n'avais pas la moindre idée de ce à quoi ils pouvaient bien servir, mais rien qu'à les voir, je devinais avec horreur qu'il s'agissait certainement d'instruments de torture tant il y avait d'outils tranchants et d'aiguilles plus ou moins grosses et de toutes sortes. Des tubes d'une matière totalement transparente pendaient à une potence faite d'un métal brillant inconnu. Juste un peu plus loin, il y avait des objets rectangulaires noirs, sans doute les mêmes que ceux sur lesquels nous avions déjà vu des images défiler.

Encore une fois j'entendis le chuintement qui laissait penser qu'une porte s'était ouverte quelque part derrière nous. J'étais bien incapable de voir qui était entré, mais je n'eus pas à me poser la question longtemps.

13

Le géant de la dernière fois s'était approché et inspectait au pied de chacune de nos trois tables une espèce de grande tablette faite dans un matériau d'un blanc immaculé sur laquelle il faisait glisser ses doigts. Il lisait manifestement des choses qui lui donnaient satisfaction. Il prit la parole avec assez de puissance pour que nous puissions tous entendre.

— Ne vous inquiétez pas, vous reprendrez très vite le contrôle de vos corps. Nous avons eu besoin de faire quelques vérifications sur votre état de santé. Nous avons dû prendre également un peu de votre sang pour des raisons qu'il serait bien inutile de vous expliquer, car vous ne pourriez pas comprendre. Il se peut donc que le bras droit vous soit légèrement douloureux au niveau de l'intérieur du coude. Si c'est le cas, cela passera très vite. Pour votre sécurité, il était nécessaire que vous soyez endormis afin que vous n'ayez ni peur ni souffrance. Restez tranquilles le temps que l'effet paralysant se dissipe. Il ne vous sera fait aucun mal, sauf si vous vous montrez agressifs envers la personne qui viendra bientôt pour vous habiller et qui vous guidera pendant votre séjour parmi nous.

Pour vous rassurer sachez seulement que nous pourrions avoir autant besoin de vous que vous de nous. Soyez sûrs cependant que si vous tentiez quoi que ce soit qui ne vous soit pas autorisé à l'avance, nous n'hésiterions pas à vous éliminer tous les trois et personne n'entendrait jamais plus parler de vous. Nous avons sondé vos esprits, vous avez tous les trois une famille qui vous attend à la surface et nous pouvons vous garantir que vous la reverrez lorsque le temps sera venu. Quelqu'un va venir pour vous faire boire une petite dose de liquide, acceptez ce breuvage, il vous aidera à récupérer très vite et sans douleur toutes vos forces.

Le géant reposa la dernière tablette blanche qu'il tenait encore dans ses mains immenses, puis il sortit de la pièce sans rien ajouter. Quelques instants plus tard, le chuintement annonça une nouvelle visite. Cette fois, c'était une géante, mais pas celle que nous avions déjà vue. Elle était habillée d'une simple et grande robe blanche à manches longues. Une ceinture de tissus colorée de bleu et de vert était simplement nouée à sa taille.

La finesse du tissu de la robe dépassait de très loin ce que les meilleurs tisserands de Lagash étaient capables de produire. Et pourtant, leur savoir-faire était reconnu dans tout Sumer et jusque dans les contrées éloignées de nos frontières. La géante n'avait manifestement aucun intérêt particulier pour nos personnes. Elle se contenta de nous faire boire à chacun une dose d'un liquide bleu-gris peu goûteux. À aucun moment je n'avais vu sur son visage le moindre trait de sympathie, ni même aucune curiosité pour notre nudité. Un fermier aurait pu en faire tout autant pour abreuver une vache ou un cochon. J'étais quelque peu offensé par si peu de considération.

La géante sortit puis revint quelques minutes plus tard avec dans les bras trois tenues vestimentaires. Elle en posa une à chaque bout des trois grandes tables sur lesquelles nous étions allongés. Le liquide bleu commençait à produire ses effets, je pouvais à nouveau bouger mes doigts, mais je ne pouvais toujours pas parler. Il fallut attendre encore un peu pour que nous puissions récupérer l'entière disponibilité de notre corps. Sitôt fait, nous enfilâmes les vêtements qu'on nous avait apportés. Chacun était parfaitement adapté à notre taille. Ils étaient tous identiques. Il s'agissait d'une espèce de tunique à manches mi-courtes couleur sable du désert. La tunique nous descendait jusqu'aux genoux.

L'encolure était largement ovalisée. La géante nous avait laissé des ceintures faites d'une matière qui ressemblait à du cuir, mais ce n'était pas du cuir, en tout cas, pas celui d'un des animaux que nous connaissions. Après quelques essais infructueux, Énenlil prit enfin la parole distinctement.

– Nous devons être prudents, ces gens doivent être les démons des enfers.

– Les enfers ? Tu es sûr ? dit Barzil.

– Les enfers c'est bien sous terre non ?

– C'est ce qu'on dit, mais tu connais quelqu'un qui a déjà été aux enfers toi ?

– Moi non. Mais regarde autour de toi, tout ça n'est pas normal. Et ce rayon de lumière qui nous a fait sombrer dans le néant ? N'est-ce pas une arme infernale ?

– Ces géants n'ont pas l'air mauvais, ils auraient pu nous tuer tout de suite s'ils avaient voulu. Et puis nos dieux aussi étaient des géants, ils ne venaient pourtant pas des enfers ! Mais peut-être qu'il y a plusieurs enfers ? répondis-je.

Je m'immisçais dans l'échange, car pour moi rien dans ce que je voyais ne me faisait penser à un lieu maudit.

– Peut-être qu'il y avait aussi des dieux mauvais. Pourquoi les démons ne seraient-ils pas des géants après tout ? Énenlil semblait vouloir en rester sur ses premières impressions.

– Ils ne nous ont pas fait de mal jusqu'à présent. Rétorquais-je

– Mardouk à raison, à part nous avoir endormi, on n'a rien eu à souffrir jusqu'à maintenant, renchérit Barzil qui se frottait le menton en bougeant son maxillaire inférieur comme pour lui donner plus de souplesse.

Énenlil se renfrogna un peu plus, n'appréciant pas qu'on ne partage pas son avis. Il tourna sur lui-même pour faire un inventaire de tout ce qui nous était apparent.

– Bon, on verra bien, pour l'instant faites attention à ce que vous touchez. Et regardez si vous trouvez nos armes.

Énenlil faisait rapidement le tour de tous les objets qu'il n'arrivait pas à s'expliquer, les manipulant de plusieurs manières comme pour en deviner l'usage. Barzil s'était lui assis sur le bord de sa table. Ses deux mains appuyées sur le rebord il s'amusait à balancer ses jambes. Depuis son réveil, il n'avait pas été très bavard. Pour ma part je m'étais posté devant la porte et j'essayais de deviner en me grattant la tête comment elle pouvait bien s'ouvrir. Je ne voyais aucune commande, rien pour déclencher l'ouverture. Une lumière verte clignota soudain au-dessus de la porte. Par précaution je reculais de plusieurs pas. La porte s'ouvrit enfin.

Un jeune géant entra. Il devait bien faire quatre à cinq bonnes coudées[39], soit plus du double de ma taille. Lui au moins avait un sourire amical, encore qu'à un moment je me sois demandé si ce n'était pas seulement à cause de notre petitesse par rapport à lui qu'il souriait. La porte s'était refermée automatiquement derrière lui.

— Mon nom est Amtar, je suis chargé de vous faire découvrir Namsis, le monde sous les deux fleuves. À la surface vous l'appelez sans le connaitre le monde des ténèbres, mais vous allez vite vous rendre compte qu'ici la lumière règne partout. Avant tout, il vous faut m'accompagner, vous devez répondre aux questions de Namgal, Seigneur sous la terre et peut être d'Aningal sa Dame bien-aimée. Suivez-moi sans poser de questions sur ce que vous verrez en chemin, nous aurons plus tard le temps d'y revenir. Mon Seigneur Namgal vous attend, dépêchons-nous d'aller au palais, nous sommes déjà en retard.

— Au palais ? En retard ? Comment pourrions-nous être en retard ? m'indignais-je.

Amtar ne répondit pas, il passa devant. Je remarquais que la porte s'était ouverte après qu'il eut passé sa main droite au-dessus d'un médaillon en forme d'étoiles à cinq branches qu'il portait au cou. La porte donnait sur un immense couloir qui partait très loin des deux côtés. Moi en tout cas, il me paraissait immense. Amtar tourna à gauche. Nous essayâmes de le suivre aussi vite qu'on le pouvait. Lui-même faisait manifestement un effort volontaire pour ralentir ses pas afin de ne pas nous distancer.

— Énenlil ! m'écriais-je.

— Quoi Petit Frère ?

— C'est trop bien ici, tu crois qu'ils voudront qu'on revienne plus tard ?

---

[39] Environ 2 mètres 50.

– Non, mais ça ne va pas mieux toi ? Tu es bête ou quoi ? Tu ne vois donc pas qu'on est prisonniers ?

– Je trouve qu'on est bien traités moi pour des prisonniers.

Énenlil me jeta un regard furieux en secouant la tête puis il leva le regard au plafond comme pour supplier une divinité quelconque de bien vouloir le débarrasser de mes remarques exaspérantes.

Sur les murs du couloir, il y avait à espaces réguliers des représentations de paysages fantastiques. Nous avions dans nos temples des peintures qui représentaient parfois certains lieux de nos légendes. Les représentations que j'étais en train d'observer n'avaient rien de commun avec ce que je connaissais. Les couleurs étaient elles-mêmes de la lumière. Quelques paysages étaient tellement réalistes que j'aurais pu croire qu'il y avait dans le mur des fenêtres donnant directement sur des mondes extérieurs.

– Énenlil ! Tu as vu ?

– Quoi encore ? dit-il avec une pointe de désespoir dans la voix.

Mon frère se retourna tout en continuant de marcher derrière Amtar.

– Laisse tomber, tu me montreras plus tard, reste à côté de nous. Lança -t-il avec un accent de reproche non déguisé.

– Et si on ne repasse pas par-là ?

Je sautais d'une image à une autre tout en essayant de garder ma distance par rapport aux autres.

– Purée, mais ce n'est pas vrai, viens je te dis ! Tu vas être trop loin de nous, m'obéiras-tu enfin un jour ?

J'avoue que je trainaillais parfois un peu trop devant quelques-unes des "fenêtres" pour m'en imprégner et je rattrapais ensuite les autres à la course. Au bout d'un moment nous arrivâmes devant une grande arche sur notre droite. Ses piliers bleu nuit étaient richement décorés de divers symboles et de motifs d'or. Il y avait parmi les décorations des représentations d'animaux que je n'avais jamais vus. La plupart semblaient être très grands, avec des cornes ou des défenses parfois gigantesques.

– Whouaa ! C'est trop beau ! J'étais fasciné par la délicatesse des décors et leur degré de finition incroyable.

Nous passâmes sous l'arche pour arriver dans une gigantesque coursive en forme d'anneau. Amtar s'arrêta devant une nouvelle porte. Il appuya sur un objet en forme de triangle pointe vers le bas et attendit. Très vite la porte s'ouvrit, mais il y avait juste une pièce vide sans autre porte et sans fenêtre. Il entra aussitôt à l'intérieur et se retourna vers nous.

— N'ayez pas peur venez avec moi.

— Il n'y a rien dans cette pièce. Pourquoi rentrerions-nous ici ? dit Énenlil toujours aussi méfiant.

— Venez, je vais vous montrer, mais il faut d'abord être à l'intérieur.

Comme mon frère, je me demandais bien ce qu'il pouvait avoir à nous montrer dans cette pièce vide de tout. Bon gré mal gré, tout le monde étant finalement entré, Amtar appuya sur de petits objets rectangulaires contenant eux aussi des symboles étranges. Ces petits objets semblaient s'enfoncer légèrement dans le mur avec un son étrange lorsqu'il appuyait dessus. La porte se referma.

D'un seul coup je crus que j'allais voler comme un oiseau et m'écraser au plafond. Pendant un court instant, j'eus l'impression que mon estomac me remontait jusqu'à la gorge, me donnant soudain la sensation étrange d'être plus léger. Vu la sensation étrange que me renvoyait mon estomac, je réalisais être bien heureux de n'avoir encore rien mangé. Tout cela ne dura qu'un très court instant.

— C'est quoi encore cette nouvelle magie ? s'écria Barzil en reprenant lui aussi son équilibre.

— Les enfers je te l'ai dit. Répondit Énenlil, les enfers.

Amtar semblait s'amuser énormément de nos têtes ébahies et de nos réflexions. Au-dessus de la porte, il y avait une plaque rectangulaire de couleur gris sombre entourée d'un liseré vert qu'il regardait de temps en temps. À l'intérieur des symboles inconnus s'agitaient comme s'ils se succédaient les uns aux autres. Brusquement j'eus la sensation que mes jambes allaient refuser de me tenir debout. Énenlil et Barzil avaient écarté les bras cherchant vainement un appui beaucoup trop loin pour s'y tenir. On aurait dit que d'un seul coup nous avions doublé de poids. Puis bizarrement, plus rien.

– J'ai bien cru que cette fois j'allais m'écraser sur le sol, s'écria Barzil les yeux écarquillés.

– Moi aussi, répondis-je toujours inquiet des réactions de mon estomac.

Amtar éclata d'un rire puissant au même moment où la porte s'ouvrait. Quelle ne fut pas notre surprise ! Devant nous il y avait maintenant un immense jardin rempli d'arbustes et de fleurs odorantes que nous n'avions pour la plupart jamais vus. Amtar sortit le premier puis s'arrêta quelques pas plus loin.

Nous avions avancé avec prudence jusqu'au bord de la porte, jetant des coups d'œil rapides à droite et à gauche sans oser aller plus loin. Nous ne comprenions rien à cette magie extraordinaire.

– C'est quoi cet endroit ? Comment a-t-on pu arriver là ? Il n'y avait rien de tout ça il y a un instant, s'écria Énenlil en jetant de tous côtés un regard très inquiet.

– Jeunes Seigneurs je n'y comprends rien moi-même. Mais si ici c'est le monde des enfers, je veux bien y rester encore un peu, répondit Barzil alors qu'il regardait toutes les plantes magnifiques du jardin en reniflant avec satisfaction les odeurs sucrées.

– Je vais finir par croire que tu as raison, nous ne sommes sans doute pas dans les enfers. Mais alors où sommes-nous ? On ne peut pas être dans les champs célestes puisqu'on n'est pas mort et qu'on est sous terre, répondit mon frère aîné.

Pour ma part, je n'avais rien ajouté. Je me contentais de regarder la tête toujours plus amusée d'Amtar qui nous dévisageait à tour de rôle.

– Regardez ! criais-je d'un seul coup montrant du doigt une zone éloignée du jardin.

De l'autre côté, je venais de voir tout un groupe d'autres géants, des hommes et des femmes qui traversaient des allées bordées de ce que de loin je prenais pour des roses rouges. Ils se dirigeaient vers une bâtisse qui ressemblait à l'entrée d'un de nos temples, en cent fois plus belle et plus grandiose. Devant son entrée il y avait des fontaines et on devinait quelques petites mares bordées de roseaux minuscules. Il semblait y avoir également de petits animaux, mais nous étions trop loin pour que je puisse bien les voir ou les identifier.

– Venez, suivez-moi, vous n'avez rien à craindre, dit Amtar.

Dès que nous fûmes sortis, la porte se referma instantanément derrière nous. Amtar avait déjà pris une petite avance et nous le rejoignîmes au pas de course. Comme à mon habitude, je trainaillais encore çà et là, m'arrêtant pour sentir une fleur par-ci, pour caresser les feuilles d'une plante par-là. Amtar nous conduisait vers l'entrée du temple. Finalement ce n'était pas un temple, mais un vrai palais sous-terrain. Quatre grandes colonnes ouvragées hautes d'environ 20 coudées en faisaient l'entrée. Entre chacune de chaque côté, il y avait une immense statue d'un personnage étrangement vêtu qui tenait dans sa main droite une grande sphère bleue. Le plafond du jardin était lui au moins à vingt coudées au-dessus. L'ensemble formait une grotte immense au plafond voûté.

Lorsque nous eûmes passé le porche d'entrée, nous arrivâmes dans une grande cour bordée de superbes colonnades. Au milieu de la cour, il y avait une gigantesque fontaine faite de rochers et de végétation verdoyante. De l'eau coulait comme un torrent de montagne. Le spectacle était magnifique. Nous traversâmes la cour pour passer sous un deuxième porche. Nous entrâmes alors dans une grande salle au sol pavé. C'était un carrelage entrelacé fait d'un émail d'un blanc très pur. Notre regard était admiratif devant tant de beautés. Au fond de la salle se tenait un trône gigantesque tout en marbre et en granite noir recouvert de dorures d'or fin. Un deuxième trône plus petit était à la même hauteur. Amtar nous fit assoir devant le trône principal sur des coussins épais qu'on venait de nous apporter.

– Restez ici, je dois vous laisser seuls. Ne bougez pas de vos coussins et soyez respectueux de ceux que vous allez voir très vite maintenant. Nous nous reverrons un peu plus tard.

Amtar se dirigea vers une alcôve dans le mur droit de la grande salle et dans laquelle il disparut.

– Comment tout cela peut-il exister ? Est-ce que nous sommes tous les trois devenus fous ? Comment se peut-il que toute la roche au-dessus de nous ne nous écrase pas en s'effondrant sur nous ?

Énenlil était manifestement choqué par tout ce que nos yeux venaient de découvrir.

– C'est pire que ça ! répondit Barzil en regardant rapidement autour de lui. Tout cela existe bel et bien.

– Comment ça, c'est pire ? questionna Énenlil.

– Qui que soient ces géants, jamais ils ne nous laisseront repartir de peur que nous ne racontions tout ce que nous avons vu.

Le visage de Barzil venait de se refermer d'inquiétude.

– Oui, tu as complètement raison, c'est bien possible. Nous même nous ne croirions jamais le témoin de telles merveilles. Je vous le dis, dès que nous en aurons l'occasion, il faudra tenter de fuir au plus vite cet endroit de folie.

Même si je comprenais l'empressement de mon frère, je n'avais plus du tout envie de partir. Je devinais des choses magnifiques à apprendre, ne serait-ce que dans le grand jardin. J'essayais de trouver rapidement une raison pour temporiser notre évasion.

– De toute façon, personne ne nous croira, c'est certain. Ils nous traiteront de fous. Peut-être qu'il vaudrait mieux rester un peu ici et en savoir un peu plus sur ce monde mystérieux.

– Ce n'est pas faux jeune prince, répondit Barzil le regard toujours en train d'inspecter la solidité de la voûte de la grande salle du trône.

– Peut-être, mais encore une fois, si nous en avons l'occasion, il faudra tenter de fuir, dit Énenlil.

– *Fuir ne sera pas nécessaire !!*

Une voix puissante venait de surgir de derrière nous.

En sursautant de peur tous les trois, nous nous retournâmes aussi vite que possible. Le grand géant qui commençait à nous être habituel était juste à six coudées de nous. Il avait été si silencieux que nous ne l'avions même pas entendu approcher. Barzil regarda sans rien dire Énenlil, mais son regard en disait très long. Maintenant il y aurait peu de chance de réussir une évasion, nous allions être certainement très étroitement surveillés.

Le géant contourna les coussins. Il tapa dans ses mains. Une jeune géante vint à ses côtés. Il lui murmura quelque chose d'incompréhensible. Elle partit aussitôt pour revenir un instant plus tard avec un immense coussin. Vu sa taille, j'aurais sans problème pu y dormir dessus. À notre plus grand étonnement, le géant s'assit sur l'énorme coussin face à nous.

– Soyez les bienvenus jeunes hommes du monde de dessus, mon nom est Askerot. Je suis le premier conseiller du Seigneur Namgal, Seigneur des terres profondes sous les deux fleuves. Une affaire le retient plus longtemps que prévu, mais vous aurez bientôt l'occasion de vous présenter à lui. En attendant, j'aimerais en savoir plus sur vous. Comment avez-vous fait pour traverser la barrière avec notre domaine ? Elle ne vous est pas accessible normalement, dit-il en se tournant vers Énenlil.

– Nous n'avions pas l'intention de venir dans votre monde Seigneur Askerot, nous cherchions juste une sortie au tunnel dans lequel nous étions enfermés, répondit Énenlil.

– Enfermés ? Hum, hum ! Et que faisiez-vous enfermés dans ce funeste tunnel ?

– Nous étions en train de fuir une bataille, il y a la guerre là-haut.

– Là-haut ? Oui, il y avait la guerre, pour être plus exact.

– Il y avait ? Seigneur Askerot, s'il vous plait, que pouvez-vous nous en dire ?

– Je n'ai pas réponse à tout, que voulez-vous savoir ?

– Les brigands qui nous ont attaqués ont-ils été vaincus ?

– Oui, c'est ce que nous avons vu.

– Vous avez vu la bataille ?

– En partie oui, croyez-vous que nous puissions vivre sous votre monde en l'ignorant complètement ?

– Savez-vous si le Seigneur Nikereb mon père et sa Dame Kishnana ma mère sont vivants ? J'avais posé cette question m'attendant au pire.

– Ils le sont, répondit Askerot en me regardant avec compassion.

— Tu entends Énenlil, Père et Mère sont en vie !

J'aurais pu sauter de joie tellement la nouvelle me rendait heureux. Je me tournais à nouveau vers Askerot.

— Ils doivent être très inquiets pour nous, pouvez-vous leur dire que nous sommes là ?

— Non, nous ne pouvons pas faire cela.

— Mais pouvez-vous au moins leur donner un signe que nous sommes vivants ?

— Nous verrons, cela dépendra en grande partie de vous.

— Comment ça de nous ? reprit Énenlil indigné.

— Disons qu'il y a sans doute moyen de négocier la chose.

Askerot avait dit ça avec un sourire bienveillant. Il se doutait que sa remarque allait nous surprendre.

— Négocier ? Une chose ? C'est à dire Seigneur ? Que voulez-vous dire ? reprit Énenlil.

— Il se peut que vous soyez capables de faire une chose vraiment très importante pour nous. Si c'est le cas et que vous l'acceptiez, il se pourrait que nous vous accordions l'occasion de donner signe de vie à vos parents. Ne m'en demandez pas plus pour l'instant. Cette décision ne dépend pas de mon pouvoir en ces lieux.

Énenlil cherchait comment convaincre le géant de nous laisser communiquer avec nos parents. Barzil et moi étions restés silencieux, surpris de ce que nous venions d'entendre.

— Pourquoi devrions-nous vous aider alors que nous sommes vos prisonniers ? La question m'était venue presque instinctivement. En fait, je ne comprenais rien du tout au discours du géant.

— Vous n'y êtes pas obligés, la prophétie ne vous concerne peut-être pas.

— La prophétie ? Quelle prophétie ? reprit Énenlil.

— Une vieille prophétie. Certains de nos anciens ont un don pour voir parfois l'avenir. Le plus doué raconte que trois jeunes hommes viendront dans Namsis. L'un d'eux ira chercher pour nous l'Ur-Kilib et nous rendra la liberté.

– C'est quoi l'Ur-Ki... quelque chose ? demanda Barzil qui commençait à s'intéresser vraiment à la discussion.

– L'Ur-Kilib est la source d'énergie tout autant que la somme de connaissances dont nous avons besoin pour retourner chez nous. Cette source, nous l'appelons le "Cœur d'Étoiles". Elle est cachée dans une contrée loin d'ici, un endroit que nous n'avons plus la possibilité d'atteindre. Si vous nous aidez à récupérer l'Ur-Kilib, notre nef volante pourra nous ramener dans notre monde d'origine.

– Ah ? Votre monde d'origine ? Ce n'est pas votre monde ici ?

– Pas vraiment, nous sommes sur Ki[40] depuis une multitude de vos générations. Nous sommes ce que vous pourriez appeler des explorateurs des Cieux. Vous nous avez appelés de bien des noms différents depuis presque 250 000 de vos années. Depuis un peu plus de 8000 ans, date du dernier déluge que content vos légendes, votre race nous appelle les Anunnaki.

– Les Anunnaki ? reprit Énenlil en déglutissant alors même que j'eus l'impression qu'il allait s'étrangler. Seigneur dieu, pardonnez-nous ! s'exclama-t-il soudainement tétanisé.

Brusquement, il se leva d'un bond et se mit aussitôt devant son coussin, les genoux posés au sol, bassement prosterné.

– Mardouk ! Barzil ! Prosternez-vous comme moi, vite !

– Mardouk ? C'est bien toi jeune homme ? demanda Askerot en me regardant.

– Oui, c'est moi Seigneur.

– Ah oui, c'est ça. Tu portes un nom qui sera sans doute très célèbre plus tard, jeune Mardouk. Surprenant, oui, c'est vraiment très surprenant.

Askerot s'adressa ensuite à Énenlil.

– Retourne t'assoir jeune homme. Il n'est pas encore temps de me rendre hommage. Nous avons des choses plus importantes à débattre.

Énenlil revint se placer sur son coussin. Il avait l'air complètement perdu. Il n'avait jamais envisagé rencontrer un jour en chair et en os un des dieux de nos temples. Bien sûr, nous savions que chaque cité-État

---

[40] La Terre.

du Pays de Sumer possédait un temple où nos dieux venaient de temps en temps résider quelques jours avant de repartir. Mais personne au village, pas même mon père n'avait jamais eu l'occasion de voir cette chose de ses propres yeux. C'était incroyable et pourtant, là, Énenlil en avait un devant lui. Mon frère en restait muet. Barzil fronçait les sourcils se demandant sans doute s'il devait le croire ou si tout ça n'était qu'une vilaine plaisanterie.

– Seigneur Askerot, où est votre chez vous ? tentais-je.

Comment un dieu pouvait-il ne pas être chez lui ? J'avais du mal à imaginer des dieux vivre sous terre sans être chez eux. Et pourquoi sous la Terre justement ? J'avais l'impression d'avoir le cerveau qui bouillonnait.

– Mardouk, je vois que tu réagis vite à ce qu'on te dit, c'est bien, très bien même pour ton âge. La curiosité de la jeunesse est un don du ciel. Donc pour être suffisamment précis sans que tu sois perdu, disons que l'univers est vaste, beaucoup plus que tu ne peux l'imaginer.

– Les prêtres du temple nous ont appris ça oui, ils disent que nous sommes sur Ki, notre planète et que Ki tourne autour de Ud[41] notre Étoile. Autour de Ud il y a d'autres planètes qui tournent, une dizaine au moins. Ils nous ont dit que nos dieux les Anunnaki viennent d'une planète qui s'appelle Nibirou.

– Tout ceci est vrai, plus ou moins, son vrai nom n'est pas Nibirou, mais ce n'est pas important. Certains parmi nous ont voyagé depuis les étoiles pour venir sur Ki, il y a déjà 450 000 de vos années, et même bien avant en fait.

Nous échangeâmes des regards médusés Énenlil, Barzil et moi. Que les dieux voyagent dans les étoiles n'était pas pour nous surprendre, mais 450 000 mille ans, cela dépassait de beaucoup notre propre espérance de vie, c'était tellement énorme comme révélation. Mais Askerot reprit :

– Vos prêtres vous enseignent ce que nous leur avons transmis, il y a a déjà des milliers d'années.

---

[41] Le soleil.

Tout a commencé vraiment bien avant le déluge en fait, il y a plus de 250 000 ans, mais les hommes n'ont pas gardé la mémoire de ces anciens temps. Nous étions là, nous vivions parmi vos ancêtres sous la lumière de Ud à cette époque, tout comme vous le faites aujourd'hui.

Askerot marqua un temps d'arrêt, il donnait l'impression de réfléchir à la façon dont il allait bien pouvoir nous dire la suite.

– L'univers est quelque chose d'immense. La nuit vous pouvez voir les étoiles dans le ciel clair. Nous sommes les fils des étoiles. Un jour nous espérons y retourner. Et ce sera peut-être grâce à vous.

– Ah... ?

Ce que je venais d'entendre me laissait bouche bée. Barzil avait à plusieurs occasions montré une logique de raisonnement assez pointue, il voulut en savoir plus.

– Mais si vous venez des étoiles, pourquoi vivez-vous ici sous la terre ?

– Jeune Barzil, les choses chez nous sont comme chez votre espèce. Il y a eu des périodes de paix et d'autres de guerre. Vous conter l'histoire de cette chose étonnante, je le ferai, mais pas aujourd'hui. Il nous faudrait bien plus de temps que nous n'en avons maintenant. Dès que ce sera possible, je vous conterai cette longue histoire et vous comprendrez pourquoi il se pourrait que vous soyez tous les trois très importants pour nous. Sachez juste que beaucoup de notre race auraient aimé nous voir disparaitre en même temps que la vôtre. Nous vous avons protégés et instruits contre leur volonté et à cause de cela nous avons été bannis des Cieux et de la surface de Ki.

Askerot s'apprêtait à poursuivre, mais il s'interrompit, il regardait vers l'entrée de la grande salle. Il se leva rapidement avec souplesse. De la main, il nous invita à faire comme lui.

14

En me retournant, je compris qu'il venait de voir une haute personnalité entrer. Deux gardes la suivaient effectivement. Ils ressemblaient à ceux que nous en avions vus avant d'être endormis par le rayon de lumière verte. Le géant était manifestement de grande taille, presque plus grand qu'Askerot, sans doute six à sept coudées. Je devinais très vite qu'il devait s'agir du Seigneur Namgal. Il était richement vêtu d'une tunique blanche qui lui couvrait le corps jusqu'aux pieds.

Il portait un superbe plastron sur la poitrine fait de quantité de perles et de pierres ouvragées d'une multitude de couleurs fabuleuses. Sa barbe taillée court était légèrement grisonnante tout comme ses cheveux ondulés tirés en arrière.

Le géant fut rapidement à notre niveau. Askerot s'inclina pour le saluer et nous en fîmes autant sans qu'il soit besoin de nous le demander. Namgal nous dépassa et alla s'assoir sur le trône. Sans rien dire, il nous dévisagea chacun notre tour dans un silence de plomb. Son regard semblait nous percer pour voir à l'intérieur de nous. Je ne me sentais pas trop à l'aise, car il avait insisté beaucoup plus longtemps sur moi que sur mon frère ou que sur Barzil. Il était légèrement penché en avant, les coudes appuyés sur les accoudoirs du trône.

— Voilà donc les visiteurs dont tu m'as parlé Askerot.

— Oui Seigneur.

— Très bien. Vous pouvez vous assoir nous avons à discuter.

Askerot tira de côté son énorme coussin pour s'assoir à la droite de Namgal.

— Je suis Namgal, Seigneur sous la terre. Expliquez-moi qui vous êtes, pourquoi et comment vous êtes entrés dans mon royaume.

Énenlil prit la parole en premier.

– Noble Seigneur, je suis Énenlil, fils de Nikereb, Prince de Sumer. Voici, Mardouk, mon jeune frère et Barzil, fils d'Assad El Kérif, Prince d'une tribu du désert de l'Ouest. Nous ne connaissions pas l'existence de votre royaume. Nous n'avons pas cherché à le violer volontairement, nous étions seulement prisonniers dans un tunnel en fuyant la guerre dans notre village. C'est complètement par hasard, en cherchant un moyen d'en sortir que j'ai appuyé sur un endroit du mur du tunnel. C'est ce qui a ouvert une porte secrète. Nous ne souhaitons rien d'autre que retourner chez nous sains et saufs.

– Le hasard ? Oui, le hasard, humm, voici une chose bien étrange que nous-mêmes ne maîtrisons pas. Votre venue n'est peut-être pas qu'un simple hasard finalement. Nous aurons à éclaircir ce point. Il existe de nombreux tunnels qui mènent à votre monde de la surface et seuls quelques très rares parmi vos grands prêtres en connaissent l'existence. Ils sont actuellement moins nombreux que les doigts d'une main à vrai dire.

Nous avons pu constater que votre espèce se multiplie rapidement, mais pas en sagesse malheureusement et cela amènera plus tard de grands troubles et de grands malheurs pour les hommes et pour Ki en général.

Namgal se recula pour s'adosser confortablement sur le dossier du trône. Il resta silencieux comme s'il devait peser précisément ce qu'il allait dire, puis il reprit :

– Depuis des milliers et des milliers de vos années nous avons été vos guides visibles puis invisibles, car vous êtes nés de nous par la volonté et la science d'Enki et de Ninursag sa femme. Nous vous avons protégés puis instruits, dispensant savoirs et technologies à votre mesure pour vous aider à développer une civilisation tournée vers l'avenir et le bien être des Adamas, l'ancien nom des hommes. Mais au lieu d'en faire bénéficier le plus grand nombre, vos anciens rois et vos dignitaires religieux ont préféré confisquer ces savoirs et les utiliser à leur avantage. Ils en ont tiré puissance et domination sur leur peuple et détruit ou asservi ceux des autres rois dans des guerres meurtrières. Sans le savoir, ils ont recréé les erreurs et les guerres de jadis, des guerres meurtrières bien avant le déluge, ignorant nos avertissements et nos conseils. À cause d'eux, nous avons dû apprendre à vivre cachés pour vous protéger à votre insu de votre folie. Sans cela, les hommes de votre race auraient volé nos outils ou nos armes pour votre plus grand malheur.

— Seigneur, avec votre puissance vous pourriez empêcher les guerres des hommes. Pourquoi les laisser se battre ?

— Parce qu'Enki a voulu que vous soyez libres après avoir servi comme esclaves il y a des dizaines et des dizaines de milliers d'années de cela. La liberté est une arme à double tranchant, elle vous conduit au bonheur ou au malheur selon la voie que vous empruntez. Nous sommes les serviteurs d'Enki, nous respectons ses choix et donc les vôtres. Mais plus que cela, notre communauté est devenue la servante de la spiritualité. Pour cela elle vit dans le secret.

— Mais pourriez-vous empêcher les guerres ? reprit Énenlil.

— Oui, nous le pourrions, mais pendant combien de temps ? Nous sommes peu nombreux, car la presque totalité de notre race est déjà repartie dans les étoiles. Ki est immense, nous ne pourrions pas tout contrôler. Beaucoup de nos mondes souterrains ne communiquent plus entre eux. Dans les colères de Ki, les mouvements du sol ont détruit les tunnels qui les reliaient.

Loin d'ici d'autres groupes d'humains sont en train de croître dont vous ne pouvez pas soupçonner l'existence. Dans quelques milliers d'années, les hommes seront comme les grains de sable du désert poussés par le vent, ils recouvriront toute la surface des terres et même avec notre technologie nous ne pourrions pas les empêcher de se battre avec des armes de plus en plus destructrices.

— Mais vous êtes des dieux, vous pouvez empêcher tout ça ! Pourquoi attendez-vous ? s'inquiéta Barzil.

— Un jour vous découvrirez peut-être que la notion de divinité est une chose tout à fait suggestive. La vie n'est pas seulement celle de votre corps physique. Ce que nous avons découvert de cette vérité, nous souhaitons vous l'apprendre, mais votre espèce n'est pas encore prête. Il existe d'autres mondes invisibles au-delà des frontières de la mort. Nous continuerons à vous instruire par le biais de certains d'entre vous que nous choisirons. Et cela pour vous donner le choix entre le bien et le mal, mais ce sera aux hommes de faire leur choix. Le temps des Anunnaki n'est plus. Nous désirons quitter ce monde et vous allez nous y aider si vous l'acceptez.

– Que pourrions-nous faire pour vous aider, vous êtes bien plus puissants que nous. Et pourquoi nous dire tout cela à nous ? reprit Énenlil.

Namgal ne répondit pas immédiatement. De la main droite, il se tiraillait doucement la barbe de son menton, comme s'il avait une décision importante à prendre.

– Mon premier conseiller fonde de gros espoirs sur vous. Il m'a dit que vous êtes de bonne lignée et que l'on doit pouvoir vous faire confiance. Nous avons décidé de tout vous dire pour que vous sachiez sans tromperie pourquoi nous espérons votre aide. Si la prophétie se réalise, vous êtes d'une importance capitale pour nous et nous vous en serons immensément redevables. C'est ce que le Seigneur Askerot pense.

Namgal se tourna vers Askerot.

– J'espère qu'il ne se trompe pas, car sinon nous prendrions un très gros risque sur notre dernière chance de revoir les étoiles.

Askerot marqua un léger temps de réflexion. Il eut un petit pincement de lèvres et il prit la parole.

– Mon Seigneur, nous n'avons que trop attendu. Je suis persuadé que ces trois-là sont ceux que nous annonce la prophétie.

Namgal nous dévisagea une nouvelle fois. Sa décision serait sans doute lourde de conséquences, mais il se rappelait qu'il avait souvent eu raison d'écouter les conseils d'Askerot.

– Très bien. Nous allons vous faire confiance. Sachez seulement que rien ne vous oblige à entreprendre le grand voyage que nous allons vous proposer. Il se peut que la route ne soit pas sûre et que vous ayez à vous cacher ou à vous battre. Askerot vous expliquera tout dans le détail, mais je suppose que vos estomacs n'aimeront pas attendre bien longtemps une nourriture réparatrice.

Namgal se tourna vers Askerot.

– Mon ami, je te charge de leur révéler tout ce qu'ils doivent maintenant savoir. Mais nourris-les bien en premier. Reviens me voir avec eux s'ils acceptent notre proposition. S'ils refusent...

Namgal se tourna vers nous le regard soudainement froid. Un frisson de peur me fit tressaillir et je crois bien que Barzil et Énenlil ressentirent le même malaise.

– S'ils refusent........Fais en sorte qu'ils oublient totalement leur séjour parmi nous et dépose-les dans leur monde. Il faudra ensuite condamner définitivement la porte qui mène au village.

– Très bien Seigneur, ainsi il sera fait.

Namgal se leva.

– Puisse Enki nous aider et nous conduire dans nos choix. Allez et restaurez-vous, on réfléchit mieux le ventre plein.

*

Le monde souterrain des géants était immense. Partout où nous passions, il y avait quantité de décorations ou de plantes fleuries, des roses en particulier dont les fleurs emplissaient les couloirs d'une odeur sucrée. Askerot nous avait conduits à travers un dédale de pièces et de couloirs jusqu'à une terrasse qui donnait sur un petit jardin verdoyant décoré de statues et d'arbustes. Bien qu'il soit beaucoup plus modeste que celui du palais de Namgal, ce jardin était manifestement tout aussi richement agrémenté. Tout à côté se trouvait une grande salle qui donnait également sur le jardin. À l'intérieur, plusieurs géants étaient attablés et dégustaient dans une bonne ambiance un repas conséquent vu ce qu'on avait pu en voir de notre hauteur limitée.

On entendait en sourdine une douce musique faite de sons étranges dans laquelle se mêlaient des bruits de la nature et ceux d'instruments inconnus. Le son était mélodieux et reposant, une pure merveille à mes oreilles. Je regardais en tous sens pour chercher où se cachaient les musiciens, mais il n'y en avait pas. Je réalisais alors que la musique semblait sortir des murs, je ne savais plus quoi penser tellement tout était étrange dans cette contrée sous la surface.

Tous les regards s'étaient évidemment portés sur nous lorsque nous étions passés à proximité des convives. Les géants avaient alors échangé de nombreux commentaires dans leur langage inconnu. Nous nous étions attendus à voir des sourires amusés ou moqueurs à notre encontre, mais pas du tout, les géants semblaient nous avoir considérés avec une curiosité bienveillante.

— Seigneur Askerot, tout ici semble merveilleux. Vos semblables ont l'air tout heureux, même les gens du Seigneur Namgal dans son palais donnaient l'impression de faire leur travail sans contrainte. Tous vos semblables travaillent-ils avec une aussi grande bonne humeur ? questionna Énenlil.

— Mais c'est tout à fait le cas. Ici les gens travaillent par envie, il n'y a pas d'obligation, en tous cas plus depuis des temps très reculés. À cette époque nos travailleurs creusaient Ki à la recherche de métaux et de pierres précieuses loin dans le Sud-Ouest, dans l'Ab-zag[42]. Puis vint votre espèce et nos semblables n'eurent plus à travailler. Depuis que nous vivons sous Ki, nous avons beaucoup travaillé sur nous-mêmes. Nous nous sommes tournés vers la recherche intérieure, vers plus de spiritualité et nous avons aménagé ce monde souterrain dans lequel chacun à son importance et sa liberté.

— Alors vous avez des esclaves qui font le travail pénible à votre place comme dans les mines, n'est-ce pas ? reprit Barzil avec une pointe de déception dans la voix. Finalement, tous les mondes se ressemblent, pensa-t-il.

— Non, jeune Barzil, il n'y a aucun esclave ici.

— Quoi ? Pas d'esclave ? Ça alors ! Barzil faisait des yeux ronds sous l'effet de la surprise.

— Non, pas d'esclave. Il y a des milliers d'années déjà que nous avons aboli cette aberration. Notre seule contrainte en fait est ce monde privé de la lumière du soleil. Mais ce n'est qu'une contrainte apparente, car si nous nous sommes isolés volontairement du monde

---

[42] Sud de l'Afrique.

du dehors pour vous laisser vous développer en toute liberté, il existe de nombreuses parties de Ki que nous visitons en surface sans craindre de rencontrer des hommes. Il est vrai que ces espaces sont de moins en moins nombreux malheureusement.

– Mais alors qui s'occupe de faire les tâches difficiles ou désagréables ? dit Énenlil.

– Depuis longtemps déjà nous avons travaillé à créer des machines qui font cela très bien à notre place.

– Des machines ? Qu'est-ce que des machines Seigneur Askerot ? Barzil se sentait dépassé par tout ce qu'il venait d'entendre.

– Et bien, voyons, comment vous dire, les machines sont comme des outils qui peuvent travailler en autonomie ou sous le contrôle d'un opérateur. Elles sont faites pour exécuter tout le temps le même travail. Il faudra que je pense à vous en montrer. Quelques machines pourraient vous intéresser grandement, je pense à certaines en particulier, car elles permettent de fabriquer de la nourriture.

Askerot nous regarda avec amusement.

– Mais alors que font vos gens pour s'occuper ? reprit Énenlil.

– Beaucoup étudient votre monde à travers les images que nous recevons de l'extérieur. Ils assurent une surveillance presque permanente de Ki elle-même, de sa météo, de sa structure interne, mais aussi de la population humaine. Nous étudions votre évolution et nous essayons de la guider vers une progression spirituelle plus rapide. C'est une mission difficile et ingrate, car votre espèce aime les progrès technologiques, mais refuse les contraintes du progrès spirituel.

– Seigneur Askerot, je ne comprends pas une chose. Les images dont vous parlez, comment sont-elles ? Comment se peut-il que vous receviez des images de l'extérieur ? Qui vous les porte puisque les tunnels sont fermés et que personne chez nous ne les connait ? reprit Énenlil.

– Personne n'a besoin de nous porter les images, nous pouvons les voir sur une sorte de petit mur lumineux comme vous en avez déjà vu dans la salle où nous vous avons trouvés hier. Grâce à ces outils, nous pouvons voir l'essentiel de ce qui se passe un peu partout dans votre pays sans être obligés de nous déplacer sur place. Nous ne pouvons pas tout voir, mais rares sont les choses qui échappent à nos enregistreurs d'images.

– Seigneur je ne comprends toujours pas, je m'en excuse, comment les formes rectangulaires que nous avons vues peuvent recevoir des images ? insista mon frère.

– En fait il s'agit d'objets reliés au monde extérieur à ce que vous pourriez appeler des yeux, mais des yeux magiques de votre point de vue. Il n'existe pas de mot dans votre langage pour désigner ces objets qui vous sont totalement inconnus et invisibles. Il est difficile pour moi de répondre à ce genre de questions jeune Énenlil, mais je vous montrerai comment cela fonctionne et vous pourrez tout comprendre à ce moment-là.

– Des yeux invisibles ? Vous avez raison, Seigneur, je n'arrive toujours pas à comprendre de quoi il peut s'agir. Énenlil se passait la main dans les cheveux, tout cela était trop compliqué à imaginer. Comment des yeux pouvaient-ils être magiques, à quoi ressemblaient-ils ?

– C'est normal, ne vous inquiétez pas, bientôt vous pourrez comprendre tout ce que je vous décris, soyez juste un peu patients, tout s'éclairera pour vous lorsque vous verrez toutes ces choses. Vous verrez que ce qu'on croit savoir n'est qu'une réalité parmi d'autres et que chaque temps a les siennes. Nous existons depuis bien longtemps avant vous. Un jour, votre humanité aura elle aussi accès à beaucoup des merveilles que vous découvrirez bientôt, il lui faudra seulement être plus âgée, et sans doute plus raisonnable, mais malheureusement, rien n'est moins sûr.

Énenlil n'osait plus poser de questions. Il en avait tellement en tête qu'il ne savait plus par où commencer. Il réalisait que pour chaque question, les réponses d'Askerot pouvaient induire une multitude d'autres questions. C'en était déjà trop, le monde sous la surface était décidément trop compliqué et mystérieux pour lui.

– Mon Seigneur, pourriez-vous nous expliquer comment vous pouvez avoir une lumière aussi puissante pour tout éclairer sans quelques milliers de lampes à huile ? dis-je. La question m'avait taraudé depuis un moment déjà, mais je n'avais pas encore osé la poser.

– Voilà une question très intéressante jeune Mardouk, mais très difficile à vous expliquer encore une fois, car le procédé lui-même est complexe et votre langage n'a pas d'équivalent avec le nôtre. Disons pour simplifier que nous allons chercher dans la roche à grande profondeur une très grande quantité de chaleur. Avec cette chaleur nous chauffons notre domaine et nous produisons une énergie que nous avons domestiquée pour en tirer de la lumière et l'air pur que vous respirez.

Malgré la réponse d'Askerot, la chose me paraissait toujours aussi obscure et je me disais qu'il faudrait sans doute reposer plus tard une question plus précise. Askerot profita très vite du répit que nous lui accordions en ne posant plus de questions.

– Jeunes gens, votre curiosité semble sans limites. Vous découvrirez ici beaucoup de choses qui vous sembleront impossibles et d'autres que vous prendrez pour de la magie malgré mes explications. Mais commençons par satisfaire un besoin plus immédiat, bien nourrir son corps est aussi important que nourrir son esprit.

Askerot regarda autour de lui puis il nous désigna un coin de la terrasse.

– Installez-vous sur ces bancs et cette table à votre mesure. Je m'occupe de vous trouver une restauration de bon goût. Attendez-moi ici, je ne serai pas long.

Askerot n'avait pas fait dix pas qu'il se retourna avec un sourire non dissimulé en regardant Énenlil.

– Jeune Énenlil, il ne serait pas prudent de vous enfuir le ventre vide pendant mon absence. Sans connaitre les combinaisons et les codes nécessaires, vous ne pourriez jamais remonter vers la surface qui se trouve si ça peut vous intéresser à environ quatre cents coudées[43] au-dessus de votre tête.

Askerot semblait énormément amusé de voir l'expression de nos visages après cette révélation extraordinaire. Sans rien ajouter, il partit

---

[43] Deux cents mètres environ.

assez vite vers le fond de la grande salle dans laquelle les géants étaient toujours en train de manger.

— Énenlil ! Tentons quand même de nous enfuir maintenant que nous sommes seuls, nous n'aurons peut-être pas d'autres occasions d'être seuls de sitôt, dit Barzil.

— Mais nous ne sommes pas seuls, regardes Barzil, là-bas dans le coin derrière l'arbuste de décoration, répondit mon frère.

Barzil se retourna et jeta un œil dans la direction donnée par mon aîné. J'en faisais de même. Un géant était assis sur un tabouret à quatre pieds montés sur deux supports incurvés de sorte que le géant était en capacité de se balancer. Il avait le dos appuyé sur un dossier matelassé et il semblait être en train de fumer tranquillement une grande pipe. En fait, il ne nous quittait pas des yeux une seconde.

— Tu vois, nous n'aurions pas été bien loin avant d'être rejoints. Et puis, je ne sais pas vous, mais moi, j'ai l'estomac qui crie famine maintenant. Alors si Askerot apporte de quoi manger, je suis prêt à reporter notre évasion le temps qu'il faudra pour être repu.

— Moi aussi je commence à avoir très faim. Répliquais-je.

Barzil nous regarda d'un air déçu.

— Si vous aviez vécu dans ma tribu, vous auriez appris à ne manger que tous les trois ou quatre jours lorsque c'est nécessaire.

Je lui retournais un regard horrifié.

— Un repas tous les trois ou quatre jours ? Whouaa, ben ça alors ! Moi je meurs si je ne mange rien pendant trois jours !

— Mais non Mardouk, en fait c'est assez facile. Il faut boire beaucoup c'est tout, on s'y fait assez vite. Et puis de toute façon dans le désert on n'a pas le choix. Tu sais, quand tu traverses le désert, il n'y a pas une oasis toutes les vingt coudées pour te reposer à l'ombre et manger à ta faim.

— Au fait en parlant de ça, pourquoi ta tribu vit-elle dans le désert ?

— Elle n'y vit pas, nous traversons le désert par des routes dans les collines et les dunes de sable que nous sommes les seuls à connaitre. Nous allons loin dans le sud du pays de Canaan en conduisant des expéditions chargées de marchandises de toutes sortes et nous les échangeons avec des marchandises précieuses que seuls les gens du Pays de Pount[44] savent produire, l'encens de vos temples par exemple.

Nous allions poser bien d'autres questions à Barzil, mais Askerot revenait déjà. Une géante poussait devant lui une table dont les pieds étaient montés sur de petites roues. Sur la table roulante, il y avait divers ustensiles dont quelques-uns avaient attiré très vite notre attention, même de loin. Certains ressemblaient à des gobelets de bois et d'autres à de petites jarres ou des cruches de terre cuite, mais elles étaient faites d'une matière parfaitement transparente, comme du cristal de roche. On pouvait y voir à l'intérieur des liquides de différentes couleurs. La matière des roues aussi était surprenante, elle donnait l'impression d'être à la fois molle et très solide. À ma grande surprise, la table roulante ne faisait aucun bruit en roulant.

– Je vois que vous avez sagement décidé d'attendre mon retour. Ce fut une excellente idée sans laquelle vous auriez vite été retrouvés et reconduits à la surface après que l'on ait effacé de votre mémoire tous les souvenirs de votre séjour dans Namsis.

– Qu'est ce qui nous dit Seigneur Askerot que vous n'effacerez pas nos souvenirs une fois que nous vous aurons aidés. Questionna Énenlil.

– Rien ne peut le garantir en effet, sauf si vous nous faites confiance et que vous acceptez de croire sans réserve que nous ne vous mentons pas. Dans votre monde on dit qu'on donne sa parole. Agissez dans notre respect avec honneur et dans ce cas je peux vous donner ma parole que nous n'effacerons pas votre mémoire.

Ma curiosité était piquée au vif, je pris la parole.

– Seigneur Askerot, comment pouvez-vous effacer la mémoire d'un homme ? Même nos moines médecins les plus habilles sont incapables de faire une telle chose.

– Effacer la mémoire d'un homme, jeune Mardouk, nécessite une connaissance du cerveau que vos moines sont encore très loin d'imaginer. Les connaissances et les enseignements qu'ils ont déjà reçus de notre part sont suffisants pour votre temps et nous n'en

---

[44] Un pays non identifié pour l'instant, probablement situé sur la rive orientale de la Mer Rouge.

donnerons pas plus. Mais assez de réponses à vos questions, il est temps de vous laisser goûter au repas que je vous ai fait préparer.

La géante qui avait poussé la table roulante disposa devant chacun d'entre nous un petit plat très aplati fait d'une matière blanche lisse et brillante. Elle nous donna également une cuiller métallique. C'était la première fois que nous en découvrions en métal. Au village, les habitants utilisaient des cuillers en bois ou en terre cuite et parfois aussi en coquillage, mais aucun en métal blanc. La géante distribua aussi à chacun de nous un petit couteau et un outil métallique curieusement aplati avec un manche d'ivoire poli d'un côté et fini à l'opposé par deux piques pointues montées l'une à côté de l'autre.

15

Depuis notre arrivée, Amonset, nous avait observés sans relâche tout en fumant sa pipe. Il avait soudain cessé de se balancer. Amonset n'aimait pas beaucoup les hommes. Depuis longtemps déjà il les accusait d'être la source de toutes les privations que son peuple subissait, bon gré mal gré. Pour lui, c'était à cause des hommes que les Anunnaki s'étaient brouillés en clans rivaux et s'étaient combattus. En cela, il avait certainement raison.

Les factions s'étaient ensuite scindées définitivement il y a plusieurs milliers d'années en deux camps irréconciliables. Il y avait ceux qui voulaient comme les dieux An et Enlil[45] son fils, le demi-frère d'Enki, l'extinction totale de l'humanité. Ils la considéraient comme une race inférieure et dangereuse. Ce n'était pas pour rien si les premiers hommes avaient été appelés : le bétail. Les autres, beaucoup moins nombreux avaient suivi leur leader Enki dans la protection et l'éducation des hommes qu'ils considéraient comme leur création, celle d'Enki en fait pour être exact. Les deux factions en étaient venues à se détester. La moins nombreuse avait dû fuir les conflits et se cacher sous terre après avoir créé une confrérie secrète, la Confrérie du Serpent, dont l'objectif était resté depuis lors la protection de l'humanité.

Amonset se leva en marmonnant pour lui-même en tapotant sa pipe dans une vasque placée juste à côté du siège basculant.

– C'est ça, nourrissez-vous bien, profitez-en, ça ne durera peut-être pas, dit-il pour lui-même avec un ton haineux.

---

[45] Enlil : Dieu du ciel, Seigneur de Ki la Terre, commandant en chef des Anunnaki sur Terre, puissant et sans pitié.

Nous regardions maintenant avec une certaine avidité les plats qui nous étaient proposés. Il y avait ce qui semblait être de la volaille rôtie et du poisson frit aux odeurs alléchantes. Dans une grande coupe étaient disposés des fruits inconnus d'une agréable couleur jaune orangé et qui ressemblaient à des pommes. Il y avait aussi un assortiment d'autres fruits plus petits, dont des dattes et du raisin noir. Une demi-boule de ce qui ressemblait à du pain dont la mie était agrémentée de raisins secs avait été prédécoupée en tranches.

Chacun put se servir selon son goût et son appétit. Askerot s'était assis sur une grande chaise, mais ne se servait pas. Cela inquiéta Énenlil.

— Seigneur Askerot, ne souhaitez-vous pas manger avec nous ?

— Jeune Énenlil, depuis que nous vivons sous terre, notre rythme vital a évolué. Vous devez savoir que notre cycle de vie est bien plus lent que le vôtre, il vaut mieux d'ailleurs que vous n'en connaissiez pas les limites. Nous n'avons pas besoin de manger aussi souvent que vous et pour ma part je n'ai point faim pour vous accompagner dans ce repas. Mais rassurez-vous, nous aurons l'occasion de manger ensemble à d'autres moments si vous acceptez la mission que nous souhaitons vous confier. Vous aurez alors une certaine liberté pour que votre séjour ici vous soit le plus agréable possible, le temps de votre formation.

— Vous parlez de liberté, pourtant, vous ne manquez pas d'espions pour nous surveiller, reprit Barzil avec une pointe d'amertume dans la voix.

— Nous n'avons pas d'espions, de quoi parlez-vous ?

— Du géant qui nous surveille depuis notre arrivée.

— Nous n'avons ordonné aucune surveillance à votre égard, personne ne vous surveille.

— Il y a bien le géant sur sa chaise là-bas.

Barzil se retourna vers la chaise basculante pour la montrer à Askerot. À sa stupéfaction, elle était vide.

— Seigneur, quand vous êtes parti chercher la nourriture tout à l'heure nous étions surveillés par un géant qui était installé sur la chaise à bascule qui est là. Il fumait une sorte de pipe sans nous quitter du regard un seul instant.

Askerot observa la chaise immobile. Il put y discerner un léger basculement résiduel. Effectivement, une personne devait bien être assise là, un court moment plus tôt. Le géant donna rapidement un coup d'œil circulaire qui aurait pu lui permettre d'identifier quelqu'un, mais il ne vit personne.

– Je comprends mieux votre remarque. Il se peut que certains parmi nous ne comprennent pas votre présence en Namsis. Votre venue n'a pas encore été annoncée, mais vous le remarquerez, l'information va très vite dans notre monde et beaucoup sont déjà informés de votre présence. Je serai attentif à ce que tout se passe bien, n'ayez pas de crainte, vous n'êtes pas les premiers hommes à venir ici. Il est vrai que vous êtes les premiers depuis bien longtemps à y être admis alors que votre effraction involontaire n'avait point été ni souhaitée, ni prévue et donc encore moins débattue au conseil des sages. Finissez tranquillement votre repas, goûtez aux différents jus de fruits qui vous sont proposés ou seulement à l'eau de source que nous captons dans une rivière souterraine très proche d'ici. Je vais pendant ce temps m'enquérir d'informations sur la présence que vous avez signalée.

Askerot se leva, et se dirigea vers le groupe de convives qui étaient toujours en train de manger dans la grande salle.

Les géants échangèrent un moment, peut-être savaient-ils qui était le géant de la chaise basculante, peut-être pas. Askerot semblait bien embarrassé, c'était évident. Énenlil prit la parole tout en finissant de décharner à pleines dents la cuisse d'une volaille.

– Askerot me semble être un dieu vivant digne de confiance. Même si nous devons encore être sur nos gardes, je pense qu'il est prudent de suivre ses conseils, qu'en pensez-vous ?

– Je suis d'accord, répondit Barzil.

– Moi aussi, dis-je aussitôt. Intérieurement, je commençais à prendre goût à ce qu'on me demande mon avis.

– Très bien, nous allons donc faire ce qu'il nous demandera. Restez attentifs à tous les détails que vous remarquerez d'ici à ce qu'on en sache plus. Nous devons chercher discrètement une solution pour nous échapper en cas de besoin. Pour l'instant, nous devons en savoir davantage sur les habitants de Namsis et ce qu'ils attendent de nous. Il faudra questionner Askerot plus précisément.

Changeant de sujet Énenlil attrapa une autre cuisse et une tranche de pain aux raisins secs.

— Vous avez goûté à cette volaille ? Un vrai régal, je me demande bien comment ils font pour avoir de la volaille ici sous terre ?

— Et les poissons alors ? Je ne savais pas qu'il y avait des poissons dans les rivières souterraines. Répondis-je. À vrai dire, ma dernière remarque me semblait un peu idiote, d'un seul coup je m'imaginais en train de pêcher sur le bord d'une rivière souterraine. Ma bêtise me fit rire.

— Il n'y en a pas. Avança Barzil. Askerot a dit qu'ils ont inventé des machines qui fabriquent la nourriture. Peut-être que ces cuisses de volaille n'en sont pas. J'ai l'impression qu'ils sont capables de tout, hasarda-t-il.

— Vraies ou pas, moi je me régale, elles sont succulentes ces cuisses. Si tout ce qu'Askerot nous proposera est aussi bon, nos repas vont être très agréables. Affirma mon frère.

Je devais certainement faire la moue, car Énenlil me regarda avec surprise.

— Qu'y a-t-il, Petit Frère ? Qu'est-ce qui ne va pas ?

— C'est père et mère, je suis inquiet pour eux. Ils doivent nous chercher partout et leur cœur doit être plein de chagrin de nous avoir perdus. Du coup, ça ne me donne pas très faim.

— Tu as raison, je pense comme toi Mardouk, mais pour l'instant nous n'avons pas le choix, il nous faut en savoir plus et rester en pleine forme. La nourriture nous est indispensable. Force-toi s'il le faut, mais mange ta part. Rappelle-toi qu'Askerot nous a promis de nous laisser envoyer un message si nous acceptons de l'aider.

— C'est vrai, mais moi tu vois, justement, ce qui me fait peur c'est qu'ils aient besoin de nous. Que pourrions-nous faire de plus qu'ils ne soient déjà capables de faire eux ? Askerot ne nous a rien dit sur ce point. Sans doute est-ce dangereux.

Énenlil s'arrêta de mâcher le morceau de pain qu'il venait de mettre en bouche. Il réfléchissait à toute vitesse comme il en avait l'habitude. Il recommença à mâchonner, avala la bouchée et reprit :

— Nous venons d'échapper à la mort en surface, tant que nous sommes ici, nous sommes sans doute en sécurité et Askerot nous a dit qu'en haut la bataille est finie. Nos parents doivent être bien occupés à remettre de l'ordre dans le village. Père devra consolider au plus vite ses défenses pour faire face à une nouvelle attaque. À mon avis, cela nous laisse un peu de répit.

— Moi, en tout cas, je suis complètement perdu ici, je me demande bien si on est au matin ou au soir, dit Barzil au moment où il finissait son morceau de poisson frit.

— Alors ? Comment est-il ton poisson ? Lui lança mon frère.

— Vraiment très bon, sans doute un des meilleurs auquel je n'ai jamais goûté.

— Bien, et alors ? D'après toi, vrai ou faux ? Énenlil éclata de rire.

— Franchement, je serais bien incapable de le dire. Avoua Barzil.

— Et toi Mardouk, mon frère, tu en penses quoi toi de ton poisson ? Énenlil était très amusé de me poser la question, car il avait remarqué que j'essayais depuis un moment de décoincer une arrête immobilisée entre deux molaires.

— Il est excellent, pour moi c'est du vrai. Je ne vois pas comment ils auraient fait pour le faire si réaliste qu'il y ait même les arrêtes. J'en ai justement une de coincée entre deux dents que j'ai quelque mal à retirer. Dis-je en essayant de me débarrasser de cette satanée arrête qui faisait de la résistance.

— La boisson orange aussi est excellente, je ne reconnais pas du tout le goût, dit Énenlil.

— Pas aussi excellente qu'une bonne bière. Reprit Barzil.

— Peut-être qu'il suffit de demander pour en avoir ? répondit Énenlil.

Le regard de mon frère scintilla brusquement. Manifestement il était de l'avis de Barzil et s'imaginait déjà avec un bol de bière plein à ras bord et une paille en bouche.

Askerot revenait déjà.

— Avez-vous fini jeunes hommes ?

Énenlil répondit pour nous trois.

— Oui Seigneur, c'est un honneur d'avoir été servis avec autant de mets délicieux, merci beaucoup.

— Ce n'est rien, l'hospitalité a toujours été une chose importante dans notre communauté.

— Seigneur, dans le monde d'en haut si vous veniez à nous rendre visite, nous n'aurons jamais l'occasion de vous accueillir avec autant de succulentes largesses.

— Eh bien, si cela devait se faire je vous assure que je ne vous en tiendrai pas pour responsable, car je sais combien votre vie est dure en surface. Mais ce n'est pas ce qui est urgent pour l'instant. J'ai à vous entretenir rapidement de choses importantes et si vous avez terminé votre repas je vais vous demander de me suivre à mes quartiers. Vous y trouverez de quoi vous installer.

— Seigneur, c'est un honneur de vous accompagner, nous sommes prêts à vous suivre.

—Très bien, nous sommes attendus. Mais avant je vais vous conduire dans un lieu d'aisance où vous pourrez vous rafraichir et vous laver les mains.

En parlant pour nous trois, Énenlil avait été un peu hâtif. Barzil avait croisé mon regard et je crois qu'il aurait comme moi souhaité prendre plus de temps à festoyer avec les mets délicieux qui étaient encore sur la table. Mais Énenlil était déjà levé et il n'aurait pas été décent de renâcler en le laissant seul debout. Nous étions à peine sorti de table que la géante s'était précipitée pour nettoyer notre table.

Askerot dut remarquer nos mines déconfites :

— Ne soyez pas inquiets, où je vous conduis, il y a une nourriture aussi bonne que celle qui vient de vous être proposée.

– Si je peux oser Seigneur, est-ce qu'il y aura de la bière ? questionna Barzil.

– De la bière ? Il y aura des bières ! Et de très goûteuses en fait qu'on fabrique très loin d'ici. Cependant bien que le goût reste identique, elles ne contiennent aucun élément qui pourrait vous enivrer, car cela est interdit dans notre monde.

Barzil tourna à nouveau son regard vers moi. Il arborait soudain un très large sourire. Chez lui manifestement les bonnes nouvelles passaient avant tout par celle d'une bonne rasade de bière. Je lui répondais avec un rapide soulèvement des sourcils. Tout ça semblait amuser énormément Askerot.

– Allons, suivez-moi.

Il nous conduisit vers une grande porte de couleur verte qui s'effaça en pénétrant dans le mur lorsqu'Askerot en fut à environ deux coudées. L'intérieur de la pièce s'éclaira soudain. À l'intérieur, tout était d'une superbe couleur blanche et il y régnait une douce odeur de plante aromatique, mais je n'aurais pas su dire de quelle espèce connue. Cette fois, la lumière semblait sortir du plafond à travers plusieurs surfaces circulaires larges d'environ trois mains.

Dans le mur aussitôt à gauche, il y avait toute une série de trous rectangulaires placés à différentes hauteurs. Leurs angles étaient arrondis et chacun avait une profondeur d'environ deux tiers de coudée. L'intérieur semblait parfaitement lisse. On y voyait un fond en cuvette et divers tubes dont les bouts évasés étaient constitués des dizaines de petits trous. Askerot nous interpella pour nous montrer quelque chose.

– Regardez bien ce que je fais, ensuite vous pourrez choisir le logement à votre taille et faire comme moi.

Il enfonça ses deux avant-bras dans un trou du mur adapté à sa hauteur, les deux mains tournées paumes vers le haut. Nous vîmes alors comme un brouillard de gouttelettes projetées sur ses mains.

Il les frotta comme s'il avait besoin de les laver à la façon que nous aurions fait avec un savon de cendre de bois mélangé à du sable. Un court instant plus tard, du pied droit, il appuya sur un disque lumineux bleu ciel placé en bas du mur. Nous vîmes alors un filet d'eau couler sur ses mains qu'il frotta à nouveau. Il écarta sa main droite et l'approcha du côté droit du trou. L'eau s'arrêta de couler et on entendit un souffle d'air circuler autour de ses mains. Askerot se frotta à nouveau les mains sous le jet d'air. Lorsqu'il retira ses mains, le souffle d'air s'arrêta brusquement. Notre guide avait les mains parfaitement séchées.

– À vous les jeunes, qui commence ? Askerot riait franchement.

Je me demandais si c'était d'impatience de nous voir nous laver les mains ou si c'était de nous appeler "les jeunes" qui le faisait rire autant. Je crois bien que ce devait être les deux à la fois. Énenlil et Barzil mirent leurs mains en même temps. Chose surprenante ils les sortirent exactement en même temps lorsque le nuage de brume savonneuse les toucha. Barzil porta sa main droite tout humide à son nez, il renifla comme un animal inquiet l'odeur du produit qui recouvrait sa main. Énenlil se contentait de regarder ses deux mains, les tournant et retournant cherchant sans doute à déceler une quelconque irritation de la peau.

– Vous n'avez rien à craindre, cette brume est faite d'un produit lessivant et désinfectant à la fois. Maintenant vous pouvez vous frotter les mains pour bien vous nettoyer des graisses du repas. Faites comme je vous ai montré, rincez-vous sous le jet d'eau et ensuite enclenchez le sécheur d'air. L'air est chaud, mais pas brûlant, laissez vos mains dans le souffle le temps qu'elles soient totalement sèches.

Je décidais de ne pas attendre mes aînés, je trouvais un trou à ma hauteur et mis moi aussi les mains à l'intérieur. La sensation avait été agréable tout autant que l'odeur de la brume. Voir couler de l'eau surgie de nulle part était assez fascinant. Le temps qu'elle coule je me baissais pour essayer de voir par quel mystère elle pouvait couler ainsi. Il n'y avait rien d'autre que des tubes brillants à l'intérieur, en tout cas, rien qui puisse expliquer cette chose extraordinaire.

J'approchais ma main droite de la paroi comme l'avait montré Askerot et un courant d'air tiède s'établit. Il était assez puissant bien que relativement silencieux.

En sortant mes mains du mur, je constatais qu'Askerot avait suivi mes mouvements du regard, il semblait satisfait. Je crois que notre irruption soudaine dans sa vie lui apportait l'occasion inespérée d'un changement de la routine qui devait être la sienne dans ce monde privé de soleil. Énenlil et Barzil venaient également de retirer leurs mains parfaitement sèches. Tous les deux regardaient le résultat assez surprenant, surtout dans la sensation de douceur de la peau.

– Seigneur Askerot, comment se peut-il que vous fassiez couler de l'eau selon votre volonté ? interrogea Énenlil avant que j'aie eu le temps de le faire moi-même.

– Au fur et à mesure que nous avons construit ce royaume souterrain, nous y avons installé plusieurs réseaux d'eau et d'autres fluides qui vous surprendraient. En fait, celui-ci fonctionne un peu comme vos propres réseaux d'irrigation, ceux que vous avez creusés dans les champs. Vos roues à godets redistribuent l'eau du fleuve dans vos fossés, nous avons un peu la même chose, mais en bien plus sophistiqué. Un système encore plus compliqué détecte la chaleur de vos mains et donne un ordre automatique à un mécanisme qui s'ouvre et laisse l'eau savonneuse s'écouler en microgouttes, un peu comme vos écluses si vous voyez ce que je veux dire. De la même façon, si vous approchez votre main du bord droit une détection du même type donne l'ordre de faire tourner une autre roue qui propulse l'air chauffé sur vos mains.

– Et ça ne fonctionne qu'avec les mains ? dit Barzil.

– Non, vous pourrez utiliser un système beaucoup plus grand qui fonctionne sur le même principe lorsque nous serons dans mes quartiers. Vous verrez qu'il est possible de se laver tout le corps en une seule fois.

– Formidable, votre monde est magique Seigneur Askerot, répliquais-je.

– Je comprends qu'à vos yeux tout ce que vous découvrez ici puisse paraitre magique. En fait, il n'y a rien de mystérieux. Notre espèce existe depuis plus de cent millions de vos années, beaucoup moins à l'échelle de notre propre vie et nous avons appris à maîtriser de nombreuses technologies.

– Cent millions d'années ? Comment est-il possible de vivre aussi longtemps ?

– Je n'ai pas dit que nous vivons depuis cent millions de vos années. Bien qu'à vos yeux nous puissions être immortels, notre vie peut atteindre plusieurs centaines de milliers de vos années, mais nous sommes mortels comme vous. Sans quelques incidents, oui, nous pourrions vivre des millions d'années. En fait, nous avons trouvé le moyen de prolonger cette durée de vie en utilisant une nourriture très spéciale à base de la sève d'une plante extraordinaire. Nous en tirons un produit qui reconstitue notre corps en l'empêchant de vieillir. Sans cette prouesse technologique, notre vie serait bien plus courte.

Énenlil était perplexe.

– Seigneur Askerot, comment des dieux peuvent-ils mourir ? Vous êtes les Anunnaki, nos dieux, vous ne pouvez pas mourir !

– Jeune Énenlil, la vérité sur la vie éternelle est seulement un point de vue. La vie est plus complexe que ce que vos prêtres vous ont enseigné, plus complexe que ce que nous pourrions vous enseigner nous-mêmes. Nous les avons guidés, certains ont fait des choix, je vous l'ai dit, et cela a influencé nos histoires respectives. Vous devez savoir que la mort n'est pas une fin définitive, c'est un passage obligé vers une autre vie ailleurs. C'est une vérité qui s'applique aussi bien aux humains qu'à nous et même aux animaux d'ailleurs.

– Oui, c'est ça, c'est les champs célestes, répliqua Barzil tout heureux de comprendre enfin quelque chose à la discussion.

Eh bien, on peut voir la chose comme ça si vous voulez, bien que ce ne soit pas tout à fait ainsi. Mais nous aurons sans doute l'occasion de revenir sur ce débat plus tard. Pour l'instant, je vais vous présenter l'endroit que je vous réserve en ma demeure. Suivez-moi, je vous l'ai dit, on nous attend.

– Déciment, depuis que nous sommes arrivés dans le monde souterrain, nous n'arrêtons pas d'être attendus. Plaisanta Barzil à voix basse à l'oreille d'Énenlil.

– Ce n'est pas faux, répondit sans se retourner Askerot qui ouvrait déjà la marche.

Barzil eut un instant les joues toutes rouges, honteux de sa plaisanterie. Encore une fois, nous suivîmes Askerot à travers plusieurs couloirs et nous arrivâmes face à une porte identique à celle par laquelle Amtar, le jeune géant, nous avait amenés jusqu'au niveau du palais du Seigneur Namgal. Cette fois-ci, nous ne fûmes pas surpris des effets surprenants que nos corps ressentaient au démarrage et au freinage de l'ascenseur encore que cette fois le ressenti fut inversé. J'en avais déduit qu'au lieu de descendre, nous étions remontés plus près de la surface.

Les déplacements des jeunes Sumériens ne passaient pas inaperçus de tout le monde.

– As-tu vu Néfil ?

Bien que placé derrière le large dos d'Amonset, Néfil avait lui aussi suivi attentivement ce qui se passait.

– Oui Amonset, Askerot, comme à son habitude, se mêle de tout.

Les deux géants qui se cachaient aux regards derrière un gros pilier avaient suivi discrètement le petit groupe jusqu'à ce qu'il atteigne l'ascenseur, jetant juste de temps en temps un coup d'œil prudent alentour pour s'assurer qu'eux-mêmes n'étaient pas observés. Amonset fit un signe de la main pour imposer le silence à son compagnon. Il regardait avec attention la porte maintenant fermée de l'ascenseur. Au-dessus d'elle, des signes s'affichaient pour donner la position de l'ascenseur dans la succession des étages. Lorsque les signes cessèrent de changer, il nota l'indication puis se retourna vers Néfil.

– C'est bien mon avis. Je me demande ce qu'il a en tête avec ces humains. Il est en train de nous mettre tous en péril à les trainer partout comme ça. S'ils viennent à rentrer chez eux, ils vont révéler notre présence. Les autres finiront par l'apprendre et les milliers d'années à rester cachés sous terre n'auront servi à rien, nous serons vite découverts par les équipes d'Enlil[46] ou par les hommes eux-mêmes.

---

[46] Le demi-frère d'Enki, fils du Dieu Roi Anou, foncièrement contre la survivance du genre humain.

– Oui, tu as raison, mais qu'est-ce qu'on peut faire, Namgal lui a confié les humains sans en référer au conseil. Peut-être qu'eux pourraient empêcher cette folie ?

– Non, reprit sèchement Amonset en fronçant les sourcils, le conseil est devenu une bande de vieillards sans ambition, ils n'iront pas contre la volonté de Namgal. Askerot jouit d'une trop grande influence, il faut trouver autre chose.

– À quoi penses-tu ?

– Nous devons les surveiller de près sans nous faire remarquer. J'ai bien peur qu'il faille régler le problème nous-mêmes d'une façon propre et radicale.

– Quoi donc ? Tuer les humains ?

Le géant grimaça, cette option, bien qu'évidente, ne lui plaisait pas du tout.

– Pourquoi pas, ce ne serait pas la première fois qu'on s'occuperait de ces animaux gênants. Amonset aimait appeler ainsi les humains en référence aux anciens Anunnaki qui surnommaient les lulus, les premiers hommes "le bétail".

– D'accord, mais restons sur nos gardes, Askerot n'est pas le dernier venu. Il ne va pas être facile de tromper sa vigilance. Même s'il s'est certainement ramolli à gérer la paperasse du palais, il reste un grand guerrier, il sait être prudent.

– À nous d'être plus intelligents que lui. Tuons ces gêneurs et faisons disparaître leurs corps dans le fleuve à la surface.

Néfil comprit que l'idée ne venait pas de germer subitement dans la tête d'Amonset. Il devait la ruminer depuis un bon moment déjà, sans doute depuis la première fois où il avait vu les trois jeunes. Néfil avait la plus grande admiration pour Amonset, mais cette fois, son intuition le mettait en garde, il ne sentait pas bien ce coup-là. Il connaissait depuis longtemps la haine qu'Amonset avait pour le genre humain. Un horrible sentiment montait en lui. D'un seul coup, il se mettait à redouter que l'aveuglement de son compagnon ne les conduise à s'exposer. Il se rappelait qu'Askerot avait eu des situations bien plus compliquées à gérer que la simple promenade de trois gamins, il s'en était toujours tiré vainqueur. Non, ce ne serait pas facile.

— Viens, il faut qu'on sache ce qu'Askerot compte faire, il est monté chez lui avec les humains. Nous devons savoir où il ira avec eux.

Amonset allait passer devant, mais il stoppa net et se retourna vers Néfil le regardant droit dans les yeux avec toute la puissance de persuasion qu'on lui connaissait dans la communauté.

— Tu es avec moi ou pas ?

Néfil était pris de court. Un instant, il eut envie de résister, tout allait trop vite. A chaque seconde d'hésitation, il sentait le regard puissant d'Amonset le transpercer un peu plus.

— Wouais, wouais, ça va, ne t'inquiète pas, je suis avec toi.

Amonset durcit le regard, il ne semblait pas convaincu de la réponse de son ami.

— Tu es sûr ?

— Puisque je te dis que oui !

Amonset sembla se détendre un peu bien qu'il garda une fraction de seconde son regard inquisiteur planté dans celui de Néfil.

— Bon, très bien. Allons-y alors.

16

L'ascenseur était arrêté. Lorsque la porte s'ouvrit, nous découvrîmes une grande cour rectangulaire au sol recouvert de petit gravier blanc. Les extérieurs de la cour étaient garnis de petits arbustes et de fleurs adossés sur les murs qui avaient été peints de représentations d'arbres et de fougères. L'ensemble donnait l'impression d'arriver dans une clairière en pleine forêt. Le plafond devait être à environ vingt coudées. Il était peint en bleu comme le ciel. Nous traversâmes la cour en jetant de rapides coups d'œil de curiosité à droite et à gauche. Askerot nous mena juste en face où une porte s'ouvrit en glissant à l'intérieur du mur. La chose ne nous avait même pas émus cette fois, nous commencions par nous habituer à cette prouesse technique.

Askerot entra le premier. Il y avait là un couloir assez large dans lequel, de part et d'autre, une dizaine de portes ouvertes donnaient sur des pièces parfois éclairées, parfois dans la pénombre. Nous avançâmes dans le couloir jusqu'à atteindre son point central. Askerot entra alors sur sa droite dans une grande pièce au milieu de laquelle était installée une grande table. Trois chaises surélevées avaient manifestement été fabriquées et installées à notre attention. Mais c'est les deux géants qui étaient déjà attablés qui nous surprirent. L'un était le jeune Amtar et l'autre la géante que nous avions vue en compagnie d'Askerot lorsque nous avions été paralysés avec le trait de lumière verte.

– Vous connaissez déjà Amtar, Amtar est mon fils et voici Nisoulag, ma femme. Prenez place, la taille de ces chaises devrait pouvoir vous convenir.

Nous étions assez impressionnés. Nisoulag était une très belle femme, mais sa taille de géante provoquait chez nous un certain malaise inexplicable. Elle prit la parole pendant qu'Askerot s'asseyait lui aussi.

– Soyez les bienvenus dans notre demeure, jeunes humains.

– Merci Dame Nisoulag, répondit Énenlil.

– Bien, ne perdons pas de temps, le Seigneur Askerot vous a parlé de la prophétie ? En avez-vous compris le sens ? dit-elle.

– Nous avons compris que nous pourrions vous aider pour récupérer l'Ur-Kilib le "Cœur d'Étoile", mais pas plus.

– Il faut donc que je vous explique. Le Seigneur Askerot est le principal conseiller du roi Namgal, le Seigneur de Namsis, la terre sous les fleuves. C'est un spécialiste des lois et de votre culture humaine. Moi je suis une scientifique. J'étudie le développement des espèces animales et végétales, que ce soit ici ou à la surface de Ki. Mon travail consiste à améliorer les caractéristiques des plantes ou des animaux. Notre fils Amtar est spécialiste des problèmes de navigations au-delà de l'atmosphère de Ki, il vous expliquera cela plus tard.

Nisoulag marqua une pause en regardant Askerot. Elle devait sans doute chercher par où commencer.

– Nous sommes un peuple des étoiles, nous avons voyagé entre elles pour visiter leurs planètes les unes après les autres. La découverte de ce système solaire date d'une époque très lointaine. Des animaux grands comme des arbres peuplaient la surface de ce monde. Ils ont disparu depuis des millions d'années. Bien plus tard, nous avons revisité ce monde, c'était il y a environ 450 000 de vos années. A l'époque, nous n'étions pas restés et votre race n'existait pas encore. Ce n'est que bien plus tard que pour des raisons de conflits, un de nos vaisseau est revenu sur cette planète. Il était endommagé et n'a pu repartir. Nous avons dû nous adapter à ce nouvel environnement.

Nisoulag marqua à nouveau une pause puis elle reprit.

– Tout a commencé pour vous, il y a un peu plus de 250 000 de vos années. Pour soulager nos propres travailleurs qui exploitaient l'or avec d'autres ressources métallifères dans de grandes mines et la terre pour nous nourrir, Enki, notre leader, aidé par la spécialiste des codes de la vie Ninursag sa femme, a réussi à créer votre race en améliorant une espèce primate déjà existante et très proche de votre forme actuelle ainsi que de la nôtre. Progressivement, vos ancêtres qui travaillaient à la place de nos ouvriers se sont multipliés et sont devenus de plus en plus intelligents, voire menaçants pour notre sécurité.

– Nous les avons guidés pour qu'ils s'organisent en société. Nous leur avons donné un culte pour assoir une cohésion. Mais lorsque vous êtes devenus trop nombreux et trop belliqueux entre vous, nos dirigeants ont pris peur car certains des nôtres s'étaient mélangés avec vos ancêtres. Ils décidèrent alors d'éliminer l'humanité. Usant de la famine, des maladies et d'autres moyens encore plus critiquables, ils ont tenté sans succès de vous réduire.

Nisoulag nous observa pour s'assurer que nous comprenions.

– En fait, en cachette et contre leurs décisions, nous avons formé un groupe secret pour vous protéger de l'extinction. Il y a eu des conflits entre nos semblables, avec les hommes et aussi une autre espèce belliqueuse, mais ça c'est une autre histoire. Notre communauté était malheureusement insuffisamment nombreuse et moins bien armée, nous avons été poursuivis et punis pour notre désobéissance. Vous comprenez ce que je dis ?

Énenlil, Barzil et moi échangeâmes le regard. Il semblait que pour nous tout était clair pour l'instant. Énenlil prit la parole.

– Vous pouvez continuer, Dame Nisoulag, votre récit est extraordinaire, mais il est parfaitement compréhensible pour nous.

– Lorsque l'essentiel de nos semblables eut quitté Ki dans leurs grands navires pour retourner dans les étoiles, ils nous ont condamnés à vivre dans les tunnels de Ki la Terre sans jamais pouvoir repartir. Pour cela, ils ont pris ou détruit tous les Ur-Kilibs de nos propres nefs.

– Du moins, c'est ce qu'ils ont cru, ajouta Askerot.

– Oui, c'est ce qu'ils ont cru, reprit Nisoulag. Tous ne sont pas repartis malheureusement, ce qui signifie que nous sommes toujours sous leur surveillance et que nous devons rester cachés. L'un d'entre nous a réussi malgré tout à s'échapper et à cacher le dernier Ur-Kilib avant qu'il ne soit détruit.

Nisoulag marquait à nouveau une pause. Énenlil en profita pour prendre la parole.

– Dame Nisoulag, si votre Ur-Kilib est caché, il suffit d'aller le chercher, pourquoi auriez-vous besoin de nous, tout ce que nous avons vu ici est fabuleux, bien loin de ce que nous savons faire ?

– En fait, notre semblable n'avait pas imaginé une chose, c'est que le pays où il voulait cacher l'Ur-Kilib était en révolte contre notre espèce, ils rejetaient notre culte, car ils se rappelaient notre responsabilité dans le déluge. Lorsque les soldats humains le virent, ils le pourchassèrent et finirent par le tuer.

– Ah ! et du coup, vous ne savez plus où l'Ur-Kilib a été caché ?

– Ce n'est pas tout à fait ça. En fait, nous savons exactement où se trouve le "Cœur d'Étoile", mais les humains de l'époque ont complètement obstrué de terre et de pierres le tunnel qui conduisait à la chambre secrète dans laquelle il est encore aujourd'hui.

– Puis ils ont détruit l'entrée, reprit Askerot qui semblait vouloir garder sa part du récit, mais Nisoulag continua.

– Heureusement, ils ignoraient l'existence d'un second passage. Il reste donc une possibilité d'atteindre la chambre secrète, mais cela nous est impossible à cause de notre trop grande taille. Ce second passage est un petit conduit de ventilation dont la taille correspond à celle de Mardouk, il est accessible depuis un réseau de tunnels souterrains qui serpentent sous le désert et sous les trois grandes pyramides du plateau de Memphis[47]. Lui pourrait passer dans ce petit tunnel pour monter à la chambre secrète, mais c'est un long boyau étroit et mal fini, il ne sera pas facile de s'y déplacer.

– Très bien, si c'est faisable, faisons-le, répondit Énenlil.

– Ce n'est pas aussi facile que vous l'imaginez

– Mais vous allez nous aider n'est-ce pas ? s'inquiéta mon frère.

– Notre aide ne pourra pas dépasser les monts du Sinaï, les grandes montagnes du nord de la Mer de feu où s'arrête notre dernier tunnel encore exploitable dans cette région. Toute une série de tremblement du sol dans cette contrée a trop endommagé les autres et nous n'avons

---

[47] Capitale des rois de l'Égypte antique.

plus les moyens de les réparer. Répondit Askerot avec soudain une certaine gêne dans la voix. Le fait d'avouer cette impuissance n'était pas très glorifiant pour son espèce.

– Nous ne pouvons pas prendre le risque de vous y déposer avec un de nos charriots volants. Aucun n'est assez discret pour passer inaperçu aux yeux de ceux qui nous cherchent depuis les Cieux, et encore moins aux soldats de Pharaon en sa Capitale Memphis.

– Une fois arrivés au sud de cette grande cité, vous devrez trouver selon nos indications l'entrée d'un souterrain connu de nous seuls. En son sein un chemin mène à une rivière qui rejoint sous terre la région des pyramides. La Chambre secrète se trouve dans la plus grande des trois pyramides du plateau de Memphis, celle que les gens appellent la pyramide de Khéops.

– Mais Seigneur Askerot, comment ferons-nous pour voir dans les tunnels souterrains, y a-t-il assez de torches ? questionna Barzil.

– Rassurez-vos, nous vous fournirons du matériel pour vous éclairer bien plus performant que des torches et aussi des armes adaptées à votre voyage. C'est plutôt des gens de votre race qu'il faudra vous méfier.

– Il n'y a pas que la lumière qui nous manquera, comment ferons-nous pour parler ? Nous ne connaissons que la langue de Sumer, reprit Énenlil.

– Pour cela aussi nous avons pensé à une solution, nous vous apprendrons le langage des gens de Kémet. C'est pourquoi il vous faut rester avec nous quelques jours.

Apprendre une langue en quelques jours ? Aie, aie, aie ! Askerot ignorait malheureusement les difficultés que j'avais à apprendre, mes professeurs du temple en piquaient parfois quelques crises de nerfs qui finissaient évidemment en coups de bâtons sur mon pauvre dos. Mieux valait le lui dire.

– Seigneur Askerot, j'ai bien peur d'être incapable d'apprendre une langue étrangère, encore moins en quelques jours, je ne suis pas doué en études.

— Je sais en parler quelques mots, répondit Barzil, ce n'est pas si difficile que ça.

— Difficile ou pas, il n'y aura pas de souci. Nous utiliserons avec vous une méthode d'enseignement très spéciale qui ne vous imposera aucun effort insurmontable et qui nous fera gagner un temps fabuleusement précieux. Une dizaine de jours devraient suffire à chacun d'entre vous. Il en faudra juste un peu plus pour vous rendre plus résistants à l'effort et à la chaleur du désert, mais pour cela notre médecine fait des miracles, assura Askerot assez fier de cette dernière remarque.

— Très bien, je pense qu'il n'est pas nécessaire de développer plus à fond cette présentation, nous aurons bien assez d'occasions de le faire plus tard, reprit Nisoulag.

Les deux géants échangèrent un regard complice, Amtar avait manifestement suivi la conversation sans trop d'intérêt, il avait, semble-t-il, l'envie évidente de passer à autre chose.

Avec un sourire, Nisoulag poursuivit :

— Mon noble époux ne voudrait-il pas montrer à nos candidats missionnaires l'objet de leur future quête ?

— Mais certainement répondit Askerot en lui adressant un sourire presque malicieux.

Amtar reprit d'un seul coup de l'intérêt pour la conversation, car son regard brillait soudain d'un éclat qui en disait long sur son impatience.

— Père, j'aimerais venir avec vous si tu le veux bien, dit Amtar plein d'espoir.

— Éh bien, pourquoi pas, mais il n'y a que cinq places dans la navette et nous serions six, répondit Askerot.

— Mon époux peut emmener notre fils, j'ai des choses à finir au labo des jardins, faites une belle visite.

— Très bien, dans ce cas allons-y.

— Où allons-nous ? interrogea Énenlil à la limite de l'indiscrétion.

— En gage de notre bonne foi, je vais vous montrer ce qu'aucun de votre race n'a jamais vu. Nous allons au dock visiter notre magnifique navire des étoiles, la nef formidable qui n'attend plus que vous lui apportiez son Ur-Kilib. Nous l'appelons "l'Addir-mul" ce qui signifie le "Pont des Étoiles".

Énenlil, Barzil et moi avions failli faire un saut de joie en entendant cela. Aucun de nous ne savait évidemment ce que pouvait être un navire des étoiles, mais rien que le nom nous avait fait frissonner de tout le corps. Askerot se leva et nous en fîmes aussitôt autant. Amtar, tout pressé qu'il soit s'était fait battre au poteau.

Nisoulag riait sans retenue de notre empressement joyeux. Elle aussi, devait finir pas penser que notre perturbation dans leur monde n'en serait certainement pas une pour sa famille, au contraire. Elle était restée assise, bien droite sur sa chaise, souriante et superbe. Jamais nous n'aurions pu lui donner un âge. Elle avait dans le regard la sagesse des anciens, mais tout en elle montrait une jeunesse incroyable. Nous la saluâmes bien bas avant de suivre Askerot qui était déjà rendu à hauteur la porte avec Amtar. Manifestement, le jeune géant ne comptait plus se faire voler la vedette à la première place.

Encore une fois, nous fûmes promenés à travers différents corridors qui me laissaient pantois d'admiration tant ils étaient décorés avec goût. Même mon frère commençait à s'intéresser à quelques statues, quelques plantes étranges ainsi qu'aux motifs des faïences sur les murs et des carrelages du sol. Tout ici était à la fois simple et très recherché. Nous prîmes un nouvel ascenseur qui nous emporta profond sous la terre. Lorsque la porte s'ouvrit, le décor avait brusquement changé. D'un seul coup, l'air était devenu plus frais et humide. Cette fraîcheur soudaine me faisait presque greloter, mais pour rien au monde je ne m'en serais plaint.

Il y avait là un large tunnel beaucoup moins éclairé que ceux que nous avions traversés jusqu'ici. Les murs n'étaient plus recouverts de faïences, mais étaient juste de roches apparentes. Pourtant je remarquais tout de suite que la surface, qui de loin paraissait légèrement rugueuse, était en s'en approchant faite d'une matière très spéciale. On aurait dit que la roche avait été fondue, comme vitrifiée. L'ensemble était tiré au cordeau pour en faire des murs semi-arrondis du plus bel effet. Le tunnel s'enfonçait sur la droite et la gauche sur une faible distance. Chacune des extrémités débouchait dans une autre cavité perpendiculaire. Askerot prit la direction de celle à notre droite. Sur le mur étaient inscrits des signes incompréhensibles faits de plusieurs couleurs, dont beaucoup de jaunes, de bleus et de rouges.

Face à nous, il y avait maintenant un objet très curieux qui ressemblait vaguement à un œuf très allongé. Sur l'extrémité la plus fine, celle qui correspondrait à la pointe de l'œuf, une large ouverture transparente laissait deviner un appareillage complexe. La partie transparente portait des signes étranges sur la partie supérieure, ce n'était donc pas un trou dans la coquille, mais quelque chose de mystérieusement invisible. Derrière cette large ouverture en revenant vers le centre il y avait une découpe circulaire faite de la même matière transparente. Par contre, aucun signe à cet endroit. Je m'approchais d'Énenlil.

— Énenlil, tu as vu ? Il y a de la matière transparente comme de l'eau, mais c'est solide puisque ça ne coule pas. Qu'est-ce que cette magie ?

— Je n'en sais strictement rien Petit Frère, moi non plus je n'ai jamais rien vu de tel et je n'aurais jamais cru que ce soit possible si on me l'avait raconté. C'est fou, complètement fou.

Barzil ne disait rien, il était trop occupé à regarder de tous côtés, tant il y avait de choses étranges dans ce tunnel. Askerot appuya sur quelque chose en touchant l'œuf de sa main droite. Aussitôt, une partie de la coquille s'écarta pour le laisser passer. L'œuf était vide. Askerot entra suivi d'Amtar. Nous n'avions pas osé bouger, quelle drôle d'idée que d'entrer dans un œuf vide géant.

— Entrez, il y a des sièges pour vous assoir, allons ! Ce n'est pas ici que les choses sont intéressantes et nous avons encore du chemin à faire, dit la voix d'Askerot avec fermeté.

Aussitôt, nous vîmes la tête d'Amtar se pencher vers nous à travers la découpe circulaire latérale. Avec sa main, il nous faisait signe d'avancer. Énenlil passa le premier avec un peu d'appréhension, suivi de Barzil, puis ce fut mon tour. Sur notre gauche, il y avait une cloison verticale tout unie de couleur sable. Sur la droite, l'œuf était vide jusqu'à son extrémité. Askerot était déjà assis sur un siège matelassé, il avait chaussé un casque qui lui recouvrait le crâne. Il semblait très occupé à manipuler des choses curieuses devant lui dont certaines clignotaient de différentes couleurs. Derrière lui se trouvaient deux rangées de deux sièges. Amtar nous désigna les trois sièges qui restaient libres. Une fois assis, nous entendîmes la porte se fermer.

Dans l'alignement de l'œuf, au-dehors, il y avait une structure en forme de brique assez haute dont le sommet était légèrement arrondi. Cette structure se prolongeait à l'infini devant nous. Il y en avait une autre décalée d'une demi-largeur environ du tunnel de sorte que deux œufs pouvaient tenir côte à côte. Un signal sonore aigu retentit brutalement et la partie du siège sur laquelle nous étions assis s'enfonça soudain tandis qu'une grande sangle avait sauté par-dessus notre bas ventre d'une façon extrêmement rapide de telle sorte qu'il était désormais impossible de bouger dans le siège.

Comme Amtar était soumis au même désagrément, aucun de nous ne prit le courage de protester. Askerot parlait tout seul à voix haute dans son langage mystérieux, comme s'il avait une autre personne à côté de lui. Était-il devenu fou à cause de son casque ? Peut-être protestait-il parce qu'il avait mal aux oreilles à cause des coquilles qui semblaient les écraser ? Puis il tourna la tête vers nous et dit en parlant curieusement plus fort que d'habitude :

— Attention au départ jeunes gens, ça va bousculer un petit peu. N'ayez crainte, c'est normal. Il se trouve que ce que nous allons visiter est loin d'ici dans les contreforts des monts de Zagros, il nous faut donc aller très vite.

— Les monts de Zagros ? protesta Énenlil. Mais il va nous falloir une éternité pour les atteindre ?

— Pas vraiment, vous risquez d'être assez surpris du voyage, posez vos mains sur les dossiers, même s'ils sont un peu loin pour vous, cela vous permettra d'être plus à l'aise, dit Askerot.

Il fit une dernière vérification de ses instruments. Il se retourna vers nous à nouveau et inspecta visuellement notre harnachement.

— Prêts ?

— Prêts, répondit mon frère.

Nous n'étions pas particulièrement peureux, du moins c'était ce que nous avions cru jusque-là, mais lorsque subitement nous nous retrouvâmes écrasés sur le dossier du siège pendant que l'œuf accélérait à toute vitesse, alors nous poussâmes tous les trois un cri prolongé d'effroi.

– HHAAAAAAAAAAAA !

À notre grand regret, Amtar avait explosé de rire à nous voir vociférer comme des cochons. De colère ou de honte, il ne nous fallut que très peu de temps pour faire silence. L'œuf avançait maintenant dans un véritable vacarme plus assourdissant que le bruit de cent vols de criquets réunis. Le tunnel obscur devant nous s'était transformé en un tube sombre identique à celui d'un roseau creux. De temps en temps, une grosse lumière passait à côté de nous, mais nous allions si vite qu'il nous aurait été impossible de la décrire. En soulevant un peu la tête, nous arrivions à voir Askerot surveiller un espace lumineux rectangulaire de couleur vert très clair sur lequel des signes et d'autres graphiques s'affichaient en permanence.

– Seigneur Amtar qu'est-ce que cette magie ? osa Barzil le front tout transpirant.

– Ce n'est pas de la magie, vous êtes dans la navette qui nous conduit vers le dock spatial de l'Ub[48].

– Le dock spatial ? C'est quoi un dock ? et l'Ub ? reprit Barzil.

– Ah oui, c'est vrai que pour vous ça va être compliqué, un dock spatial est comme un port pour vos bateaux. C'est une enceinte cachée dans les profondeurs de la montagne dans laquelle sont stockées, arrivent ou repartent nos navettes pour grimper vers les Cieux.

– Vous nous emmenez dans les Cieux ? dis-je un peu affolé.

– Non, non, bien sûr que non. Il y a bien longtemps déjà que plus aucune navette n'est montée aux Cieux depuis l'Ub. Mais c'est là que se trouve le Pont des Étoiles.

Askerot mon Père vous fait un merveilleux cadeau, il va vous montrer notre vaisseau de l'espace. Je rêve de voler un jour avec lui.

---

[48] Une cavité en sumérien.

– Le seigneur Askerot vole ? questionna Barzil estomaqué, les yeux ronds comme des prunes.

– Mais non ! Pas mon père, le Pont des Étoiles ! C'est notre vaisseau qui vole !

Amtar avait fermé son visage se demandant sans doute si Barzil ne se moquait pas de lui. Barzil se renfrogna lui aussi, certainement furieux envers lui-même de s'être laissé piéger aussi bêtement. Amtar devinant la méprise involontaire esquissa finalement un sourire bienveillant.

– Soyez patients il nous faudra environ une moitié de béru[49] pour arriver au dock. Si vous en êtes capables, essayer donc de dormir un peu.

Loin derrière nous, d'autres personnes arrivaient sur le quai des navettes. La porte de l'ascenseur venait de s'ouvrir à nouveau. Amonset en sortit le premier. Il s'avança un peu pour s'assurer qu'il n'y avait personne. Satisfait, il fit signe à Néfil de s'avancer avec lui en silence vers l'extrémité droite. Un nouvel œuf y était en place en attente. Comme l'avait fait Askerot, Amonset appuya sur la coque pour ouvrir la porte puis les deux géants allèrent s'assoir sans parler. Amonset s'installa dans le siège de conduite, mit son casque et ses écouteurs sur les oreilles. Contrairement à Askerot, il ne parla à personne et se contenta de mettre sa machine en route. Dans un vrombissement, l'œuf s'ébroua et fila comme un colibri à travers l'obscurité du tunnel.

---

[49] Environ une heure.

17

Aussi surprenant que cela paraisse, j'avais réussi à somnoler un peu malgré le bruit impressionnant de l'œuf. Le « Bipbip » strident qui me tirait de mes rêveries devait certainement annoncer un problème quelconque. Amtar était à côté de moi, frais comme un gardon et pas du tout affolé, un bon signe. Je me rappelais son immense envie de venir au dock spatial. Énenlil et Barzil étaient bien réveillés eux aussi, ils levaient la tête aussi haut qu'ils pouvaient pour voir le tunnel à l'avant de l'œuf.

— Que se passe-t-il Amtar ? demandais-je un tantinet inquiet et l'esprit encore vaseux.

— Rien du tout, nous sommes presque arrivés. Il était temps de te réveiller jeune Mardouk, car tu aurais raté le plus impressionnant.

— Le plus impressionnant ? dis-je en soulevant les sourcils, ragaillardi par la curiosité.

Je regardais devant nous, il n'y avait rien d'autre que cet affreux tunnel sombre dans lequel l'œuf était en train de ralentir. Une faible lumière apparut assez loin. Elle se rapprochait très vite. Lorsqu'elle fut assez près, je vis qu'elle n'était en fait que le bout du tunnel. Encore quelques instants et nous sortîmes de son tube. Nous venions de déboucher dans un immense hall.

— Mais c'est gigantesque ! S'exclama Énenlil, comment la voûte fait-elle pour ne pas s'effondrer ? Askerot étant occupé sur son pupitre de commande Amtar s'empressa de répondre :

— Toutes les salles que nous avons construites ont été consolidées par une technologie qu'il nous serait impossible de vous expliquer. La forme de la voûte joue un grand rôle de stabilisation, mais ce n'est pas la seule raison.

Émerveillé, je regardais à l'extérieur par la vitre frontale et les deux grands hublots latéraux. L'œuf s'approchait maintenant au ralenti d'une zone terminale. Une grande paroi rocheuse bordait le côté gauche des deux voies que nous avions suivies dans notre tunnel. Sur notre droite nous pouvions voir beaucoup d'autres voies comme la nôtre sortant d'un nombre assez grand d'autres tunnels. Quelques œufs identiques au nôtre étaient à l'arrêt plus loin près d'une grande structure à étages vers laquelle notre véhicule se dirigeait pour aller se garer. Assez curieusement, on ne voyait personne. Comme pour l'œuf, les façades de la construction étaient découpées de plusieurs grandes fenêtres transparentes.

Nous arrivions au bout de la grande paroi sur notre gauche. Elle s'écartait de plus en plus des voies. Je suivis machinalement sa courbure du regard. Si cela avait été possible, je crois que j'aurais pu perdre la mâchoire inférieure d'étonnement. On voyait maintenant à gauche un prolongement impressionnant du hall. Cependant n'est pas ce qui nous surprit le plus. Face au grand hublot de gauche, il y avait un gigantesque objet d'apparence métallique qui brillait d'une sombre lumière grise.

La partie la plus près de nous avait une forme elliptique d'environ cent coudées[50] dans sa largeur pour environ quatre-vingts en hauteur. L'avant était comme notre œuf, légèrement en forme de pointe arrondie. Le fuselage gardait ensuite à peu près la même dimension sur une grande longueur avec par endroit certains renflements. Tout continuait sur presque trois à quatre cents coudées après quoi l'objet gagnait en dimension sur une longueur d'environ quarante coudées de plus. On aurait dit que pour cette partie on avait collé côte à côte quatre tubes d'au moins soixante coudées de diamètre chacun. Askerot nous expliqua plus tard qu'il s'agissait des compartiments des quatre moteurs luminiques.

– Regardez bien jeunes hommes, voici notre Pont des Étoiles. N'est-il pas impressionnant ? interrogea avec enthousiasme Askerot.

– Très impressionnant, répondit Énenlil.

– Gigantesque, ajouta Barzil.

---

[50] Environ 50 mètres.

Pour ma part, j'étais tellement sous le choc du gigantisme que je ne trouvais pas de mots pour exprimer ce que je ressentais. Notre navette s'immobilisa enfin sur une zone de parking en épis. Les ceintures qui nous immobilisaient se dégrafèrent et nous pûmes sortir sur le quai. Il régnait dans l'immense hall un air frais et une lumière tamisée qui laissait deviner d'autres vaisseaux plus petits posés plus loin, tous ou presque de différentes tailles et différentes formes.

— Seigneur Askerot, je ne comprends pas une chose.

— Oui Mardouk ? Askerot accueillit ma question avec un large sourire, il semblait très heureux que je lui pose une question sur cet endroit fantastique.

— Si le Pont des Étoiles doit vous emmener dans les Cieux, comment fera-t-il ? Il ne peut pas sortir, ici nous sommes sous terre et je ne vois aucune ouverture vers la surface pour qu'il puisse passer ?

— Quelle analyse inattendue pour un si jeune homme, répondit Askerot, effectivement si tout restait comme on le voit il n'y aurait aucun moyen de sortir d'ici. Mais ce que vous voyez n'est qu'une apparence, la sortie existe bel et bien, elle est juste fermée et rien ne la différencie de la roche alentour. Jusqu'à présent, ce dock spatial est resté secret et invisible depuis l'extérieur. Les portes vers les cieux, il y en a plusieurs en fait, ne seront ouvertes que lorsque nous quitterons cet endroit. Ce jour-là les lumières seront éteintes et tout ici replongera dans le silence des origines.

— Mais comment le Pont des Étoiles pourrait-il franchir une porte, il est immense ? insistais-je.

— C'est vrai, il est immense, quoique relativement petit par rapport à nos grands croiseurs qui parcouraient l'espace il y a déjà des centaines de milliers d'années. La porte par laquelle nous sortirons est à sa dimension, ce ne sera pas un obstacle.

— Seigneur Askerot, comment quelque chose d'aussi énorme peut-il voler, je n'y vois aucune aile ? s'enquît Barzil.

Askerot regarda son fils, tous deux échangèrent un regard complice.

— Jeune Barzil, tout ce qui vole n'a pas forcément besoin d'ailes comme les oiseaux ou les insectes. Notre vaisseau génère en interne une énergie tellement grande qu'elle en empêche la chute vers le bas. C'est un procédé si compliqué que même moi je n'en comprends pas tous les mécanismes. Amtar saura sans nul doute vous en dire plus que moi, c'est son domaine scientifique. Le mien était plutôt la guerre, mais il y a bien longtemps que nous sommes en paix. Maintenant, je ne m'occupe plus que de politique. Mais assez causé, allons voir ça de l'intérieur.

Nous échangeâmes un regard d'énorme satisfaction mon frère, Barzil et moi. Comme l'avait dit Amtar, son père nous accordait un superbe cadeau. Tous deux passèrent devant. Le Pont des Étoiles était posé sur une aire plane parfaitement horizontale. Il reposait sur plusieurs excroissances qui sortaient d'en dessous de la structure. On aurait dit de courtes jambes partiellement fléchies et terminées chacune par un pied de forme circulaire posé sur le sol.

Tout autour du vaisseau étaient disposés divers matériels incompréhensibles. Certains ressemblaient à des cages grillagées dans lesquelles étaient stockés de gros cylindres rouges. D'autres étaient plutôt cubiques et divers tubes flexibles en sortaient, enroulés sur le sol. Ailleurs, d'autres serpentaient pour rejoindre le dessous du vaisseau. Sur sa partie arrière, de grandes échelles étaient montées sur d'étranges charriots à roues. Elles grimpaient jusqu'au niveau des deux cylindres moteurs les plus près du sol.

— Seigneur Askerot, à quoi sert tout ce que l'on voit autour de votre vaisseau ? questionna Énenlil.

— Bonne question jeune homme, il s'agit de matériels nécessaires aux techniciens qui viennent ici de temps en temps pour entretenir le « Pont des Étoiles ». En effet, bien qu'il soit immobilisé depuis une éternité à vos yeux, il est en aussi bonnes conditions de fonctionnement que s'il était neuf. Nos semblables qui sont chargés de cette fonction ont fait un travail formidable depuis des années et des années.

Nous arrivâmes assez vite à la mi-longueur du vaisseau. À ce niveau une passerelle métallique montait du sol jusqu'à une porte dans le fuselage. La porte était fermée, mais lorsqu'Askerot arriva à proximité, il manipula un boitier qu'il tenait à la main et la porte s'ouvrit. Une fois à l'intérieur nous le suivîmes à travers de nombreuses coursives interminables. Elles étaient éclairées d'une faible lumière orangée. Enfin nous arrivâmes dans une large pièce dont le pourtour décrivait un demi-cercle. La partie centrale la plus en avant était comme un grand mur plat très sombre lui aussi cintré en arc de cercle.

En dessous et tout autour se trouvaient différents sièges de géants face à des tables remplies d'instruments de tous types qu'Askerot nous dit plus tard s'appeler des consoles.

— Nous voici au poste de commandement. Expliqua Askerot. D'ici, nous pouvons piloter tout le fonctionnement du vaisseau et sa trajectoire lorsqu'il se déplace dans l'espace.

— Seigneur, comment pouvez-vous piloter le vaisseau en aveugle ? Dans cette pièce, on ne voit presque rien et on ne voit rien du tout de l'extérieur, dit Barzil avec toujours autant de logique.

— Et bien en fait si nous ne voyons rien c'est que nous n'avons pas mis en route toute la machinerie fonctionnelle du Pont des Étoiles, regardez donc.

Askerot s'approcha d'une grande console, il manipula toute une série de commandes. Une partie rectangulaire noire s'éclaira soudain comme si une lumière avait été allumée à l'intérieur. Il continua à manipuler différentes commandes jusqu'à ce que l'on entende comme un claquement de mains.

D'un seul coup, une vive lumière blanche inonda le poste de commande. Les autres consoles s'allumèrent les unes après les autres. Nous étions fascinés par ce tour de magie extraordinaire. Askerot et Amtar quant à eux rayonnaient manifestement de plaisir. Askerot s'avança vers un siège qui semblait particulièrement confortable au milieu de la salle. Il s'y assit face à un grand pupitre et tapota sur une tablette comportant une grande quantité de symboles. On entendit subitement un claquement et magie suprême, le mur sombre en face de nous s'effaça pour laisser la place à une grande ouverture à travers laquelle nous pouvions observer le quai où nous avions laissé notre œuf. D'ailleurs, nous pouvions voir un autre œuf qui était en train d'arriver et qui ralentissait pour venir se garer en épi près du nôtre. Askerot et Amtar regardèrent avec curiosité le nouvel arrivant.

– Seigneur Askerot, combien de gens travaillent ici pour faire fonctionner votre vaisseau ? s'enquît encore une fois Barzil.

Décidément, notre jeune compagnon était particulièrement obsédé par tout ce qui touchait au travail. Ce n'était évidemment pas mon cas ni celui de mon frère qui s'évertuait à parcourir la pièce pour aller d'une console à une autre.

Askerot marqua un temps de silence, il regardait fixement l'œuf qui finissait son approche du point de parking. Manifestement, le nouvel arrivant l'intriguait. À contrecœur, semble-t-il, il finit par se détourner pour s'approcher de Barzil afin de lui faire une petite démonstration et répondre également à sa question.

– En dehors du commandant du vaisseau, il y a sept personnes qui travaillent ici en permanence lorsqu'il est en vol.

– Et combien de personnes peuvent loger ici pendant le voyage vers les étoiles ?

– Le "Pont des Étoiles" peut embarquer cent vingt personnes normalement.

– Et vous êtes combien dans Namsis si ce n'est pas secret ? insista Barzil.

– Nous sommes peu nombreux, à peine deux centaines.

– Ah ! Alors tout le monde ne pourra pas s'envoler avec vous si nous vous ramenons l'Ur-Kilib, ajouta Énenlil.

– Malheureusement non. Répondit Amtar d'un air soudainement dépité.

– Ah bon ? Pourquoi non ? Reprit mon frère le regard interrogateur.

– Hormis le nombre de places, certains d'entre nous ont peur de rentrer sur notre planète d'origine et d'y être poursuivis ou persécutés. D'autres, plus nombreux, dont nous n'avons pas encore parlé, sont loin de Namsis dans d'autres bases souterraines dans des pays dont vous ne pouvez pas encore soupçonner l'existence. Sauf peut-être si vous en avez remarqué quelques représentations affichées sur les murs dans certains de nos couloirs.

– Oui, j'en ai vu plusieurs, ce doit être des pays magnifiques, répondis-je.

– Assurément, Ki est une planète d'une richesse insoupçonnable par sa beauté et sa diversité.

Amtar gardait malgré tout un air triste, il n'avait certainement pas tout dit, mais il ajouta :

– Il fut un temps où une grande partie du réseau de tunnels reliait les différentes bases les unes aux autres. Mais Ki est une planète vivante, ses soubresauts sont très destructeurs et la plupart des tunnels sont maintenant bouchés par des effondrements.

– Les vaisseaux de ces bases n'ont plus d'Ur-Kilib, aucun d'eux ne pourra nous suivre dans l'espace, reprit Askerot.

– Alors vous allez partir en les abandonnant ici ? questionna Barzil avec une pointe de réprobation dans la voix.

– Provisoirement, provisoirement seulement. Nous n'avons aucun moyen de faire autrement. Mais nous reviendrons les chercher avec des Ur-Kilib tous neufs. Il ne faudra pas longtemps pour que toutes les bases soient à nouveau fonctionnelles.

– Seigneur Askerot, pourquoi ne pas fabriquer des Ur-Kilibs de remplacement ici ? Pour une fois, j'essayais d'être aussi logique que Barzil. D'ailleurs celui-ci me lança un regard étonné qui en disait long dans le style : "Tiens, il se réveille lui ?"

– Je comprends que tout ce que vous avez pu voir depuis votre arrivée puisse vous faire penser que nous pouvons tout faire. Vous pouvez penser que tout nous a l'air facile. Nous aimerions que ce soit le cas, mais la réalité est plus ingrate. Sur Ki, il n'existe pas la matière première ni aucune installation qui nous permettrait de faire ce travail de reconstruction. Nous n'aurons pas d'autre choix que de retourner sur notre planète ou sur une de nos stations relais pour revenir plus tard avec le matériel capable de secourir nos semblables.

Askerot se retourna vers sa console et manipula quelques commandes qui remirent le vaisseau en mode veille. Il attendit que tout soit éteint puis se dirigea vers la sortie de la salle de commande.

– Venez, nous allons vous montrer nos espaces de vie lorsque le vaisseau est en voyage dans les cieux.

Pendant ce temps, les deux occupants de l'œuf qui venait d'arriver au dock sortirent de leur navette.

– Je te l'avais bien dit qu'ils sont devenus fous. Cet idiot d'Askerot n'a rien trouvé de mieux que de faire découvrir aux humains le bijou de notre flotte spatiale. Amonset était en train de piquer une colère intérieure qui lui rougissait les joues. Néfil connaissait bien cet état de chose, il savait aussi que ce n'était pas le moment de contrarier son mentor. De toute façon, pour une fois, il adhérait à 100% aux réflexions d'Amonset.

– Tu avais raison. C'est à se demander jusqu'où ira ce fou.

– Nulle part, on va lui réserver une petite surprise.

Amonset venait de décider du pire, son regard s'était brusquement durci. Les sourcils froncés, il se dirigea vers l'arrière de l'œuf. Il ouvrit une trappe et fouilla un instant dans les divers matériels qui s'y trouvaient.

– Ah ! c'est bon, j'ai ce qu'il nous faut, dit-il l'air triomphant.

– Qu'as-tu trouvé ? questionna Néfil qui l'avait suivi avec un temps de retard.

– Le jeu de clés qui va me permettre de jouer un joli tour à tous ces gêneurs à la fois.

– À quoi penses-tu ?

– Fais le guet et préviens-moi si tu les vois revenir. Je vais sous leur navette. Avec ces clés je vais pouvoir bricoler un des stabilisateurs. Lorsque le système lâchera pendant leur retour, la navette va être déséquilibrée et elle se crashera contre les parois. Un malencontreux et bénéfique incident technique, expliqua Amonset avec une malice qui lui faisait briller les yeux.

Il se dirigea vers la navette d'Askerot, sauta du quai et se glissa en dessous. Néfil commençait à craindre que l'idée, toute séduisante qu'elle fût, ne puisse leur amener que de gros ennuis. Il suffirait que le conseiller sorte avec sa troupe pour qu'ils soient tous les deux découverts. À son grand soulagement, Amonset ressortait enfin. Il remonta prestement sur le quai et partit ranger les clés dans le coffre.

– Vite, repartons. Ordonna-t-il à Néfil.

Évidemment, celui-ci n'avait pas besoin qu'on lui intime la chose trois fois pour s'exécuter. Les deux saboteurs remontèrent précipitamment dans leur navette. Amonset la fit reculer de son épi puis la conduisit en marche avant jusqu'à la plateforme de retournement. La navette accéléra alors sur la deuxième voie du tunnel. Elle allait disparaitre à la vue au moment où le petit groupe sortait du vaisseau, Askerot en tête. Ce dernier eut juste le temps de voir l'œuf s'engager à toute vitesse vers le tunnel du retour. Il s'arrêta sur la passerelle. Quelque chose en lui le mettait mal à l'aise. Ce n'était pas la première fois que ce type d'intuition le mettait en garde contre un danger, sans doute l'instinct militaire. Amtar avait vite remarqué le malaise d'Askerot. Il vint se placer à sa hauteur.

– Père ?

– Hein ? L'intervention d'Amtar le tirait de ses réflexions. Ah ! Oui ! Ça va, ça va, rien de grave.

– Tu es sûr ?

– Rien de grave je te dis Amtar.

Askerot se remit en marche, mais il rajouta pour lui-même à voix basse : "Enfin... j'aimerais que ce soit le cas, nous verrons bien."

18

Après nous avoir expliqué le fonctionnement des quais lorsque la zone était jadis en activité Askerot nous reconduisit à la navette. Une fois tout le monde installé, il remit la machine en route. Après le demi-tour à la plateforme de retournement, le véhicule accéléra fortement et se retrouva encore une fois à circuler à très vive allure à l'intérieur du boyau sombre. Cette fois, je n'avais pas du tout envie de dormir, j'avais des images plein les yeux. Amtar affichait un sourire radieux quant à mon frère et Barzil ils discutaient à bâton rompu de cette formidable visite dans un vaisseau de l'espace.

Amonset avait bien calculé son coup, il avait légèrement desserré les trois écrous qui maintenaient en place le stabilisateur arrière gauche. Avec les vibrations du moteur, imperceptiblement chaque écrou se dévissait un peu plus. Le premier était tombé depuis un moment déjà, presque à mi-parcours. Les deux derniers arrivaient bientôt en fin de filetage. Lorsque le deuxième écrou tomba, le stabilisateur se mit à vibrer fortement sur les trois tiges filetées qui le maintenaient encore en place. Dans la cabine un bruit d'abord faible puis de plus en plus évident se fit entendre.

Askerot s'affairait soudain sur le pupitre de commande de la navette, de notre place nous devinions des symboles de couleur rouge qui clignotaient. Amtar dégrafa sa ceinture et s'approcha du pilote.

— Père, que se passe-t-il ?

— J'ai un message d'alerte sur la stabilisation arrière. J'essaie de compenser avec l'alimentation auxiliaire, mais ça ne répond pas.

— Et si tu réduisais l'assiette d'un ou deux degrés ?

— J'ai déjà essayé, rien à faire. On dirait que c'est le bloc stabilisateur arrière gauche qui se désenclenche par à-coups.

— Baisse la vitesse.

– C'est risqué, à celle où nous sommes, sans le stabilisateur, la masse de la navette va avoir tendance à se décaler et nous risquons de quitter le rail.

Sous l'œuf, la situation tournait à la catastrophe. Le dernier écrou ne tenait plus que par un filet. Rien ne pouvait plus empêcher sa chute. Au moment où il tomba, la navette fut fortement secouée en tous sens. Le stabilisateur échappa aux trois tiges filetées et il se mit à taper violemment contre tout ce qui était à sa proximité sous l'effet du violent courant d'air dû à la vitesse. Amtar fut projeté sèchement contre la paroi à l'intérieur de la cabine. L'arrière de sa tête heurta une partie saillante. Il tomba au sol à moitié inconscient. Une profonde coupure laissait couler un inquiétant filet de sang. Askerot se battait avec acharnement pour maintenir la navette en place, mais ses efforts restaient incapables d'endiguer les fortes vibrations et les déséquilibres sur le rail.

À l'énorme vitesse où nous étions l'espoir semblait mince d'échapper au pire. Malgré la ceinture qui nous maintenait en place sur nos sièges, j'étais comme mon frère et Barzil ballotté en tous sens. En venant frapper violemment un câble électrique, le stabilisateur fou le sectionna et provoqua une série de courts-circuits générant des gerbes d'étincelles et des projections de métal fondu. À l'intérieur, la situation était toujours aussi critique. Amtar reprenait ses esprits, difficilement il se releva et s'avança tant bien que mal jusqu'à un coffret situé à hauteur de sa poitrine sur la paroi de droite, il souleva la porte en la faisant glisser vers le haut. Une odeur âcre envahit la cabine en même temps qu'une alarmante fumée noire. Nous le vîmes déchirer une partie de son vêtement et enrouler le bout de tissus sur sa main droite.

Amtar plongea sa main dans l'armoire et tira violemment. Quelque chose céda sous son poids et Amtar tomba à la renverse un composant dans la main. Il se releva aussi vite qu'il pouvait et se précipita à nouveau vers l'armoire. Il fit pivoter une poignée. L'éclairage clignota rapidement trois ou quatre fois à l'intérieur de l'habitacle et les vibrations stoppèrent aussitôt. La navette avançait à nouveau presque normalement, mais à vitesse plus réduite.

Askerot enleva son casque et se retourna vers son fils. Il avait les traits tirés, le visage trempé de sueur et la respiration haletante.

– Amtar, mon fils, ça va ?

– Oui père, ça ira. Amtar avait récupéré son morceau de vêtement, l'avait roulé en boule et l'appliquait sur sa blessure pour stopper l'écoulement du sang.

– Bon, mais ne reste pas debout, assieds-toi. Comment diable as-tu fait pour nous sortir de ce pétrin ?

– Les stabilisateurs sont normalement alimentés à partir du circuit de puissance principal. Mais il est possible de les désaccoupler en retirant comme je l'ai fait la broche d'énergie de l'armoire du contrôle latéral. Le problème c'est que cette manipulation surcharge les circuits auxiliaires. Le système d'énergie devient instable et si on n'établit pas dans les 30 secondes un circuit de dérivation la pile principale peut surchauffer et exploser.

– Je ne savais pas, quelle chance que tu sois venu avec nous. Mais la stabilisation ?

– Si on n'est plus branché sur le circuit principal, les stabilisateurs ne sont plus alimentés qu'à 20%. Le système de contrôle a dû disjoncter le stabilisateur droit. Le problème c'est que la puissance a été transférée aux magnétiseurs latéraux qui vont finir par surchauffer eux aussi. J'espère qu'on n'est plus très loin du quai sinon les bobines vont fondre ce qui rendra l'isolant inflammable et explosif si les spires des bobines se mettent en court-circuit.

– Explosif ? s'écria Barzil.

– Descendons vite, n'attendons pas, reprit Énenlil.

– Du calme jeunes humains, du calme ! Nous n'en sommes pas encore à la dernière extrémité. Nous devrions être très vite arrivés maintenant, restez tranquilles dans vos sièges.

Effectivement, le "Bipbip" que nous avions déjà entendu à l'aller sonnait à nouveau. Nous aperçûmes la faible lumière qui marquait la fin du tube. Mais une alarme retentit. Askerot lut les informations de sa tablette, il remit précipitamment son casque, se retourna et s'écria : "Cramponnez-vous, ça va secouer !!"

– Qu'est-ce qui se passe encore ? dit Énenlil tout apeuré.

– Une navette est à l'arrêt sur le quai de la station, avec notre système en si mauvais état nous allons être trop longs pour nous arrêter, nous allons la percuter, indiqua Askerot, cramponnez-vous.

– Ah ben ça va, si ce n'est que ça, on en a vu d'autres ! reprit Barzil qui avait, semble-t-il, décidé de ne plus se laisser impressionner par quoi que ce soit.

Évidemment, je n'avais pas du tout le même point de vue et je commençais sérieusement à paniquer dans mon siège.

– Agrippez-vous ! cria Askerot.

Le choc violent venait de secouer fortement la navette. La lumière s'était coupée dans l'habitacle.

On entendait seulement un léger bruit de jet d'air, des craquements de métal tordu et le crépitement des arcs de court-circuit électriques. En ouvrant les yeux, je constatais que tout le monde allait bien.

Mais Amtar cria alors :

– Vite, vite ! Tout le monde dehors ! Suivez-moi !

Nous étions à peine arrivés devant la porte de l'ascenseur qu'il cria à nouveau :

– À plat ventre tous ! À terre, à terre !

Nous eûmes juste eu le temps de nous jeter au sol lorsqu'une explosion retentit derrière nous projetant débris et fumées. Notre navette venait d'exploser en partie. Heureusement, l'avertissement d'Amtar nous avait sauvés. Personne n'était blessé mis à part nos oreilles qui nous sifflaient douloureusement. C'est en toussotant et en titubant que nous prîmes enfin l'ascenseur.

Arrivés à l'étage correspondant à celui de l'appartement d'Askerot, ce dernier nous confia à son fils pour nous ramener chez lui. De son côté, il avait sans doute encore fort à faire pour aller chercher de l'aide et pour retourner sur les épaves des navettes. Tout le monde à Namsis serait bientôt au courant de l'explosion et chacun demanderait certainement des explications. Le Seigneur Namgal lui-même exigerait très vite un rapport circonstancié et des explications à tout cela. De notre côté Amtar restait silencieux. Il avait certainement mal de tête et semblait pressé de revenir chez lui.

– C'est quand même curieux cette histoire, dit Barzil.

– Oui, tu as raison, la navette semblait bien entretenue. Elle avait parfaitement fonctionné à l'aller, répondit mon frère, c'est très étrange que d'un seul coup elle puisse tenter de dérailler.

– Amtar, est-ce qu'il y a déjà eu des accidents comme celui qu'on vient de vivre ? demanda Énenlil.

– Pas à ma connaissance. Je connais très bien les gens qui travaillent à l'entretien des navettes, ce sont des personnes dignes de confiance. Je ne peux pas imaginer qu'il y ait eu une négligence de leur part.

– Pourtant on a bien failli tous mourir dans ce tunnel. On a eu une chance terrible de nous en sortir vivant et sans dommage, remarqua Barzil.

– Oui, c'est une chose que je ne m'explique pas. Lorsque nous serons arrivés, je vais vous laisser aux soins de Nisoulag ma mère et je retournerai sur les épaves dès que le feu sera éteint et que l'air aura été filtré.

– Amtar, il faudrait d'abord soigner ta blessure, dis-je. Évidemment, on ne m'avait rien demandé, mais ma remarque était parfaitement justifiée. Depuis toujours, j'avais été attiré par le dévouement des moines médecins du temple. Il m'arrivait de temps à autre de soigner nos bêtes dans les champs ou d'assister nos fermiers lors des vêlages par exemple.

– Merci jeune Mardouk. Ma blessure n'est pas bien grave. Ma mère a tout ce qu'il faut pour la soigner. Vous serez surpris de ses connaissances médicales et de nos méthodes de guérison. D'ici quelques bérus[51] seulement, tout sera rentré dans l'ordre.

– D'ici quelques bérus ? Mais la coupure est profonde, il faudra beaucoup plus de temps que ça.

– Serais-tu médecin Mardouk, plaisanta Barzil.

---

[51] Un béru valant deux heures.

– Non, mais j'ai souvent observé nos moines au temple lorsqu'ils soignaient les soldats ou les blessés des champs. Donc je ne dis pas n'importe quoi. Répondis-je, sérieusement vexé.

– Allons, allons, restons-en là jeunes gens, intervint Amtar, coupant court à l'échange. Un jour peut-être aurez-vous l'occasion de revenir nous voir pour apprendre la médecine. Nous pourrions vous transmettre de nombreuses méthodes pour soigner efficacement beaucoup de blessures et de maladies.

– Nos moines connaissent déjà beaucoup de médicaments. Ils utilisent l'ail, le thym, la sauge, l'anis, les pruneaux, la menthe et beaucoup d'autres herbes.

– Sans doute jeune homme, mais c'est la façon d'utiliser toutes ces plantes, et dans quelles conditions, qui pourrait vous surprendre. Auriez-vous oublié que c'est nos prédécesseurs qui ont transmis ce savoir à vos prêtres ? Il fut un temps où nous vivions parmi vous. Vos grandes citées nous accordaient toujours un espace réservé dans lequel nous pouvions résider quelques jours, parfois beaucoup plus. Vos traditions en ont gardé la mémoire même si vous-même n'en gardez point le souvenir. Mais assez parlé, nous voici arrivés.

Amtar ouvrit la porte et se dirigea vers les pièces du fond du couloir. Dame Nisoulag sortit de l'une d'elles.

Elle poussa un cri d'inquiétude en voyant le visage ensanglanté et les vêtements déchirés d'Amtar.

– Amtar mon fils, dans quel état tu es, que s'est-il passé ? Viens, montre-moi ta tête.

Nisoulag écarta délicatement les cheveux collés par le sang séché. Elle inspecta avec attention la blessure à l'arrière du crâne.

– Ce n'est pas bien joli, mais je vais t'arranger ça. Dis-moi, comme as-tu reçu cette blessure ?

– C'est une longue histoire, Mère, les humains vont te la raconter en détails. J'aimerais si tu veux bien que tu nettoies ma plaie au plus vite, il faut absolument que je retourne tout de suite auprès de mon Père.

Nisoulag eut un recul de surprise mêlé de crainte.

– Quoi ? Ton père serait-il blessé lui aussi ?

– Non, rassure-toi, il faut juste que je l'aide à comprendre pourquoi nous avons eu un accident avec notre navette.

– Un accident avec la navette ? Quel accident ?

– Elle a failli dérailler en pleine vitesse. Mais s'il te plait, laisse-moi vite le rejoindre, les humains te raconteront.

– Très bien, viens avec moi.

Nous n'avions pas osé suivre les deux géants. Aucun de nous n'était blessé, nous pouvions bien attendre un peu qu'Amtar et sa mère réapparaissent. Il ne fallut pas bien longtemps d'ailleurs pour que cela arrive. Amtar était changé et n'avait plus aucune trace de sang sur la tête. Lorsqu'il arriva à ma hauteur, il me regarda avec insistance, prit un air très amusé et se pencha vers moi en me disant :

– Regarde jeune Mardouk, futur médecin.

Il n'y avait pas de moquerie dans la voix. Je m'approchais et quelle ne fut pas ma surprise. La plaie longue de presque la longueur d'un pouce n'était plus qu'un fin trait rougeâtre. Je distinguais à peine quelques minuscules fils transparents qui maintenaient les chairs coupées l'une contre l'autre. La plaie presque inexistante était recouverte d'une pommade très odorante. Amtar se redressa.

– Alors ? Me dit-il l'air toujours aussi amusé.

– Quelle merveille que votre science médicale. Je n'ai pas la tête faite pour les études, mais si j'avais cette faculté, j'aurais aimé l'apprendre auprès de vous.

Énenlil et Barzil restaient circonspects.

– Pourrions-nous regarder, nous aussi ?

– Mais certainement, approchez-vous, répondit le blessé en se penchant à nouveau.

– Who, who, who! s'exclama Barzil. Dame Nisoulag est magicienne.

– Magicienne je ne sais pas, mais quelle belle médecine, reprit Énenlil.

Amtar se redressa, l'air toujours aussi ravi et fier de nous avoir montré sa blessure et tout l'art de sa mère.

– Il faut que je parte, restez ici. Dame Nisoulag va venir vous rejoindre pour s'occuper aussi de vous. Racontez-lui tout en détail. Il se baissa à nouveau et ajouta à voix basse :

– Évitez si vous le pouvez de parler de la navette qui était avec nous sur le quai au dock spatial.

Amtar se redressa en nous adressant un clin d'œil amical puis il se dirigea à grands pas vers la porte et disparut.

Les informations circulaient vite dans Namsis, les deux saboteurs avaient su très tôt que l'accident des navettes n'avait produit aucun blessé.

– Quelle poisse, comment ont-ils fait pour s'en sortir ?

Amonset ruminait sur son échec cuisant à se débarrasser comme il l'avait imaginé d'Askerot et des trois jeunes humains. Qu'Amtar lui aussi ait été dans la navette piégée n'avait à ses yeux que peu d'importance, un effet collatéral inévitable.

– Aie, aie, aie ! Maintenant tout le monde va se mettre à notre recherche, reprit Néfil en proie à un début de panique.

– Qu'ils cherchent donc, personne ne nous a vus.

– Et la navette ?

– Quoi la navette ? Amonset se demandait bien ce qui inquiétait Néfil.

– La navette que nous avons prise pour aller aux docks !

– Pas de soucis, j'avais trafiqué une carte d'accès, le système de bord a enregistré un vieux code sans affectation, mais toujours actif.

– Peut-être, mais nous avons pu laisser une trace quelconque que les enquêteurs vont utiliser ! Néfil ne se sentait pas du tout à l'aise.

– Aucun risque, si j'en crois ce qu'on commence à en dire, les deux navettes ont complètement brûlé après l'explosion. Ils ne retrouveront rien de compromettant.

– Tu es sûr ?

– C'est certain, fais-moi confiance, dit Amonset qui commençait à montrer de sérieux signes d'agacements aux questions de son acolyte.

– Bon, mais nous allons être tous interrogés par les sbires de Namgal pour savoir où nous étions pendant l'accident, non ?

– Crois-tu que je n'aie pas pensé à tout ? Je ne suis pas idiot. Amonset fronçait les sourcils et les veines sur ses tempes se gonflaient de plus en plus.

– Je n'ai jamais dit ça, tu sais bien que je ne dirai jamais ça.

Néfil sentait la colère de son mentor monter peu à peu, il essaya de rattraper le coup pour faire baisser la tension.

– Bon alors ? Qu'est-ce que tu es crispant à la fin, tu sais ?

– Excuse-moi, Amonset, je ne pensais pas à mal.

– Wouais, bon, ça va ! Arrête de paniquer bon sang, tu sais bien que ma spécialité est la surveillance, j'ai falsifié les données de présence de mon appartement. Les enregistrements montrent que tu y es venu avant le départ de la navette et que tu en es ressorti un peu avant l'explosion. Si on t'interroge, tu n'auras qu'à dire que nous avons passé notre temps à jouer au Tana-bac, tu te rappelles quand même comment on joue aux cartes, non ?

– Bien sûr, là tu me rassures, et c'est toi qui as gagné les deux parties.

– Évidemment ! Amonset haussa les épaules comme si c'était une évidence.

– Qu'est-ce qu'on fait maintenant pour les gamins ? demanda Néfil.

– Ceux-là ne perdent rien pour attendre. Faisons-nous oublier un peu. Nous aurons vite une autre occasion d'en finir avec eux.

Néfil aurait aimé être totalement rassuré, pourtant quelque chose clochait, un détail sûrement, le doute restait présent. Il en avait une grosse boule au ventre, mais pour l'instant il valait mieux faire bonne figure et voir venir.

Sur le quai des navettes, tout un groupe de géants s'affairait autour des carcasses calcinées. Une odeur âcre et persistante prenait à la gorge et piquait le nez. Askerot était là avec Amtar, ils attendaient que les premières inspections soient terminées.

Il y avait aussi deux géants affectés à la sécurité et trois autres étaient en train de sécuriser les pièces qui se consumaient encore. L'un d'eux s'approcha d'Askerot.

– Seigneur Askerot, il n'y a plus de danger, vous pouvez vous approcher.

– Très bien, merci.

– Askerot et son fils se dirigèrent aussitôt vers l'arrière de la navette qu'ils avaient emprunté. La carcasse avait par chance basculé sur le côté droit et Askerot put s'avancer à hauteur des logements des stabilisateurs. Celui de gauche était manifestement complètement détruit. Il pendait encore à un brin calciné de câble électrique. Askerot chercha son emplacement d'origine. Les trois tiges filetées étaient intactes. Il s'approcha du stabilisateur arrière droit. Celui-ci était malheureusement bien moins accessible. Mais de sa position la plus avancée Askerot put constater que l'appareil était parfaitement en place, il remonta ensuite sur le quai pour retrouver Amtar qui attendait avec impatience.

– Alors ? interrogea celui-ci.

– C'est incompréhensible, le stabilisateur gauche est en train de pendouiller à son câble d'alimentation. Le droit est correctement en place. Aucun autre matériel n'est manquant ou hors de son emplacement.

– Tu en penses quoi, Père ?

Askerot se retourna vers la navette, il resta un moment à repenser à l'enchainement des événements qui avaient failli leur coûter la vie. Les sourcils froncés, il se pinça les lèvres sous la tension de ses réflexions.

– Je sais que ça va paraitre fou, mais je dirais que la navette a été sabotée.

– Hein ? Sabotée ? reprit Amtar sous le choc.

– Oui, sabotée, c'est ça. Je ne vois aucune autre raison valable et logique qui expliquerait que les trois écrous de maintien du stabilisateur soient absents. Il pend au bout de son câble. Les tiges filetées sur lesquelles il était monté ne sont pas cassées, on dirait simplement que les écrous ont été enlevés.

– Enlevés ? Amtar lui aussi réfléchissait maintenant à cette étrangeté. Et sur l'autre stabilisateur ?

– Rien à dire, il est correctement en place.

– Je comprends Père. Un sabotage, oui, ça parait logique, les écrous auront été enlevés, pourquoi pas, mais par qui ?

– Pas forcément enlevés d'ailleurs, je ne crois pas non, la navette a parfaitement fonctionné pendant toute la première partie du trajet de retour. Je pense plutôt qu'ils ont été volontairement desserrés pour finir par tomber du fait des vibrations. Desserrés par qui ? Voilà une question qui va nous prendre du temps à y apporter une réponse.

Sur le quai un brouhaha soudain attira leur attention. Le roi Namgal venait de sortir de l'ascenseur accompagné de gardes et d'autres géants qui ne semblaient pas apprécier les mauvaises odeurs de l'accident. Il s'avança rapidement vers les épaves, vit Askerot et s'approcha aussitôt de lui.

– Askerot mon ami, peux-tu m'expliquer ce qui se passe ici ?

– Seigneur, c'est une chose inquiétante. Je conduisais cette navette en revenant du dock spatial quand elle est devenue complètement incontrôlable. Je viens d'inspecter à l'instant les stabilisateurs. Selon moi, un des deux arrières a été saboté.

– Saboté ? Saboté dis-tu ? Es-tu conscient de ce que tu avances ?

– Oui Seigneur, je ne vois aucune autre explication, les écrous qui maintenaient le stabilisateur arrière gauche ont dû être volontairement desserrés, j'en suis persuadé.

– Allons bon, regardons ça calmement, une mauvaise maintenance sans doute, reprit Namgal incrédule.

– Je ne crois pas non, nos techniciens font de l'excellent travail, jamais ils n'auraient fait une telle erreur professionnelle.

Namgal regarda avec soupçons les deux épaves encore fumantes, puis revint porter son attention à Askerot.

– Humm, voyons mon ami, admettons que tu ais raison, mais qui voudrait faire une telle chose ? Aurais-tu un ennemi parmi nous ?

– Non, Seigneur, pas que je sache. Mais ces écrous, j'en suis certain ne se sont pas dévissés tout seuls.

– Bon, il faut enquêter rapidement alors, nous ne pouvons pas nous permettre que cela se reproduise. Es-tu blessé ?

– Pas moi, mais Amtar a pris un sérieux coup derrière la tête. C'est grâce à lui si nous sommes encore vivants, il a trouvé une solution d'urgence incroyable pour récupérer la stabilité de la navette. Les trois jeunes humains qui étaient avec nous n'ont rien.

Namgal s'approcha d'Amtar. Celui-ci s'inclina pour saluer.

– Le seigneur Askerot peut être assurément fier de son fils. Nous avons besoin de jeunes bien formés et performants comme toi Amtar. Tu as toute notre reconnaissance. Comment va ta blessure ?

– Tout va bien de ce côté-là Seigneur, Mère est une excellente praticienne en médecine, elle m'a bien soigné.

– Très bien, très bien, salue-la de notre part, nous avons besoin de toi en bonne santé.

– C'est un honneur d'être à votre service mon Seigneur, répondit Amtar en s'inclinant à nouveau.

Namgal réajusta sa robe en répondant au salut d'Amtar avec une légère inclinaison de la tête puis il retourna auprès d'Askerot et l'invita à le suivre en marchant lentement le long du quai.

– Mon ami, tu as bien de la chance d'avoir un fils comme Amtar et une femme aussi belle et efficace que Nisoulag. Veille bien sur eux et sur toi, j'ai toujours besoin de tes bons conseils. Namgal regardait droit devant lui. Pour ce qui concerne l'accident, humm.... Il faut tirer cette affaire au clair bien sûr, mais il est aussi important de préparer nos trois jeunes humains. Il se tourna vers Askerot qui le suivait sur son flanc droit.

– Au fait, ont-ils accepté notre proposition ?

– Pas encore Seigneur, en tous cas pas ouvertement, mais je crois que notre cause leur est déjà acquise. Nisoulag s'occupe d'eux. Ces jeunes ont le cœur droit et courageux, je ne doute pas un instant de leur réponse. Ils me la donneront ce soir je pense. J'ai foi en la prophétie, je suis certain que c'est eux notre salut.

– Espérons que tu aies raison. Forme-les bien s'ils acceptent de nous aider. Lorsqu'ils partiront, le temps de leur absence, il nous faudra réfléchir à nous organiser. S'ils venaient à réussir la mission, nous devrons être prêts et avoir une stratégie bien au point pour notre retour.

Namgal fit une pause, il regardait avec attention les techniciens en train de s'occuper des épaves pour en retirer ce qui pouvait encore servir. Il se racla la gorge que la fumée incommodait et reprit :

– Au conseil, les sages ne sont pas très contents, ils voient d'un mauvais œil l'arrivée des trois humains. Tu sais, leurs raisons ne sont pas toutes infondées, alors je me pose encore la question de laisser les humains repartir à la fin sans effacer leur mémoire, notre promesse est-elle vraiment sage ?

– J'ai donné ma parole, Mon Seigneur. S'ils risquent leur vie pour nous et réussissent, je ne pourrai pas vivre avec la honte de les avoir trahis.

– Je sais, je sais, je te connais trop bien. Je n'ai pas autant que toi de respect pour cette espèce. Pourtant, je suivrai ton avis, même contre celui du conseil.

– C'est un honneur que j'essaierai toujours de mériter, Mon Seigneur.

Namgal se gratta à nouveau la gorge, cette fumée l'incommodait grandement.

– Si les investigations te donnent raison et que c'est l'un d'entre nous qui a attenté à votre vie, nous devrons réagir très vite. Nous ne sommes pas assez nombreux pour supporter des divisions internes, d'où qu'elles viennent. Le ou les coupables devront être sévèrement punis. Je te donne tous pouvoirs pour éclaircir cet accident regrettable. Tiens-moi informé des nouvelles s'il y en a.

– Oui, Mon Seigneur.

Namgal fit un signe de la main à sa suite pour lui signifier qu'il repartait. Le groupe réintégra l'ascenseur et le calme revint sur le quai. Askerot et Amtar firent de nombreuses vérifications, mais rien ne laissait paraitre d'indices pour un début de piste dans cette enquête.

– Seigneur Askerot, nous devons libérer les voies maintenant, avez-vous terminé vos recherches ? interrogea le géant qui encadrait les techniciens.

– Oui lieutenant, il ne sert à rien de prolonger nos investigations, nous n'avons rien trouvé. Vous pouvez commencer le démantèlement des épaves et la réparation des voies.

– Bien, nous nous y mettons tout de suite.

Askerot se tourna vers Amtar.

– Tu voulais peut-être vérifier autre chose ?

– Non, Père, il n'y a rien à espérer de plus que ce que nous avons pu voir.

– Très bien, regagnons nos appartements, ta mère doit être follement inquiète de ne pas nous avoir vus revenir.

19

Pendant l'absence d'Askerot et d'Amtar, Nisoulag nous avait montré une pièce bien étrange dans laquelle nous avions pu nous laver sous un jet d'eau chaude. Une pure merveille.

Elle nous avait fourni aussi un parfum dont l'odeur aurait rempli d'émerveillement n'importe quel homme de la surface. Le roi Urukagina lui-même en aurait été jaloux. Autant dire que l'aventure des navettes nous semblait déjà bien loin de nous. Elle nous avait ensuite fait visiter sa maison. Tout ici était beauté et raffinement. Statues, tableaux et tapisseries ornaient les pièces avec beaucoup de goût.

Lorsqu'elle nous attribua une chambre pour nous installer nous étions submergés de plaisir. Jamais nous n'avions eu meilleure couche, chacun avait la sienne. Elle nous avait dit qu'il s'agissait de lits, un mot incompréhensible pour nous. Ils étaient spacieux, à la fois durs et douillets. Pour nous qui avions l'habitude de dormir sur une natte posée à même le sol ou au mieux, sur de larges coussins, ce mobilier nous comblait de bonheur. La pièce comprenait également des tables et des chaises à notre taille. Mais ce qui avait captivé notre attention était un objet mystérieux qui était accroché à un mur. La chose avait une forme rectangulaire et plate. Des images de forêts et d'animaux défilaient comme si nous pouvions les voir sur place. Beaucoup nous étaient inconnus.

Lorsqu'Amtar vint nous retrouver, nous étions mon frère, Barzil et moi assis en tailleur par terre devant la chose étrange, totalement absorbés par ce que nous pouvions y voir. Amtar vint s'assoir à côté de nous.

– On dirait que vous avez trouvé ici quelque chose à votre goût, dit-il avec un grand sourire.

– C'est formidable, tout ça à l'air si réel, répondit Énenlil.

— Comment s'appelle cette chose étrange ?

— Il s'agit d'un écran de vision.

— Un écran de vision ? Ah ? Un écran pour voir ? Oui je comprends, répondit mon frère avec un hochement de tête.

— Et toutes les choses que nous avons vues, toutes ces forêts verdoyantes et tous ces animaux étranges qui courent à toute vitesse dans d'immenses plaines ? Comment font-ils pour être dans l'écran ? Dis-je avec curiosité.

— Il s'agit d'images qui ont été enregistrées dans un pays loin d'ici. Toutes les images sont stockées sur une mémoire faite de microcristaux de quartz. Un appareil est ensuite capable de lire les images et il les envoie sur l'écran pour qu'on puisse les voir ou les revoir à volonté.

— Hallucinant, m'écriais-je. C'est magique, magnifiquement beau.

— Merci Mardouk.

Amtar se releva avec un grand sourire amical.

— Pour ma famille, c'est l'heure de notre repas, souhaitez-vous vous joindre à nous ?

— Avec Plaisir, répliqua Énenlil en se levant aussitôt, suivi dans la foulée par Barzil et moi.

Comme nous nous y attendions, le repas fut délicieux. Nous passâmes beaucoup de temps à discuter jusque tard après le repas des événements de la journée, mais pas seulement. Barzil avait évoqué par exemple son histoire et sa capture qui les avait conduits lui et sa sœur jumelle au marché aux esclaves de Nippour. Amtar avait proposé son aide pour faire une recherche afin de voir s'il était possible de retrouver une trace d'elle.

Nisoulag interrogea Barzil sur les traits physiques de sa sœur. Elle dressa une sorte de portrait-robot, dit-elle, qu'elle envisageait de comparer avec ce qu'elle appelait son imagerie de pointe. En fait elle nous expliqua qu'avec le prélèvement de sang qu'elle nous avait fait lors de notre capture et son portrait-robot elle était en capacité avec du matériel très perfectionné de reconstruire une image de la sœur de Barzil qui servirait à lancer les recherches sur sa localisation.

Askerot et Nisoulag avaient de leur côté mille questions à nous poser sur la vie à la surface et nous en avions autant à leur poser sur la vie d'avant le déluge, sur leur planète d'origine et sur leurs voyages dans l'espace. C'est à cette occasion que nous apprîmes qu'ils n'avaient pas exploré que Ki notre planète, mais aussi d'autres planètes de notre système dont la planète rouge que nous pouvions voir clairement dans le ciel la nuit et bien sûr notre lune sur laquelle ils nous racontèrent disposer de stations minières pour l'exploitation de minerais métalliques dont un en particulier qui les intéressait parce qu'il ne se dilate pas à la chaleur. Barzil avait lui évoqué son histoire.

Je serais bien incapable de dire combien de temps nous avions passé à évoquer mille et une choses passionnantes. Le fait est qu'à un moment mes paupières commencèrent à faire de la résistance et que malgré tout l'intérêt que je portais à la discussion, elles se fermaient sans que je puisse m'y opposer. Énenlil et Barzil affichaient eux aussi de sérieux signes de fatigue.

Nisoulag avait clairement vu nos difficultés à rester éveillés. Elle nous suggéra donc de retourner dans notre chambre pour nous y reposer. Elle nous invita à bien dormir, car dit-elle, elle avait beaucoup de choses à nous apprendre le lendemain concernant notre futur voyage.

Askerot et Amtar s'amusaient énormément à nous voir cligner des yeux sous la fatigue. Tous deux étaient manifestement heureux de la soirée, car nous avions sans hésitation accepté d'aider leur communauté à retrouver sa liberté en lui ramenant l'Ur-Kilib. En échange, comme il en avait été question, ils nous promirent de nous donner dès le lendemain l'occasion de donner un signe de vie à nos parents.

Barzil s'était alors effacé, comme renfermé sur lui-même. Il n'avait plus de nouvelle de sa tribu depuis l'attaque des pirates au pays de Canaan et pire que tout, il n'avait plus beaucoup d'espoir de revoir sa sœur vivante après leur capture et leur vente au marché des esclaves de la cité de Nippour. Askerot comprit le malaise de notre compagnon et lui promit de faire tout ce qu'il pourrait pour chercher des traces de sa sœur. Au final, tout le monde se sépara le cœur léger et plein d'espoirs.

J'avais dormi comme un ours d'un sommeil si profond que je n'en avais gardé aucun souvenir alors qu'habituellement, je faisais toujours un rêve ou deux dont je gardais en mémoire quelques bribes. Énenlil et Barzil s'étaient levés bien avant moi, ils n'étaient plus dans la chambre. Je me frottais le visage pour enlever toute trace de sommeil et je me levais moi aussi pour aller les rejoindre. Ils n'étaient pas bien loin. Je les trouvais assis à la table du repas de la veille en train de se régaler de différents mets aux couleurs et aux odeurs alléchantes.

— Tiens, y aurait-il eu un tremblement de terre pour que mon jeune frère soit enfin réveillé ? Énenlil riait de bon cœur de sa plaisanterie.

— Non, c'est juste de ne plus t'entendre ronfler comme un vieux chat qui m'a réveillé, répondis-je pour me venger.

— Mangez donc de ces merveilles au lieu de vous chamailler ajouta Barzil. Il avait manifestement envie de se régaler dans le calme.

Une place m'avait été réservée et je n'eus pas besoin de me forcer pour avaler goulûment quelques bouchées de miel tartiné sur de petites galettes croustillantes. Dame Nisoulag nous gâtait. Un moment plus tard, Amtar entra dans la pièce.

— Avez-vous bien dormi ? dit-il cordialement.

— Très bien, merci, répondit mon frère, j'espère que vous de même.

— Pas du tout, répondit le géant en riant de bon cœur.

— Pas dormi ? Comment ça, il est arrivé quelque chose ? questionna Barzil.

— Non, non, c'est que nous n'avons pas le même rythme de vie que vous, nos journées sont plus longues et nos nuits aussi d'ailleurs. En fait nous aurions beaucoup de mal à vivre selon votre rythme beaucoup trop rapide pour nous.

Énenlil sursauta tout d'un coup.

— Nous manquons d'éducation, c'est impardonnable, nous n'avons pas encore salué le Seigneur Askerot et sa Dame.

— Pas de panique jeune Énenlil, vous le ferez plus tard. Mon père est retourné à son enquête sur l'accident de la navette, et ma mère s'occupe de différentes choses au palais. Finissez de manger tranquillement, elle reviendra bientôt. Prenez des forces, votre journée ne devrait pas manquer d'occupations. Quand vous aurez terminé votre repas, venez me retrouver dans la pièce d'à côté, j'ai préparé quelque chose pour vous.

Amtar avait fini sa phrase avec un regard malicieux, il se doutait bien que nous serions impatients de venir voir ce qu'il avait bien pu préparer pour nous. Effectivement nous ne mîmes que peu de temps pour le rejoindre. La pièce était relativement spacieuse (de notre point de vue d'humain en tous cas) et éclairée d'une lumière douce qui donnait envie de s'y reposer. Au milieu se trouvait une table ronde. Du centre de la table montaient trois espèces de tiges lisses et brillantes terminées par une sorte de feuille de laurier émettant une lumière puissante, mais non agressive aux yeux. Autour de la pièce, il y avait différents meubles à étagères sur lesquelles étaient posées des statuettes d'art et aussi des objets dont beaucoup évoquaient la forme du Pont des Étoiles, peut-être une collection de reproductions de différents vaisseaux de l'espace.

– Entrez, entrez et venez près de moi.

Amtar était accoudé sur la table au milieu de la pièce. Nous nous approchâmes. Sur la table était posée sur un tissu souple une grosse boule d'argile. Juste à côté il y avait plusieurs calames de formes et de tailles différentes.

– Nous tenons à respecter notre promesse d'hier soir. Avant que ma mère ne revienne, j'aimerais que vous réfléchissiez chacun à ce que vous aimeriez écrire à vos parents.

– Merci beaucoup, répondit mon frère.

Barzil regardait la boule d'argile avec une certaine gêne. Amtar s'en rendit compte.

– Jeune Barzil, cette offre est aussi valable pour toi bien que le Seigneur Nikereb et sa Dame ne soient pas tes parents. Tu peux toi aussi leur laisser un message.

Barzil se trouva fort surpris de cette attention, il ne sut quoi répondre tout de suite.

– Pendant votre sommeil, nous avons cherché des informations sur le marché des esclaves de la cité de Nippour. Pour l'instant nous n'avons rien trouvé d'intéressant, mais nous sommes loin d'avoir épuisé nos ressources. Tous les espoirs restent permis. Il nous faut élargir notre périmètre de recherche, ta sœur a pu être emmenée loin de Nippour. Nous sommes confiants. Si elle est vivante, nous la trouverons. C'est juste que ce travail risque d'être long. Identifier une jeune femme sur un territoire aussi vaste que Sumer n'est pas une partie de plaisir, votre nombre a tellement augmenté que ça complique tout de même sérieusement nos habitudes.

– Je....je ......Merci Seigneur Amtar.

Je remarquais que les yeux de Barzil se chargeaient soudain de larmes. Amtar aussi avait dû le remarquer. Pour couper court à toute effusion sentimentale, il reprit :

– Bon, très bien, alors, comment va-t-on faire ? Voyons, voyons.

Il attrapa la boule d'argile et la sépara en trois parties égales qu'il nous distribua.

– Malaxez bien cette pâte, elle n'est pas vraiment identique à celle que vous avez pour vos comptabilités, mais elle est plus dure et plus résistante que la vôtre une fois séchée. Modelez-la à votre convenance et ensuite écrivez votre message.

– Comment ferons-nous pour la faire sécher, il n'y a pas le soleil ici, dis-je.

– C'est vrai, mais nous avons bien mieux, un four.

– Un four à bois ? insistais-je.

– Non, un four élect...., Amtar ne termina pas le mot réalisant qu'il n'aurait aucune signification pour nous. Il reprit : un four très spécial, oui, très spécial, vous verrez.

Amtar venait d'éviter de justesse de parler d'électricité. Barzil ne savait pas quoi faire de sa boule d'argile, il nous regardait faire attentivement, mais sans entrain. Énenlil s'en aperçut.

– Barzil, regarde, fais comme moi. Lui dit-il.

– Ça ne me servira à rien, je ...je ne sais pas lire... ni écrire avec vos calames.

– Où est le problème ? Je vais écrire pour toi, lui dis-je.

– C'est vrai ? Tu écriras pour moi Mardouk ?

– Ben oui, si je te le dis.

Cette fois Barzil ne put retenir ses larmes. Il les essuya aussitôt d'un revers de main et se mis à malaxer son argile en s'appliquant à copier nos gestes. Amtar semblait avoir particulièrement apprécié mon élan de solidarité.

– Je vous conseille d'en dire le moins possible sur nous. Dites seulement que vous allez bien, que vous avez rencontré des dieux et que vous êtes entrés à leur service. Ne parlez pas de Namsis, du Seigneur Namgal, ni de moi ou de mes parents. Il n'est pas nécessaire de voir vos semblables venir creuser soudainement le sol pour trouver un nouveau passage secret. Assurez vos parents que vous reviendrez chez vous une fois votre service accompli. Ajoutez ce que vous voulez, mais rien sur ce que vous avez vu ou vécu avec nous, ce serait beaucoup trop tôt. Bien, je vous laisse travailler, j'ai quelque chose à faire, je reviens dans un petit moment.

Effectivement, il ne fut pas long à revenir. De notre côté nous avions terminé nos tablettes. Chacune avait été arrangée en forme de carré assez épais, nos messages étant écrits sur une seule face. Amtar voyant que nous avions terminé nous invita à le suivre vers le fond de la pièce. Sur une table adossée au mur, il y avait un objet de forme presque cubique d'environ une coudée de côté. Il appuya sur une partie en saillie qui s'enfonça avec un léger déclic. La plus grande partie de la face avant de l'objet pivota pour donner accès à un plateau circulaire. Amtar y déposa un tissu de même dimension.

– Allez-y, posez vos tablettes sur le tissu, nous demanda-t-il.

Une fois toutes les tablettes en place, il referma la face avant de l'objet qu'il appelait un four.

Ensuite il fit quelques réglages en manipulant des boutons placés tout contre sur la partie qui n'avait pas basculé. On entendit alors une sorte de ronronnement. A l'intérieur on pouvait voir le plateau tourner et des faisceaux de lumières rouges, vertes et bleus parcourir alternativement chaque morceau d'argile.

– Voilà, nous pourrons revenir d'ici une dizaine de minutes, vos tablettes seront cuites.

Franchement, aucun de nous ne comprenait comment on pouvait cuire l'argile en l'enfermant dans une boite alors qu'il fallait toute une journée au soleil pour que les nôtres soient sèches. Le temps que l'argile cuise, nous discutâmes à bâton rompu avec Amtar sur des points de détails évoqués la veille pendant le repas. Une sonnerie nous stoppa net. Amtar ouvrit la porte. Il utilisa une sorte de grande spatule en bois très plate et posa les trois tablettes à côté du four. Énenlil s'avança pour saisir sa tablette.

– Non ! Attendez avant d'attraper vos tablettes, elles sont encore trop chaudes, vous allez vous brûler.

On attendit donc qu'il nous autorise à nous saisir de nos tablettes. C'était extraordinaire, elles étaient vraiment cuites, aussi dures que de la pierre. La couleur était beaucoup plus claire que celles que nous avions au village, mais à part cette distinction, elles ressemblaient exactement à ce que nous pouvions produire.

– C'est formidable, vraiment génial. Mais comment allons-nous faire pour les faire parvenir à notre demeure de Tergal ? interrogea Énenlil.

– Faites-nous confiance, nous avons des moyens de livraison qui dépasse de très loin ce que vous pourriez imaginer. Je m'occupe personnellement de cette livraison dans les plus brefs délais.

– C'est-à-dire ? questionna Énenlil.

– Aussitôt que le jour se lèvera à la surface et que vous serez en train d'apprendre la langue de Kémet[52] sous les consignes de ma mère. Pour l'instant, vous pouvez si vous le désirez retourner manger encore un peu, elle est en chemin.

Effectivement Nisoulag arriva assez vite. Après s'être assurée que tout allait bien, elle nous demanda de la suivre. Nous prîmes encore une fois l'ascenseur pour nous rendre à un autre niveau. Dame Nisoulag l'appelait "Le niveau d'études". Lorsque l'ascenseur s'ouvrit, il y avait face à nous un grand couloir tout droit.

---

[52] Ancien nom de l'Égypte antique.

Point de décoration ici, l'ensemble avait un aspect très blanc et très épuré, presque trop à mon goût. Elle nous conduisit tout au fond jusqu'à une salle assez grande dans laquelle régnait une lumière douce et agréable de couleur verte.

Il y avait deux rangées de sièges matelassés noirs très étranges. Sur un côté ils étaient de grandes tailles, de l'autre beaucoup plus petit de telle sorte que nous pûmes nous y installer en étant très à l'aise. C'était vraiment très confortable et nous avions l'impression que les sièges s'étaient adaptés à notre forme corporelle. Nisoulag nous demanda de mettre une sorte de casque qui nous recouvrait intégralement la tête à l'exception du visage.

– Tout le monde est bien installé ? Bon alors on y va.

Elle s'approcha de telle sorte que nous puissions tous les trois la voir.

– Je vais vous demander de boire un liquide, assez agréable ma foi, qui vous permettra d'être complètement concentrés sur les choses qui vont vous être enseignées ici. Lorsque vous aurez bu, votre siège va basculer légèrement en arrière pour que vous puissiez être parfaitement à l'aise. Un écran va venir se mettre face à vous. Il y aura au début diverses lumières de toutes les couleurs, certaines seront fixes, d'autres animées. Ces lumières ont pour objectif de vous faire entrer en état de réceptivité maximale. Ne vous inquiétez pas, ce n'est ni dangereux ni même douloureux, au contraire. Lorsque vous serez dans le bon état de conscience, l'enseignement commencera.

Nisoulag s'assura que nous étions bien installés. Elle nous fit boire un liquide transparent qui d'une façon surprenante avait goût de jus d'orange.

– Très bien, n'ayez pas de crainte, vous pourrez sortir de votre état très spécial à volonté. Même si je ne reste pas ici toute la séance qui va durer plusieurs heures je ne serais pas bien loin. Et si je ne suis pas là, il y aura toujours une de mes assistantes dans le couloir, il suffira de l'appeler en cas de besoin. Pour cela, vous avez un gros bouton rouge du côté de votre main droite. Tout le monde a bien compris ? Prêts ?

Chacun de nous répondit affirmativement, même si en réalité nous étions plutôt assez mal à l'aise de cette situation très particulière et innovante.

– Impeccable, on y va alors. Détendez-vous, écoutez et concentrez-vous sur la voix qui va vous parler dans le casque. Suivez ses indications et tout ira bien.

Le ressenti était vraiment très étrange, j'avais l'impression d'être si léger que j'aurais pu flotter dans la pièce, un peu comme si je n'avais plus de corps. C'était une sensation vraiment agréable. Les mots et les images coulaient en moi et il me semblait que je les avais déjà vues ou entendues. Dans cet état étrange de conscience, il me semblait que je glissais dans un espace cotonneux, le temps n'avait plus de sens. J'étais là et à la fois là-bas, au pays de Kémet. J'entendais les gens parler et je les comprenais. Je visitais au fur et à mesure de la voix qui me guidait les temples et les palais, mais aussi les champs et les bateaux sur le Nil. J'aurais pu voler avec les ibis et nager avec les crocodiles. J'avais finalement l'impression étrange que tout était unifié et que je faisais partie de ce tout impalpable. Conquis par l'expérience, je me laissais emporter sans résister......

Pendant ce temps Amtar s'était assis devant une console, il avait installé à côté de lui sur une grande table un appareil assez étrange. On aurait pu croire qu'il s'agissait d'une énorme araignée dont chaque bout de patte était en fait constitué d'une sorte de pince. Il y en avait quatre dont trois qu'Amtar venait de placer en lignes les unes à côté des autres. Sur la table devant lui il prit en main une sorte de gant relié par un câble à une petite console. Il actionna une commande et les bouts de quatre excroissances sur la partie supérieure de l'appareil se mirent à produire une lumière bleue tournant sur elle-même. L'appareil s'éleva alors dans les airs pour se stabiliser quelques coudées plus haut où il s'immobilisa.

Amtar actionna une autre commande en pinçant ses doigts, ce qui eut pour effet de faire s'ouvrir et fermer les trois pinces. Sur la console l'image affichée montrait l'intérieur de la pièce. Satisfait, il fit redescendre l'appareil qui se posa à côté de lui sur la grande table.

– Voilà, ça y est, tout est prêt.

Amtar se leva, mis la console, le gant et les trois tablettes d'agiles dans un sac qu'il prit en bandoulière. Puis il se saisit de l'appareil. En sortant de l'appartement, il utilisa l'ascenseur pour monter au dernier niveau près de la surface. Arrivé là, il suivit à pied un long couloir. Au bout du couloir une porte s'ouvrit et il arriva dans une sorte de puits asséché. Il se plaça au centre.

La colonne cylindrique sur laquelle il venait de se positionner s'éleva alors jusqu'à ce qu'il arrive dans un champ en friche parsemé de gros rochers. Il s'assura qu'il n'y avait personne. Il posa l'appareil, installa les trois tablettes d'argile dans les pinces et enfila le gant. La console s'alluma, il fit quelques vérifications et appuya sur une commande.

L'appareil s'éleva alors en silence jusqu'à une hauteur d'environ vingt coudées puis il s'inclina légèrement et partit à grande vitesse. Sur la console, Amtar surveillait le paysage qui défilait sous l'appareil. Un moment plus tard, il reconnut le village de Tergal. Deux gardes armés étaient positionnés à l'entrée du village. L'appareil se dirigea vers eux et s'immobilisa à moins de six coudées du sol. Les deux gardes étaient paralysés de stupeur. Avant qu'ils aient eu le temps de réagir, les pinces s'ouvrirent et laissèrent tomber au sol les trois tablettes. Un "Bip" se fit entendre dans l'appareil et aussitôt après les gardes entendirent clairement "Nikereb". L'appareil s'éleva à grande vitesse à la verticale et monta si haut qu'il disparut à la vue des hommes de garde.

Amtar surveillait toujours l'écran de la console. Il leva les yeux au ciel et distingua très haut l'appareil qui redescendait rapidement vers lui jusqu'à venir se poser exactement à l'endroit d'où il avait décollé un peu plus tôt. Rapidement, Amtar récupéra son matériel, se replaça sur le plateau ascensionnel et redescendit dans le puits.

Un des deux gardes sonna du cor pour appeler leur capitaine. Quelques minutes plus tard, celui-ci arriva accompagné de Nikereb. Les deux hommes jetèrent un rapide coup d'œil alentour, mais tout semblait calme.

– Pourquoi avoir sonné au cor ? interrogea le capitaine.

— Seigneurs, il y a eu quelque chose de magique, un oiseau sans ailes qui ressemblait à une araignée est venu au-devant de nous.

— Un oiseau sans ailes et une araignée volante ? Qu'est-ce que c'est que cette histoire de fou ? Vous allez goûter à cinquante coups de bâton pour vous remettre les idées en place.

Les deux gardes tombèrent à genoux.

— Pitié Seigneur, nous ne mentons pas et nous ne sommes pas fous. L'araignée a lâché trois objets qui sont tombés juste là et elle a dit "Nikereb" avant de grimper dans le ciel et disparaitre de notre vue.

— Trois objets ? Interrogea Nikereb, où ça ?

Les hommes s'avancèrent et trouvèrent les trois tablettes. Nikereb et le capitaine les ramassèrent.

— Par tous les dieux du ciel et des enfers, s'écria mon père. Il tomba à genoux et pleura.

À Namsis un nouveau danger nous guettait. La porte du couloir du niveau éducatif s'ouvrit, Amonset avança lentement et discrètement. L'assistante de Nisoulag était assise dans la deuxième salle sur la gauche. Il avait à la main une boite sur laquelle il arracha le capuchon et la lança dans la salle puis il actionna la fermeture de la porte. La pièce fut instantanément emplie d'une fumée jaune et l'assistante tomba évanouie. Il avança alors rapidement de salle en salle jusqu'à trouver celle dans laquelle nous étions. Dans la pénombre où Nisoulag avait plongé la pièce en partant, il ne vit pas une grosse boite qui était posée par terre. Maladroitement il tapa du pied dedans, l'envoyant ricocher bruyamment sur une des grandes chaises.

Le bruit soudain me tira de ma transe, en me relevant sur ma chaise je retirais mon casque. Je devinais alors une ombre géante s'avancer vers moi.

— Énenlil ! Barzil ! Je criais aussi fort que je pouvais.

L'ombre se précipita vers moi. J'eus juste le temps de me jeter à terre de l'autre côté de ma chaise.

— Où vas-tu l'asticot, crois-tu que tu vas m'échapper ?

Pour toute réponse j'attrapais mon casque et le jetais de toutes mes forces au visage du géant. J'étais assez doué pour mon âge, il le reçut en plein front. Malheureusement pour moi, mon casque n'était pas une bonne pierre et le seul effet qu'il produisit fut de mettre le géant hors de lui. Énenlil et Barzil venaient de sauter à terre. Ils se mirent derrière un siège et poussèrent aussi fort qu'ils purent pour venir percuter le géant. Là encore, l'effet ne fut pas particulièrement efficace. Dans la pénombre de la pièce, il n'était pas facile de voir ce qui pouvait servir de défense.

Barzil se rappela avoir vu en entrant des câbles enroulés. Il se précipita et prit le plus grand. De notre côté nous nous servions des chaises sur roulettes pour rester autant que possible hors de portée du géant, profitant de tout ce qui nous tombait sous la main pour le lui jeter. Barzil fit rapidement un nœud au bout de son câble et en fit une boucle. Dans sa tribu on avait souvent besoin d'attraper les bêtes avec un lasso. Rapidement il fit tourner son piège s'approcha du géant par derrière pendant que moi et Énenlil attirions son attention. La boucle vola dans l'air et vint se placer sur le cou d'Amonset. Avant qu'il ait eu le temps de se dégager, Barzil avait tiré de toutes ses forces. Le nœud coulant se resserra sur la gorge du géant qui se retourna pour faire face à Barzil.

Énenlil en profita pour s'élancer en courant dans le dos d'Amonset. Il sauta les pieds joints sur la cheville droite du géant qui perdit l'équilibre et s'écroula sur le sol. Barzil en profita pour passer sous une table, il se retourna, pris appui sur les pieds et tira aussi fort qu'il put. Père avait été un fin tacticien en combat rapproché, il avait appris quelques parades très efficaces à Énenlil. Celui-ci prit son élan et sauta à pieds joints sur le sternum du géant. Le coup violent coupa le souffle d'Amonset qui n'arrivait plus à respirer.

– Vite, fuyons, cria Énenlil.

Nous nous retrouvâmes à courir comme des fous vers la porte du couloir, mais nous avions, dans la précipitation, oublié que la porte ne s'ouvrirait pas sans commande. Trop tard, Amonset arrivait derrière nous l'air encore plus terrible à voir dans la lumière vive de couloir. Il avait les yeux exorbités et la bouche dégoulinante de bave. Il poussa un cri terrible en se précipitant vers nous.

– Je vais tous vous tuer vermine humaine.

Cette fois tout semblait mal parti, plus moyen de lui échapper, nous n'étions pas de taille à lutter. Énenlil me serra contre lui en essayant de me protéger. Barzil était pétrifié, ne sachant quelle solution adopter pour se sortir de cette funeste position. Soudain j'entendis un chuintement familier, il y eut un claquement bruyant et un trait de lumière verte passa sur nos têtes. Amonset fut frappé en pleine poitrine, il s'effondra lourdement au sol et glissa quasiment jusqu'à nos pieds. Je me retournais. Askerot était là accompagné de deux gardes.

20

Nikereb remontait la rue vers l'entrée de sa demeure à toute vitesse. Il serrait contre sa poitrine les trois tablettes d'argile qu'il venait de récupérer un instant plus tôt. Les serviteurs le virent traverser la cour principale en courant et en criant "Kishnana ! Kishnana !". Il se dirigea tout droit vers les escaliers. De mémoire de serviteurs de la Maison, on n'avait jamais vu un Seigneur des lieux avaler les marches aussi rapidement.

– Kishnana ! Ils sont vivants, ils sont vivants ! Ses cris résonnaient dans toute la demeure attirant le regard médusé des serviteurs, des gardes et des esclaves.

Il arriva très vite devant la grande salle. Kishnana accourait vers l'entrée.

– Ils sont vivants ? C'est vrai ? Dis-moi, oh dis-moi vite, vite !

Kishnana se serait volontiers jetée dans ses bras, mais Nikereb tenait toujours les tablettes serrées fortement contre sa poitrine. C'était comme s'il avait craint d'en faire tomber une et qu'elle se casse le privant à tout jamais de relire le message d'espoir qu'elle contenait. Kishnana devinait les larmes qui faisaient briller encore les yeux de son mari.

– Où sont-ils mon aimé, où sont nos deux fils, dis-moi, je veux tout savoir, je t'en prie !

– Je ne sais pas où ils sont, mais regarde ce qu'on vient de trouver à l'entrée du village. Regarde ces tablettes, lui dit-il la voix presque étranglée par l'émotion.

Il desserra enfin son étreinte pour présenter les trois tablettes à son épouse. Elle en prit une avec précaution, la tourna pour chercher la face écrite et se précipita à lire les premiers mots :

"Père, Mère, je vais bien, je suis avec Énenlil et Barzil. Tout le monde est en bonne santé et vous nous manquez. Nous ne pouvons pas rentrer tout de suite. On nous a confié un service à assurer pour des dieux qui nous ont accueillis après la bataille. Nous rentrerons aussi vite que possible une fois notre tâche envers eux accomplie. Je ne sais pas combien de temps cela prendra. Ne vous inquiétez pas. Je pense fort à vous. Mardouk."

Kishnana avait du mal à lire les derniers signes cunéiformes de la tablette. Ses yeux s'étaient chargés de larmes dès le début de sa lecture. Elle essuya celles qui coulaient maintenant sur ses joues et renifla pour retenir celles qui pointaient sur le bout de son nez. Elle chercha le regard de son mari en portant jusqu'à sa poitrine la tablette tenue dans ses deux mains croisées. Ses jambes se mirent alors à trembler et elle faillit perdre l'équilibre. Nikereb eut juste le temps de saisir son bras droit pour la retenir. Tous deux se retrouvèrent agenouillés face à face.

– Je le savais dit-elle, je le savais qu'ils n'étaient pas morts, tu vois, je le sentais au fond de moi. Elle tendit la tablette à Nikereb pour en saisir précipitamment une autre.

"Père, Mère, ne soyez plus inquiets pour nous. Il nous est impossible de rentrer au village tout de suite, car nous avons un engagement qui nous lie jusqu'à son accomplissement. Tout va bien. Nous avons rencontré les dieux. Ils nous ont gardés à leur service pour un temps. Il nous faudra sans doute encore quelques lunes avant de revenir à Tergal auprès de vous. J'aimerais pouvoir vous raconter toutes les choses merveilleuses que nos yeux ont vues. Soyez heureux pour nous, car notre vie de quelques jours en vaut des milliers. Il me tarde de vous revoir. Énenlil."

Nikereb ne disait rien il dévisageait le visage de sa femme pendant qu'elle déchiffrait le message d'Énenlil. Elle redressa le regard vers lui, la première vague d'émotions qui l'avait submergée laissait maintenant place à plus de raison.

– Je ne comprends pas, de quels dieux parlent-ils ?
– Je ne comprends pas moi-même, répondit Nikereb.
– Et l'autre c'est quoi ?
– L'autre c'est celle de Barzil. Nikereb lui tendit la dernière tablette.

Kishnana regarda mon père avec un regard plein d'étonnement en entendant le nom de Barzil.

"Noble Seigneur Nikereb, Noble Dame Kishnana, je remercie les dieux qui m'ont conduit près de vous et je remercie ceux qui nous accueillent en leur domaine aujourd'hui. La plus grande magie sur Ki n'est rien comparée à ce que nous avons vu ici avec vos fils Mardouk et Énenlil. Je ne remercierai jamais assez mon Seigneur de m'avoir affranchi des tourments de l'esclavage. C'est une dette que j'espère payer en partie en protégeant ses fils au péril de ma vie s'il le faut. Barzil".

– Mais enfin de quels dieux parlent-ils tous ? interrogea Kishnana.

– Je me pose aussi la question. Pourquoi ne donnent-ils pas au moins un nom qui nous permettrait de comprendre ? C'est comme si quelque chose les empêchait de le faire, répondit avec logique Nikereb. Pourtant c'est bien un messager des dieux qui a apporté les tablettes.

– Un messager des dieux ? Quel messager des dieux mon doux Seigneur.

– Je ne comprends pas, c'est une chose que personne n'a jamais vue. Les deux gardes de l'entrée du village m'ont dit avoir vu une grosse araignée volante qui tenait les tablettes sous son ventre. Elle est venue jusqu'à eux, a lâché les tablettes et a prononcé mon nom. Après quoi elle est montée très vite dans le ciel où elle a disparu à leur vue. Une histoire incroyable.

Il prit la main gauche de sa femme dans sa main droite et se releva en l'aidant à en faire de même.

– Peu importe finalement, l'essentiel est qu'ils soient sains et saufs, ils nous raconteront tout cela lorsqu'ils reviendront. Si on en croit ce qu'ils ont écrit, ils ont vu des choses merveilleuses, ils ne sont donc pas prisonniers de démons. Et s'ils sont avec de bons dieux alors nous n'avons rien à craindre pour eux, ils sont sans doute en meilleure situation que nous au village.

– Tu as raison mon aimé, comme toujours, mais qu'il me manque de les revoir, ajouta Kishnana.

– Je sais ma douce, ce sont des hommes maintenant, mais ce sont mes fils avant tout, ils me manquent aussi, lui dit-il avec un sourire rassurant.

– Raconte-moi, tu ne m'avais pas dit que tu avais affranchi le jeune Barzil ?

– C'est vrai, tout a été si vite depuis ce terrible orage et cette attaque meurtrière au village que je n'ai pas trouvé l'occasion de te le dire. Ce jeune m'avait toujours étonné depuis que je l'avais acheté à Nippour. C'est surprenant. Il y avait quelque chose en lui de grand, de la force et du courage. Comme je ne pouvais pas demander à Mardouk de concourir alors j'ai demandé à Barzil de le faire. Je lui ai promis que s'il gagnait, il serait libre. La chance n'a pas été au rendez-vous, mais c'est bien lui qui a gagné, j'ai donc tenu ma promesse.

– Et tu as bien fait. As-tu lu ce qu'il écrit ? Il défendra nos fils sur sa vie s'il le faut. Au fait savais-tu qu'il savait écrire ?

– Pas du tout, j'en suis aussi surpris que toi, c'est un mystère qu'il devra m'expliquer, répondit mon père.

Il posa les tablettes en lieu sûr sur une étagère, puis il revint vers ma mère. Il la prit dans ses bras et la serra très fort contre lui.

– Allez, viens, allons annoncer la bonne nouvelle, tout le village doit être au courant que nous avons reçu des tablettes magiques qui parlent de nos fils, dit-il.

*

Au niveau éducatif des tunnels de Namsis, tout avait été très rapide.

– Ligotez-le bien et enfermez-le dans une cellule à côté de celle de Néfil, ordonna Askerot aux deux gardes.

– Tout va bien jeunes hommes ?

– Oui Seigneur, mais il s'en est fallu d'une fraction de béru pour que ce ne soit plus le cas.

– Vous êtes arrivés in extremis, répondit mon Frère.

– Seigneur, comment avez-vous su que le géant était ici pour nous tuer ? demanda Barzil.

– Dans notre malheur, nous avons eu de la chance. Rien ne permettait d'identifier les saboteurs de la navette, nous n'avions aucun indice, nous allions renoncer quand il m'est venu une idée. Je me suis rappelé que lorsque la salle de commande du Pont des Étoiles est activée, le système de navigation est couplé à un instrument qui enregistre automatiquement les images à l'extérieur du vaisseau, nous appelons ça : une kamra.

– Une kamra ? reprit Énenlil pour qui ce mot ne signifiait rien.

– Oui, une kamra....

Askerot se déplaça en reculant vers le mur pour laisser passer les deux gardes qui avaient soulevé l'assassin toujours inconscient et les pieds enlacés trainant sur le sol, plaçant ses bras chacun sur leurs épaules. Puis il continua :

– Nous sommes retournés avec Amtar au Pont des Étoiles et nous avons visionné les enregistrements. Cala ne nous a pris que très peu de temps pour voir deux des nôtres arriver en navette sur le dock. Un des deux s'est glissé avec des outils à la main sous celle que nous avions prise et il en est ressorti assez vite avant de repartir aussitôt avec leur propre navette. En grossissant beaucoup les images, nous avons reconnu celui qui était resté sur le quai. Nous sommes rentrés en urgence pour l'arrêter et le mettre en prison.

– Vous avez des prisons ici ? s'exclama Barzil pour qui imaginer un dieu en prison dépassait l'entendement.

– Oui, bien sûr, tous nos semblables ne sont pas fréquentables. Pensez à la façon dont nos pères nous ont pourchassés et obligés à rester vivre sur Ki dans des souterrains. Donc pour finir, nous avons interrogé notre prisonnier. Il a reconnu son implication et nous a livré l'identité de son acolyte, ainsi que ce qu'il comptait faire.

– Vous avez de la chance que vos prisonniers avouent rapidement, les nôtres doivent parfois subir des interrogatoires musclés avant de coopérer, ajouta Énenlil.

– En fait, nous n'avons pas besoin d'être persuasifs et d'introduire de la violence, il nous suffit de faire boire une drogue qui lève toute velléité de résistance et le prisonnier révèle tout ce qu'il sait.

– Ahhhh ! C'est pas mal ça ! s'exclama Barzil sans avoir pu se retenir.

Askerot se mit à rire ouvertement.

– Oui jeune Barzil, c'est assez pratique.

Askerot marqua une pause puis reprit :

– Nos semblables tuaient et torturaient eux aussi il y a très longtemps, et pas que des humains.

Toute notre communauté ici à Namsis a renoncé à ces pratiques immorales et nous nous consacrons maintenant à la recherche spirituelle, je vous l'ai déjà dit. Je suis vraiment navré de la piètre image que vous garderez de nous du fait de ces deux fous.

– Des actes isolés ne peuvent pas vous être reprochés, Seigneur. Depuis que nous sommes arrivés dans votre monde, nous avons été accueillis mieux que nous aurions pu le vouloir et même l'imaginer.

Askerot répondit à Énenlil avec un large sourire.

– Vous savez, votre espèce aussi pourrait s'engager dans cette voie spirituelle, mais ce n'est pas le choix qu'elle a fait malheureusement.

Askerot marqua à nouveau une pause, il poussait le regard plus loin dans le couloir.

– Je ne vois pas l'assistante de Nisoulag, l'avez-vous vue ?

– Non, nous n'avons vu personne depuis que Dame Nisoulag nous a laissés avec des casques sur la tête dans une des pièces du fond.

– C'est étrange, elle ne vous aurait jamais laissés seuls sans quelqu'un pour la remplacer, même momentanément. Voulez-vous bien m'aider à regarder dans les différentes pièces si nous trouvons quelqu'un ?

– Bien sûr répondit Énenlil.

Plus rapide que moi et mon frère, Barzil était déjà parti en éclaireur. Il arriva rapidement à la porte fermée.

– Seigneur Askerot ? cria-t-il.

– Oui ?

– Il y a ici une porte fermée, mais surtout il y a une drôle d'odeur désagréable, venez voir.

Nous arrivâmes en courant.

– Laissez-moi faire, je vais ouvrir, restez éloignés de la porte.

Lorsque la porte s'ouvrit, un épais nuage jaunâtre commença à envahir le couloir un peu comme une troupe de serpents qui ramperaient sur le sol. Askerot actionna aussitôt la commande de fermeture. L'exploration des autres salles n'avait pas permis de localiser la remplaçante de Nisoulag.

– Venez, ne restons pas là, je vais demander à ce qu'on vienne s'occuper de ce problème avec du matériel adapté, dit Askerot au moment où nous revenions à hauteur de la pièce enfumée.

– Mais si l'assistante est à l'intérieur ? dis-je inquiet.

– Ne t'inquiètes pas jeune Mardouk, le gaz n'est pas dangereux en soi, c'est juste qu'il fait perdre conscience. Lorsqu'on la retrouvera, si elle est à l'intérieur, nous lui donnerons une médecine pour la soigner des maux de tête à son réveil, mais elle ne court aucun danger mortel. Suivez-moi.

Askerot nous ramena à ses appartements. Amtar était venu nous accueillir à la porte d'entrée lorsqu'il nous avait entendus arriver.

– As-tu trouvé Amonset, Père ?

– Oui, nous sommes arrivés justes à temps pour éviter le drame. Amonset a été conduit en prison.

– Que va-t-il lui arriver ? questionna mon frère.

– Lui et son complice seront interrogés par le conseil puis par Namgal lui-même. Ensuite ils seront jugés équitablement et probablement sévèrement punis.

– C'est-à-dire ? insista Énenlil.

– Nous verrons, c'est trop tôt pour le dire, tout dépendra de leurs déclarations. Nous avons un site d'exploitation de minerais très profond sous la surface. Il y fait très chaud, il est probable qu'ils soient condamnés à y travailler quelque temps, c'est à dire très longtemps à votre échelle.

Askerot s'adressa à son fils :

– Amtar, propose donc une boisson rafraichissante à nos invités.

Ce dernier nous regarda avec un grand sourire.

– Une bonne bière bien fraîche serait sans doute un excellent choix n'est-ce pas ? dit Askerot très amusé.

Amtar éclata de rire.

– Mes amis, vous pourrez plus tard revenir quand vous le voudrez, je n'ai jamais goûté autant de bonnes bières que depuis que vous êtes arrivés chez nous ! s'esclaffa le fils d'Askerot.

Tout le monde éclata d'un bon rire et dans la foulée nous nous retrouvâmes attablés à nous raconter des histoires devant de grands verres de bières toutes aussi bonnes les unes que les autres. Un messager vint à un moment informer Askerot que l'assistante de sa femme avait bien été retrouvée dans la pièce enfumée, elle avait été prise en charge par des infirmiers et son bilan montrait que tout allait bien pour elle. Nous saluâmes cette bonne nouvelle avec un nouveau verre de bière bien fraîche. Heureusement qu'aucune n'était alcoolisée.

Askerot était manifestement un bon vivant malgré ses responsabilités. Il prit enfin la parole pour nous annoncer la suite des événements :

– Pour aujourd'hui, nous en resterons là pour votre entrainement. Vous allez pouvoir vous détendre ou vous occuper selon votre choix. Nous vous préparerons un repas d'ici un ou deux bérus. Si vous désirez découvrir un peu plus notre monde ou nos jardins, demandez à Amtar, il se chargera de vous guider comme c'était prévu. Demain sera pour vous une journée un peu différente, vous commencerez par une nouvelle séance de conditionnement accéléré comme aujourd'hui. La séance sera suivie d'un repas, d'une sieste et ensuite Amtar vous conduira à une salle de sport où vous serez entrainés à différentes activités qui vont renforcer votre musculature et votre résistance physique. Allez et reposez-vous, la journée a été éprouvante pour tout le monde.

Nous allions partir rejoindre notre chambre quand Amtar nous interpella avec un grand sourire.

– J'allais oublier, nous avons tenu une promesse, vos tablettes ont bien été amenées à Tergal. La nuit est tombée à la surface, mais selon mes informations il semble qu'il y ait une fête au village ce soir. À plus tard jeunes hommes.

Quelle journée ! Passer de l'école intensive à la peur de mourir pour finalement apprendre que tout allait bien, ça faisait un peu beaucoup à la fois. Était-ce la fatigue ou le trop-plein de bières non évacuées, nous avions eu du mal à terminer notre repas. Au final, tout le monde s'était couché avec l'envie d'un bon sommeil réparateur.

Comme il avait été annoncé, nos journées suivantes furent ponctuées de cours de langues, de cours de géographie, de sociologie de la société pharaonique et d'entrainements sportifs très intenses. Il avait été ajouté des cours de combat ou de maniement d'armes que nos hôtes avaient spécialement conçues pour nous. Finalement cette routine très fatigante commençait à nous faire regretter de ne pas partir plus tôt.

Vint enfin ce que nous commencions à ne plus croire. Nous étions convoqués au palais. Askerot, Nisoulag et Amtar étaient invités aussi, ce qui nous avait rassurés quelque peu. Pour l'occasion nous allions être présentés au conseil des sept sages.

Amtar nous avait bien expliqué le contrepouvoir qu'ils exerçaient en théorie à celui de Namgal. Nous nous sentions prêts de toute façon à affronter n'importe quelle situation pourvu qu'on nous laisse repartir des souterrains de Namsis.

Le grand jardin devant le palais ne nous était plus inconnu, Amtar nous y avait emmenés plusieurs fois à notre demande pour y découvrir la végétation, les fleurs et aussi quelques espèces animales qui vivaient là. Beaucoup de géants s'étaient massés à l'entrée du palais. Beaucoup voulaient sans doute voir enfin les trois humains dont tout le monde parlait depuis un bon moment déjà.

Nous saluâmes respectueusement les curieux puis nous pénétrâmes dans la première cour. Jusque-là, nous n'avions pas vraiment eu conscience que chez les Anunnaki, le système de castes était toujours de mise. Dans la cour se trouvait ce que j'aurais pu appeler la caste moyenne. C'est en entrant dans le palais que l'on put mesurer la différence avec la classe dirigeante. Ici les géants arboraient fièrement de superbes tenues vestimentaires, le port de nombreux bijoux et de non moins nombreuses pierres précieuses.

Au fond de la salle du palais trônait Namgal et Aningal sa femme placée à sa gauche. À la droite du Roi se trouvait un géant de grande taille. De part et d'autre en léger arc de cercle étaient positionnés trois des autres membres du conseil des sages. De chaque côté de la salle, une dizaine des membres de la haute noblesse étaient alignés. Askerot nous demanda de nous mettre en ligne face aux trônes. À sa droite il y avait donc Énenlil, moi-même, et Barzil. À sa gauche se trouvait Nisoulag et complètement à gauche Amtar. Askerot nous fit avancer jusqu'à environ 10 coudées de Namgal. Il salua le Roi et sa Reine, le chef du conseil puis les deux groupes des six autres conseillers. Nous en fîmes autant.

Namgal prit alors la parole :

– Seigneurs de Namsis, voici venir vers vous les trois jeunes humains qui ont accepté de se rendre en Kémet pour aller y chercher l'Ur-Kilib, notre délivrance.

Le roi marqua une légère pause avant de reprendre :

– Seigneur Askerot, vos apprentis sont-ils prêts pour ce délicat voyage ?

– Ils le sont mon Seigneur. Voici Énenlil, premier fils du Seigneur Nikereb, En[53] de la cité de Tergal. Un léger brouhaha me parvint des deux rangées des nobles, mais Askerot continua :

– Voici Mardouk, son frère et Barzil, Prince d'une tribu de nomades du Pays de Canaan.

– Le peuple de Namsis à travers moi vous rend hommage pour votre courage. Rien ne vous obligeait à accepter les contraintes de votre entrainement. Le chemin sera long et sans doute semé d'embuches, mais vous avez décidé quand même de nous assurer votre aide. Soyez-en déjà remerciés dit Namgal. Puis il se tourna vers le Chef des Sages : "Seigneur Yassur ?".

– Jeunes Hommes, le conseil des Sages voudrait entendre de votre bouche l'engagement que vous avez pris.

---

[53] Prince

– Seigneur Yassur, reprit Énenlil, nous aurons la chance de retourner chez nous dans quelque temps. Mais vous, vous êtes loin de chez vous, en exil dans ce monde sans soleil. Dans notre monde aussi certains comme Barzil sont loin de chez eux et beaucoup n'ont peut-être plus d'espoir de le revoir. Si par notre aide vous pouvez retourner dans votre monde lointain alors la prophétie se sera réalisée et nous en serons fiers.

– Êtes-vous conscients de la responsabilité de votre quête ? Si vous échouez, nous n'aurons plus aucun espoir. C'est un énorme risque pour nous.

– Si vous ne nous faites pas confiance, votre dernier espoir restera inaccessible. Seigneurs, d'où nous venons, les hommes sont prêts à mourir pour gagner leur liberté ou la retrouver s'ils l'ont perdue. Mais vous, serez-vous assez patients pour attendre la vôtre toute une éternité ?

Un brouhaha s'amplifia dans la salle. Énenlil avait touché dans le mille. Yassur, surpris, observa l'assemblée qui s'agitait puis il interrogea du regard ses six compagnons, chacun répondit d'un léger hochement de tête.

– Jeune Énenlil, il y a dans ta réponse l'étoffe d'un Grand Chef. Ton nom ne t'a pas été donné par hasard, pas plus que celui de ton jeune frère. Nous acceptons donc de suivre l'intuition du Seigneur Askerot et la volonté du Seigneur Namgal, Maître de Namsis. Nous acceptons de croire en vous et en la prophétie. Fasse que la volonté d'Enki vous conduise à la réussite sous la protection de ses ailes divines.

Un tonnerre d'applaudissements répondit à la déclaration du Chef du conseil des Sages. Des cris de joie arrivèrent également de la cour et plus loin des jardins. Namgal nous regardait avec un étonnement plein de respect. Askerot se tourna vers mon frère et lui dit à voix basse.

– Maître Énenlil, vous venez de remporter votre première et sans doute inoubliable victoire. L'éclat qui en rejaillit sur ma famille m'en rend votre débiteur.

N'en tenant plus je me retournais vers mon frère, le saisis dans mes bras tout en sautant sur place. Barzil s'approcha, passa son bras gauche sur les épaules d'Énenlil et lui souffla en riant de bonheur :

— Maître Énenlil ! Quel discours ! Cela mérite bien ce titre.

Énenlil qui ne savait plus quoi dire se tourna vers Barzil les yeux remplis de joie.

— Nous irons donc ensemble avec toi sous le chaud soleil des dunes de l'Ouest ...Prince du désert.

21

Bien que le protocole soit une chose très pointilleuse chez nos hôtes, ce jour-là il y eut un grand relâchement et on voyait les géants des différentes castes se parler enfin sans frein. Il faut dire que Namgal avait prévu un somptueux repas où tout le monde avait pu participer. Il y avait un réel débordement de joie, pourtant une chose nous hantait déjà tous les trois : nous savions qu'après une bonne nuit de sommeil, le lendemain, nous serions enfin libres.

Sans doute comme mes compagnons, j'avais passé une mauvaise nuit. Tout s'était bousculé dans ma tête, la guerre à Tergal, nos aventures dans les souterrains des Anunnaki et les difficultés qui nous attendaient maintenant. Même si je n'avais pas voyagé avec mon père, lui avait souvent des nouvelles des autres contrées de Sumer et de temps en temps de Kémet le pays des Pharaons. Nous savions que c'était un pays guerrier où la cruauté était au moins aussi grande que celle de nos propres Cités-États à l'époque des guerres pour la domination de sud de Sumer.

Passée l'ivresse de l'annonce de notre départ, je nous voyais déjà dans les pires difficultés, à moitié morts de faim ou de soif dans le désert, poursuivis par les soldats de Pharaon, perdus dans les montagnes du Sinaï. Peut-être allions-nous finir capturés ou réduits en esclavage pour travailler dans les marais du Nil et les temples de Memphis. J'en étais encore là quand quelqu'un me secoua l'épaule.

– Alors Petit Frère, nous laisserais-tu partir tous seuls ? Viens vite, le Seigneur Askerot et sa famille nous attendent pour notre dernier repas, dépêche-toi.

– J'arrive, j'arrive, attendez-moi ! Dis-je en sautant du lit avec une célérité qui était loin de m'être habituelle.

Dame Nisoulag nous avait préparé un véritable repas de rêve et bien que ma nuit agitée m'ait peu ouvert l'appétit je fis honneur comme mon frère et Barzil aux mets succulents qui nous étaient offerts avec tant de générosité. Askerot profita de ce moment spécial pour nous donner ses derniers conseils pour le voyage. Après tout ce temps passé dans sa famille, je commençais à m'y sentir aussi bien que dans la mienne à Tergal. Un malaise étrange prenait lentement possession de moi. Je me sentais subitement bizarrement déchiré et tiraillé par mon envie de revoir mes parents, mon village et l'amertume de quitter peut-être pour toujours nos hôtes si bienveillants et le confort incroyable de Namsis.

– Suivez-moi jeunes hommes, dit Askerot en se levant après avoir attendu patiemment que nous soyons complètement rassasiés.

Il nous conduisit dans une des pièces de l'appartement que nous n'avions pas encore visité. Contre le mur le plus long était adossée une grande table sur laquelle étaient posés des armes et d'autres objets inconnus.

– Il nous a fallu être inventifs pour vous fournir ceci, dit Askerot en attrapant trois petits tubes ressemblant à un gros roseau d'environ une coudée de long.

Il retira une sorte de capuchon sur l'un et renversa le contenu sur la table. Puis il assembla lentement les morceaux qui s'emboitaient les uns dans les autres pour finalement constituer un véritable arc assez court, mais qui semblait très efficace quand je le pris en main. Moi qui adorais cette arme j'étais comblé, c'était presque incroyable.

– Avec ceci vous passerez bien plus facilement inaperçus que si vous aviez un arc véritable sur le dos, les soldats de Pharaon n'aiment pas beaucoup les envahisseurs, ils vous considèreraient vite comme des espions et vous pourchasseraient.

– Mais les flèches Seigneur Askerot, comment fera-t-on ? La question me semblait insoluble, il faudrait forcément un carquois et des flèches de tailles normales et donc particulièrement visibles.

– Les flèches ? Ah oui, les flèches, bien sûr, reprit-il en se frottant le menton et en jetant un coup d'œil inquiet sur la grande table.

– Ah, elles sont là. Regardez ça, dit-il en attrapant une sorte sacoche circulaire en cuir très fin d'une demie coudée de diamètre. Il ouvrit la sacoche en soulevant le rabat.

Septique, je regardais à l'intérieur. Comment des flèches auraient-elles bien pu rentrer dans un espace aussi petit. Il n'y avait pas de flèche là-dedans, juste des tiges qui ressemblaient à du métal. Askerot en attrapa une avec un regard plein d'amusement, anticipant notre réaction.

–Regardez bien jeunes gens, vous allez avoir du mal à le croire, prêt ?

Il saisit à deux mains l'extrémité de la tige qui portait une sorte de ligne gravée transversale. Il fit pivoter sa main droite et la partie qu'il tenait tourna en même temps. Aussi rapide que l'éclair la tige se redressa et se tendit comme si elle n'avait jamais été cintrée. Sur le côté opposé apparut une fine pointe brillante dentelée et sur la partie que tenait encore Askerot il y avait maintenant comme un petit tissu rigide ressemblant à une plume taillée. À voir nos visages éberlués, Askerot partit d'un grand rire.

– Alors ? Impressionnés n'est-ce pas ?

Effectivement, c'était même peu de le dire.

– Quelle est cette nouvelle magie Seigneur, vous ne nous aviez pas parlé de cette chose étrange ? dit mon frère.

– En fait, je n'en ai pas parlé tout simplement parce que cette prouesse technologique n'était pas vraiment au point jusqu'à hier encore. Les flèches sont faites dans un matériau à mémoire de forme. Lorsque vous libérez la flèche en tournant l'embout comme je vous ai montré, elle reprend sa forme prévue.

– Et ça marche dans les deux sens ? repris-je, n'y croyant pas trop.

– Absolument, bien vu, regardez bien, attention !

Askerot se saisit de la flèche par les deux bouts puis ramena ses deux mains à la verticale en cintrant la flèche. L'embout pointu réintégra l'intérieur de la tige tout comme l'embout "emplumé". Il posa la flèche sur la table, elle avait repris sa forme initiale prête à être rangée dans la sacoche.

– C'est incroyable, jamais personne ne nous croira si on raconte ça plus tard, s'exclama Énenlil.

– Allez-y, essayez, mais attention, quand vous tournez l'embout, veillez à ne rien avoir en face de la partie qui va se redresser, vous pourriez vous blesser sérieusement vous-même ou bien la personne qui serait trop proche.

Nous essayâmes chacun notre tour, c'était tout simplement ahurissant, tout simplement incroyable, incompréhensible et terriblement discret. Chacun de nous aurait sa sacoche dans laquelle il y avait bien une bonne dizaine de flèches. Askerot nous redonna ensuite nos propres épées. Une chose surprenante attira mon attention, elles me semblaient être comme neuves, pourtant, c'était bien nos épées. Amtar arriva en portant une pile de vêtements.

– Avec ces vêtements, vous pourrez plus facilement faire croire à des Bédouins nomades. Vos épées seront ainsi à l'abri des regards ainsi que votre arc, les sacoches de flèches n'attireront personne, nous dit-il.

Askerot avait attrapé trois petits bâtons d'environ trois pouces de diamètre et longs d'environ une main. Une des extrémités était plus grosse que l'autre et transparente.

– Qu'est-ce là Seigneur ? Dis-je plein de curiosité.

– Des lampes.

– Des lampes ? Comment cela est-il possible, il n'y a aucune mèche et pas de graisse ou d'huile à brûler. C'est impossible dit Barzil.

Askerot s'approcha de nous et fit pivoter le bout le plus fin. Le côté opposé s'illumina soudain d'une lumière très blanche et très puissante qui nous rappelait un peu les lumières qui sortaient des murs dans les grands couloirs.

– Avec ces lampes, vous aurez de la lumière pendant environ deux bérus. Pour recharger la lampe, il suffira de la laisser exposée à la chaleur du soleil et vous pourrez vous en servir encore plus longtemps.

Enfin Askerot attrapa un autre objet en forme de tige de roseau. Il prit la tige à la main et de son pouce il appuya sur une petite marque circulaire. Instantanément une lame brillante sortit de la tige. Un des côtés était coupant comme un éclat de silex. Il appuya de nouveau sur la partie circulaire et la lame réintégra l'intérieur de la tige.

– Alors ça, c'est trop fort s'écria Barzil. Heureusement que nous ne sommes pas en guerre contre votre peuple Seigneur Askerot, vous nous transformeriez en poussière d'un claquement de doigts avec une autre de vos terribles inventions.

– C'est un fait, et cette arme existe effectivement. Elle a malheureusement déjà été utilisée dans un passé presque oublié de tous. La chaleur qu'elle produit et si grande que les sables de Ki en avaient fondu et en conservent encore les traces en grandes surfaces vitrifiées.

– C'est vraiment incroyable, nous n'oserions même pas imaginer une telle chose si vous ne nous l'aviez pas racontée, dis-je.

On entendit alors une sonnerie du côté de la porte d'entrée. Askerot se retourna vers l'entrée de la pièce.

– C'est curieux, nous n'attendons personne, dit-il assez surpris.

On entendit le chuintement de la porte qui s'ouvrait puis il y eut un instant de silence avant d'entendre Nisoulag appeler.

– Askerot, Amtar, venez avec les jeunes, elle avait la voix tremblotante.

Askerot nous lança un regard de plus en plus surpris puis passa devant. Nous avions à peine franchi le seuil de la porte que nous nous retrouvâmes presque face à face avec Namgal et sa Reine Aningal. Askerot se prosterna (nous sûmes plus tard que c'était une chose jamais vue que le Roi et sa Dame visitent la demeure d'un conseiller).

– Mon Roi, ma Reine, je suis confus, ma maison ne mérite pas votre visite.

– Allons mon ami, redresse-toi, ton habilité et ton intelligence mérite bien que nous t'accordions cette visite à toi et tes apprentis.

– Que puis-je faire mon Seigneur ?

– Hé bien j'ai cru comprendre, à ce qu'on m'a rapporté, que tu as travaillé ces derniers temps à de bien curieuses réalisations pour tes protégés, aurais-tu la bonne idée de me les montrer ?

– Assurément, nous étions en train de faire l'état de ses créations avec leurs futurs propriétaires.

Tout le monde réintégra donc la pièce et Askerot nous laissa faire les démonstrations de ce que nous avions compris de ses explications. Il ne semblait pas peu fier de notre aptitude à reproduire correctement les usages des incroyables armes et objets. Namgal et sa Dame avaient suivi notre prestation avec un grand intérêt et une réelle satisfaction.

– Mon ami, tu mérites au centuple la confiance que je te porte. Tout ce que j'ai vu là le prouve. Toi et ta famille méritez mieux que de la confiance, nous verrons très vite comment récompenser tant d'ingéniosité et de dévouements.

Askerot, Amtar et sa mère s'inclinèrent très bas en remerciement de cette attention inattendue de leur Roi. Celui-ci se tourna alors vers nous trois. Je n'oublierai jamais la puissance de son regard. C'était comme se retrouver nu comme un ver, il semblait lire en nous sans avoir besoin de nous parler ou de nous questionner.

– Vous trois m'avez particulièrement étonné. Votre lignée peut être fière de ses fils. Le monde du dehors serait tellement plus beau si ceux de votre race avaient le centième de vos qualités jeunes humains. Je suis maintenant convaincu de vos capacités à tenir votre engagement. Dans les situations difficiles, j'ai pensé qu'une aide vous serait utile.

Il se tourna vers Aningal, elle avait une sorte de sac à main dans lequel elle fouilla pour en sortir trois colliers en or portant chacun un médaillon lui aussi en or, gravé aux armoiries de Namsis, c'est-à-dire deux dragons ailés enlacés en hélice, assis sur un globe bleu en lapis-lazuli. Namgal se saisit d'un collier et s'avança vers moi. Il me mit le collier au cou, se recula et dit :

– Le porteur des espoirs de tout un peuple a pris une charge bien lourde pour son âge.

Il prit les deux autres colliers et les mis au cou de mon frère et de Barzil puis se recula à nouveau et dit :

– Dans l'adversité, le porteur d'espoirs ne sera pas seul, vous trois formerez la triade d'Orion. Vous serez les images des trois étoiles du soir que vos ancêtres ont honorées en construisant les grandes pyramides près de Memphis il y a bien des années. Sous ces montagnes de pierres, il vous faudra trouver, à travers les labyrinthes, le chemin vers l'Ur-Kilib. Cependant, rien ne pourra vous séparer. Les trois médaillons que vous portez maintenant sont unis par la force puissante d'un charme magique, c'est une science bien rare de nos jours que seuls peu d'entre nous maîtrisent encore. La force de ses médaillons vous donnera celle d'aller au bout de vos efforts.

Nous nous inclinâmes à notre tour en remerciant Namgal de ce fabuleux cadeau, même si nous n'avions aucune idée de ce que pouvait être un charme magique pour un médaillon. Puis Namgal se tourna vers Askerot

– Mon ami, je te laisse finir les préparatifs. Lorsque tes apprentis nous auront quittés, viens au palais avec ta famille. Aningal et moi avons une surprise pour vous.

Sur ce, il se dirigea vers la sortie suivie d'Aningal. Dehors deux gardes armés les attendaient. Nous les suivîmes du regard pendant qu'ils traversaient le petit jardin sans se retourner et ils disparurent en pénétrant dans le couloir menant aux ascenseurs. Après le départ du roi et de la reine, Askerot se concentra à nouveau sur nos derniers préparatifs. Il nous fournit une carte de notre trajet le plus rapide pour atteindre la partie occidentale de Memphis. Là étaient dressées vers le ciel trois gigantesques pyramides recouvertes d'un manteau de calcaire si blanc qu'elles éclairaient le désert d'une lumière ardente tellement puissante qu'on devait certainement la voir depuis les étoiles dans les cieux. Il nous donna aussi un instrument très curieux qui indiquait en toute circonstance la direction de la plus grande des pyramides ainsi que la direction du Nord.

Les préparatifs terminés, il était enfin temps de partir. Tout le monde descendit en ascenseur sur un quai où un pilote nous attendait. Personne n'avait envie que les adieux durent trop longtemps. Nous échangeâmes quelques mots émus et nous prîmes place dans la cabine de l'œuf. Askerot nous avait assurés en plaisantant que les stabilisateurs avaient été vérifiés. Nous échangeâmes quelques signes d'adieu à travers la grande vitre latérale et l'œuf partit à une vitesse vertigineuse vers notre inquiétant futur.

22

La pièce dans la pénombre laissait entrevoir des formes étranges posées par-ci par-là sur des étagères. Il y avait des statues de formes vaguement humaines, d'autres représentant des animaux aux allures exotiques et d'autres objets filiformes ressemblant vaguement au Pont des Étoiles. Adossée au mur de gauche en entrant dans la chambre une table était éclairée d'une curieuse lueur rouge qui contribuait à entretenir cette atmosphère spéciale. Assis à la table Amtar faisait face à deux grands écrans. Sa main droite glissait sur un revêtement posé à plat juste à côté d'une console sur laquelle il tapotait de la main gauche sur des symboles rétro éclairés. Soudain il sursauta et se pencha en avant pour se rapprocher de son écran de droite sur lequel apparaissaient des suites de visages et de paysages.

– C'est pas vrai ! Ouiiiiiiiiii, ça y est, ah ah ! je l'ai ! je l'ai ! s'écria-t-il pour lui-même.

Fébrilement il tapota une série d'autres commandes qui s'affichaient au fur et à mesure sur son écran de gauche. À droite l'image se fixa sur le visage d'une jeune femme en train de traverser un village avec une cruche d'eau sur la tête. Un cadre de couleur orange se recentrait sur le visage qui grandissait sur l'écran. Une autre série de commandes tapotées sur la console fit apparaitre sur l'écran de gauche une image reconstituée. Amtar s'approcha un peu plus puis se laissa retomber en arrière sur le dossier matelassé de son fauteuil. Il respira profondément balayant les deux images du regard en arborant un visage rayonnant de sa victoire. Il fit pivoter son siège et sortit de sa chambre en courant et en criant :

– Père ! Mère ! Je l'ai, je l'ai !

– Tu as quoi mon fils répondit Nisoulag alors qu'il pénétrait précipitamment dans la cuisine où elle grignotait tranquillement une galette confite.

– Je l'ai, la sœur de Barzil, je l'ai trouvée, je l'ai trouvée, hé hé, je le savais bien que je finirais par la trouver !

Askerot arrivait lui aussi précipitamment dans la cuisine.

– Qu'est-ce qui se passe ici ?

Amtar se retourna vers lui arborant un visage radieux, les yeux humectés des larmes qu'il avait du mal à contenir.

– La sœur de Barzil, Père, je l'ai trouvée, je l'ai trouvée ! Venez, venez voir !

Toute la famille se pressa très vite devant les deux écrans.

– Félicitations Amtar dit Askerot sa main gauche sur la table et l'autre tapotant l'épaule gauche de son fils.

– Où as-tu réussi cette capture ? interrogea Nisoulag.

– Dans un village en bordure de la cité de Marad au nord-ouest de Nippour.

– Marad ? reprit Askerot en se redressant, c'est plutôt une bonne nouvelle, nous avions un vieux tunnel qui passait à proximité. Cela évitera de voyager trop près de Nippour s'il est encore praticable. Pose un marqueur sur la jeune humaine qu'on puisse la suivre avec au moins deux drones en permanence pour ne pas la perdre.

– Oui Père, tout de suite. Hé hé !! J'en connais un qui va faire des bonds énormes lorsqu'il apprendra la nouvelle à son retour.

– Oui, j'en suis aussi convaincue. Fasse Enki qu'ils nous reviennent tous les trois sains et saufs, ajouta Nisoulag.

– Ils reviendront, j'en suis certain, répondit Amtar, ils reviendront.

*

Cela faisait déjà plus d'un béru que nous avions quitté la sortie secrète à flanc de montagne et il n'était toujours pas facile de progresser dans la caillasse. La navette des Anunnaki nous avait déposés sur le dernier quai accessible des montagnes du Sud Sinaï, dans la région de la mine de turquoise de Serabit al Khadem à environ deux lieues[54] de la mer. Les Pharaons y menaient depuis longtemps de grandes

---

[54] Environ 20 kilomètres

expéditions de plusieurs milliers d'hommes pour s'approvisionner en turquoise, mais aussi en jaspe rouge ou en cuivre. Askerot nous avait indiqué que la mine serait sur notre droite en direction de l'Est quand nous arriverions sur la piste qui y menait. Il nous avait aussi prévenus que la mine était juste gardée par une petite garnison que le roi Djedkarê Isési laissait en place pour la protéger des pillards et éventuellement pour surveiller sa frontière est.

Point de chemin depuis notre départ, nous avions dû suivre les déclinaisons de terrain pour avancer et nous avions du coup perdu beaucoup de temps. Heureusement nous n'avions pas aperçu le moindre soldat et nous avions trouvé un peu plus bas le chemin qui allait nous mener d'abord vers l'Ouest puis vers le Nord jusqu'au port de Muza[55]. Là nous espérions trouver quelques pêcheurs qui pourraient nous faire traverser la mer pour remonter ensuite vers le Nord en direction de Memphis, la capitale de Pharaon.

Le soleil commençait à darder durement ses rayons et même en ce début d'année il faisait déjà chaud. Barzil interpella mon frère qui marchait en tête.

— Énenlil, nous devrions chercher une zone abritée pour nous reposer un peu.

— Oui tu as raison, il n'y a pas d'eau potable dans cette région, il faut qu'on économise la nôtre, nous n'en trouverons pas avant le port.

Barzil inspecta les rochers autour de nous. Tout le paysage était aride. Il fit aussi un point sur la course du soleil.

— Il va faire encore chaud pendant au moins deux bérus, dit-il, continuons un peu pour trouver un abri à l'ombre en retrait du chemin. Nous n'en avons pas encore vu, mais les soldats de Pharaon patrouillent sûrement dans la région et sur le chemin d'accès à la mine, mieux vaut être prudents.

— Toi qui a l'expérience du désert que ferais-tu ? répondit mon frère.

— J'attendrai que le soleil baisse bas sur l'horizon pour reprendre la marche. Ensuite je marcherai jusque vers le milieu de la nuit puis je

---

[55] Muza en égyptien antique, mais plus connu sous le nom d'Al Markha sur la rive est de la mer arabique.

camperais jusqu'au matin. À cette période de l'année, il fait froid dans les montagnes, il vaudra mieux dormir sous un abri, dans une caverne si on en trouve.

– Très bien, on va faire selon tes conseils, conclut Énenlil, ouvre la route si tu veux bien.

Nous avions parcouru environ un quart de lieue[56] vers le Nord avant de rencontrer une entrée de grotte légèrement en surplomb du sentier. Il fallut faire un peu d'escalade pour l'atteindre, mais l'abri était finalement assez grand pour nous trois et assez profond pour que l'air y soit légèrement plus frais qu'au-dehors. Grâce à nos lampes portatives, nous avions pu vérifier qu'il n'y avait là aucun serpent ni scorpion.

– Trouvez-vous un coin confortable et dormez un peu, je vais monter la garde en surveillant le sentier, dit Énenlil.

– Toi aussi tu dois te reposer, ajouta Barzil.

– Ça va aller, prenez une gorgée d'eau et reposez-vous.

– Très bien, répondit Barzil, mais réveille-moi d'ici un béru, je te relèverai. Si nous devons nous battre contre les soldats de Pharaon, il nous faudra être tous au mieux de notre forme. Kémet est un pays sans arrêt en guerre, ses soldats sont expérimentés, ton épée sera indispensable et ton bras ne devra pas flancher.

– Très bien, c'est d'accord, je te réveille dans un béru.

– Moi aussi je peux te remplacer et faire le guet, comme ça vous pourrez vous reposer tous les deux, répliquais-je.

– Oui, mais si nous avons besoin de tes talents d'archer, il vaudra mieux que ton bras ne tremble pas de fatigue Petit Frère, repose-toi donc, on est bien assez de deux avec Barzil pour faire le tour de garde.

J'avais l'impression d'être tombé dans un trou noir sans plus aucun lien avec la réalité et le temps. Puis quelqu'un me secoua doucement l'épaule.

– Chuttt, ne fais pas de bruit.

– Je reconnus la voix de mon frère qui me parlait presque à l'oreille. À moitié réveillé, je répondis :

---

[56] Environ 2,5 kilomètres.

– Je ne risquais pas de faire du bruit, je dormais.

– Chuttt je te dis bon sang, parle à voix basse, tu dormais, oui ! Mais surtout tu parlais en dormant ! Il y a des soldats sur le chemin. Silence !

Dans la grotte il faisait maintenant une semi-obscurité assez pesante. Barzil était à l'entrée et il surveillait le chemin en contrebas. Nous arrivâmes doucement à sa hauteur.

– Alors ? chuchota mon frère en s'adossant près de Barzil sur le rocher de l'entrée qui offrait un obstacle à la façon d'une petite murette.

– Ils sont partis en direction de la mine. Ils étaient six.

– On va attendre un peu et on déguerpira d'ici. Il va faire bientôt nuit. Les soldats vont sûrement regagner la garnison, nous devrions être plus tranquilles pour reprendre notre route.

– Je ne voudrais pas te décevoir, mais je doute qu'il n'y ait aucun soldat pour garder le défilé. Si ça se trouve, c'était six soldats qui venaient d'être relevés.

– Je ne crois pas, répondit mon frère, si la garde avait été relevée les six soldats seraient déjà passés dans l'autre sens.

– Pas forcément, le défilé est sans doute assez long pour que ceux-là aient pu arriver de loin.

– Barzil a raison Énenlil, le défilé doit sûrement être gardé, c'est un bon endroit pour un piège, surtout si les gardes sont armés d'arcs, dis-je.

Énenlil se redressa, haussa la tête pour inspecter le chemin puis se rassit le dos contre le rocher.

– De toute façon, nous n'avons pas le choix, il n'existe que ce passage. Il suffira d'avancer en silence. Nos vêtements sont suffisamment sombres pour nous cacher à la vue.

– À condition qu'il n'y ait pas de lune, ajoutais-je.

– Mince, c'est vrai ça, s'il y a la lune on va nous voir comme en plein jour, les pierres de la montagne sont si claires que la lumière de la lune doit être amplifiée d'une façon impressionnante.

– Bon, on ne peut pas rester ici indéfiniment, partons, nous verrons bien. dit Barzil.

Nous tendîmes l'oreille pour essayer d'entendre des voix ou des bruits de pas, mais il n'y avait rien.

– C'est bon, dit Énenlil, allons-y.

Descendre de la grotte était moins évident que d'y grimper. Nous avions fait environ le tiers de la hauteur quand maladroitement je glissais sur un gros caillou instable.

Heureusement je me tenais bien à la paroi, mais le caillou roula, évita de peu la tête de Barzil qui était sous moi et dégringola jusqu'en bas en cognant sur les autres rochers. Nous stoppâmes tous les trois. Rien, pas de cris, pas de bruit.

– Ah ben toi t'es trop fort Mardouk, côté discrétion tu me la referas, me dit mon frère à voix basse.

– Je n'ai pas fait exprès, j'ai glissé.

– Tu as glissé, bien sûr, voilà l'excuse, tâche donc de regarder où tu mets les pieds maintenant !

Énenlil n'était pas très content, mais il avait sûrement raison, mon inattention aurait pu avoir une conséquence plus fâcheuse. Sans autres embuches nous arrivâmes au chemin. Barzil inspecta le ciel vers l'est, la lune n'était pas encore levée. La lumière du jour déclinait rapidement alors nous descendîmes le chemin vers l'Ouest en faisant quelques haltes de temps en temps pour nous assurer que la voie était libre. Au fur et à mesure que nous avancions, le chemin se faisait de plus en plus large et sableux. Nous avions bien parcouru une demi-lieue quand le passage vint à se rétrécir entre deux énormes blocs de rochers. Tout semblait calme et nous nous engageâmes pour continuer notre route. Nous venions de dépasser le rétrécissement d'environ trente coudées quand soudain...

– Halte ! Ne bougez plus !

La voix autoritaire venait de derrière nous. Nous nous retournâmes. Deux soldats, arme au poing, émergeaient d'un renfoncement entre les rochers que nous n'avions pas décelé.

– Qui êtes-vous et qu'est-ce que vous faites ici ?

– Nous sommes de simples voyageurs et nous allons jusqu'au port Nobles Gardiens, répondit mon frère.

– Jusqu'au port ? Tiens, tiens ! Et d'où venez-vous ?

– Si nous vous le disions, vous ne nous croiriez pas.

– Essayez donc pour voir ?

Les deux soldats s'étaient approchés, l'air menaçant, mais quand ils virent qu'ils avaient affaire à un enfant et à deux jeunes adultes ils se firent moins prudents.

– Alors ? Vous venez d'où ?

– De sous la terre, nous avons traversé la montagne dans un très long tunnel, répondit Énenlil.

– Mais bien sûr ! De sous la terre ! De la mine oui vous voulez dire ! Et ça qu'est-ce ? Une sacoche pleine de turquoise ? Le soldat désignait de son épée la sacoche des flèches de mon frère. "Ouvrez ça que je regarde !"

Énenlil s'exécuta, il souleva le rabat en cuir de vachette. Le soldat fut surpris de ne trouver que des tiges brillantes enroulées en forme de cercle.

– C'est quoi ces tiges ? D'un seul coup le soldat se faisait à nouveau menaçant. Il s'approcha, mais Énenlil avait réagi rapidement.

– Regardez, Noble Gardien, je vais vous montrer.

Il attrapa une flèche, s'approcha légèrement du soldat en faisant mine de lui montrer l'étrange tige cintrée puis aussi vite qu'il put il fit pivoter le bout marqué. La flèche se raidit instantanément et il lança son bras en avant comme s'il tenait une épée. La flèche pénétra profondément dans la poitrine du soldat qui s'immobilisa le souffle coupé. Juste avant de s'effondrer il laissa tomber son épée. Énenlil s'empressa de la saisir pour se jeter en direction du deuxième soldat qui sortait à peine de sa surprise. Barzil dégaina aussitôt son épée et vint prêter main-forte à mon frère. Le combat s'engagea.

Il avait eu raison, le soldat de Pharaon se battait comme un lion. Il était bien trop fort pour moi pour que je me joigne à la bataille. Par contre si j'étais adroit à l'arc, je l'étais tout autant au lancer de caillou. J'en ramassais un de bonne taille. J'attendis que le soldat se place comme il faut et lui jetais la pierre, aussi fort que je pus. Elle le toucha derrière la tête avec un bruit sourd. Le soldat perdit l'équilibre abaissant sa garde. Énenlil en profita pour lui planter son épée au niveau de l'abdomen. L'homme roula au sol sans vie.

— Ne restons pas là, vite mettons le plus de distance possible entre eux et nous.

Énenlil retira et essuya la flèche sur les vêtements du soldat mort, la cintra et la remit dans sa sacoche. Il allait repartir quand Barzil l'arrêta.

— Énenlil ! Attends !

— Quoi ? dit mon frère en se retournant.

— Les soldats n'ont pas pu être postés ici sans eau. Cachons-les derrière les rochers, effaçons les traces au sol et regardons ce qu'il peut y avoir d'utile ici avant de repartir.

— D'accord, mais vite alors, je ne tiens pas à me battre contre plusieurs autres, nous ne ferions pas le poids.

Aussitôt dit, aussitôt fait. Barzil avait été bien inspiré, il y avait effectivement une belle réserve d'eau à l'abri du soleil. Nous pûmes remplir nos outres et prendre aussi un bon lot de nourriture. Avant de partir, Barzil renversa les deux grosses jarres dans lesquelles était stockée l'eau du poste de garde. Les autres soldats ne s'engageraient certainement pas bien loin à notre poursuite sans eau. D'ailleurs il se pouvait aussi qu'ils croient tout simplement que les deux gardiens aient voulu déserter. Tout le temps qu'ils passeraient à y réfléchir serait un temps précieux gagné pour nous.

Le chemin continuait vers le Nord, il était maintenant devenu vraiment large et facile. De chaque côté, les montagnes du Sinaï jetaient des ombres peu rassurantes. Les crêtes sombres à l'Est surplombaient le chemin de deux stades au moins[57]. Nous avions de la chance, la montagne protégeait ainsi notre progression de la clarté de la lune naissante. Un courant d'air frais, presque froid courait le long du défilé. Nous arrivâmes bientôt à la limite du grand désert du Nord-Est. Une grande falaise face à nous nous barrait la route à environ trente cordes[58].

---

[57] Environ 400 mètres.
[58] Environ 2 km.

Il nous fallait donc maintenant descendre vers l'Ouest en direction de la mer. Pour l'instant tout allait bien. En avançant prudemment, nous avions mis presque un béru et demi pour parcourir une lieue[59]. À une demi-lieue devant nous, nous pouvions deviner la lueur blanche de la mer sous la lumière de la lune. Le port de Maza était là légèrement vers le Nord. De notre position on devinait facilement les lumières des quelques rares habitations.

Énenlil décida de faire une pause. Devant nous, la nature à cet endroit ne nous aurait offert aucun abri. La montagne descendait en pente douce jusqu'à la mer, mieux valait encore profiter des protections que pourrait nous fournir la barre rocheuse juste un peu plus au sud. Nous trouvâmes rapidement un lieu propice où nous reposer dans une petite ravine protégée.

Il n'y avait aucune chance de trouver quelqu'un à cet endroit ce qui nous permit à tous de dormir quelques bérus. Énenlil souhaitait qu'on ait repris notre marche dès le lever du soleil de façon à marcher rapidement avant qu'il ne devienne trop brûlant.

---

[59] Environ 10 km.

23

En arrivant au port, il régnait déjà un peu d'activité. Quelques pêcheurs préparaient leurs filets. Le produit de leur activité permettait d'approvisionner en produits frais la garnison de Pharaon. Nous avions eu peur de rencontrer ici un détachement de soldats, mais à notre grand étonnement, il n'y avait au village que quelques scribes chargés de l'administration générale. Les Bédouins qui attaquaient les caravanes revenant de la mine préféraient bénéficier de l'abri des hautes montagnes. C'est donc logiquement plus à l'Est que la garnison était la plus utile.

Nous nous avançâmes tranquillement vers la plage de sable sur laquelle les bateaux étaient échoués. La plupart n'étaient que de frêles esquifs plutôt mal entretenus. Deux embarcations étaient d'une dimension suffisante pour nous transporter. Après avoir discuté avec les pêcheurs nous trouvâmes celui qui possédait l'embarcation la plus sécurisante et surtout, celle équipée d'une grande voile.

Bien évidemment, il ne fut pas facile de le convaincre de nous emmener au port d'Ayn Soukhna[60] distant d'environ six à huit lieues vers le Nord-Ouest. Heureusement Askerot nous avait équipés de plusieurs bourses de médicaments à base d'herbes séchées, en particulier des désinfectants et des antidouleurs très faciles à troquer. Nous avions également quelques billes de Lapis-lazulis, une pierre très convoitée dans cette région.

Une fois la tractation finalisée tout le monde monta à bord après y avoir apporter de l'eau et quelques vivres. Nous fûmes obligés de ramer un peu pour nous éloigner de la plage de sable, car le vent ne s'était pas

---

[60] Port situé en haut du golfe de Suez sur la rive est. Ce port fut très tôt utilisé par les expéditions des pharaons pour aller chercher les minerais du Sinaï.

encore levé. Nous étions toujours à portée d'un trait de flèche quand nous vîmes plusieurs soldats arriver au pas de course sur la plage. Barzil fut le premier à les voir.

– Énenlil ! Les soldats, vite, ramons un peu plus fort.

Les soldats s'étaient massés sur la plage, ils étaient sept ou huit et ils criaient au pêcheur l'ordre de revenir sous peine de mort.

– Quelle poisse, même en ramant aussi fort qu'on pourra, s'ils prennent l'autre grand bateau, ils finiront par nous rattraper, répondit mon frère.

Effectivement, les soldats se précipitèrent vers l'embarcation plus lourde, mais sans aucun doute plus rapide que la nôtre. Le vent trainait à se lever avec le soleil. Dans notre malheur, nous avions eu la chance incroyable d'être déjà en mer à leur arrivée. Énenlil s'arrêta brusquement de ramer. Le pêcheur commençait à paniquer et s'apprêtait à faire demi-tour.

– Barzil, aide-moi, poussons-le à l'eau, cria mon frère en dialecte sumérien.

– Tu es fou, on a besoin de lui, répondit Barzil.

– Oui c'est vrai, sauf qu'il va tout faire pour revenir à la plage et nous livrer aux soldats.

– J'ai une autre idée, attends, laisse-moi faire.

Barzil attrapa une rame plus courte, il passa derrière le pêcheur qui s'activait à rentrer la voile et lui assena un bon coup derrière la tête. L'homme s'écroula au fond du bateau. Sur la plage les soldats avaient presque fini d'embarquer.

– Tu l'as tué ? m'écriais-je.

– Non, ne t'inquiète pas, il aura juste une belle bosse et un bon mal de crâne en se réveillant. Maintenant qu'il a un gros sachet d'antidouleur, il pourra vérifier si c'est un remède efficace. Mardouk, regarde sous les planches, il y a de la corde, attache-lui les mains et les chevilles, il ne faut pas qu'il nous file entre les doigts, me dit-il.

– Regardez, le bateau des soldats est à l'eau maintenant, ils arrivent. Toujours pas de vent, on n'a pas le choix, vite, montez les arcs et préparez les flèches, cria Énenlil.

— Si nous tirons nos flèches en mer, jamais nous ne pourrons les récupérer et nos arcs ne nous serviront plus à rien, dis-je.

— Mardouk à raison, nous aurons besoin encore de nos arcs, ajouta Barzil.

— Que veux-tu faire alors ? Ce n'est pas en leur faisant les gros yeux qu'on va leur faire peur. Répliqua mon frère. Regarde à quelle vitesse ils vont, ils seront bientôt sur nous pour nous tirer dessus avec leur archer.

De nous trois, c'était moi le meilleur tireur, mais je ne pouvais pas gaspiller mes flèches, il me fallait une autre solution.

— Barzil ! Énenlil regardez partout. Les pêcheurs sur l'Idigna chez nous utilisent parfois des lampes à huile pour pêcher la nuit, regardez s'il n'y en a pas une sur le bateau ! m'écriais-je soudainement inspiré.

Nous fouillâmes fébrilement chaque coin de l'embarcation. Mon intuition était bonne, Énenlil mit la main sur une belle lampe à huile.

— Je crois savoir ce que tu veux faire, Petit Frère.

— Donnez-moi chacun deux flèches. Il me faut du tissu bien sec.

À l'arrière du bateau, mon frère trouva un grand morceau de toile. Le pêcheur devait certainement s'en servir pour s'abriter de la pluie en pleine mer.

— Découper la toile en bandelettes d'un pouce de large, dis-je.

Dès que la première bandelette fut coupée, je l'enroulais sur une flèche. Je pris la lampe à huile et en versais une partie sur la toile enroulée.

— Faites-moi en trois de plus et préparez vos arcs au cas où ce que je compte faire ne marcherait pas.

Amtar m'avait fait un cadeau génial avant notre départ. Je fouillais mes affaires, il était bien là. Je respirais un grand coup, je n'aurais jamais cru avoir à m'en servir de la sorte.

Le bateau des soldats s'approchait dangereusement, le vent commençait à souffler maintenant que nous étions éloignés du bord. Énenlil et Barzil venaient de finir de me préparer les trois autres flèches. Je me saisis du cadeau d'Amtar, c'était un tube long d'une paume de main et gros comme un pouce. Sur un bout il y avait une petite roue. Je la fis rouler avec mon pouce, il y eut des étincelles puis rien de plus. Je réessayais, rien, encore une fois, rien. Pourtant je me rappelais qu'Amtar l'avait fait fonctionner devant moi.

Je regardais l'objet avec plus d'attention. Énenlil et Barzil me laissaient faire sans comprendre. Je vis alors près de la roulette une sorte de petite excroissance. Je poussais dessus et elle se déplaça. Je refis tourner la roue, une gerbe d'étincelles en sortit, mais rien. Désespéré je recommençais et là, oh miracle, une flamme sortit du tube. Énenlil et Barzil en restaient muets de surprise.

– Attention, l'archer vient de tirer, la première flèche arrive ! cria Énenlil.

Elle vint se planter sur le pont. La mienne prenait feu doucement. Je soufflais un peu sur la toile et une large flamme crépita en enflammant le morceau imbibé d'huile.

– Barzil, as-tu vu comment j'ai fait ?

– Oui, c'est facile.

–Tiens alors, allume les trois autres, lui dis-je en lui passant le tube.

– Attention, une autre flèche arrive cria Énenlil. Elle se planta encore une fois sur le pont juste à côté de nous.

L'Égyptien continuait de tirer, il avait manifestement envie de vider son carquois, mais la moindre des choses qu'on pouvait remarquer à notre avantage, c'est qu'il n'était pas particulièrement doué.

– Prêt Barzil ?

– C'est bon ça brûle !

Je montais ma première flèche, bandais mon arc aussi fort que je pouvais et lâchais mon coup. La flèche partit en faisant gémir la flamme. Elle se figea dans la toile de notre poursuivant. Je lâchais mes trois autres flèches aussi vite que je pouvais toujours en visant la toile. Celle-ci se mit à brûler sur une grande surface provoquant un début de panique chez les soldats.

La voile de notre poursuivant s'enflammait d'autant plus que le vent commençait à souffler vers le Nord-Ouest. Elle s'effondra assez vite sur le pont de nos ennemis, augmentant d'autant plus la panique à bord. Le bateau en bois et roseaux très secs allait s'ils continuaient la poursuite se transformer probablement en brasier. C'est ce que nos poursuivants semblaient avoir compris, ils tentaient maintenant d'éteindre l'incendie et ne se préoccupaient plus du tout de nous.

Le vent gonflait de plus en plus notre voile et nous prenions enfin de la vitesse. Nous restâmes un moment à regarder le bateau adverse qui fumait beaucoup et qui retournait, semblait-il, vers la plage. Il s'en était fallu de peu. Encore une fois, la chance nous avait souri. Si les soldats avaient eu d'autres archers, nous aurions pu avoir beaucoup plus de difficultés à nous en tirer aussi bien.

— Oufff, soupira Énenlil, on l'a échappé belle, superbe tactique Petit Frère, bravo. Bon, maintenant on va pouvoir libérer notre pêcheur et repartir tranquilles, dit-il.

— Alors, à vrai dire, nous avons comme un léger petit problème, répliqua Barzil qui restait planté devant le marin à l'avant du bateau.

Nous nous approchâmes mon frère et moi. Barzil regardait fixement le pêcheur, une flèche lui avait transpercé la poitrine.

— Mince, alors ça par contre ce n'est pas de chance, dis-je avec une pointe d'abattement dans la voix, pauvre homme.

— C'est ça, pauvre lui et pauvres nous, répliqua Barzil, je ne sais pas vous, mais moi je ne sais pas piloter un bateau.

— Moi non plus, avoua Énenlil, l'air aussi abattu que moi.

— Et moi encore moins, ajoutais-je.

— Bon, vu qu'on n'a pas le choix, il n'y a plus qu'à apprendre, rebondit mon frère tout d'un coup regonflé d'espoirs.

— Et comment va-t-on s'y prendre ? répliqua Barzil.

Énenlil comme à son habitude en pareil cas réfléchissait à toute vitesse, son regard balayant l'intégralité du bateau, les lèvres pincées sous l'effet de la concentration.

— Barzil, toi tu connais les Étoiles, n'est-ce pas ? Tu sauras nous guider vers le Nord-Ouest ?

— Bien sûr, rien de plus facile.

— Très bien, nous n'avons plus qu'à gérer la voile et garder le bateau aligné sur le Nord-Ouest.

– C'est justement notre cap actuel, remarqua Barzil en observant la position du soleil et les ombres que ses rayons projetaient à l'intérieur du bateau.

– Et on va aller loin ? M'inquiétais-je ?

– Si je me rappelle bien ce que nous a décrit Askerot, nous devons être à environ six lieues du port d'Ayn Soukhna. Allons vers l'Ouest puis vers le Nord en suivant la côte, on y arrivera forcément, dit Énenlil.

– Je ne suis pas certain que ce soit une très bonne idée, reprit Barzil.

– Ah bon ? Et pourquoi donc ? dit mon frère surpris.

– Si les soldats de Pharaon sont sur la rive ouest et que nous soyons trop près ils verront que nous ne sommes pas des pêcheurs, ça va éveiller leur curiosité et ils risquent d'envoyer un détachement pour nous suivre et nous intercepter au port.

– Bon, mais alors que ferais-tu toi ? dis-je avec curiosité.

– Je resterais le plus loin possible de la côte pour remonter vers le Nord. Ensuite j'attendrai que la nuit tombe, de la mer nous pourrions voir les feux du port sans être vus nous-mêmes. À ce moment-là, je foncerais vers un endroit plus au Sud-Ouest pour y chercher soit une plage de sable, soit une crique ou cacher le bateau. Nous pourrions en avoir besoin pour repartir. Ensuite j'essaierais de trouver une piste de nomades qui va à l'Ouest vers le grand fleuve Nil. Là il y a beaucoup de monde qui va d'un temple à un autre, nous passerons plus facilement inaperçus au milieu des pèlerins et des nomades.

– Pas mal, mais ça ne nous rallongera pas de trop ? Interrogea Énenlil ?

– Sûrement, d'après ce que m'en avait dit Amtar, au plus court par le port nous aurions environ 10 lieues de marche. Entre douze et quatorze par le sud, mais ça comprend cinq à six lieues en bateau sur le Nil pour descendre vers Memphis et les pyramides.

– Presque quatorze lieues ? Tu es sérieux ? reprit Énenlil un peu affolé, il nous faudra au moins une demi-lune, peut-être même une lune. Nous n'avons pas assez de nourriture et d'eau pour une durée aussi longue.

– C'est vrai, mais on pourra toujours troquer avec des caravaniers. Je connais les gens du désert, ils ne sont pas comme les soldats de Pharaon, ils nous aideront.

– Mardouk ? Tu en penses quoi toi.

Il n'était pas dans les habitudes de mon frère de me demander mon avis sur des choses importantes, il devait vraiment être en train de douter pour en arriver à me demander conseil.

– Hé bien..., je crois que l'idée de Barzil me plait, moins on verra de soldats mieux ça sera. Si on passe par le port, ils seront nombreux.

– Humm...m'oui... Bon, très bien, si c'est ce que vous pensez, pourquoi pas, acquiesça Énenlil. Cap à l'ouest donc.

Piloter le bateau n'était pas si dur que ça. Le vent gardait toujours la même direction alors il était facile de voir finalement comment agir sur la voile en tirant d'un côté ou de l'autre ou bien comment jouer sur la vitesse en baissant ou en levant la voile. Bref nous avions passé une journée très agréable en mer malgré le soleil très pesant. Il devenait par contre urgent de savoir ce que nous allions faire du pêcheur.

– Nous ne saurons jamais si cet homme avait choisi de devenir pêcheur par amour de la mer ou bien seulement pour assurer sa subsistance. Je pense que nous devrions le préparer dignement et le redonner à la mer, suggéra Énenlil.

– Je suis d'accord, répondit Barzil, de toute façon nous ne pouvons pas le garder dans le bateau. La côte est encore loin et son corps va mal supporter de rester beaucoup plus longtemps au soleil.

– Qu'entends-tu par le préparer dignement ? ajoutais-je.

– On va l'allonger, arranger ses vêtements, lui croiser les bras sur la poitrine et on va utiliser la corde des filets pour maintenir tout ça bien serré, après quoi nous pourrons le rendre à la mer.

Il ne fallut pas longtemps pour mener à bien ce travail à nous trois. Énenlil récupéra les sachets d'herbes médicinales qui avaient servi à la transaction puis après avoir souhaité bon voyage à son âme dans les champs Célestes nous le fîmes glisser doucement par-dessus bord. Le jour commençait à baisser lorsque nous aperçûmes clairement les reliefs côtiers de la rive occidentale.

D'après la carte que nous avait laissée Askerot, nous devions remonter vers le Nord encore deux ou trois bonnes heures avant d'espérer voir les lumières d'Ayn Soukhna. Comme il faisait moins chaud, nous pûmes prendre un repas bien mérité, mais en faisant attention à ne prendre que le strict nécessaire. Memphis était encore très loin.

La nuit était tombée depuis presque un béru lorsque nous aperçûmes enfin notre objectif. Nous mîmes le cap vers un point à environ deux lieues[61] plus au sud. Il nous fallut environ un béru et demi de plus pour naviguer très près du trait de côte. Barzil était à la proue pour guetter à la faible lueur de la lune d'éventuels rochers affleurants à la surface.

– Énenlil ! Regarde ! Là il y a une plage.

– Où ça ? Mon frère avait, semblait-il, plus de mal à voir la nuit que notre compagnon.

– Là, regarde, tu vois le gros rocher ? Juste cinquante coudées plus au Nord.

– C'est bon, je la vois maintenant. D'accord, on va s'y échouer.

La plage n'était pas très grande, mais bien assez pour cacher le bateau en le tirant avec une corde jusque derrière un petit monticule qui le masquerait aux observateurs en mer.

La plage était encaissée, mais en cherchant un passage nous trouvâmes un couloir assez pentu encombré de sable, mais néanmoins praticable. La journée du lendemain allait sûrement être difficile alors Énenlil décida de dormir de façon à ce qu'on ait quitté la plage un béru avant le lever du soleil.

La nuit avait été courte et fraîche. Il n'était pas facile de se réchauffer dans nos vêtements qui étaient plutôt conçus pour nous protéger de la chaleur du soleil. Nous avions une couverture, mais elle aussi était finalement légère, à tous les sens du terme d'ailleurs. Comme l'avait prévu Énenlil, nous partîmes tôt pour profiter de la fraicheur. Nous avions trouvé un chemin qui contournait vers le Sud-Ouest les contreforts d'une chaine montagneuse dont nous avions vu les sommets qui montaient très haut dans le Nord-Ouest.

---

[61] Environ 20 kilomètres.

Mieux valait rester dans les vallées que risquer un passage plus court par les cols d'altitude où le froid la nuit aurait été insupportable. Chacun d'entre nous avait pris un maximum d'eau, car nous avions trois ou quatre longues journées de marche et il ne fallait pas trop compter sur la pluie bien qu'en ce début d'année il puisse y avoir quelques averses.

— Énenlil, crois-tu que nous pourrons vraiment traverser le désert jusqu'à atteindre le Grand Fleuve de l'Ouest ? J'étais vraiment inquiet. Nous avions déjà marché longtemps et pourtant chaque colline du désert ressemblait à celles que nous avions déjà vues. J'avais l'impression que nous faisions du sur place.

— Si Dame Nisoulag ne nous avait pas donné sa médecine spéciale pour vivre dans le désert, nous n'aurions eu que très peu de chance d'y arriver, je pense, mais j'ai confiance en elle, il ne faut pas s'inquiéter, avança mon frère.

— J'avoue que je crois difficilement en ce qu'elle nous a dit. Manger quelques pastilles censées nous empêcher de perdre notre eau en transpiration n'est pas naturel. Je sens bien que ça fait de l'effet, mais j'ai quand même du mal à croire que cinq litres d'eau chacun nous suffiront. Tenir les dix à douze lieues[62] que nous devons parcourir jusqu'au fleuve ne va pas être facile.

Mon expérience du désert m'a montré que la soif est terrible sous la chaleur du soleil, dit Barzil.

— En tout cas moi je me sens vraiment bien, ajoutais-je. À Tergal, sous un tel soleil j'aurais déjà vidé la moitié de mon outre. Nisoulag est une magicienne.

— Nous verrons bien, pour l'instant essayons d'économiser l'eau autant qu'on le pourra, reprit Énenlil.

La vallée que nous avions empruntée s'enfonçait vers le Sud-Ouest. Pas une herbe à l'horizon. C'était maintenant une certitude, les soldats de pharaon ne nous donneraient pas la chasse ici, ce désert était terrifiant. Les seuls endroits où nous avions trouvé de l'ombre étaient

---

[62] Entre 100 et 120 kilomètres.

dans de petites ravines assez profondes et même là, les abris n'étaient pas très efficaces. J'avais un mal fou à imaginer l'horreur de traverser ce désert en été, cet endroit devait être une véritable fournaise. Certains avaient sans doute essayé et avaient été pris au piège, on trouvait de temps en temps des squelettes d'hommes, et de mulets.

Le deuxième jour de marche fut aussi pénible que le premier. Sans les pastilles à sucer que nous avait données Nisoulag, j'étais maintenant persuadé que nous n'aurions jamais réussi la traversée. En milieu de matinée, nous avions cherché un coin ombragé pour nous reposer le temps que le soleil passe à son zénith et redescende pour devenir moins pénible. Il n'était pas facile de dormir avec la chaleur environnante. Mais comme nous avions marché une bonne partie de la nuit nous avions besoin de nous reposer. Lorsque nous reprîmes la marche, nous arrivâmes sur une ancienne plaine sableuse. Le sol était heureusement relativement dur et nous avancions somme toute assez vite. Soudain....

– Im-balu ! Im-balu ! cria Barzil en montrant du doigt une sorte de nuage gris qui remontait rapidement du sud.

– Hein ? Que dis-tu ? C'est quoi Im-balu répondit Énenlil.

Pour ma part je regardais avec de plus en plus d'appréhension cette masse nuageuse qui se déplaçait au ras du sol. J'avoue que j'étais fasciné par les volutes qui semblaient s'enrouler les unes sur les autres. L'ensemble formait une sorte d'immense mur qui avançait vers nous à toute vitesse.

– C'est Im-balu, le vent du désert, vite ! Trouvons un abri !

– Un abri ? Tu es rigolo toi, un abri, où veux-tu que nous trouvions un abri ici ? Regarde autour de toi, il n'y a rien d'autre qu'une immense plaine de sable.

Barzil se mit à tourner sur lui-même complètement affolé. Mon frère avait raison, il n'y avait strictement aucun abri là où nous étions.

– Il faut courir alors, il faut absolument trouver un abri si on est pris dans la tourmente on risque de se perdre mutuellement. Suivez-moi, vite.

Nous avions couru aussi vite qu'on pouvait en espérant trouver des rochers ou une ravine, mais la tempête de sable était déjà sur nous. Le vent commença à siffler à nos oreilles puis ce fut le choc. Le vent violent se mit à tourbillonner autour de nous. Le sable nous fouettait le visage, et nous avions du mal à nous parler et même à nous distinguer.

– Les dieux de Kémet veulent nous empêcher de rentrer dans leur pays, cria Barzil.

– On y rentrera quand même ! répondit Énenlil en criant lui aussi.

– Énenlil ! On ne peut pas continuer comme ça, dis-je à mon tour, on n'y voit plus rien.

– Mardouk à raison, espérons qu'on tombe vite sur quelque chose, ajouta Barzil.

Une bourrasque plus violente que les autres souleva tellement de terre et de sable que le jour se changea en nuit. Je m'étais accroché à mon frère pour ne pas le perdre. Lorsque la bourrasque fut passée, Barzil n'était plus avec nous.

– Barzil ! Barzil ! criait mon frère dont la voie était presque couverte par celle des éléments en furie. J'essayais de crier tout autant, mais aucune réponse.

D'un seul coup je crus que mon cœur allait s'arrêter de battre lorsqu'une pression s'exerça sur mon épaule gauche. C'était la main de notre compagnon qui venait de nous retrouver presque par miracle.

– C'est une chance que je vous aie rejoints, cria-t-il, venez avec moi, il y a un trou par-là, je suis tombé dedans on va pouvoir s'y abriter.... Si je le retrouve. Venez !

Nous avions fait quelques pas à peine et effectivement Barzil nous avait conduits dans une dépression assez profonde pour que l'on soit moins bousculés par les rafales de vent chargées de sable.

– Prenez les couvertures et recouvrez-vous avec, ça vous protègera du sable, nous cria-t-il.

Suivant ses conseils nous nous couvrîmes entièrement de notre couverture, assis, adossés contre la zone de la dépression à l'abri du vent. L'ambiance sous la couverture était étouffante, mais au moins le sable ne nous pénétrait plus ni la bouche ni le nez. La tempête souffla ainsi un temps qui nous parut une éternité. Puis aussi subitement qu'elle était apparue, elle se dissipa. Lorsque nous avions voulu nous relever, le sable avait comblé une bonne partie de la ravine et il nous fallut un bon moment pour arriver à nous dégager sans déchirer nos couvertures. Barzil avait été le premier à se sortir du trou, il était remonté sur la piste. À la place de l'étendue plate que nous avions laissée quelques heures plus tôt il y avait maintenant une série de petites dunes de sable entre lesquelles nous allions devoir serpenter.

– Ce n'est vraiment pas de chance, nous avons perdu une demi-journée de marche et maintenant on risque d'en perdre davantage encore en marchant dans le sable. dit Énenlil, l'air abattu.

– Les dieux de Kémet sont comme ses soldats, violents et sans pitié, répondit Barzil.

– Tu crois vraiment que cette tempête nous était destinée ? dis-je à son attention.

– Oui, bien sûr. Kémet est un pays plein de magies et de sortilèges, vous le verrez quand on passera devant les constructions des temples et des palais. C'est un grand pays plein de beautés et de mystères. Les dieux de Kémet nous réservent sûrement d'autres mauvaises surprises, nous devons être prudents.

– Pas si puissants que ça ces dieux, regarde, nous sommes encore vivants, reprit mon frère.

– C'est vrai, mais on a eu beaucoup de chance, sans ce trou qui nous a protégés nous n'aurions pas tenu bien longtemps dans la tempête, affirma Barzil.

– Bon, en tous cas nous devons avancer, il nous reste au moins deux jours de marche avant de voir la vallée du grand fleuve. Vérifiez que nous ne laissons rien ici et repartons.

Intimidé ou pas par les affirmations de notre compagnon, mon frère n'avait, semblait-il, aucune envie de rester à cet endroit plus longtemps. Après avoir épousseté nos affaires et vérifié tout notre matériel, nous reprîmes difficilement notre route. Après une pause bien méritée au cours de laquelle nous avions fait un petit repas en silence, Énenlil décida de marcher toute une partie de la nuit. Même si cela annonçait des efforts supplémentaires nous avions tous envie de sortir de ce désert le plus vite possible.

Les deux jours suivants furent particulièrement difficiles. Malgré les médecines de Nisoulag, la fatigue commençait à nous gagner sérieusement. Le moral aussi commençait à s'effriter face aux bouffées de chaleur du désert. Mais Barzil qui avait vécu ce genre de voyage avant nous était heureusement toujours là pour nous motiver.

Nous venions de reprendre notre route après la pause abritée du milieu de la deuxième journée quand Barzil qui marchait en tête cria comme un fou.

– Ida Nil ! Ida Nil !

Barzil s'était retourné vers nous et nous pointait du doigt une zone floutée sur l'horizon des dunes basses. Nous arrivâmes à sa hauteur en courant.

– Où ça le Nil Barzil, où ça ?

– Regarde Énenlil, là tu vois cette zone floue, c'est l'évaporation des eaux du Nil sous la chaleur. Nous avons réussi ! Nous atteindrons la vallée avec le coucher du soleil.

– Ouiiiii ! On va y arriver, on va y arriver ! criais-je en sautant sur place. Énenlil, on va y arriver !

Même si nous étions encore loin du but nous échangeâmes pleurs, étreintes et tapes sur le dos. Voir enfin le bout de nos souffrances arrivait à point nommé pour anéantir un désespoir naissant. Deux heures de marche plus tard, nous arrivions enfin à un petit col entre les dunes, notre large chemin remontait vers le Nord en direction de la capitale du royaume. À l'Ouest, un serpent de verdure suivait aussi cette direction en zigzaguant. De notre position on devinait facilement les champs en pleine végétation, il était encore trop tôt pour les récoltes. Ailleurs il y avait de grands troupeaux de bovins. Pharaon, les notables locaux et les temples en élevaient une grande quantité pour leur propre usage.

24

Ce qui nous intéressait avant tout, était de trouver un point d'eau fraîche pour refaire le plein de nos outres et nous laver des souillures du désert. Ensuite il nous fallait trouver un bateau pour descendre le Nil. Nous arrivâmes au fleuve assez facilement sans être inquiétés.

Prendre un bain avait été un réel plaisir. Le soleil couchant donnait une vision fantastique sur le paysage verdoyant. Nous aurions aimé rester dans ce coin de paradis plus longtemps, mais notre mission nous appelait ailleurs. Nos vêtements ayant fini de sécher au soleil sur un matelas d'herbe grasse, nous reprîmes la route du Nord en suivant la rive. Quelques paysans nous regardèrent passer avec curiosité, les étrangers étaient rares sur les bords du Nil, car le chemin de la Haute-Égypte était plus à l'Ouest, à la frontière avec le désert.

Nous arrivâmes enfin à un petit village. Nous avions remarqué de loin la présence de nombreux bateaux faits en tiges de papyrus. Énenlil et Barzil s'étaient occupés des négociations pour la descente du fleuve sur les cinq ou six lieues qui nous séparaient encore de Memphis. J'attendais tranquillement sur la berge que leurs tractations soient terminées. L'atelier d'apprentissage de la langue de Kémet avait vraiment été fantastique, nous comprenions et nous parlions ce langage avec une aisance tout à fait incroyable. Deux jeunes garçons et une jeune fille de mon âge s'avancèrent vers moi.

– Salut étranger, me dit le garçon le plus grand.

– Salut, répondis-je sans grande envie de discuter.

– D'où viens-tu ?

– De la mer de l'autre côté du désert de l'Est.

– De l'autre côté du désert ? Tu as traversé le désert à pied sans mulet ?

– Oui, pourquoi ?

– Wow, c'est un grand voyage très dangereux. Et tu vas où maintenant ?

– Quelque part au Nord, on nous a vanté l'existence de trois grandes pyramides près de Memphis, nous espérons les voir bientôt.

– Pour les voir, étranger, tu vas les voir, elles sont immenses.

– On peut s'en approcher ?

– Normalement oui, mais sous bonne garde, il parait que depuis quelques temps, des tribus de nomades du désert de l'Ouest viennent piller les tombes aux pieds des pyramides. Les soldats de pharaon montent la garde.

– Ah ! Et ils sont nombreux ?

– Qui ça, les pillards ?

– Non, pas les pillards, les soldats.

– Assez oui, ils gardent aussi le fleuve à Memphis. Tous les bateaux qui y passent doivent acquitter une taxe. Les soldats contrôlent tout le monde. Tous les voyageurs qui portent des armes sont arrêtés. Il parait que certains, on ne les a jamais revus.

– Ah bon ?

– Oui, mais toi tu n'as pas d'arme, si ? Tu en as ?

– Non, non, bien sûr que non.

– Bon alors ça va, tu n'auras rien à craindre.

– Tu viens jouer avec nous au fleuve ?

– Je ne peux pas, j'attends mon grand frère, nous allons bientôt partir.

– Ça m'étonnerait.

– Comment ça ?

– Personne ne navigue la nuit. Les hippopotames renversent les bateaux et mangent les voyageurs.

– Ah ? merci de m'avoir prévenu.

– De rien, au revoir étranger, fais un bon voyage.

Je restais assis à méditer sur ce que le garçon venait de m'apprendre quand Barzil et mon frère vinrent me rejoindre.

– Alors ? demandais-je.

– C'est bon, départ demain matin à l'aube, répondit Énenlil.

– Et on va où ?

– À Memphis.

– Non : Pas Memphis, il ne faut pas ! m'écriais-je.

– Comment ça il ne faut pas ?

– Tous les bateaux qui arrivent à Memphis sont surveillés et les voyageurs fouillés et emprisonnés s'ils sont armés.

– C'est nouveau ça, et tu sors ces infos de quelle divination ? demanda Énenlil.

– C'est des jeunes avec qui j'ai discuté le temps que vous étiez en négociation qui me l'on dit. Ils n'avaient aucune raison de me mentir.

– C'est une nouvelle fâcheuse, ajouta Barzil, oui, bien fâcheuse.

– Bon, pas d'affolement, reprit mon frère, regardons la carte d'Askerot. Il nous a parlé des labyrinthes sous les pyramides, vous vous rappelez ? peut-être qu'on peut trouver un passage souterrain. Venez, trouvons un endroit où nous pourrons utiliser nos lampes sans attirer l'attention.

Nous avions vu un peu plus tôt une bâtisse en roseau de papyrus pas très loin du village, elle ferait bien l'affaire et nous pourrions en plus y passer la nuit. Une fois installés, Énenlil sortit la carte d'Askerot et avec nos lampes nous pûmes étudier les options qui s'offraient à nous. À environ une lieue au sud de la capitale de Pharaon la carte mentionnait une entrée oubliée qui donnait accès au lit asséché d'une ancienne rivière souterraine. En suivant le lit de la rivière, il était possible de remonter vers le Nord jusqu'à proximité d'une grande statue de lion à tête humaine taillée dans la roche.

– Qu'est-ce que vous pensez de cette option ? demanda Énenlil.

– On commence à être habitués aux tunnels maintenant, pourquoi aurions-nous peur de celui-ci, répondit Barzil.

– Ben justement, celui-là est naturel ! Peut-être que nous devrions nous en méfier, dis-je assez inquiet de faire autant de chemin dans le noir.

– De toute façon, c'est ça ou prendre le risque de nous retrouver aux prises avec les soldats. À Memphis ils sont sans doute des milliers. Barzil ? C'est bon pour toi ?

Barzil regarda la carte une dernière fois, me regarda avec un regard encore indécis, il regarda la carte à nouveau et répondit :

– C'est bon pour moi, trouvons cette entrée.

Bien, il faudra donc que le gars du bateau nous laisse à hauteur de cette pyramide, nous dit-il en désignant un point sur la carte de son doigt. Il regarda la carte de plus près. Snéfrou, il faut qu'on quitte le bateau en arrivant à hauteur de cette pyramide, l'entrée est à une demi-lieue du Nil au Sud-ouest de la Pyramide. Ensuite, il faudra suivre la rivière souterraine sur au moins deux lieues. Nos lampes seront largement suffisantes.

– Pas sûr répondit Barzil. Nous en aurons aussi besoin pour aller chercher l'Ur-Kilib.

– Pas de soucis, la grande pyramide se trouve à moins de deux stades[63] seulement de la statue du grand lion, assura Énenlil. Bon c'est décidé, on va faire comme ça. Ensuite il faudra aller jusqu'entre les pattes du grand lion, l'entrée secrète est à cet endroit si je me rappelle bien. Pour l'instant, dormons, demain sera encore une rude journée.

Les premières lueurs du jour venaient de pointer. Énenlil et Barzil étaient déjà sortis pour profiter du paysage et de quelques fruits sur les arbres tous proches. L'appétit venant en mangeant je les rejoignis assez rapidement pour en profiter moi aussi. Ensuite nous retrouvâmes le batelier qui nous attendait déjà. Énenlil avait décidé de ne lui parler de notre changement de destination que lorsque nous serions loin du rivage. Naviguer de bonne heure en descendant tranquillement le grand fleuve était vraiment fantastique. Cette région était d'une richesse extraordinaire. Je ne pouvais m'empêcher en regardant l'eau glisser le long de la coque en papyrus de penser à tout ce qui nous était arrivé depuis cette terrible nuit où Tergal avait été attaqué. Même si tout devait s'arrêter pour nous par malheur, il n'y aurait rien à regretter. Énenlil vint me sortir de mes tristes pensées.

– On est arrivés, prépare-toi, tout à l'air calme ici.

---

[63] 300 à 400 mètres environ.

Le bateau nous déposa sur la rive ouest. Le batelier hissa sa grande voile et remonta doucement le courant paisible du fleuve. Il y avait plusieurs pyramides ici dont deux énormes. La plus grande avait une base de plus d'un stade. Je rêvassais devant cette merveille. Qui avait bien pu construire de tels bâtiments en limite du désert. Je n'arrivais pas à en croire mes yeux. Il n'y avait pas que des pyramides ici, on devinait une certaine activité matinale dans les temples. Lorsque nous fûmes arrivés au lieu indiqué, une mauvaise surprise nous attendait. On ne voyait là que des dunes et du sable, pas un seul bâtiment qui nous donne une indication.

– Tu es sûr que c'est ici Énenlil ? demanda Barzil.

– Oui, c'est bien ici, je sais, il n'y a rien, pourtant je suis certain que nous sommes au bon endroit. Peut-être que c'est une entrée secrète, peut-être que c'est seulement un puits dans lequel il faudra descendre. Continuons à chercher, on va se partager le terrain, chacun cherchera dans son coin, on ira plus vite comme ça.

Était-ce les dieux de Kéreb qui nous jouaient un mauvais tour ou bien un sortilège nous empêchait-il de découvrir le passage ? Toujours est-il que cela faisait un bon moment que nous cherchions sans résultat. J'allais abandonner quand j'aperçus une pierre anguleuse, je m'approchais et c'est là que tous les espoirs reprirent place dans ma tête.

– Énenlil ! Barzil ! Venez voir !

Avec les mains je dégageais aussi vite que je pouvais le pourtour de la pierre. Elle était assez peu épaisse et semblait juste posée à plat sur une maçonnerie plus massive. Mes compagnons m'aidèrent à la dégager puis tous ensemble nous poussâmes pour la faire glisser. Énenlil attrapa sa lampe et regarda dans l'espace étroit que nous venions de dégager.

– Incroyable, il y a un escalier juste là et il descend profond. Il faut pousser un peu plus, on va y aller.

Il nous fallut faire un gros effort pour dégager un passage assez grand pour nous infiltrer. L'escalier large de trois coudées environ était taillé directement dans la roche calcaire. Il descendait en pente raide, profond sous le sable jusqu'à une cavité plus large qu'on devinait dans le noir tout en bas. En fait ce n'était pas juste un boyau, mais une vaste tranchée. Avec nos lampes nous pouvions voir, haut au-dessus de nos têtes, un plafond horizontal fait de multiples blocs de pierre alignés et jointifs. Nous descendîmes ainsi sur presque soixante coudées avant d'arriver sur un sol plat assez vaste pour accueillir une centaine de personnes. Avec les lampes nous fouillâmes l'obscurité. Il y avait une sorte de gigantesque grotte qui s'enfonçait vers le Nord et le sud en formant un grand tunnel au fond duquel coulait un petit cours d'eau. À une époque reculée, la rivière souterraine devait être bien plus puissante. Par curiosité je goûtais l'eau, elle était fraîche et vivifiante.

— Barzil avait raison, dis-je, ce pays est plein de mystères. Qui a bien pu creuser la roche pour venir jusqu'à cette rivière et pour quoi faire ? Un puits aurait été bien suffisant.

— Peut-être pas, venez voir, dit Barzil.

Il était en train d'éclairer ce qui semblait être une barque en mauvais état.

— Une barque ? dit Énenlil. C'est quoi cette histoire ? Que vient faire une barque ici ?

— Et il n'y en a pas qu'une, regardez, dis-je en éclairant un peu plus loin. Il y en a deux autres dont une semble en bon état. Tu crois qu'elles pourraient naviguer ? dis-je à mon frère.

— Elles en ont l'air, venez on va en mettre une à l'eau, nous dit-il.

Les deux barques étaient bien plus grandes que nous l'aurions cru.

Elles semblaient faites pour des gens plus grands que la moyenne des hommes. Mais des géants comme nos amis de Namsis auraient eu malgré tout du mal à s'y installer. La rivière souterraine coulait paisiblement. Nous poussâmes une des barques à l'eau.

— Tu crois que cette rivière va dans la bonne direction Énenlil ?

— Je ne sais pas trop, elle est orientée au Nord en tous cas.

— Mais si ce n'est pas le chemin qui est sur la carte d'Askerot on risque de s'éloigner et de ne jamais pouvoir revenir à la surface, dis-je très inquiet.

– D'un autre côté, nous n'avons rien trouvé d'autre, répondit mon frère.

– Allons-y, nous verrons bien, mais gardons deux des lampes éteintes, on ne peut pas savoir combien de temps nous allons rester dans l'obscurité, reprit Barzil.

Les parois défilaient depuis presque un béru et nous avancions toujours vers le Nord selon l'instrument d'Askerot. Par endroit nous avions vu des gravures étranges sur la roche. Une chose m'inquiétait un peu, un bruit léger et sourd commençait à prendre forme. Plus nous descendions le courant et plus il grandissait. Le courant lui-même devenait plus important.

– Énenlil, ça ne me dit rien qui vaille ce bruit, dit Barzil.

– Je suis d'accord, ajoutais-je.

– Le bruit m'inquiète un peu, mais c'est plutôt que le boyau se rétrécit qui m'inquiète et il n'y a plus de place pour marcher au sec si on veut descendre. À part revenir en arrière je ne vois pas ce qu'on pourrait faire. Allons un peu plus loin, on verra bien, répondit mon frère.

Malheureusement pour nous le courant se mit brutalement à augmenter, un bruit sourd et puissant résonnait maintenant dans le tunnel et nous avions de plus en plus de mal à piloter la barque. Le pire arriva bientôt quand la barque fut entrainée à toute vitesse sur une rivière maintenant violemment agitée. Il nous avait fallu nous battre pour rester à flot et ne pas fracasser notre barque sur les rochers. Heureusement le passage délicat n'avait pas duré trop longtemps et la rivière coulait à nouveau doucement. Combien de temps étions-nous restés comme cela sous terre ? Difficile à dire. La chose la moins agréable était que nous étions trempés et l'air frais de la rivière nous faisait greloter.

– Regardez ! cria Énenlil.

– Une plateforme, un quai peut-être, répondit Barzil.

– Ramez, on va descendre ici, reprit mon frère.

La plateforme était spacieuse, le sol ici aussi avait été taillé directement dans le calcaire. Nous tirâmes la barque pour la laisser en lieu sûr et nous cherchâmes une sortie. Un escalier identique à celui que nous avions descendu plus tôt grimpait vers la surface. En haut, l'escalier débouchait dans un couloir horizontal. Celui-ci serpentait jusqu'à une ouverte rectangulaire encombrée de débris de roches qu'il nous fallut dégager pour obtenir un passage assez grand pour sortir en rampant. De notre position nous pouvions voir le fleuve Nil couler majestueusement. Une grande activité y était visible. En nous déplaçant un peu sur la gauche un spectacle fabuleux s'offrit à nous.

– Woua ! Vous avez vu ça ? M'écriais-je ?

– Fantastique, oui, quelle beauté, répondit Énenlil.

Barzil n'avait rien dit, il regardait les trois grandes pyramides dont le revêtement blanc étincelait au soleil couchant.

– Regardez, là, dit-il soudainement, le lion à tête humaine.

– La chance est avec nous. Mais restons cachés ici jusqu'à la tombée de la nuit, il ne servirait à rien de se faire prendre si près du but, dit mon frère.

Rester sur place toute la soirée avait été très long. Nous avions attendu que la nuit soit bien installée pour prendre la direction du lion. Il nous fallut à peine un quart de béru[64] pour l'atteindre. Pas de soldats en vue, nous avancions prudemment. Lorsque nous arrivâmes devant la poitrine gigantesque du lion, l'inquiétude commença à nous gagner. Pas de porte, pourtant Askerot nous avait bien dit qu'il y avait un passage. Impossible de trouver une ouverture quelconque. Mais en faisant le tour du lion, nous trouvâmes un trou près de la patte arrière droite assez grand pour nous y infiltrer. Il y avait un escalier puis une salle de dix coudées sur dix environ. Un couloir remontait à gauche sur une autre dizaine de coudées et aboutissait à un escalier qui descendait cette fois d'au moins vingt coudées sous les pattes arrière.

Arrivés en bas nous débouchâmes dans un grand hall rectangulaire dont le plafond était soutenu par douze énormes colonnes. Les murs peints de magnifiques fresques étaient décorés par d'immenses statues de pierre recouvertes d'or.

---

[64] Une demi-heure.

Les statues ne représentaient pas des hommes, mais une espèce ressemblante avec des yeux énormes en amande et une tête au crâne beaucoup plus allongé que celui d'un humain normal. Cette grande salle était fantastique. Les fresques semblaient raconter un passé lointain. On y voyait des hommes, des animaux étranges et des géants. Dans ce qui représentait le ciel, on voyait d'étranges objets avec des formes humaines à l'intérieur qui semblaient voler au-dessus des nuages et des paysages.

Au bout du grand hall nous arrivâmes dans une autre salle, circulaire cette fois, dont le plafond en forme de dôme était peint de constellations d'Étoiles. Le pourtour était soutenu par 24 colonnes étroites. Du côté opposé il y avait un grand couloir qui s'enfonçait vers le Nord-Ouest. De chaque côté d'autres couloirs donnaient accès à d'immenses salles dont certaines semblaient renfermer tout un assortiment de machines de toutes sortes. J'aurais voulu aller les observer, mais nous n'étions pas là pour ça et le temps nous aurait manqué. Énenlil tenait à la main l'objet que lui avait donné Askerot et qui indiquait la direction de l'Ur-Kilib. Nous avions franchi environ un stade et demi quand l'objet se mit à clignoter d'une petite lumière rouge. En inspectant le couloir avec nos lampes, nous trouvâmes un petit renfoncement dans le mur à environ quatre coudées de haut.

— Tu crois que c'est ici ? demandais-je à Énenlil.

— Si on s'en tient à l'outil d'Askerot, oui, répondit-il. Ils avaient raison, toi seul peux entrer dans ce petit conduit. Avec Barzil nous allons t'aider à l'atteindre. Prends ma lampe en secours, on ne sait jamais. Tu es prêt Petit Frère ?

— Non, mais ce n'est pas comme si j'avais le choix, n'est-ce pas ?

— Allez, ne t'inquiète pas Mardouk, on a vu bien pire depuis notre départ, non ?

— C'est bien ce qui m'ennuie, qu'est-ce que je vais encore trouver comme problème là-dedans ?

— On n'est pas arrivé jusqu'ici pour repartir les mains vides. Toi seul peux y aller, courage, Petit Frère.

Barzil et Énenlil me soulevèrent. Le boyau était étroit. Après une partie horizontale, il grimpait avec un angle assez violent. Je rampais avec difficulté dans la poussière en cherchant des appuis pour ne pas glisser et redescendre. Au bout de quarante coudées environ le boyau revint en position horizontale.

Il débouchait dans une pièce rectangulaire assez grande d'au moins vingt coudées sur dix et presque autant en hauteur. Un grand couloir partait sur la droite, mais je vis qu'il était obstrué de pierres et de terre.

Sur la gauche il y avait un autre couloir dégagé qui s'enfonçait sur une vingtaine de coudées pour aboutir dans une pièce circulaire sans aucune décoration ni inscription. Tout autour il y avait une série de douze niches dont une était occupée par une sorte de boite longue d'environ trois mains et haute de deux, tout comme sa largeur. J'allais m'en saisir, quand je fus frappé d'effroi. Des scorpions, il y avait des scorpions !

Je reculais en sursaut, la panique me gagnant de plus en plus. Si je me faisais piquer, ça en serait fini de notre incroyable aventure. Franchement, mourir ainsi ne m'emballait pas du tout, mais comment faire. Je regardais autour de moi, il n'y avait rien pour m'aider. J'allais renoncer quand je me souvins du bâton de feu d'Amtar. Je fouillais mes vêtements à toute vitesse. Il était là, mon seul espoir. Je l'attrapais en priant Enki qu'il fonctionne encore. Je fis tourner la molette et mon bonheur fut immense de voir la flamme jaillir.

Doucement je m'avançais vers la boite. À la flamme, les scorpions reculèrent lentement vers le fond de la niche. J'évitais de trop approcher la flamme pour ne pas les mettre en colère. Je tenais la lampe d'Askerot coincée avec les dents et de ma main gauche je fis avancer délicatement la boite vers moi. Lorsqu'elle fut prête à tomber je la tirais un grand coup pour la récupérer en m'éloignant du mur.

J'aurais voulu vérifier le contenu, mais d'autres scorpions arrivaient maintenant du fond de la pièce. Sans demander mon reste, je retournais au conduit, plein d'angoisse de me retrouver coincé par d'autres scorpions. Heureusement il n'en fut pas ainsi et je pus m'engager tête la première en poussant la boite devant moi. Sans prêter attention aux blessures que je me faisais aux mains en les cognant sur la pierre je fis aussi vite que je pus. C'est avec les mains en sang que mon frère et Barzil me récupérèrent à la sortie du conduit.

— Qu'est ce qui t'est arrivé, me demanda Énenlil l'air affolé par l'état de mes mains.

— Des scorpions, il y avait des scorpions qui protégeaient la boite. J'ai eu peur qu'ils me poursuivent.

— Et la boite, c'est l'Ur-Kilib ? interrogea Barzil.

— Je n'en sais rien, il n'y avait que ça.

— Ouvrons là, on ne peut pas repartir sans savoir.

Délicatement, Énenlil posa la boite au sol. Il l'épousseta et fit pivoter deux petits verrous. Le couvercle bascula en grinçant. Quelque chose était enveloppé dans un épais linge noir. Énenlil nous regarda. Nous restions silencieux, nous étions trop en tension pour oser parler. Mon frère souleva le voile de tissu.

Un objet magnifique était là devant nous. On aurait dit comme des cristaux lumineux de différentes couleurs, encapsulés dans une gaine transparente. D'un côté il y avait une sorte de poignée et de l'autre différentes formes circulaires et rectangulaires en or. Il n'y avait pas un bruit dans la pièce, nous aurions pu entendre nos cœurs cogner à toute vitesse, nous ne respirions même plus. Énenlil reposa le linge et referma précautionneusement la boite.

— On l'a trouvé ! On l'a trouvé ! s'écria-t-il.

Énenlil et Barzil me sautèrent dessus et nous roulâmes sur le sol en embrassades, tout en pleurant de joie.

— On l'a trouvé, on l'a trouvééééé ! Hé hé ! On l'a trouvéééééééé !

25

Lorsque nous sortîmes des entrailles du lion de calcaire, le ciel était particulièrement limpide. La lune éclairait déjà puissamment et tout le paysage était plongé dans une atmosphère étrange. Les grandes pyramides renvoyaient la lumière sélène sur tout le plateau pierreux qui semblait luire d'une enveloppe mystique. Nous en avions discuté avant de sortir de notre abri, il ne nous était pas possible de revenir en arrière. Il nous fallait donc trouver un autre chemin pour rentrer chez nous.

Nous avions étudié la carte d'Askerot et la seule option qui s'offrait à nous était clairement de partir vers le Nord-Est pour nous éloigner le plus possible de la capitale Memphis et ses soldats sans s'approcher de trop près de la Cité d'Héliopolis. Ensuite il nous faudrait trouver le moyen de traverser le fleuve pour rejoindre plus à l'Est la route des migrations qui reliait le delta du Nil aux terres lointaines du Pays de Canaan et plus loin encore du pays des grands cèdres verts, le Liban.

Notre problème principal était de passer inaperçus dans ce qui était certainement la partie du monde connu la plus populée. Pas question non plus de faire n'importe quoi, les bords du grand fleuve étaient particulièrement dangereux dans le delta. Les rives cachaient serpents et crocodiles toujours en embuscade. Si marcher de nuit était sans doute la meilleure des solutions, elle pouvait aussi nous être fatale.

Kéreb n'était pas un pays facile à traverser, il avait ses yeux et ses oreilles. Trois ombres, aussi discrètes soient-elles, finiraient bien par se faire remarquer. Aussi surprenant que cela paraisse, nos plus dangereux ennemis n'allaient pas être les soldats de Pharaon.

Ils seraient ses lévriers à oreilles droites qui montaient la garde la nuit quand ils n'étaient pas en chasse avec leurs maîtres.

En descendant vers le fleuve, nous rencontrâmes sur notre route des tentes de nomades. Barzil nous fit stopper.

– Nous avons besoin de renseignements, j'ai une idée, je crois qu'il serait utile de nous arrêter auprès de ces nomades. L'hospitalité est une règle d'or chez les gens du désert. Si vous me laissez faire, nous pourrions apprendre pas mal d'informations nécessaires pour continuer notre voyage.

– Mais si l'un d'entre eux nous dénonce ? s'inquiéta mon frère.

– Je ne pense pas, ces gens ont un code de l'honneur que beaucoup pourraient leur envier. N'oubliez pas que je suis moi-même membre d'une tribu du désert, cela va sans doute grandement faciliter nos échanges.

– Mais il est tard, les nomades doivent dormir, dis-je avec interrogations.

– Non Mardouk, le peuple du désert aime se coucher tard. La soirée est un moment privilégié pour discuter entre divers membres d'une caravane. Il y a de fortes chances que ce soit le cas pour eux.

– L'idée ne me plait pas beaucoup, mais effectivement tu as raison, nous manquons d'informations sur ce pays et surtout sur le moyen de passer sur la rive droite du Nil sans être inquiétés, dit mon frère.

Il se rendait bien compte que nous étions livrés à nous-mêmes et que nous ne pouvions pas prendre de risques inconsidérés en continuant sans aide.

– Bon, on fait comme ça alors. Laissez-moi parler, ne dites rien, mieux vaut ne pas éveiller de soupçons. Ces gens ne sont pas idiots, ils détecteraient vite une incohérence dans nos propos. S'ils vous adressent la parole, soyez brefs et laissez-moi reprendre la main. Il est courant d'échanger des cadeaux entre gens du désert. Nos bourses d'herbes médicinales auront un grand intérêt pour eux, tenez-les prêtes pour un échange s'il le faut.

– Pas de soucis, mais attention, nous en aurons aussi besoin pour payer un batelier ou pour échanger de la nourriture.

Sans grand enthousiasme nous suivîmes Barzil sur le chemin qui conduisait au groupement des tentes. Il nous conduisit directement vers la plus grande.

Un homme en gardait l'entrée sur une chaise basse faite d'un tissu épais tendu entre quatre bois assemblés en croisillon. Lorsqu'il nous vit il se leva et attendit les mains appuyées sur les hanches que l'on soit plus près, tout en ayant prévenu quelqu'un à l'intérieur.

— Salut à toi, paix santé et longévité à toute ta tribu, dit Barzil en plaçant sa main droite sur son cœur.

— Salut à vous voyageurs, paix et santé. Accepterez-vous l'hospitalité de notre tente ?

— Ce serait un honneur, répliqua Barzil. Qui devrons-nous remercier ?

— Cette tente est celle du Cheikh[65] Omar. Suivez-moi.

Barzil se retourna vers nous et nous dit discrètement : "Il est de coutume de se déchausser pour entrer dans la demeure d'un Cheikh, faite comme moi".

L'homme pénétra sous la tente, suivi de Barzil, de mon frère et moi. Plusieurs grands tapis recouvraient le sol. Au milieu de la pièce trônait une table basse ovale. Dessus était posé un énorme plateau en métal sur lequel étaient disposés de façon ordonnée plusieurs gobelets en pierre, des coupelles remplies de dates et juste à côté une grande jarre à bière. Plusieurs sandales étaient posées à l'entrée, un signe évident que nous devions effectivement nous déchausser. Tout autour étaient alignés en demi-cercle de nombreux coussins aux couleurs bariolées. Une dizaine d'hommes y étaient assis ou allongés. Celui au centre était à l'évidence le chef de la tribu. Barzil s'avança vers lui, se prosterna et dit :

— La paix soit sur ta maison Cheikh Omar.

— Et sur la tienne et celle de tes compagnons. Quel est ton nom ?

— Je me nomme Barzil, voici Énenlil et son frère Mardouk, mes amis.

— Vous ne semblez pas être de ce pays, d'où venez-vous ?

____

[65] Chef de tribu nomade en Arabie à l'époque préislamique.

– Nous sommes des voyageurs du pays de l'autre côté des montagnes du Sinaï, Noble Omar.

– Vous êtes bien loin de chez vous.

– Oui, et nous souhaitons y retourner maintenant que nous avons vu les merveilles de Kémet.

– Prenez des coussins et partagez avec nous la bière et le miel.

– Avec plaisir.

La soirée avait été une succession ininterrompue de jeux de questions-réponses sur nos pays respectifs, nos familles, nos plaisirs, et tout un tas d'autres sujets qui nous faisaient penser que cela durerait toute la nuit. Barzil eut à un moment l'envie de se détendre un peu. Il releva légèrement son bras droit laissant filer le vêtement qui le recouvrait.

Un des convives avait-il pris ce geste inoffensif comme une offense ? Il se leva d'un bond, sauta sur Barzil tel un fauve et saisit le bras en question. Mon frère et moi avions cru à une attaque, nous nous étions levés aussitôt la main sur la poignée de nos épées, prêts à dégainer. Le Cheikh Omar s'était lui aussi levé ainsi que l'ensemble des hommes présents dont les mains étaient prêtes également à se saisir des couteaux ou des épées qui pendaient à leurs ceintures.

L'incroyable se produisit alors. Après avoir dénudé le bras droit de Barzil, l'homme s'était agenouillé face contre terre et fixait intensément le bras de notre compagnon. Le tatouage qui lui couvrait l'avant-bras avait eu un effet plus qu'étonnant sur le nomade.

– Seigneur, pardonne mon impudence, je suis ton humble serviteur.

Les hommes lâchèrent leurs armes et le Cheikh Omar s'avança

– Qu'y a-t-il Metkech ?

– Seigneur Omar, cet homme est mon Prince, le fils du Roi de ma tribu, ce tatouage, c'est celui du fils de mon Roi.

Le silence avait empli subitement la tente.

– Es-tu celui que Metkech évoque ? questionna Omar.

– Je le suis. Mais il y a bien des lunes que j'ai été arraché à la tribu de mon Père Assad El Kérif au Pays de Canaan.

— Par les démons des sables brûlants, ma demeure est honorée de ta visite. Comment pouvons-nous t'être agréables, Noble Prince ?

Barzil se lança dans une explication précise de notre volonté de traverser le fleuve pour rejoindre la mer à l'Est. C'est là que nous apprîmes que les nomades allaient participer à une expédition qui partait deux jours plus tard vers le Liban. Ils nous offrirent de nous héberger ce temps-là et de nous intégrcr dans la caravane pour nous dissimuler aux soldats de Pharaon.

Jamais nous n'aurions souhaité meilleur appui dans notre voyage. Les deux journées d'attente furent passionnantes à tous les points de vue. Deux jours plus tard, c'était enfin le départ. Le Cheikh Omar nous avait fait habiller selon la coutume de sa tribu et notre métamorphose nous dissimulait parfaitement au sein des autres nomades.

Était-ce Enki qui avait conduit nos pas jusqu'à la tribu du Cheikh Omar ou bien une pure chance, toujours est-il que sans cette rencontre nous aurions eu beaucoup de mal à poursuivre notre route. Ce n'était pas un fleuve qu'il nous fallait traverser à notre grande surprise, mais plusieurs. Le Nil s'évasait en effet un peu plus tôt en amont en plusieurs bras assez larges qui s'éloignaient vers le Nord en s'écartant pour former un grand delta jusqu'à la grande mer du Nord. Pour rejoindre la rive orientale, nous avions dû traverser plusieurs cours d'eau plus ou moins larges sur de grands bateaux à fond plat faits en roseaux de papyrus. Cela nous avait pris une bonne partie de la journée.

En milieu d'après-midi nous avions rejoint d'autres groupes de nomades qui avaient formé un petit village de tentes où régnait une intense activité pour les préparatifs du vrai départ du lendemain. Les hommes s'occupaient de vérifier les marchandises et regroupaient les animaux de bât dans d'immenses enclos. Des feux avaient été allumés pour faire rougir les empreintes de bronze qui servaient à marquer le bétail avant le départ. Les femmes remplissaient les outres d'eau et faisaient d'incessants allers et retours vers un gigantesque marché où elles s'approvisionnaient en fruits secs, en diverses céréales, en viandes séchées et en galettes diverses enveloppées dans des feuilles de palmiers.

Après l'activité fébrile de la journée, les hommes de la tribu avaient monté la grande tente du Cheikh pour la dernière soirée. Presque tous allaient passer la prochaine nuit à la belle étoile. Nous avions été invités à partager le repas du soir du Cheikh Omar. Barzil aurait voulu passer plus inaperçu, mais beaucoup de nomades étaient venus toute la soirée pour le saluer et en retirer croyaient-ils une sorte de bénédiction. Cette soudaine notoriété nous avait fait craindre de nous faire repérer par les soldats de Kémet, mais tout s'était finalement bien passé. Les soldats semblaient mépriser les nomades, ils étaient restés toute la journée à nous observer d'assez loin du campement, sous l'ombre des palmiers dattiers.

Tout le monde fut à pied d'œuvre le lendemain Un béru avant le lever du soleil. Le Cheikh Omar nous avait placés sous sa protection. C'était impressionnant de voir la longue file d'hommes et de bêtes qui s'étirait sur plus d'un stade. Barzil marchait aux côtés du Cheikh Omar, nous étions restés en arrière, mon frère et moi, pour les laisser discuter entre eux tranquillement.

– C'est un long chemin pour rejoindre le Pays des Grands Cèdres dit Barzil.

– Oui, et c'est sans doute une des dernières fois que nous le faisons, répondit Omar.

– Pourquoi ça ?

Pharaon fait construire des bateaux de plus en plus grands et solides. Ils transportent plus et plus vite que nous ne pourrons jamais le faire. Nous retournerons sans doute bientôt, comme autrefois, à longer les bordures du désert avec nos troupeaux de chèvres.

– Je comprends, ce n'est pas avec des mulets[66] et des ânes que la caravane peut être efficace.

– J'ai une question à te poser jeune prince. Pourquoi portes-tu un nom qui n'est pas du Pays de Canaan ?

Barzil ne s'attendait pas à une telle question. Il hésita puis répondit :

---

[66] NDA: Le chameau et le dromadaire n'étaient pas encore connus à cette époque.

– C'est par respect pour la famille du Seigneur Nikereb, le père de mes compagnons. C'est le nom qu'ils m'ont donné à une époque où je voulais garder le mien secret.

– Ah ? C'est une chose honorable. Mais à moi, me diras-tu ton vrai nom ?

– Bien sûr, c'est Mouadziz.

– Mouadziz ! Oui, un bien joli nom pour un Prince.

– Merci.

– Il y a une autre chose que je ne comprends pas, pourquoi voulez-vous aller au sud le long de la rive orientale de la mer ? Il n'y a que le feu du soleil dans cette zone désertique.

– Il y a aussi un secret qu'il nous faut retrouver et que je ne peux révéler sans perdre mon honneur.

Le Cheikh Omar regarda Barzil profondément dans les yeux. Il hocha longuement la tête et ne posa plus de questions.

Au quatrième jour il était temps de nous séparer de la caravane et de nos amis caravaniers. Le cheikh Omar et Barzil s'étaient entretenus une dernière fois. Ils avaient échangé leurs épées en signe d'adieu. Quant à nous, le Cheikh nous avait offert à chacun un couteau traditionnel et nous lui avions offert en retour trois poches d'herbes médicinales et une bourse remplie de billes de lapis-lazuli. Nos propres armes nous en aurions sans doute encore besoin.

– Que la paix soit sur vous tout au long de votre quête, nous avait dit le Cheikh Omar.

– Que les dieux du désert protègent le Cheikh Omar, sa tribu et tous ses compagnons de route, avions-nous répondu ensemble la main sur le cœur.

Nous étions restés un moment à regarder la longue file de nomades s'éloigner vers le Nord en direction de la Grande Mer qu'ils longeraient bientôt jusqu'au Liban. Quant à nous, il nous restait un long périple vers le sud pour retrouver la porte cachée dans la montagne. Les cinq journées suivantes furent difficiles, non pas du fait de la chaleur, mais plutôt parce que chaque pas nous éloignait un peu plus d'une aventure extraordinaire et nous rapprochait des probables difficultés avec les soldats des mines de Pharaon.

Nous nous étions tenus éloignés du port d'Al Markha. Les pêcheurs du village devaient nous tenir pour responsable et nous en vouloir à mort de la disparition de leur malheureux camarade. Il n'était pas nécessaire de nous rappeler à leurs mauvais souvenirs.

Ensuite il nous fallut presser le pas, nous avions épuisé notre stock de pastilles miraculeuses et notre réserve d'eau diminuait d'une façon alarmante. Nous en avions longuement discuté, pas question de tenter, même de nuit, le passage au poste de guet dans le défilé. Avec la disparition des deux gardes qui nous avaient interceptés à l'aller, le commandant de la garnison de la mine avait certainement renforcé ses effectifs. Malgré la fatigue nous avions décidé de continuer plus loin vers le sud puis de prendre à l'Est en passant par les cols d'altitude pour rejoindre notre point de départ. Ce que nous ne pouvions pas deviner, c'est qu'un guetteur isolé nous avait repérés. Il était parti aussitôt donner l'alerte.

Depuis le matin nous nous battions contre les rocailles. C'est Barzil qui se rendit compte le premier que nous étions poursuivis.

– Ça, ce n'est pas bon du tout, regardez, les soldats de Pharaon nous ont trouvés, nous dit-il avec inquiétude. J'en compte…, quinze, seize, dix-sept, dis huit, il y en a dix-huit !

– Il nous reste encore environ dix stades[67] à parcourir. Nous y sommes presque, courons aussi vite qu'on le peut, dit Énenlil, ce n'est pas le moment de les attendre.

– Je ne sais pas si je vais pouvoir, j'ai la bouche et les lèvres desséchées par la soif et l'escalade des cols m'a vidé de mes dernières forces, répliquais-je en me laissant tomber par terre.

Énenlil attrapa son outre.

– Bois Petit Frère, je n'ai pas soif, finis-la. Nous t'aiderons, ne t'inquiète pas.

Je regardais le visage fatigué et recouvert de sueur de mon frère, lui aussi avait les lèvres gercées par le manque d'eau.

---

[67] Un peu moins de deux kilomètres.

— Tu crois qu'on va y arriver ? Regarde en bas à quelle vitesse ils montent vers nous. Les soldats nous auront rattrapés avant qu'on arrive à la porte.

Énenlil regarda la pente devant nous puis il se retourna pour regarder la vingtaine de soldats qui s'étaient lancés à nos trousses. Il jeta l'outre vide, me souleva par le bras et me poussa en avant.

— Barzil ! Allcz, Allcz, on y va, on y va ! Vitc !

Courir à bout de force dans la caillasse de cette pente raide était un véritable supplice. Les soldats gagnaient sur nous inexorablement. Nous avions parcouru les deux tiers de la distance jusqu'à la porte secrète lorsque je glissais sur une pierre ronde, mon pied se coinça entre deux autres pierres au moment où je tombais. J'entendis un craquement à ma cheville droite puis une douleur intense me parcourut tout le corps. Je me dégageais le pied en criant horriblement de douleur.

Barzil qui était le plus près de moi se précipita sur ma cheville qui enflait déjà. Un regard de désespoir traversa son visage. Il s'adressa à mon frère qui était revenu sur ses pas.

— Mardouk n'ira pas plus loin, il a la cheville cassée.

Énenlil me regarda le regard perdu dans ses pensées les plus sombres.

— Barzil, prend l'Ur-Kilib, mon épée, mon arc et mes flèches, je vais le porter.

— Le porter ? Tu es fou ? On arrive à peine à avancer dans ces rochers !

Mon frère resta sourd à l'avis de Barzil, il se précipita sur moi, me hissa sur son épaule pendant que je poussais un hurlement de douleur. Puis en titubant, il continua de grimper. Il avait réussi à nous faire parcourir la moitié de la distance restante lorsqu'il s'effondra sur un emplacement à peu près plat, vidé à son tour de toute force. Barzil n'allait pas beaucoup mieux. Les soldats par contre allaient être bientôt à un trait de flèche.

— Dans un effort ultime, Énenlil se redressa.

– Très bien, puisque c'est comme ça, battons-nous ! Nous avons juste assez de flèches pour les retarder. Vite, Barzil, montons les arcs. Mardouk, tu crois que tu peux tirer ?

– La douleur est affreuse, mais la mort le sera tout autant, je tirerai, oui, je tirerai.

– C'est toi le meilleur tireur, nous allons te préparer les flèches et te maintenir debout. Essaie de ne pas t'appuyer sur la cheville et d'en tuer le plus possible.

Vingt-six flèches, pas une de plus et la vingtaine de soldats qui grimpaient aussi vite qu'une chèvre poursuivie par un lion. Le pari me parut intenable, mon frère le savait bien et Barzil aussi, mais aucun d'eux ne m'aurait abandonné à mon triste sort. La route avait été bien longue pour échouer si près du but. Je ne sais plus si mes yeux pleuraient de douleur ou si c'était de savoir que nous allions mourir côte à côte. Je les essuyais d'un revers de main, pris mon arc, ma première flèche et tirais. La flèche passa à moins d'une coudée de sa cible et s'écrasa en ricochant sur les rochers en contrebas.

J'essuyais une nouvelle fois mes larmes. La deuxième flèche toucha sa victime en pleine poitrine. La troisième loupa encore sa cible. J'essayais de faire de mon mieux, mais la position n'était pas optimale, je souffrais terriblement et mes tirs en restaient trop imprécis. Lorsque j'ajustais mon dernier tir il restait encore six soldats, mais ma dernière flèche ne fit qu'effleurer sa cible.

– C'est fini, dis-je, j'ai échoué, nous n'arriverons pas à nous battre deux contre six.

– Et bien s'il doit en être ainsi, nous mourrons en hommes libres ! cria Énenlil.

– Mourir en homme libre, oui ça me plait ça, cria Barzil à son tour.

Ils me déposèrent au sol, prirent leur épée et firent face aux soldats qui allaient bientôt être sur nous. Le premier n'était plus qu'à vingt coudées lorsqu'il s'arrêta net comme paralysé d'effroi. Les autres en firent tout autant.

Mon frère cria un son horrible en agitant son bras gauche et son épée. Barzil en fit tout autant. Les soldats de Pharaon firent demi-tour en ordre dispersé courant aussi vite qu'ils le pouvaient pour redescendre de la montagne.

— Ben ça alors ? Poussa Barzil sans rien y comprendre.

— Comme tu dis, qu'est-ce qu'il leur prend ? répondit Énenlil.

— *Peut-être qu'ils ont eu peur !* répondit une forte voix amusée dans notre dos.

Nous nous retournâmes d'un bond. Askerot était là avec Amtar et deux gardes à la tenue en écailles de poisson. Il arborait un visage radieux. Le voir ainsi, debout dans les rochers, lui donnait une allure gigantesque.

— ASKEROT ! AMTAR ! Ouiiiiiiiiiii ! criais-je si fort qu'on avait dû m'entendre de l'autre côté de la planète.

26

Le trajet du retour dans l'œuf d'Askerot nous avait semblé très confortable finalement. Aussitôt revenu à Namsis j'avais été conduit dans un endroit médicalisé du monde sous-terrain. Nisoulag m'y avait fait respirer un gaz assez odorant, j'en avais perdu la notion du temps. Je m'étais enfoncé dans le sommeil et la douleur de ma cheville avait disparu. Combien de temps s'était-il passé ? Je ne savais pas. Reprenant doucement mes esprits, j'ouvrais les yeux difficilement, j'étais allongé sur un grand lit la tête appuyée sur un coussin très confortable dans une pièce vaste et éclairée d'une douce lumière tamisée très reposante. Il y avait en sourdine une musique fabuleuse qui invitait à se laisser aller en rêveries. En me laissant flotter dans les brumes du sommeil encore présent je me rappelais que Nisoulag m'avait dit que tout se passerait bien.

Je regardais mes jambes, celle de droite était posée sur un coussin très plat. Mon pied était entouré d'une matière rigide, légère et transparente qui le prenait des doigts jusqu'à mi-hauteur du mollet. Avec plaisir je constatais que je ne ressentais plus aucune douleur à la cheville. Je restais oisif un bon moment à écouter tranquillement la musique. J'allais finalement me lever lorsque la porte en face du lit s'ouvrit. Askerot entra suivi de Nisoulag. Tous deux affichaient un sourire bienveillant. Je passais machinalement ma langue sur mes lèvres. Les gerçures provoquées par la soif des derniers jours avaient disparu.

— Comment se sent le porteur d'espoirs ? dit Askerot.

— Aussi bien que si j'avais passé trois jours à dormir, répondis-je en m'étirant.

— Et bien, à vrai dire, ce n'est pas loin de la vérité. Nous avons même cru que tu ne te réveillerais jamais, répondis Nisoulag qui s'était approchée à droite du lit pour me saisir la main gauche avec beaucoup de douceur.

Askerot manipula un petit boitier qu'il tenait en main et la lumière augmenta progressivement. J'allais à nouveau tenter de me lever lorsqu'Amtar déboula dans la pièce comme s'il avait été en retard. Il fit le tour du lit par la gauche et me frotta le cuir chevelu de sa grosse main. Ses parents riaient de bon cœur.

— Voilà le petit veinard qui se la coule douce pendant que les autres travaillent d'arrache-pied à la suite des aventures, s'exclama-t-il.

— Hein ? Quelles aventures ? dis-je très intéressé.

Un bruit de course rapide dans le couloir nous fit tourner la tête vers la porte. Énenlil et Barzil pénétrèrent en trombe dans la chambre. J'eus juste le temps de me reculer pour m'adosser au dossier du lit sur mon grand coussin.

— Salut, Petit Frère, alors ça y est ? Tu es enfin revenu du pays des rêves ? Tu en a mis du temps !

Il s'était assis sur le lit près de moi regardant avec curiosité l'étrange matière qui immobilisait ma cheville blessée. Barzil s'était lui arrêté au pied du lit. Il ne disait rien, mais me salua d'un large sourire et d'un hochement de tête la main droite posée sur le cœur.

— Amtar, de quelle aventure parles-tu ? dis-je en me tournant vers le jeune géant. Je me sentais à nouveau plein d'énergie.

Tout le monde se tourna alors vers Barzil. Sur le coup, celui-ci hésita, mais comprit que les autres voulaient que ce soit lui qui fasse l'annonce.

— Amtar a retrouvé ma sœur. Elle est esclave d'un notable près de la cité de Marad, au nord-ouest de Nippour, elle a l'air bien traitée et en bonne santé. J'ai pu la voir sur les images d'Amtar.

Une joie intense transparaissait sur son visage.

— Whouaa ! Génial ! Mais comment as-tu réussi ça Amtar ? demandais-je.

— Disons que j'ai passé beaucoup, beaucoup, beaucoup de temps à fouiller toute la région sur des images que nous envoient nos kamras.

Les mêmes qui nous ont permis de voir que vous étiez de retour près de la porte secrète du Sinaï.

– Vous avez pu voir tout notre voyage ?

– Non, vous étiez hors de portée des outils que nous pouvons discrètement utiliser depuis Namsis. Par contre, toutes nos portes secrètes sont sous surveillance. C'est comme ça que nous avons détecté votre intrusion dans notre tunnel sous Tergal.

– Ah d'accord ! Alors ? Quand y va-t-on à Marad ? dis-je avec le plus grand sérieux.

Tout le monde se mit à rire bruyamment.

– Seuls Énenlil et Barzil iront, reprit Askerot, toi il te faudra encore quelque temps pour que ta cheville puisse refonctionner normalement. Notre médecine est formidable, mais elle ne fait pas encore de miracles.

Askerot allait poursuivre, mais il s'interrompit, deux géants venaient d'arriver à la porte. Tout le monde s'inclina. Namgal et Aningal venaient d'entrer dans la chambre.

– Il semble que notre porteur d'espoirs ait survécu à sa mission, dit Namgal avec lui aussi un large sourire. Nous avons eu raison de suivre les conseils avisés du Seigneur Askerot et de remettre entre vos mains tous les espoirs de liberté de notre peuple. Vous avez également tous les remerciements du conseil de sages.

– Nous vous serons éternellement reconnaissants pour toutes les souffrances et les dangers que vous avez acceptés pour nous, ajouta Aningal.

C'était la première fois que j'entendais la voix de la Reine. Elle était aussi douce et pleine d'amour que la Dame était belle.

J'étais complètement subjugué et les larmes coulèrent sur mes joues. Je les essuyais rapidement.

– Toutes les larmes ne sont pas honteuses, jeune homme, laisse-les couler, elles sont juste le signe d'un cœur pur. Beaucoup aimeraient en avoir, dit Namgal. Nous sommes heureux de vous avoir tous les trois retrouvés. Je viens vous apporter une excellente nouvelle. J'ai reçu les conclusions des derniers diagnostics de l'Ur-Kilib et je suis heureux de vous dire qu'il est parfaitement fonctionnel. Nos ingénieurs vont maintenant pouvoir le monter sur le Pont des Étoiles et faire tous les paramétrages du vaisseau. Amtar, je souhaite que tu participes à l'opération en tant que contrôleur et que tu me rendes compte de l'avancée des travaux.

Namgal s'interrompit un instant.

– J'allais oublier de vous dire jeunes humains. Grâce à vos hauts faits, j'ai nommé le Seigneur Askerot Grand Capitaine de Namsis. Désormais il n'est plus seulement mon premier conseiller, mais également le Chef militaire et administratif de notre monde souterrain. De fait, il occupe maintenant la plus haute fonction entre le conseil et moi. Vous pourrez si vous le désirez le visiter désormais dans ses nouveaux quartiers au palais.

– Mais vous allez bientôt partir, dis-je avec une pointe d'amertume.

– C'est vrai, mais nous reviendrons aussi vite que nous pourrons, notre tâche sur ce monde est loin d'être terminée. Tu as encore du temps pour guérir jeune Mardouk, nous ne partirons pas tant que tes aînés ne seront pas rentrés avec la jeune femme. Lorsque ceci sera fait et que notre vaisseau sera complètement opérationnel, nous fêterons votre victoire et notre prochain départ. Bien, bien, bien, fasse Enki que le temps que nous avons encore à passer ensemble soit un moment de joies et de promesses.

Namgal se tourna vers Askerot.

– Mon ami, il y a d'autres prophéties qui m'inquiètent beaucoup plus que celle qui nous a apporté aujourd'hui tant de joies. Je veux que tu viennes d'ici un demi-béru me rejoindre au palais, nous avons des choses à régler qui demandent ta sagesse.

Namgal se tourna ensuite vers Aningal.

– Ma Reine ?

– Le Seigneur Askerot étant retenu par mon époux, c'est toi Amtar qui sera chargé de la mission d'extraction de la jeune sœur de Barzil. Dès que nos trois amis humains seront de retour, je souhaite que vous veniez tous les cinq me voir au palais. Qu'Enki vous garde tous sous ses ailes protectrices jusqu'à l'accomplissement de cette nouvelle tâche, nous dit-elle avec un regard plein de compassion.

Je garderai toujours en mémoire la vision de son visage éclairé de bonté et de sagesse. Tout le monde s'inclina. Le Roi et la Reine quittèrent la chambre en silence. Puis ce fut le tour d'Askerot, d'Amtar, de mon frère et de Barzil. J'étais très étonné que Dame Nisoulag reste près de moi.

– Dame Nisoulag, qu'est-il arrivé à ma cheville ?

– La cheville humaine est relativement complexe. Dans ton malheur Mardouk, tu as eu la chance que la fracture due à ta chute n'ait pas entrainé un déplacement des os. Après t'avoir endormi, nous avons pu ressouder les os, sans être obligés d'y ajouter de parties métalliques pour tout consolider. L'opération s'est très bien déroulée et tu ne garderas sans doute aucune séquelle de cet incident, pour peu que tu suives nos conseils de prudence en évitant de marcher sur ton pied droit et de le cogner contre un meuble ou autre chose de résistant. Donc reste encore allongé jusqu'à ce que notre médecin te fournisse des supports à positionner sous les bras pour te déplacer avec une seule jambe.

– Très bien je ferai selon votre désir, ma Dame.

Nisoulag se détourna vers une petite table sur laquelle elle se saisit d'une boite aux parois fines, bien que relativement rigides. Elle revint vers le lit, souleva le couvercle et posa la boite à côté de moi.

– Après tout ce temps, j'ai pensé que quelques gâteries t'aideraient à reprendre des forces.

Avec beaucoup de curiosité, je me soulevais sur mes deux mains pour m'approcher. Dans la boite il y avait tout un assortiment de petits gâteaux. Me rappelant les extraordinaires talents culinaires de Dame Nisoulag je sentis ma bouche saliver d'impatience de goûter à ces délices inattendus.

– Merci beaucoup, tout cela est formidablement appétissant.

– N'en abuse pas trop vite, me répondit-elle avec un grand sourire, puis elle se retourna pour quitter la pièce.

Je la suivis du regard sortir de la pièce. Je me saisis aussitôt de la boite de gâteaux et croqua avec bonheur en fermant les yeux le premier qui me tomba sous la main.

Amtar était revenu à ses appartements, accompagné de Barzil et de mon frère. Ils s'étaient attablés devant les deux grands écrans sur lesquels Amtar avait l'habitude de visualiser les images en provenance des kamras. Tous les trois visualisaient encore une fois les lieux où Neyla, la sœur jumelle de Barzil, avait été vue. Pour chaque lieu, ils essayaient de construire un scénario d'enlèvement pour soustraire la jeune femme à son maître.

– Et si au lieu de l'enlever, nous la rachetions, proposa Énenlil.

– Vous faites ce que vous voulez, mais cette solution n'aura aucun écho ici. Nous avons aboli l'esclavage depuis bien longtemps. Acheter une esclave ne contribuerait qu'à promouvoir cette abomination, car le montant de la transaction serait sans doute immanquablement utilisé pour l'achat d'une ou de deux autres esclaves un peu plus tard. Ni ma famille ni aucun d'entre nous ne vous aidera dans cette démarche.

– Je comprends dit Énenlil, c'était juste une idée qui m'a traversé l'esprit et qui m'a paru à la fois simple et logique, mais ton explication est encore plus logique, on ne peut pas combattre un mal en l'entretenant.

– Nous en revenons donc à notre idée originelle de l'enlèvement. Reste les mêmes questions, quand et où ? reprit Barzil.

– La région au nord-ouest de Nippour est une vaste plaine uniforme, mener une attaque en plein jour nous conduirait immanquablement à nous faire repérer. Nippour est une cité puissante et Kish un peu plus loin aussi, vous retrouver coincés entre les deux serait un peu trop délicat, voire même beaucoup trop risqué, dit Amtar.

– Askerot nous a bien dit qu'il y a une porte secrète dans cette région, mais elle où est-elle exactement au fait ? demanda Barzil.

– La porte donne sous un des temples de Marad. Sous ce temple, il existe une salle rectangulaire qui sert d'entrepôt aux moines. Ils y accèdent par un escalier en pierre. La porte s'ouvre derrière deux piliers qui soutiennent une partie du plafond. Le problème c'est que depuis qu'elle n'est plus utilisée, il est possible que les moines y aient entassé tout un tas d'objets ou de denrées qui bloquent le passage. Deuxième souci, le temple de Marad est probablement gardé par des hommes en arme, comme à Tergal. Il ne sera pas facile de tromper leur vigilance.

— Je pense à une chose Amtar, tu sais votre arme à rayon vert, vous n'en auriez pas une qui fasse moins de bruit ? questionna mon frère.

— Pas que je sache, mais je ne suis pas très fort en sciences du combat, c'est à mon père qu'il faut poser la question. Pourquoi ?

— Eh bien, si la porte est gardée, il suffirait d'endormir le garde avec un rayon silencieux. Et pas que le garde d'ailleurs, mais tous ceux qui deviendraient une menace directe. Au fait, combien de fois cette arme peut-elle tirer ?

— Je ne sais pas, encore une fois, ce n'est pas mon domaine. Ici chacun doit devenir un expert dans un secteur bien particulier.

— Ce n'est pas prudent, dit Barzil.

— Pourquoi ça ? demanda Amtar.

— En cas de conflit, un expert qui est tué peut devenir irremplaçable et donc provoquer de lourdes pertes de compétences dans son domaine.

— C'est vrai en temps de guerre, tu as raison, mais en temps de paix c'est très efficace.

— Bon, revenons à Marad. Si je me rappelle bien, la ville est fortifiée, tout comme les autres grandes cités-États, dit Énenlil.

— Oui, c'est exact, répondit Amtar.

— Alors notre problème est double, ne pas se faire prendre dans Marad ou franchir une fortification bien gardée. Nous ne sommes pas une armée, jamais nous ne traverserons les fortifications, ajouta Énenlil.

— Attendez, attendez, le Maître de ma sœur, où est sa demeure ? dit Barzil.

— À Marad, répondit Amtar.

— Alors c'est plus simple, si ma sœur a été vue à l'extérieur de Marad, c'est parce qu'elle y travaille, mais la nuit elle doit être enfermée ou logée dans la demeure du notable.

– Ce qui revient presque au même, la demeure est certainement gardée pour ne pas que les esclaves s'échappent, reprit Énenlil.

– Où se trouve la dernière position enregistrée de ma sœur Amtar ?

Celui-ci fit défiler plusieurs images. "Ici" dit-il en montrant le chemin qui accédait à l'entrée de la ville de Marad.

– C'est donc bien ça, la nuit les esclaves dorment à la demeure en ville, dit Barzil. Peux-tu me montrer les emplacements de la demeure et du temple à l'intérieur de la Cité ? questionna une nouvelle fois Barzil.

Amtar fit quelques manipulations et une carte apparut sur le grand écran de droite.

– Il y a environ un Stade[68] à franchir entre les deux. Les esclaves doivent dormir dans une grande pièce commune. Il nous faut l'arme à rayon silencieuse et personne n'aura à en souffrir, dit Barzil.

– Oui, tu as raison, allons voir Askerot, répondit Énenlil.

*

Le Seigneur Askerot occupait maintenant une vaste pièce du palais à la décoration sommaire. Énenlil et Barzil le trouvèrent occupé à une grande table sur laquelle étaient disposés plusieurs écrans comme ceux de la chambre d'Amtar. De nombreux documents étaient étalés devant lui. Beaucoup ressemblaient à des positions d'étoiles dans le ciel. Il les accueillit avec un sourire bienveillant.

– Seigneur, nous aimerions vous entretenir d'une chose importante.

– Très bien, de quoi s'agit-il ?

– Notre prochaine incursion à Marad est une opération dangereuse. Nous avons pensé à quelque chose qui résoudrait certainement nos difficultés. Accepteriez-vous de nous fournir un de vos bâtons à la lumière verte, mais un qui ne fasse aucun bruit, annonça Énenlil.

Askerot fronça les sourcils et son visage prit une allure beaucoup plus sévère et dure que ni Énenlil ni Barzil ne lui connaissait.

---

[68] Environ 200 mètres.

– Ce sont des armes dangereuses. Nous n'en avons pas qui sont silencieuses et de toute façon ce n'est pas le type d'arme que nous pouvons confier à des humains en dehors de notre domaine, même à vous, ceci est interdit par nos lois.

– Très bien, mais peut-être auriez-vous quelque chose d'équivalent qui pourrait nous aider sans contrevenir à vos lois ? demanda Barzil.

– Non, je ne peux répondre à votre demande, inutile d'insister, dit-il sur un ton assez sec.

Puis il se replongea dans sa lecture des divers documents démontrant ainsi que d'une certaine façon que l'entrevue était terminée.

Mon frère et Barzil se regardèrent avec incompréhension, ils saluèrent Askerot et sortirent du palais. Très déçus, ils retournèrent chez Amtar.

– Alors ? interrogea celui-ci lorsqu'ils le rejoignirent.

– Rien ! Ton père a assez mal réagi à notre demande.

– Ne vous offusquez pas, c'est un fait que notre race est coléreuse et parfois même agressive. Même si nous le sommes encore, c'est bien moins que nos semblables de notre planète d'origine. Il est vrai qu'il reste encore en nous une part de quelques mauvais caractères qu'il est difficile de réprimer. Soyez certains que mon père ne pensait pas vous offenser et si vous le connaissiez mieux, il vous surprendrait de bonnes façons. Ses nouvelles responsabilités lui occupent l'esprit plus que vous ne pouvez l'imaginer, ça le rend nerveux, ne vous inquiétez pas.

– En gros, quelle est sa mission maintenant ? interrogea Barzil.

– Il doit calculer toutes les routes possibles pour notre voyage dans l'espace en évitant tous les relais militaires que contrôlent encore nos anciens dirigeants. Nous ne serons pas forcément les bienvenus dans les cieux et il se pourrait en effet que nous ayons à combattre nous aussi. Nous n'aurons qu'un vaisseau et nos adversaires toute une flotte. Vous comprendrez mieux maintenant pourquoi mon père est sans doute un peu stressé et peu enclin à se disperser.

– Effectivement, ça parait beaucoup plus compréhensible, merci Amtar de tes explications, répondit mon frère.

– Bon, pour ce qui nous concerne, pouvons-nous arrêter une date ? reprit Barzil.

– Le temps pendant lequel vous étiez avec mon père j'ai repris toutes nos informations, il va faire nuit en surface dans deux bérus[69]. Cela nous laisse juste le temps de faire les derniers préparatifs. J'ai vu Neyla en route pour revenir à Marad après sa journée de travail aux champs, je pense que c'est maintenant qu'il faut agir.

– Très bien, n'attendons pas alors, allons-y, répondit Énenlil.

Les deux bérus s'étaient écoulés plus vite que de raison. Après avoir vérifié notre équipement, nous étions prêts. Amtar nous avait fait fabriquer des vêtements extraordinaires. Nous avions des chaussures montantes à crampons, un vêtement noir ressemblant à deux tubes dans lesquels nous avions dû passer nos jambes et un autre de la même couleur qui ressemblait à une armure à manche longue équipée de poches et d'ustensiles divers.

C'était assez incroyable. Amtar nous avait fourni également une bonne quantité d'objets sphériques. Il nous avait expliqué qu'en appuyant sur un bouton, ces objets explosaient quelques secondes plus tard en libérant un gaz produisant un brouillard gris très épais. Bien évidemment, nous avions aussi nos arcs, un carquois bien rempli et nos épées. Amtar nous avait conduits à un quai où un œuf nous attendait.

– Je ne viens pas avec vous, montez dans l'œuf. Je vous souhaite de revenir sains et saufs avec Neyla.

– C'est vrai ça ? Tu ne viens pas avec nous ? s'étonna mon frère.

– Non, je vais vous suivre avec nos kamras, je dois rester devant mes écrans. Allez-y, ne perdez pas de temps.

Amtar tourna les talons et les laissa quelque peu esseulés et surpris. Énenlil et Barzil échangèrent un regard médusé et se dirigèrent en haussant les épaules vers l'œuf, quelque peu perturbés par cette attitude surprenante. Un pilote était déjà prêt aux commandes. Il se retourna... c'était Askerot.

– Seigneur Askerot, quel plaisir de vous savoir avec nous.

– Ne vous méprenez pas mes jeunes amis, je ne fais que vous accompagner jusqu'à la porte, je ne viendrai pas avec vous dans la cité. Allez-y, installez-vous. Il faut partir au plus vite.

– Et si ça se passe mal et que nous sommes faits prisonniers ? Nous aiderez-vous ?

– Je ne peux intervenir dans le monde d'en haut. Alors, faites en sorte que tout se passe bien.

Énenlil et Barzil échangèrent un regard inquiet et s'installèrent aussi confortablement que possible. Le trajet jusqu'à la porte secrète avait été rapide. Laissant la navette sur le quai, Askerot avait escorté mon frère et Barzil jusqu'au mur du temple.

– Je vous attends ici. Soyez prudents mes jeunes amis, dit Askerot.

Sans rien dire, Énenlil et Barzil s'étaient tournés vers le mur, prêts à franchir le seuil dès que la porte serait ouverte.

– Attendez deux minutes, dit Askerot.

Énenlil et Barzil se retournèrent. Askerot tenait dans chaque main un tube à rayon vert.

– Prenez ça dit-il, je les ai fait bricoler rapidement, s'ils ne sont pas encore totalement silencieux ils sont bien plus discrets qu'avant, nous aurions dû y penser plus tôt. Malheureusement cette modification s'est faite au détriment de l'énergie, les rayons n'endormiront plus, mais paralyseront quelques instants les humains touchés. Ne les utilisez qu'en dernier ressort. Vous ne pourrez tirer que dix fois consécutives avec chacun. Ah, j'allais oublier, surtout, ramenez-les-moi !

– Ne nous aviez-vous pas dit Seigneur que c'était interdit ? dit Énenlil étonné.

– Eh bien, disons que c'est un sérieux avantage que d'être celui qui fait les lois. J'en ai légèrement modifié une…hummm…de façon provisoire on va dire. Et il éclata d'un grand rire en appuyant sur la commande d'ouverture de la porte. Je reste ici à vous attendre, surtout ne faites pas de bruit. Allez ! Et faites aussi vite que vous le pourrez.

27

La réserve était comme Amtar s'en était douté, encombrée de sacs de céréales, de meubles et de tout un tas d'objets en tous genres pour le culte. Énenlil et Barzil avaient dû en faisant le moins de bruit possible se frayer un chemin jusqu'à l'escalier de pierre. L'éclairage des petites lampes portables d'Askerot faisait merveille dans cet endroit sans lumière.

Ils arrivaient à hauteur de l'escalier lorsqu'ils entendirent du bruit à l'étage au-dessus d'eux. Très vite ils se cachèrent sous l'escalier. À leur plus grande satisfaction, rien ne se passa. Les deux jeunes gens attendirent encore un moment dans l'obscurité, retenant leur souffle, le cœur battant la chamade. Un instant plus tard, il leur sembla entendre des pas qui s'éloignaient. Montant lentement les marches, ils avancèrent le plus silencieusement possible. Au passage, Énenlil s'était saisi du manche en bois d'une des torches éteintes accrochées au mur.

En sortant de l'escalier, ils ne virent personne. La pièce dans laquelle ils venaient de déboucher était plongée dans une demi-obscurité que seules quelques courtes flammes de lampes à huile essayaient de vaincre. Des formes sombres semblaient se déplacer au ras du sol. Énenlil et Barzil froncèrent les yeux pour essayer de voir de quoi il s'agissait sans qu'ils soient obligés d'allumer une de leur lampe.

– Des rats ! c'est juste des rats, marmonna Énenlil à Barzil, viens.

Ils traversèrent en silence le temple vide et obscur jusqu'à la porte. Un garde était dehors, il s'était assis et probablement légèrement assoupi, car sa tête penchait légèrement vers son épaule gauche.

Énenlil s'approcha du garde, il lui assena sur la tête un violent coup avec le manche de la torche. Le garde assommé s'effondra. Ils le tirèrent dans le temple. Énenlil le bâillonna tandis que Barzil lui entravait pieds et mains avec deux cordes.

Tous les deux se couvrirent ensuite avec une cape sombre qui masquait en grande partie les tenues étranges d'Amtar. Il n'y avait personne dans les ruelles de Marad. Les gens de la cité étaient occupés à manger à la lueur des lampes à huile dans des pièces directement ouvertes sur la rue. Quelques-uns des villageois avaient bien remarqué le passage des deux hommes, mais sans y prêter plus d'attention. Énenlil et Barzil arrivèrent assez vite et sans encombre devant la demeure du Maître de Neyla. L'endroit était tranquille. Les deux jeunes s'avancèrent jusqu'à la porte. Avant de l'ouvrir, ils écoutèrent attentivement. Aucun bruit ne révélait une quelconque activité dans la cour juste à l'arrière. Avec de la chance, la porte n'était pas verrouillée. Les gongs couinèrent légèrement lorsqu'Énenlil la poussa délicatement. Toujours pas de bruit à l'intérieur. Ils en profitèrent pour s'introduire.

Il y avait un petit brasero au fond de la cour principale. Un homme en faction muni d'une lance, d'une épée et de ce qui ressemblait à un fouet semblait occupé à regarder pensivement les braises rougeoyantes. Énenlil et Barzil se faufilèrent en silence sur la droite en entrant dans la cour. Tout le tour de la cour était encadré de grosses colonnades. Ils allaient aussi discrètement que possible de piliers en piliers. Malheureusement le pied droit d'Énenlil tapa dans un caillou qui roula sur le dallage. Retenant leur souffle, lui et Barzil se plaquèrent aussitôt chacun contre son pilier. Attiré par le bruit suspect, le garde se retourna. Il s'avança de quelques pas dans la cour pour mieux voir, mais ne remarquant rien il haussa les épaules, retourna au brasero et reprit sa position agréable près des braises.

Énenlil et Barzil avancèrent avec prudence de pilier en pilier jusqu'à une grande ouverture donnant sur une salle moitié obscure dans laquelle se trouvaient probablement les esclaves. Énenlil fit signe à Barzil de faire silence en plaçant l'index de la main droite devant sa bouche. Énenlil lui fit signe ensuite de ne pas bouger, il avait besoin que sa vue s'habitue au manque de lumière.

Un instant plus tard en fronçant les yeux il put se rendre compte qu'effectivement plusieurs personnes étaient couchées là endormies les unes à côté des autres sur un simple matelas de paille.

Aucun homme dans cette pièce, semblait-il. Il fit signe à Barzil de ne pas bouger puis il s'approcha de la jeune femme la plus proche qui dormait allongée sur le dos la tête légèrement tournée vers eux. Avec délicatesse il s'agenouilla près d'elle et avança sa main gauche près de son visage pour pouvoir au besoin l'empêcher de crier. Il se pencha doucement et murmura :

– Hé ! Réveille-toi !

La jeune femme entrouvrit les yeux puis eut un mouvement de recul en découvrant la silhouette d'Énenlil penchée sur elle. Il posa rapidement les doigts de sa main gauche sur la bouche de la jeune femme en lui faisant signe de ne pas faire de bruit.

— Chut, tu n'as rien à craindre, ne cries pas.

Malgré ses yeux effrayés, par chance, elle obéit. Toujours en murmurant Énenlil la questionna :

– Neyla, où est Neyla, elle est là ? Lui dit-il le plus bas possible.

La jeune femme ne répondit pas, encore trop secouée par ce réveil traumatisant.

– Neyla, où est Neyla ? redemanda Énenlil.

– Le Maître, le Maître l'a fait conduire à ses appartements, répondit la jeune femme encore confuse.

– Quand ça ? Répliqua le fils de Nikereb le regard horrifié.

– Il n'y a pas longtemps.

– Bon, il y a des soldats ici ?

– Non, que deux gardes, un dans la cour et un à l'étage.

– Très bien, merci, rendors-toi.

– Qui es-tu étranger ?

– Énen… L'ami de son frère, chut, rendors-toi.

Énenlil avait failli dire son nom, mais il avait heureusement réalisé aussitôt que cela aurait pu servir à établir un lien avec la vente de Barzil au Seigneur Nikereb. Il se releva et partit aussitôt retrouver Barzil qui gardait toujours l'entrée son arc à la main.

Tous les deux se dirigèrent rapidement vers l'escalier d'accès à l'étage. Lorsque le garde de l'étage aperçut Énenlil, il était déjà trop tard pour lui, une flèche venait de lui percer la poitrine. Il s'effondra lourdement sur le sol de la terrasse.

Barzil et mon frère s'apprêtaient à chercher dans toutes les pièces donnant sur la terrasse lorsqu'ils entendirent un cri aigu venant de l'une d'elles. Il se précipitèrent à l'intérieur. La jeune femme était couchée sur un lit de cousins et un homme ventripotent tentait de la maîtriser avec semblait-il la claire intention d'abuser d'elle.

– Espèce de gros porc, par tous les dieux du désert, tu vas sortir tes sales pattes de là, cria Barzil en se jetant sur le notable.

Sans penser à se défendre, l'homme hurla aussitôt à l'aide. Ç'en était fait de l'incursion en toute discrétion. Barzil roulait au sol avec le violeur en lui donnant de sérieux coups de poing vengeurs. Neyla s'était recroquevillée sur elle-même, ne sachant plus quoi faire. Énenlil se précipita vers la jeune femme et s'agenouilla près d'elle pour s'assurait qu'elle allait bien. Pendant une fraction de seconde leurs regards se croisèrent et il y eut comme une décharge électrique au fond de chacun d'eux.

La chose aurait pu durer plus longtemps, mais le deuxième garde arrivait en trombe. Énenlil eut juste le temps de se relever pour affronter le nouveau venu qui pointait dangereusement sa lance. Père avait bien formé mon frère à ce genre d'attaque, il les repoussait avec brio. Sur une maladresse du soldat, Énenlil se saisit de la lance et s'en servit comme d'une fronde. L'homme roula à terre. Pendant ce temps, Barzil se battait toujours au sol avec le notable. Dans leur lutte, ils renversèrent une table basse sur laquelle une lampe à huile brillait. Celle-ci tomba sur les coussins et y mit le feu. Pendant ce temps, le garde se défendait plutôt bien à l'épée face à mon frère.

– Bon, ça suffit, on ne va pas y passer la soirée, dit Énenlil en attrapant le bâton de lumière verte.

Il y eut une grosse détonation et le garde tomba en nombreuses convulsions.

– Plus silencieux ça ? Alors là, il faudra que j'en reparle à Askerot ! Dit-il en regardant avec circonspection l'arme soi-disant modifiée pour être moins bruyante. D'un bond il se précipita aussitôt vers Barzil.

– Barzil, écarte-toi, lui ordonna-t-il et la deuxième détonation fit son effet.

Barzil se précipita vers sa sœur et la prit dans ses bras.

– Mouadziz ! Oh Mouadziz ! Comme je suis heureuse. Mais comment es-tu venu ici ?

Énenlil, qui venait de se rapprocher lui aussi, regarda avec surprise Barzil.

– Mouadziz ?

Barzil regarda Énenlil avec un grand sourire.

– Je t'expliquerai…

– D'accord, mais pas maintenant, filons d'ici.

Énenlil prit la main de Neyla et la tira derrière lui pour l'éloigner le plus loin possible des flammes qui commençaient à grossir sérieusement.

– Suis-moi Neyla, n'aies plus de crainte, tout va bien se passer, viens !

La sœur de Barzil avait du mal à réaliser ce qui était en train de se passer. Elle suivait instinctivement Énenlil pendant que tout se bousculait dans sa tête. Qui était donc ce beau jeune homme attentionné ? Et son frère ? Comment pouvait-il être ici ? Et ces vêtements étranges que tous deux portaient, jamais elle n'en avait vus de pareils.

– Neyla, Barzil ! Vite ! On y va cria Énenlil, allez, allez !

Il y avait déjà du monde dans la cour lorsqu'ils arrivèrent en bas de l'escalier, mais heureusement aucun homme en arme et personne n'osa s'opposer à leur passage. Par contre, une fois passée la porte principale, des soldats attirés par les deux détonations du bâton d'Askerot accouraient dans la ruelle opposée à la direction du temple. Barzil lança deux boules de gaz qui explosèrent presque aussitôt. Elles provoquèrent un épais brouillard à travers lequel les soldats hésitèrent à passer, redoutant sans doute une magie dangereuse. Ce temps fut aussitôt mis à profit, Énenlil, Barzil et sa sœur coururent aussi vite qu'ils pouvaient vers le temple.

C'était l'heure de la relève et deux gardes étaient en train de chercher celui qui avait été bâillonné et caché à l'intérieur. En pleine course, le rayon vert fit encore une fois son office. Les trois jeunes se précipitèrent à l'intérieur. Dehors on entendait déjà de nombreux soldats qui arrivaient de toute part en courant et en criant. Pendant qu'Énenlil et Neyla commençaient à descendre, Barzil lança tout ce qu'il lui restait de boules à gaz dans l'enceinte du temple en direction de la porte d'entrée, puis il courut jusqu'à l'escalier et descendit presque à l'aveuglette, s'essuyant les yeux qui commençaient à le piquer à cause du gaz.

Énenlil et Neyla étaient déjà arrivés près du mur derrière les deux colonnes qui masquaient la porte secrète. Mon frère enclencha l'ouverture, comme Askerot le lui avait dit de faire, grâce à une commande cachée sous une partie de la fresque dessinée à droite de la porte. Barzil arrivait en courant. Avec un bruit sourd, la porte s'ouvrit. Énenlil attendit que Barzil et sa sœur aient traversé pour rejoindre Askerot. Avant de les suivre, il renversa différents objets pour masquer l'accès à la porte. Lui aussi lança alors toutes ses boules à gaz.

Neyla avait fait à peine trois pas en suivant son frère qu'elle s'arrêta, comme paralysée, les yeux presque exorbités. Le géant immense de près de 6 coudées qui se tenait face à elle semblait sortir d'un cauchemar. Malgré le sourire qu'il affichait, elle se sentait affolée, perdue, prête à fuir à toutes jambes. Énenlil venait de sauter à travers la porte qu'Askerot s'empressa de refermer avec un boitier de télécommande qu'il tenait dans sa main. Neyla se précipita vers le fils de Nikereb et se cacha derrière son dos osant à peine jeter un œil inquiet par-dessus son épaule. Barzil qui n'avait pas compris l'angoisse de Neyla n'avait pas encore réagi, il regardait avec une certaine surprise la réaction de sa sœur.

– N'aies pas de crainte Neyla, le géant est un ami, c'est grâce à lui que nous avons pu te sauver, dit Énenlil.

– Ne restons pas là, dit Askerot qui regardait avec satisfaction la jeune femme saine et sauve, venez il faut partir d'ici.

Askerot et Barzil entrèrent en premier dans l'œuf. Mais à nouveau Neyla s'immobilisa juste avant la porte. Elle avait toujours son air apeuré. Elle regardait sans comprendre la navette et le grand couloir éclairé comme par magie, tout ce qu'elle voyait là était trop étrange pour elle.

– Viens Neyla, suis-moi, il n'y a rien à craindre ici, tout va bien se passer, viens, dis Énenlil en lui reprenant la main.

Il la tira sans qu'elle résiste à l'intérieur de la navette. La porte de l'œuf se referma aussitôt. Askerot s'assura que tout le monde était bien assis et correctement attaché puis il manœuvra pour regagner Namsis. Lorsqu'ils arrivèrent au quai, Amtar et Nisoulag étaient déjà là. Mais ils n'étaient pas seuls. Il y avait aussi un étrange personnage qui se tenait sur une seule jambe avec ce qui ressemblait à deux grands bâtons sous les bras. C'était moi évidemment, je n'aurais loupé le retour de mon frère pour rien au monde.

Amtar s'avança rapidement jusqu'à Barzil et lui adressa une grande tape amicale sur l'épaule gauche en signe de joie de le revoir. Je m'avançais moi aussi en clopinant avec mes béquilles. Quelle ne fut pas ma surprise de voir Énenlil sortir de l'œuf en tenant Neyla par la main. Je m'étais arrêté à hauteur de Nisoulag qui souriait de bonheur à voir les jeunes en bonne santé, sains et saufs. Askerot sortit en dernier arborant lui aussi un énorme sourire plein de joie.

Énenlil toujours en tenant la sœur de Barzil par la main s'avança jusque devant Nisoulag.

– Neyla, voici Dame Nisoulag notre bienfaitrice.

– Sois la bienvenue à Namsis jeune femme. Nous étions très inquiets pour toi. Tout va mieux maintenant, nous allons pouvoir fêter ces retrouvailles.

Askerot dans le même temps venait de se placer à côté de sa femme. Suivi par Amtar.

– Le Seigneur Askerot est Grand Capitaine de Namsis, le royaume sous la terre entre les deux fleuves. Rien n'aurait pu être possible sans lui. Nous lui devons tout, continua Énenlil.

– Jeune femme nous sommes heureux de vous accueillir tous dans notre monde souterrain. Vous allez pouvoir maintenant vous reposer. Maître Énenlil, nous comptons sur vous pour présenter à votre nouvelle amie, semble-t-il, tout ce qu'elle doit savoir pour être rassurée, dit Askerot avec un sourire bienveillant.

– Voici Amtar, le fils du Seigneur Askerot et de Dame Nisoulag sa mère. C'est lui qui t'a retrouvée. Jamais nous ne pourrons le remercier assez.

Neyla se sentait maintenant plus détendue, elle affichait maintenant un sourire encore hésitant, mais déjà plein de reconnaissance.

– Seigneur Askerot, Dame Nisoulag, Noble Amtar, je ne sais pas quoi vous dire tellement mon cœur est heureux d'avoir retrouvé mon frère et ma liberté. Jamais je ne pourrais vous remercier assez pour tout ce bonheur qui m'est accordé grâce à vous, je vous suis infiniment redevable, dit Neyla en s'inclinant.

Énenlil croisa le regard de Neyla qui souriait maintenant franchement, leurs mains se serrèrent plus fortement. Barzil avait remarqué lui aussi ce geste intime, il haussa les sourcils en me regardant avec un visage radieux et amusé. Pour ma part, mon cœur était rempli de joie. Après tant de malheurs et de souffrances, la vie semblait vouloir nous offrir enfin paix et réconfort.

– Ne restons pas là, venez, il ne manque pas de belles choses à montrer à notre charmante visiteuse, dit Nisoulag qui rayonnait manifestement de bonheur elle aussi.

Amtar s'approcha de moi, le visage grave.

– Les blessés devraient être plus attentifs au repos que leur imposent les médecins, me dit-il avec un regard malicieux et un semblant de reproche dans la voix.

Sans rien ajouter, il se baissa et me prit dans ses bras en riant sans retenue. Je me retrouvais malgré moi à au moins quatre coudées au-dessus du sol. Tout le monde éclata de rire. Je ne pus qu'en faire autant.

C'est dans cette bonne humeur collective que Dame Nisoulag nous conduisit avec Askerot jusqu'à sa résidence, s'arrêtant ici ou là pour montrer quelques fleurs ou quelques superbes décorations à sa nouvelle invitée.

28

Les jours suivants se passèrent dans le calme le plus total. Amtar et Askerot étaient énormément occupés par les préparatifs de leur prochain départ. Amtar avait quand même pris le temps de me montrer comment visualiser les images des kamras. Je passais des heures et des heures à parcourir tout le pays de Sumer pour voir ce qu'il s'y produisait. Cette occupation au calme permettait à ma cheville de retrouver rapidement sa mobilité, le traitement de Dame Nisoulag avait en effet permis de retirer l'étrange objet qui maintenait jusque-là ma cheville immobile.

Voir Sumer depuis une position en hauteur grâce aux kamras était à la fois magique et très instructif. J'avais eu aussi de grandes inquiétudes en observant des préparatifs évidents de guerre du côté de la cité-État d'Oumma, l'éternelle ennemie de Lagash. J'y avais vu une grande quantité de soldats et cela m'avait beaucoup choqué.

Énenlil et Neyla ne se quittaient plus, on les voyait déambuler dans les jardins main dans la main. Barzil s'était pris de passion pour les reproductions des vaisseaux spatiaux dans la chambre d'Amtar. Il s'était mis à en faire quelques-uns en bois avec un petit couteau que lui avait fourni Amtar. Ma foi, il avait certainement d'excellents talents d'artiste, car beaucoup de ses reproductions étaient très réalistes.

Dame Nisoulag se dépassait chaque jour un peu plus pour nous faire découvrir des recettes de cuisine toutes plus délicieuses les unes que les autres. Neyla n'était pas la dernière à lui fournir une aide bienvenue et appréciée.

Peu de temps plus tard, le Roi Namgal et le Conseil nous avaient reçus à l'occasion d'une grande cérémonie dans laquelle tous les géants avaient vanté les mérites de trois jeunes humains. Ils anticipaient un avenir radieux pour notre espèce. J'avoue que je n'avais pas été très convaincu par leurs prévisions. Pour ma part, je portais un regard beaucoup plus pessimiste sur l'avenir de l'humanité. L'attaque de Tergal m'avait appris une chose : Il n'existe aucun endroit sur Ki la Terre, où le bonheur a élu résidence, qui ne soit menacé par la folie destructrice de quelques-uns.

La Reine Aningal nous avait elle aussi reçus comme elle l'avait promis. Nous avions passé beaucoup de temps avec elle à parler de nos coutumes respectives, de nos croyances, de nos goûts et des souvenirs de notre voyage en Kéreb. Elle nous avait offert à chacun, y compris à Neyla, quelques petites statuettes en mémoire de notre séjour à Namsis. De magnifiques œuvres d'art en argent et en or incrustées de pierres fines.

Petit à petit, le ballet incessant des géants vers le dock spatial devenait plus diffus, signe évident que les opérations d'embarquement touchaient à leur fin. Sans surprise, Askerot nous avait alors convoqués à son bureau au palais du roi. Avec beaucoup d'amabilité, il était venu nous accueillir à sa porte.

— Entrez, entrez mes jeunes amis, prenez un siège, j'en ai fait porter à votre taille.

Nous le saluâmes et suivant son invitation nous prîmes chacun une chaise. Lui resta debout à côté de son siège et s'adressa à nous avec quelque chose de solennel qui tranchait avec la bonne humeur qu'il manifestait depuis le retour victorieux de Marad.

— Les préparatifs pour notre départ sont maintenant terminés. Nous allons quitter la planète dans moins de quatre bérus. Cependant, comme je vous l'avais déjà dit, certains d'entre nous désirent rester sur Ki et c'est une bonne chose, car cela facilitera plus tard notre retour.

Cela signifie aussi qu'il va être temps de nous séparer, au moins pour un temps. Vous allez devoir retourner chez vous à la surface et rejoindre Tergal. Le Seigneur Namgal a suggéré au conseil de vous offrir un cadeau comme il n'en a pas été fait à votre race depuis bien longtemps.

Nous échangeâmes un regard surpris, le secret si c'en était un avait bien été gardé. Mais Askerot continua :

Le conseil ayant accepté sa proposition, je suis chargé de vous transmettre ce message : nous vous invitons à partager notre voyage.

L'annonce eut un effet saisissant. Elle était tellement inattendue que nous en restions incrédules.

– Vous nous proposez de partir sur votre planète, c'est ça ? demanda Énenlil complètement retourné par cette annonce incroyable.

– Oui, c'est tout à fait ça, vous avez bien compris.

Quelque chose d'étrange dans l'attitude d'Askerot avait attiré mon attention.

– Seigneur, j'ai l'impression que cette proposition vous pose un souci, osais-je en ayant une certaine inquiétude sur l'effet de ma question.

– Jeune Mardouk, manifestement, l'intelligence n'attend pas forcément le nombre des années. Tu as lu une partie de mes pensées, mais une partie seulement. Rassure-toi, je suis heureux que cette proposition vous ait été faite, je trouve que c'est une magnifique récompense à votre inestimable contribution.

Askerot s'interrompit, il cherchait la meilleure façon de formuler la suite. Il nous regarda chacun son tour en caressant sa, puis il reprit.

– Je dois vous dire que le voyage n'est pas sans risque. Où nous allons, il est possible que nous ne soyons pas les bienvenus. Il se peut même que nous ayons à subir le feu de nos anciens ennemis. Ceux-là mêmes qui dans un passé lointain ont tenté plusieurs fois d'éliminer l'humanité. Le Pont des Étoiles est un magnifique navire, certes bien armé, mais il n'est pas indestructible. En venant avec nous, vous pourriez aller à votre perte. Je vous demande d'y réfléchir sérieusement. Notre voyage n'est pas seulement un retour à nos origines, nous partons pour revenir plus tard libérer d'autres de notre race qui sont comme nous coincés dans d'autres mondes souterrains ailleurs sur Ki, votre planète. Mais je ne peux dire aujourd'hui combien de temps cela prendra.

Askerot s'interrompit. Peut-être était-il en train de se demander s'il ne devait pas nous dissuader de faire ce long voyage.

– Ce que nous allons entreprendre est dangereux. Vous n'êtes pas sans savoir que le temps ne s'écoule pas pour nous à la même vitesse que pour vous. Ce qui nous semblera court sera peut-être pour vous une éternité. S'il vous est offert de partager notre voyage dans les étoiles, il ne vous sera pas donné de bénéficier comme nous d'une vie de centaines de milliers d'années sur Ki, vous devez le savoir. Vous n'êtes pas obligés de répondre tout de suite, je vous laisse un peu de temps pour y réfléchir, mais ne tardez pas trop.

– Je n'ai pas besoin d'attendre répondit Énenlil, je viens avec vous.

– Énenlil ! As-tu entendu ce que vient de dire le Seigneur Askerot ? dis-je avec autant de surprise que d'inquiétude.

– Oui, bien sûr, la mort ne me fait pas peur, et si elle doit me prendre ce sera un faible tribut pour avoir voyagé dans les Étoiles. Je sais que c'est fou, mais j'irai, ma décision est prise.

– Et si tu ne revenais pas ? Dit Neyla les yeux soudain chargés de larmes.

– Je reviendrai, ne t'inquiète pas, je reviendrai, je le sais au fond de moi.

– Si c'est ta volonté, répondit-elle la voix cassée, je t'attendrai.

Énenlil lui prit la main.

– Je fais confiance au Seigneur Askerot, il nous ramènera tous, je reviendrai Neyla, je te le promets.

– Et nos parents, tu y penses ? répliquais-je quelque peu contrarié.

– Tu trouveras les mots pour leur expliquer Petit Frère. Ils t'auront toi, c'est déjà beaucoup. La chance ne nous a pas épargnés pour rien, nos destins sont écrits, j'en suis certain. Je sens que le mien est de partir, maintenant.

Énenlil se tourna vers Barzil, celui-ci hésita un court instant.

– Ma vie c'est le désert, j'y suis bien et ça me suffit. Les grands espaces des cieux ne sont pas pour moi Énenlil, non, je ne t'accompagnerai pas cette fois, je reste ici.

Les regards se tournaient maintenant vers moi.

– La proposition est tentante, mais non, je suis encore trop jeune pour une aussi grande aventure. Ma place est ici Énenlil, je veux retourner à Tergal, je veux revoir nos parents.

Barzil regarda Neyla avec compassion, il savait le déchirement dans le cœur de sa sœur.

– Neyla, je ne déciderai plus pour toi, tu as été libérée comme moi j'ai été affranchi. Je respecterai ta décision. Je veux juste te dire que je t'ai perdue une fois, je n'aimerais pas te perdre une fois encore.

Neyla le regarda intensément puis elle en fit autant pour Énenlil, les larmes lui ruisselaient maintenant en grandes coulées sur ses joues.

– Je reste, je resterai ici avec mon frère à t'attendre Énenlil.

Askerot sentit certainement qu'il ne fallait pas éterniser ce moment délicat.

– Très bien, qu'il soit fait ainsi, dit-il. Je vous laisse retourner voir Amtar pour préparer vos affaires. Revenez avec ma famille dans un béru, Il y aura au palais une grande cérémonie avant le départ. Ceux de ma race qui restent vous conduiront ensuite près de Tergal. Vous n'aurez qu'à regarder le ciel vers l'Est, nous viendrons vous saluer avant de monter au ciel.

Même si nous avions toujours su que notre incursion dans Namsis aurait un jour une fin, c'était vraiment difficile d'un seul coup de la sentir si proche et si inévitable. Quitter peut-être pour toujours nos amis géants aller être une déchirure qui ne guérirait probablement jamais.

Nous avions préparé nos affaires sans entrain et sans trop rien dire, nous avions le cœur trop lourd pour ça. Nous ne l'avions pas vu pleurer, mais il n'avait pas été bien difficile de remarquer les yeux rougis de Nisoulag. Amtar quant à lui évitait de trop passer nous voir. Il s'était muré à l'écart dans une sorte de silence salvateur. Je crois que nous avions été pour lui une sorte de bouée dans un océan de solitude. Savoir qu'Énenlil partirait avec lui le rassurait sans doute un peu. Nous avions créé avec lui des liens si forts que c'était un crève-cœur d'imaginer ne plus le revoir et nous savions qu'il ressentait la même chose.

Comme prévu, nous allions assister tous ensemble au palais à la cérémonie officielle avant le départ. Namgal avait rappelé à tous ce qui les unissait à Namsis. Il avait parlé longuement de leur vie communautaire dans le monde sous la terre et il avait fixé les nouveaux objectifs. Il avait aussi parlé des autres communautés qui resteraient encore prisonnières jusqu'à ce que le Pont des Étoiles revienne les délivrer.

Il avait bien sûr parlé de nous et de notre incroyable quête. Tous les géants s'étaient empressés d'applaudir à n'en plus finir. Nous avions gagné pour l'humanité en quelques dizaines de jours tout le respect qu'elle n'avait pas réussi à mériter en plusieurs milliers d'années. Aucun d'eux n'oublierait ce que les petites gens de Tergal avaient réussi pour eux.

Un moment plus tard, tout le monde se sépara pour aller rejoindre le vaisseau des étoiles. Askerot avait missionné un des géants qui restait à Namsis pour nous aider à regagner la surface. Mais avant ça l'assistant nous avait conduits sur un des quais où une navette attendait. Il y avait là Askerot, Nisoulag et Amtar. Énenlil nous prit dans ses bras chacun notre tour.

— Barzil, j'aimerais que tu saches que tu es devenu un frère pour moi. Mardouk n'en sera pas jaloux, pour lui aussi tu es devenu son second frère. Je compte sur toi pour me remplacer s'il en a besoin jusqu'à mon retour, je te le confie. Prenez bien soin de vous. Quand je serai là-haut dans les étoiles, sois sûr que mon esprit ne vous abandonnera jamais.

Énenlil s'approcha pour serrer Barzil dans ses bras, discrètement il en profita pour glisser quelques mots à son oreille :

— Prends soin de toi et de Neyla, Mouadziz mon frère.

Surpris, Barzil esquissa un sourire dans un hochement de tête, mais ne répondit rien, ses yeux étaient gonflés d'émotions et quelques minuscules contractions à sa gorge trahissait l'intensité de la douleur de cette séparation.

— Mardouk, Petit Frère, tu es un homme maintenant. Père et Mère peuvent être fiers de toi. Ne change pas. J'emporte avec moi tout l'amour que tu m'as donné et tous les souvenirs de notre vie d'avant. Garde-moi dans ton cœur jusqu'à mon retour, je le sais, je reviendrai.

Je pleurais à grosses larmes en le serrant contre moi. Je ne pouvais le faire changer d'avis, pourtant j'aurais tant voulu qu'il reste pour rentrer à la maison avec moi.

Lorsqu'il prit Neyla dans ses bras, nous l'avions vu devenir un homme, un vrai. Il l'étreignit longuement une main sur ses reins et l'autre derrière sa tête, glissant ses doigts dans ses longs cheveux noirs.

– Je ne remercierai jamais assez le ciel de te connaitre Neyla. Quelque chose au fond de moi m'appelle là-haut, je ne sais pas quoi, mais je sais que je dois y aller. C'est vrai, je pourrais rester ici avec toi, mais si je reste, toute ma vie je me sentirai dévoré par les regrets. Je crois que c'est mon destin, comme ce fut le nôtre avec ton frère et le mien quand nous sommes arrivés dans les tunnels de Namsis. Je te promets d'être prudent et de te revenir.

Il serra délicatement les joues de Neyla entre ses deux mains et l'embrassa tendrement sur le front. Elle garda les yeux fermés un moment le temps qu'il rejoigne Askerot et sa famille. Askerot l'invita d'un geste lent à monter dans l'œuf.

– Mes jeunes amis, moi et ma famille n'oublierons jamais tout ce que vous nous avez apporté. C'est bien au-delà de l'Ur-Kilib. Vous nous avez montré que nous étions sur la bonne voie d'avoir foi en l'humanité. Vous n'êtes pas toute l'humanité, mais ce que vous êtes au fond de vous, votre dévouement, votre droiture et votre bonté serviront d'exemple lorsqu'un jour on racontera votre histoire. Si beaucoup ne la croiront pas, ceux qui le feront auront une chance de plus d'aller vers la lumière. Vivez en paix, continuez de croire en nous. Construisez au-dehors un monde meilleur si vous le pouvez. Au revoir mes amis.

Askerot et les siens montèrent dans la navette. La porte se ferma. Nous les vîmes tous une dernière fois à travers la grande ouverture latérale. Nous échangeâmes quelques signes d'adieux avec les bras puis la navette s'engouffra dans le tunnel dans une grande accélération.

Nous ne savions plus quoi faire, nous restions là, immobiles, encore meurtris par le départ de mon frère et de nos amis.

– Venez, nous devons rejoindre le premier niveau sous la surface, nous dit avec compassion le géant qui nous accompagnait.

Nous le suivîmes sans rien dire. Barzil tenait sa sœur par la main, elle était visiblement effondrée, mais elle tenait finalement le choc. Je n'en fus pas très étonné, elle aussi était une princesse du désert. Après être remontés près de la surface et avoir traversé de longs couloirs, nous arrivâmes bientôt devant une porte que le géant ouvrit avec un boitier qu'il tenait à la main.

– Entrez, n'ayez pas de crainte, il y a assez de place pour vous trois. C'est un puits qui semble abandonné. N'ayez pas peur, le sol va se soulever et vous allez pouvoir monter jusqu'à la surface. Dès que vous serez en haut, décalez-vous assez pour que je puisse faire redescendre l'ascenseur. Ensuite, je refermerai la porte. Ne revenez pas ici, cette porte ne sera plus utilisée, elle restera désormais inviolable. Une fois en haut, regardez à l'Est. Vous n'aurez pas longtemps à attendre. Qu'Enki étende ses ailes sur vous pour le restant de votre vie Nobles Humains.

– Merci, répondit Barzil, paix santé et bonheur à vous qui retournez à Namsis. Nous le saluâmes en nous inclinant et en ayant porté la main sur le cœur.

Le géant sourit en actionnant la montée de l'ascenseur. On y était, il faudrait maintenant se construire un nouvel avenir. Un instant plus tard, Namsis n'était plus qu'un lieu inaccessible. Au loin à l'Ouest, je devinais Tergal de l'autre côté du fleuve. Nous nous tournâmes vers l'Est. Le ciel était d'un bleu limpide, c'était une belle journée. Pendant un long moment, rien ne se passa. Puis nous aperçûmes dans le ciel un point gris qui grossissait très vite en venant dans notre direction. C'est là que nous l'avons reconnu, c'était le Pont des Étoiles.

Il s'arrêta face à nous. Il occupait une zone énorme dans le ciel. Sa carcasse brillait de mille éclats au soleil. Il était là, immobile, magnifique. On entendait juste un bruit surprenant, quelque chose qui ressemblait au bourdonnement de milliers d'abeilles dans une ruche. L'avant du vaisseau s'inclina légèrement vers le sol comme s'il se prosternait face à nous. Il y avait une ouverture à l'avant. De là où nous étions, il nous avait semblé y voir des gens minuscules nous faire des signes avec les bras. D'instinct, nous y répondîmes. L'ouverture disparut d'un coup comme par enchantement. Le nez du vaisseau se releva alors jusqu'à prendre un angle de quarante-cinq degrés environ. Le bourdonnement d'abeille se transforma en sifflement et d'un seul coup le Pont des Étoiles disparut en un trait de lumière.

Je regardais le ciel d'un bleu éclatant. Il n'y avait plus rien. En regardant mieux, je devinais à peine une légère brume laiteuse en train de disparaître à l'endroit où un instant plus tôt mes amis existaient encore.

Et maintenant, où allaient-ils, vers quel monde, vers quel avenir filaient-ils à toute vitesse. Barzil aussi regardait le ciel avec étonnement. Sa sœur lui serrait la main. Je crois qu'elle pleurait en silence. Il se tourna vers moi.

– Ça va Mardouk ?

– Je ne suis pas sûr, je crois, oui.

Lorsqu'il n'y eut plus aucune trace dans le ciel, nous partîmes en direction de Tergal. Une demie heure plus tard nous étions arrivés au ponton du batelier qui faisait traverser le fleuve pour rejoindre la rive occidentale de l'Idigna. Lorsqu'il me vit, il s'inclina respectueusement comme s'il voyait un miracle.

– Seigneur Mardouk, quelle magie vous a fait revenir des Cieux, les dieux soient loués, tout Tergal va être en fête de vous retrouver.

– Merci Maître Batelier, répondis-je. Nous sommes assez pressés de rentrer, ramène-nous à la maison.

Arrivés de l'autre côté du fleuve, le batelier fit de grands signes avec les bras en criant "Le Maître est de retour ! le Maître est de retour !". Les gardes sonnèrent alors le cor à tous poumons. Un instant à peine plus tard, la foule commençait déjà à arriver à l'entrée du village. Avec Barzil et Neyla, nous nous retournâmes une dernière fois en regardant le ciel vers l'Est.

– Énenlil, mon frère, où es-tu parti ? Te reverrais-je un jour ? murmurais-je pour moi-même.

Mentalement, j'envoyais un message à travers les étoiles :

– Énenlil, reviens-nous vite.

Le bleu du ciel me semblait maintenant moins grand que le vide laissé en moi par le départ de mon aîné. Barzil enroula son bras gauche sur mes épaules.

– Mardouk ? Te rappelles-tu comment tout a commencé ?

Je tournais la tête sur la droite pour lui adresser un large sourire. Oh que oui je m'en rappelais ! C'était le jour de mes douze ans...

Nous échangeâmes un rire complice. Puis nous partîmes tous trois en courant vers Tergal, vers notre nouvelle vie.

Ce que j'ignorais à ce moment-là c'était que le destin me réservait d'autres surprises......

REMERCIEMENTS

Je voudrais remercier Esku, un photographe émérite du bassin d'Arcachon qui m'a aimablement donné l'autorisation d'utiliser gracieusement une de ses photos des dunes du bassin pour faire le maquettage de la couverture de ce livre.

Je voudrais également remercier le site Internet PIXABAY.COM et la photographe Nadine Doerle pour la fourniture d'une photo des pyramides libre de droits que j'ai utilisée également avec mes propres photos pour le maquettage de la couverture.

Enfin, je voudrais dire un grand merci à mon amie Danièle pour ses relectures et ses critiques constructives qui m'ont beaucoup aidé dans mon écriture.

À PROPOS DE L'AUTEUR

Titulaire d'un Master de Productique, cadre technique dans l'industrie électronique et alimentaire, Jean Pierre SEGONNES transmet ses compétences et ses connaissances en centre de formation pour adultes et apprentis.

Plongeur passionné, il a coproduit en 2017 un documentaire animalier sur les Nudibranches du bassin d'Arcachon. Il est l'auteur plus récemment d'un livre pédagogique sur la plongée sous-marine de nuit.

Esprit ouvert et curieux de tout par nature et par nécessités professionnelles, il s'est depuis longtemps interrogé sur les prouesses sociales et technologiques des premières civilisations. L'une d'elles en particulier a attiré son attention, la civilisation sumérienne, voisine méconnue de Kémet, l'Égypte antique.

Mêlant la mythologie de Sumer à son imaginaire il a construit Anunnaki, une fiction émouvante et déroutante dont le nouvel et dernier espoir des dieux de Sumer est le premier tome d'une future suite.

Son e-mail : jp.segonnes@sfr.fr   ou Facebook[70]

---

[70] https://fr-fr.facebook.com/jeanpierre.segonnes

Dépôt légal : Juin 2020